瓦尔登湖

(美)亨利·戴维·梭罗 著
高格 译

沈阳出版发行集团
沈阳出版社

图书在版编目（CIP）数据

瓦尔登湖/（美）亨利·戴维·梭罗著；高格译.
—沈阳：沈阳出版社,2016.11
　ISBN 978-7-5441-7953-9

　Ⅰ.①瓦… Ⅱ.①亨… ②高… Ⅲ.①散文集—美国—近代 Ⅳ.① I712.64

中国版本图书馆 CIP 数据核字 (2016) 第 269790 号

出版发行：沈阳出版发行集团 | 沈阳出版社
　　　　　（地址：沈阳市沈河区南翰林路 10 号　邮编：110011）
网　　址：http://www.sycbs.com
印　　刷：北京中创彩色印刷有限公司
幅面尺寸：173mm×244mm
印　　张：20
字　　数：300 千字
出版时间：2017 年 2 月第 1 版
印刷时间：2017 年 2 月第 1 次印刷
选题策划：张　磊　贺　旭
责任编辑：王冬梅
封面设计：子　时
责任校对：黎　娜
美术编辑：杨玉萍
责任监印：杨　旭

书　　号：ISBN 978-7-5441-7953-9
定　　价：56.00 元

联系电话：024-24112447
E－mail：sy24112447@163.com

本书若有印装质量问题，影响阅读，请与出版社联系调换。

一本被整个世界阅读和怀念的书
为生活，做减法；为思想，做加法。

前言

　　亨利·戴维·梭罗（1817~1862），美国著名作家、思想家、改革家、自然主义者。他除了被人尊称为第一个环境保护主义者外，还是一位关注人类生存状况的有影响的哲学家。1817年7月12日出生于马萨诸塞州康科德镇。20岁时哈佛大学毕业，曾任教师，从事过各种体力劳动。在爱默生影响下，他阅读柯尔律治、卡莱尔等人的著作，研究东方哲学思想。他提倡亲近自然，回归本心。他虽毕业于世界闻名的哈佛大学，却没有选择经商发财或者从政成为明星，而是在他28岁时抛开金钱的羁绊，平静地选择了瓦尔登湖，选择了心灵的宁静、自由和闲适之地，搭起简陋的木屋，开荒种田，阅读写作，过起了自耕自食的简单生活。梭罗博学多识、才华横溢，一生共创作了20多部一流的散文集。被称为自然随笔的创始人。

　　《瓦尔登湖》记录了他独处瓦尔登湖畔，与大自然和谐共处的美妙篇章。本书详尽地描述了梭罗在瓦尔登湖畔度过的两年隐居时光，以及期间的关于自然、人生、人性等的思考。记录了他独处瓦尔登湖畔，与大自然亲密接触，在田园生活中感知自然、重塑自我、探寻生活真谛的奇特历程。这本依据他自己的生活体验写成的不朽名作，是他身体力行结出的丰硕成果，书中处处闪耀着宁静、恬淡、智慧的光彩。

全书以春天开始,历经夏、秋、冬,又以春天结束,完成一个生命的轮回,终点又是起点,生命复苏。文中分析生活、批判习俗处,语出惊人,字字闪光,见解独到,发人深思;描绘景物处,语言优美、细致,如湖水之清澈透明,山林之茂密苍翠。这是一本清新、健康、引人向上的书,对于春天,对于黎明,都有极其动人的描绘。这里有大自然给人的澄净空气,有潺潺溪流,有鸟的欢歌,而无工业社会带来的环境污染。阅读本书,你不仅会感觉到心灵的纯净,精神的升华,还能学习动植物学知识和广博的人文、地理、历史知识,体会行云流水中振聋发聩的思想。品味生命哲理,增长人生智慧,感受自然和生命之美。

美国批评家伊拉·布鲁克说:"在过去一百年里,《瓦尔登湖》已经成为美国文化中纯洁天堂的同义词。"读《瓦尔登湖》,正如赫胥黎所言,我们的生活也就更充实、更有意义、更有趣味。

目录

省俭之道 / 001
生活之地,缘何生活 / 073
阅读 / 091
倾听 / 102
寂寥 / 119
来访者 / 130
豆田 / 144
村子 / 156
湖 / 162
贝克田庄 / 187
更高的规律 / 196
与鸟兽为邻 / 208
室内取暖 / 222
原住民;冬天的访客 / 237
冬季鸟兽 / 253
冬日瓦尔登 / 263
春日 / 277
结语 / 296

在过去的一百多年里,《瓦尔登湖》已经成为美国文化中纯洁天堂的同义词。

省俭之道

在森林中,在马萨诸塞州①康科德城②,我过着孤独的生活。就是在这里,我写下了下面这些文字。我亲手搭建的木屋,就坐落在林中的瓦尔登湖边。离我最近的邻居,也在一英里之外。我靠自己的双手养活自己,在这里度过了两年零两个月的时光。不过现在,我又寄生在文明社会中了。

若不是城里的人们对我的生活方式特别好奇,我是绝不会把自己的私事写出来,博取读者的目光的。许多人猜想,我是不是有某种怪癖,其实

---

① 马萨诸塞州:又称麻省、麻州,位于美国东北部的新英格兰地区,是美国独立时的十三州之一。
② 康科德城:马萨诸塞州东部的一个小镇,是梭罗的故乡,也是后来超经验主义学派活跃的地方。

在我看来，这再正常不过了。我就是这样生活的，自然随意，合情合理。也有些人对其他事情更感兴趣，那就是我吃什么，会不会寂寞，会不会害怕等。还有一些人则关心我把收入的哪一部分捐给慈善机构了，有些人口多的家庭则想知道我资助了多少个贫困儿童。因此，在这本书里，我会对类似这些问题做出回答。那些对我没有特别兴趣的读者，请多多体谅。许多书中都不喜欢用第一人称"我"，本书用到了；而且还用得特别多，这应该算本书的特点吧。事实上，作者通常都是以第一人称的语气说话的，但这一点，偏偏经常被大家所忽略。要是我对别人了解很深，就不至于老说自己了。很遗憾，我的阅历并不丰富，所以只能局限于这一个主题了。另一方面，在我看来，能简单坦诚地写出自己的生活，对一个作家来说非常重要，这样写出的作品，就像寄给远方亲人的家书一样，是那种道听途说描述别人生活的作品根本无法比肩的；因为我觉得，一个活得真挚坦诚的人，一定生活在遥远的地方。我这本书，或许更适合清贫的学生阅读。至于其他的读者，可以从中选取适合自己的部分。削足适履的傻事没人会做；穿着最舒服也最实用的，才是合身的衣履。

在这里,我并不想诉说中国人和桑威奇岛①居民的传奇故事,而要说关于你们的事情。你们,也就是我这本书的读者,新英格兰②的居民们。你们生活的环境,就是我要讲述的。你们过着一种什么样的生活?有必要生活在如此糟糕的环境中吗?能不能改善一下这种生活呢?我曾去过康科德的许多地区,发现无论是商店、办公室,还是田间地头,人们都从事着上千种令人惊异的苦役,仿佛都在赎罪。我曾经听说过婆罗门教徒的故事:他们坐在熊熊燃烧的火焰中,眼睛盯着太阳;也有的将身体倒挂在烈火之上;或者侧着头望向天空,"直到他们的身体再也无法恢复原状,而且由于脖子侧扭,只能进食液体,其他的食物根本吃不下";还有的教徒,用一根铁链将自己锁在一棵树下,就这样度过一生;有的匍匐着,用自己的身体丈量广袤无垠的国土;也有的单脚站在高高的柱子顶上——不过,即使是这些下意识的赎罪苦修,也未必比我每天都要目睹的情景更令人难以置信,更使人心惊胆战。赫拉克勒斯③做过的十二件苦役,根本无法与我的邻居所做的苦役相提并论,因为他只做了十二个,做完后就没有了,可我从来没有见过我的邻居做完过任何一件苦役,他们也没有像伊俄拉斯④那样的手下,能够用一块烧红的烙铁去灼杀九头怪蛇——这条怪蛇被砍掉一个脑袋后,马上就能长出两个来。

不幸的年轻人,我的那些市民同乡们,他们一出生就继承了土地、房屋、粮仓、牲畜和农具;他们轻易就拥有了这些东西,却又被它们牢牢束缚,再想摆脱可就不容易了。与其如此,还不如出生在荒芜的草原上,喝着狼奶长大,也许这样他们才会看清楚:自己的生存环境是多么恶劣,是谁让自己变成了土地的奴仆;为什么有的人能够享用60英亩⑤土地上的物产,而有的人却要饥寒交迫地苦苦挣扎。为什么他们一出生就要开始自掘坟墓呢?为了尽量生活得好一点,过上人的生活,他们不得不承受所有的艰辛,努力工作。我曾遇到过许多可怜的不死魂灵,他们在生活的重压下苟延残喘,在坎坷的生命之路上爬行,要推动长75英尺、宽40英尺的大谷仓,推动一个从未打扫过

---

① 桑威奇岛:即美国的夏威夷群岛。
② 新英格兰:美国东北部六个州的合称,英国清教徒最早移民的地方。
③ 赫拉克勒斯:古希腊神话中一个力大无比的神,曾完成了十二件非常艰难的苦役。
④ 伊俄拉斯:古希腊神话中的英雄,是赫拉克勒斯的忠仆,帮助赫拉克勒斯完成了第十二件苦役,即杀死九头蛇及与之狼狈为奸的大螃蟹。
⑤ 1英亩约等于6.07亩,或4047平方米。

的臭气熏天的奥吉亚斯的牛棚①,还要推动100英亩的土地,要耕地、除草、放牧,还要护林!而那些没有产业可继承的人,虽然不需继承这种牵累与磨难,但为了生存,他们必须拼命地劳动,不停地劳动,才能卑微地活着。

就是在这样的错误中,人们盲目地劳动着。时间就像铁犁,很快,人类那健美的躯体就有大半截被犁入泥土里,变成了肥料。正像一本经书中写的,一种命运支配着人类,它似是而非,被称为"必然"。因为这种命运,人将自己辛苦积累的财富藏起来,任其生锈、发霉,被蛀蚀,甚至被盗走②。蠢人的一生就是这样,他们生前冥顽不化,直到生命走到终点时才会醒悟。据说,人类不过是丢卡利翁和皮拉③扔向身后的石头变成的。诗中这样描述道:

Inde genus durum sumus,experiensque laborum,

---

① 奥吉亚斯的牛棚:在古希腊神话中,奥吉亚斯王养了300头牛,牛棚30年没有清扫过。赫拉克勒斯用河水将它冲洗干净,仅用了一天时间。
② 《圣经·新约·马太福音》第6章第19节,"不要为自己积攒财宝在地上,地上有虫子咬,能锈坏,也有贼挖窟窿来偷。"第6章第20节"只要积攒财宝在天上,天上没有虫子咬,不能锈坏,也没有贼挖窟窿来偷。"
③ 丢卡利翁:古希腊神话中普罗米修斯的儿子。皮拉:丢卡利翁的妻子。传说在宙斯发洪水时,只有他们夫妻乘船逃脱,而其他人都死了。他们认为大地是万物的母亲,石头就是母亲的骨骸。在神的喻示下,他们把石头从肩头扔向身后,这些石头就变成了人,而丢卡利翁夫妇就成为后来人类的先祖。

Et doeumenta damus qua simus origine nati.①

后来，罗利②也吟咏了两句音韵铿锵的诗句：

从此人心坚如石，沉默地忍受着生存的艰辛，
从而证明我们的身躯，生来就是岩石。

人们盲目地相信这荒谬的神谕，却从不看看这一块块从头顶扔到背后的石头，到底落到什么地方。

大部分人，甚至生活在比较自由的国家的人们，由于无知和失误，他们整日杞人忧天，为了摆脱那些不存在的忧愁，长年累月地劳作着，最终心力一点点耗尽了，却无法收获生命的美果。他们的手指因过度劳作而变得笨拙，不停地颤抖着，哪里还能采摘美果呢！的确，不停劳作的人，无法抽出闲暇来完善自我；他无法维持自己与他人之间最高尚的关系；一进入市场，他的劳动就贬值了。他就如一架不停运转的机器，根本没有时间做其他的事情。这样的人，怎么会发现自己的无知呢？无知就是他活下来的依靠——他不是经常费尽脑力吗？在对他们做出评价之前，我们应先解决他们的衣食需求，并提供提神的饮料助他们恢复健康。就如果实上的粉霜一样，我们人性中最优良的美德，也需要小心翼翼，才能保全。可惜，这样温柔地相处，在人与人之间从来就没有出现过。

众所周知，读者并不都是有钱人，其中有许多人都很穷困，被生活压得喘不过气来。需要节衣缩食才能支付买书钱的人，在阅读本书的读者中绝对会有。为了读这些文字，他们必须从债主那儿偷时间。你们这些人卑贱如泥，躲躲藏藏地生活着，这一点我看得非常清楚，因为我有一双被俗世磨利的眼睛。你们总是进退两难，很想做成点儿事来还清债务，这是一个特别古老的泥淖，在拉丁文中称为"aes alienum"，意思就是别人的铜钱，因为那些货币是用铜铸造的；你们从生到死，到埋入土里，用的都是别人的铜币；你们总是承诺

---

① 拉丁文，源自古罗马作家奥维德的《变形记》，意思是：从此人类如钢铁般坚韧，经历千锤百炼，求证出我们来自何处。
② 罗利（Walter Raleigh，1552~1668年）：英国著名航海家、政治家和作家。

明天就还清债务，明天就还，可到死的那天，债务也没有还清；巴结讨好，乞求怜悯，恳请关照，你们把浑身解数都使出来了，总算是让自己不至于去蹲大牢；你们满口谎言，拍马逢迎，选举投票，自愿被那些繁文缛节束缚，或者夸耀自己，摆出一副浅薄的慷慨大方的模样，以便赢得邻居们的信任，使其同意把为他们做鞋子、帽子、衣服、马车的活儿交给你们，或是允许你们为他们代购食物；你们把钱藏在旧箱子里，或者用一只袜子装着塞进墙洞里，或者为了更加安全，存到银行的柜子里；无论把钱藏在哪里，藏了多少，你们为防生病而存钱，结果却把自己折腾病了。

有时候我感到非常困惑，为何我们会这么轻率地——几乎可以这么形容——去推行贩运黑奴的奴役方式。南北的奴隶们，被那么多阴狠而又精明的奴隶主熟练地役使着。南方的监工非常狠毒，北方的监工更坏，不过成为自己的奴隶监工才是最坏最毒的。你想谈谈人有多神圣吗？瞧瞧大路上，马夫们不停地挥鞭赶往集市，他们的思想神圣吗？给马匹喂饲料喂水，这就是他们的最大职责！在运输的赢利面前，他们的命运又算得上什么呢？他们不就是在为有钱的老爷们赶马车吗？神圣、不朽，这些对他们有什么用？看看他们那卑膝潜行、胆战心惊的样子，与神圣、不朽差了十万八千里都不止。在对自己行业的认识上，奴隶或囚犯就是他们对自己的定位。比起我们的自知之明，社会舆论就像一个软弱乏力的暴君。一个人对自己的态度，决定了这个人的命运。想在西印度地区倡导心灵与想象的自我解放，但上哪去找第二个威尔伯福斯①呢?再想想这片土地上的女人们,她们编织着梳妆用的软垫,以备临终时使用,却毫不关心自己的命运!似乎时光蹉跎对永生丝毫无损一般。

平静而绝望,这就是许多人的生活。所谓听天由命,就是那种深入骨髓的绝望。从绝望的都市走到绝望的乡村,你用水貂和麝鼠般的勇气来慰藉自己。甚至在人类所谓的消遣与游戏中,也潜藏着一种陈旧的、无法察觉的绝望。事实上,消遣与游戏都算不上玩乐,因为只有先去工作了,才能去玩乐。智慧的特征之一,就是不做绝望的事情。

在我们用问答教学法的方式去思考人生的目标是什么,真正的生活必需品和生活资料又是什么的时候,看起来好像人们故意选择了相同的生活方式,因为他们对其他方式不感兴趣,就喜欢这一种。事实上他们心里很清楚,只能选这种,根本没有别的选择。不过,太阳亘古常新,每个头脑清醒的人都明白这一点。什么时候摒除偏见都不会晚。没有确凿的证据,无论多么古老的想法或做法,都不能轻易相信。今天人人信奉或默认的真理,也许明天就被证实是谬论,不过也会有人认为它是雨云,会化为甘露洒向他们的田野。去尝试一下长者认为你做不到的事,你会发现,自己能做到。古人有古法,新人也有新招。古人不懂添上燃料就能保持火种不灭;新人却知道在水壶下面放些干柴,他们就能如鸟儿般绕着地球转。真应了那句俗话:"气死老头子。"的确,年长者未必有能力指导年轻人,因为老年人的收获不少,但失去的也不会少。我们不禁质疑,即使最聪明的人,他从生活中获得的具有绝对价值的东西又有多少呢?所以,年轻人根本不能从老年人那里获取什么重要的忠告,因为老人的经验也是片面的,老人们必须承认,他们一生中遭遇的种种挫败都是自己造成的;或许老人们还持有某些与自身经验相反的信心,可惜他们已经不再年轻了。在这个星球上,我已经生活了三十来年,却从未从长辈们那里获得过任何有价值的或者真诚的忠告。他们没告诉过我任何东西,或许他们根本就说不出什么中肯的话。这就是生活,它是一个试验,一个我在许多方面都从未体验过的试验;别人的体验对我并没有什么帮助。假如我获得了某些自认为有价值的经验,我绝对会这样想,我的老师们从来没

---

① 威尔伯福斯(William Wilberforce,1759~1833年),英国政治家、慈善家,曾在英国殖民地从事解放奴隶的活动。

有对我谈过这个经验。

一位农夫告诉我:"光吃蔬菜可不行,从蔬菜中你无法获取骨骼所需的全部营养。"因此,他每天都抽出一部分时间,用以获取那种满足他骨骼需要的养料;他跟在耕牛后面,边走边说话,这头靠吃蔬菜长骨架的耕牛拖动着他和他的木犁,排除障碍向前进。某些东西,在某种环境中,比如对那些毫无办法的病人而言,确实是生活必需品,但换一种环境,却变成奢侈品了,再换一种环境,又成了完全陌生的东西。

在某些人眼中,人类的所有境地,无论山巅还是低谷,都被先驱们踏遍了,人类的一切都已经被前人关注过了。用伊夫林①的话来说,聪明的所罗门曾对树木的间距做出过限定;罗马的地方官也曾规定,你可以去邻居的地里捡拾多少次掉落的橡实而不算偷窃,这些橡实有多少份额应归邻人拥有。希波克拉底②甚至教导我们如何剪指甲,指甲应与手指头齐平,过长或过短都不

---

① 伊夫林(John Evelyn,1620~1706年):英国作家,英国皇家学会的创始人之一,著有《森林志》,又名《森林和木材增产论》。
② 希波克拉底(Hippocrates,公元前460~公元前377年):古希腊著名医生,西方医学的奠基人,被誉为"医学之父"。

合适。毋庸置疑，丰富而欢乐的人生被枯燥和乏味消耗殆尽了，这种观点同亚当①一样古老。不过，人的能量却从未被彻底地估量出来，任何先例都不应该成为我们判断人的能量的依据，人从未尝试过的事情还有许多呢。无论你过去遭遇过多大的失败，"请不要伤心，我的孩子，有谁能指派你去做你没完成的事呢？"

我们能用一千种简单的试验来测定生命；比如，使我种的豆子成熟的，同时也照亮包括地球在内的整个太阳系的，是同一个太阳。如果牢记了这一点，就能少犯很多错误。可我在豆子地里锄草的时候，根本没有这样去思考。星星是很多奇异的三角形的尖顶啊！在浩茫宇宙的每一个角落里，许多不同的物种相距遥远，却又在同一时刻关注同一个事物！大自然和人生是千变万化的，这就如同我们的各种体制一样。有谁能预测出别人的命运呢？一瞬之间，我们彼此相望，难道还有比这更伟大的奇迹吗？在一个小时里，我们本应该经历了这个世界的所有时代，甚至经历所有时代中的所有世界。历史、诗歌、神话！——读别人的经验，能像读它们那样使人惊奇和增长见识吗？我可不知道。

大部分我的邻居认为好的东西，却被我的灵魂认定为坏的，若说有什么需要我忏悔的，恰恰是我善良的品行。是哪个魔鬼迷惑了我，使我的品行这么善良呢？老年人啊，也许你说的是你自认为最睿智的话——毕竟你活了七十年，活得也还体面——但有一种不可抗拒的声音萦绕在我的耳边，叫我不要听你的这一套。上代人的业绩，就如搁浅的破船一般，被新一代人抛弃了。

我认为，我们可以笃信的事物，比我们实际上相信的更多。我们少关心一点自己，就能诚心实意地多关心一下别人。大自然既能适应我们的优点，也能包容我们的缺点。有些人成天没完没了地焦虑、紧张，这几乎成了一种无法治愈的顽疾。喜欢夸耀自己从事的工作是多么重要，这是我们的天性；然而我们没有做的工作还有许多呢！若是哪天我们病倒了，又该怎么办呢？我们是多么小心谨慎！我们决心不靠信仰生活，尽量避开它；白日里我们时刻警惕，到了晚上又违心地去祈祷，把自己交付给捉摸不定的命数。我们被逼着周到而诚恳地生活，要崇敬自己的生活，又要否定一切变革的可能。我们说，生活方式只能有这一种，然而，从圆心画出的半径有多少条，生活的

---

① 亚当（Adam）：《圣经》中的人物，相传为人类始祖。见《圣经·旧约全书·创世记》。

方式就应该有多少种。所有的变革都是奇迹，值得我们思考。孔子言："知之为知之，不知为不知，是知也。"①当一个人将自己想出来的事实归纳为自己所理解的事实时，我敢预言，所有人最后都会把自己的生活建造在这样的基础上。

  我们来思考一下，前面我所提到的大多数人的烦恼和忧愁中，大部分是什么？其中需要我们烦心的，或者至少要谨慎对待的又有多少呢？虽然我们生活的社会只是表面文明罢了，但若我们能体验一番原始的或者蛮荒的生活——即使只是为了弄明白生活的必需品有些什么，通过什么方式可以获取它们；甚至翻翻商人们的旧流水账，看看人们最常买的商品是什么，商店里有哪些存货，也就是说，买卖量最大的杂货是什么，还是很有好处的，因为人类生存的基本法则并没有随着时代的演变而发生多少改变，就如我们的骨骼同我们祖先的骨骼相比并没有多大的不同一样。

  生活必需品，从字面上理解，指的是人通过努力而获得的一切物品；或者它从开始就很重要，或者在长期使用后变成了必需品。当然曾有人尝试不依靠它生活，但无论是因为野蛮、贫穷，还是出于某种哲学上的缘故，这样去做的人也非常少。从这个意义上看，对许多人来说，真正的生活必需品只有一种，那就是食物。生活在大草原上的野牛的必需品，就是可以咀嚼的青草和能饮用的水，至多再加上一处位于丛林或山间的栖身之所。食物、栖身地，这就是兽类的生存需求。在一般情况下，人类的生活必需品可以准确分为食物、住所、衣服和燃料几类；如果缺少这些东西，我们根本不能自由地思考真正的人生问题，更别说取得成功了。人类发明的不仅有房子，还有衣服、熟食。人也许在偶然中发现火可以取暖，后来就学会了怎样使用火。早期，火是一种奢侈品，但当人们习惯了用火取暖后，火就成为生活的必需品了。同样，猫狗也获得了这种第二天性，这是我们已经看到的事实。居住和穿着都合适，我们才能合理地保持身体的热量；若是我们住得太暖，穿得太多，或者烤太热的火，换句话说，就是外部的热度比我们体内的温度高得多，那岂不是要变成烤人肉了？谈起火地岛②的原住民时，自然科学家达尔文这样描述道：自己和同伴们穿着厚实的衣服，围坐在火堆旁，一点也没觉得热，而

---

① 语出《论语·为政篇》。
② 火地岛：位于南美洲南部，以火地岛为主的岛群，分属于阿根廷和智利。

令人吃惊的是，在离火堆很远的地方，那些不着寸缕的土著人却"被火焰烘烤得浑身冒汗了"。同样，据说欧洲人穿着衣服还冻得发抖，而新荷兰人光着身体行走却安然无恙。野蛮人的强健不能与文明人的聪慧结合起来吗？用李比希①的话说，人的身体就好比一只火炉，食物就是维持肺部内燃的燃料。我们在冷天里多吃，热天里少吃。动物的体温是内部缓慢消耗的结果，一旦内耗过快，疾病和死亡就降临了；相反，若是燃料缺乏，或者通风不畅，火就会熄灭。自然，生命的体温与火不能混为一谈，用作比喻说说也就罢了。因而，从前面的叙述来看，"动物的生命"与"动物的体温"这两种说法几乎相同。食物被当作保持体内热量的燃料——煮熟食物也需要燃料，熟食被吞入身体，从而增加体内的热量——除此之外，衣服和住所的作用，就是保持由燃料产生和吸收的热量。

对人体而言，取暖，保持温度，保持体内热量，就是我们最大的需求。

---

① 李比希（Justus von Liebig，1803~1873年）：德国化学家，以发展基因理论闻名于世。

我们耗费了巨大的气力,为了获取食物、衣服、住所,还有床铺——我们的睡衣,我们从鸟巢和鸟儿的胸脯上掠取羽毛制成住所中的栖身之地,就像鼹鼠用树叶和杂草在地洞的尽头做成的窝一样!可怜人总是习惯于抱怨,说这个世界如何冰冷;无论是身体上的病,还是社会上的病,它们大部分都被我们归罪于饱受严寒。在某些气候区,夏天犹如生活在天堂一般。这时候,只需要煮熟食物的燃料就够了,其他的根本不需要。太阳就是火,许多果实因为它的照射而成熟了,一般来说,这些地方的食物不仅品种多样,而且容易获取。当前,在我们的国家里,从我的经验来看,生活的必需品仅此几样而已:一把刀,一柄斧头,一把铁锹,一辆手推车。若是好学的人,再添上一盏灯、几样文具和几本书——这些次要的必需品只要花点小钱就能获得。但是,就有一些不太聪明的人,非要跑到地球的另外半边,到那蛮荒且肮脏的地方做生意,一待就是十几二十年,就为了生计——也就是说,为了舒适和温暖——可最后还是死在了新英格兰。追求奢侈的有钱人并不单要求舒适和温暖,更要求过度的、不自然的舒适和温暖;正如我前文中说的,他们的肉体被烘烤着,当然是非常时髦的烧烤。

绝大部分奢侈品,以及大部分所谓的能使生活舒适的东西,非但不是必需的,反而会大大阻碍人类的进步。就奢侈和舒适而言,最睿智的人的生活甚至比穷人的还要俭朴。无论中国、印度、波斯,还是希腊的古哲学家们,都是同一类人,生活过得比谁都穷苦,精神上却比谁都富有。我们对他们的理解不深,但我们对他们的了解也不算少。近代的改革家、民族的救星们,都是这样生活的。只有站在我们称之为甘于清贫的有利地位之上的人,才能公正、明智地观察人类的生活。不管是农业还是商业,文学还是艺术领域,奢侈的生活只会结出奢侈的果实。当前,到处都是哲学教授,却没有一个真正的哲学家。然而,教授的头衔令人羡慕,因为有了它就可以过上令人羡慕的生活。可要成为一个哲学家,不仅思想要深邃敏锐，甚至要建立起一个学派，还要热爱智慧，领悟智慧的真谛，去过一种简朴、独立、宽宏大度和充满信心的生活。哲学家不仅要从理论上，还要在实践中，解决生活中的一些问题。杰出的学者和思想家的成功，往往是朝臣式的成功，而不是君王式的，也不是英杰式的。他们像他们的父辈一样，用循规蹈矩去应对生活的变化，所以他们完全成不了人类的更好的始祖。然而，为何人类一直在退化呢？许多家族的衰落又是什么造成的呢？导致国家衰亡的奢侈，又有着怎样的实质呢？我们敢说自己的生活中一点儿奢侈都没有吗？即使在生活的外在形态上，哲学家也站在时代的前沿。在饮食、居住、穿戴和取暖上，他绝不会与同时代的人一样。一个人如果不能用比他人更好的方法来保持身体的热量，又怎么会成为哲学家呢？

通过我所描述的几种方式，人已经获取了温暖，下一步他会需要什么呢？更多的同类型的温暖，如更多更丰富的食品，更大更豪华的房子，更漂亮更精致的衣服，更多更持久更灼热的火炉等，他就不会想要了。在得到了这些生活必需品之后，他不会再追求这些相同的多余品，而要追求其他的东西了。也就是说，他的假期开始了，他再也不用去卑微地劳作，而是开始大胆体验生活中的奇遇了。土壤有利于种子生长，是因为种子把胚根向下扎入泥土里后，又可以满怀信心地向上伸展嫩茎。为什么人把根扎进泥土里后，却不能同样向天空伸展呢？——因为更名贵的植物的价值，是通过远离地面、最终在空气和阳光中结下的果实来评定的，那些比较低等的蔬菜根本无法与之相提并论。即使是两年生的植物，也不过是根被培植好罢了，它们上头的枝叶往往被摘掉，如此一来，等到花朵绽放时，大多数人都认不出它们了。

我并不想制定什么规章限制那些坚强勇敢的人，因为他们绝对会专注于自己的事业，无论是在天堂还是地狱，或许他们会建造比那些大富翁更豪华的房屋，比那些人更会挥霍，但却绝对不会因此穷困潦倒，我们不明白他们是怎样生活的——如果人们梦想的这种人确实存在的话，我也不打算给另外一种人规定什么章程，他们从事物的真实状况中获得鼓舞和灵感，他们对现实的珍爱如情人一般热烈——从某种程度上看，我也属于这一类人；还有一些人，在任何环境下都能甘之如饴，不管他们是不是真的了解自己的现状，我也不会对他们说什么。我针对的只是那些心怀不满的人，他们有改善生活的能力，却只是有气无力地诉说命运对自己的不公，无休止地抱怨自己有多命苦。所有的事情，都能使他们叫苦连天，因为正如他们所说，自己是尽了

职责的。在我心里还有这样一类人,他们看上去很富有,实际上却是所有人中最穷的,尽管积攒了一些钱财,他们却不知道怎样去用它,也不知道如何才能摆脱它,结果他们将金银铸造成了镣铐,将自己禁锢起来。

若是我谈谈过去若干年中我曾希望如何度日,那些想法一定会让对我的情况比较熟悉的读者都感到意外,更会使对我完全不了解的读者大惑不解。所以,我只略微说说心头挂着的几件事情就行了。

无论天气如何,也不管白天还是黑夜,任何时候我都希望能及时改善自己当前的境况,并在我的手杖上刻上记号;过去和未来在现在这一刻交汇,我希望站在这个交叉点上,准备起跑。对于我表达上的含混晦涩,请大家多多体谅,因为我的职业有许多其他行业所没有的秘密,并不是我故意要保密,而是因为我这种职业有这样的特点。我很乐意讲出自己所知道的一切,而"不准入内"这种字牌永远也不会出现在我的门上。

很久以前,我的一条猎狗、一匹栗色马和一只斑鸠都不见了,直到今天,我还在寻找它们。我向许多旅行者谈起过它们的情况、踪迹,描述什么样的呼唤能得到它们的回应。在我遇到的人中,有一两个曾听见过猎狗的叫声和马的蹄音,甚至还看到斑鸠飞入了云层。他们就像是自己的东西丢了一样,急切地想要找回它们。

不仅要观看太阳的升起和黎明的到来,如果可能的话,还要看看大自然本身!在多少个严冬酷夏的黎明,我外出做自己的事儿时,我的邻居们都还没有起来呢!毫无疑问,我的很多同乡,比如那些在天蒙蒙亮时赶往波士顿的农民,还有出去干活的伐木工人,他们都曾碰到我办完事回来。的确,在太阳冉冉升起的过程中,我并没有出什么力,但我见证了太阳的升起,这是不容置疑的。

在城外,我度过了多少个秋天,又度过了多少个冬日,我试图听出有什么风声,一听到就把它传播开来!我几乎把全部资金都投入这里面,顶着寒风四处奔走,累得气喘吁吁。如果风声中的信息与两党政治有关,那一定会被作为最新消息登载到各大报刊上。另外一些时候,我守望在悬崖或树顶的观察台上,用电文发布每一个新到客人的消息;或者黄昏时分守候在山巅之上,静等夜色来临,好捕捉到一些什么——虽然我从未捕获过多少东西,但这不多的东西犹如"天粮①",仿佛阳光一照就会消融殆尽。

有很长一段时间,我在一家报社当记者,报纸的发行量并不理想,我写的那一大堆东西在编辑的眼里都是无用的,根本不适合发表——作家们肯定都时常碰到这种情形。我在写作上耗费了巨大的精力,得到的只是我付出的辛劳。不过,在这件事上,辛苦写作就是它本身的酬劳。

很多年来,我自认为是监察员,在督察暴风雪和暴风雨的岗位上尽忠职

---

① 天粮:manna,也译作吗哪。古时以色列人曾经在旷野上得到从天而降的粮食,故称为天粮。见《圣经·旧约全书·出埃及记》。

守。我还兼任测量员，我测量的不是公路，而是森林中的小路和所有的近路，我要确保它们畅通无阻；此外，峡谷上四季通行的桥梁我也测量，它们的便利早已被大众穿行的足迹证明了。

镇上的野兽我也看护过，它们总喜欢跳过围栏，使牧民吃够了苦头；农场里那些人迹稀少的僻静角落我也非常关注。不过，今天约拿斯或所罗门[①]在哪块地里劳动我就不知道了，反正这跟我也没什么关系。红色的越橘、沙地里的樱桃树、荨麻树、红松树、黑榉树、白葡萄藤和黄色的紫罗兰，我都浇过水，不然在天气干燥的季节里它们就枯萎了。

总之，我这样做已经很久了，可以毫不夸张地说，在工作上我兢兢业业，尽职尽责，直到后来情况越来越清楚了，市民们根本就不会把我纳入公务员的行列，也不想给我个挂名职务，去领点儿微薄的薪水。我的账簿，我可以发誓我记得非常仔细，非常清楚，却从没有谁查对过，核准、付款、清账等就更不可能了，幸好在这件事上我从没上过心。

在我的居所附近住着一位著名的律师，不久前，一个流浪的印第安人跑来向他兜售篮子。印第安人问："你想买篮子吗？""抱歉，我不需要。"律师回答说。印第安人走出门去大叫道："天啦，你们想让我们饿死吗？"看着他勤奋的白人邻居日子过得十分富裕——干律师这一行只需将辩词编织好，随后财富和地位就会像变魔术一般都跟着来了——因此印第安人也在心里琢磨起来：我也要做些生意，编织篮子这样的活计我就能做。他以为，篮子编织好了，他的任务就完成了，接下来就应该是白人律师掏钱买他的篮子。可是他却不懂得，还必须使人有购买他的篮子的欲望，或者至少得让别人认为他的篮子值得买，或者他再制造一些能让别人觉得值得买的东西。我也编织过篮子，结构非常精巧，不过它并不能让人感觉值得购买。不过我自己认为，编织它们是值得的。怎样编织篮子才能更加让人们认为值得购买，我从没有研究过这个问题，恰恰相反，我研究了怎样才能避免卖掉编织好的篮子。人人夸赞的所谓成功的生活，也仅仅是生活的一种而已。为什么我们一定要夸赞生活中的一种而贬低另一种呢？

很显然，在市政办公大楼、教堂，或者其他任何别的地方的职位，市民们大概都不会留给我，因此我只能自己去找别的出路，于是我干脆将更多的

---

① 均为《圣经》人物。

注意力转向森林，反正那儿的一切我都很熟悉。我决定动用自己手头的那点儿少得可怜的积蓄，马上就开业，而不像通常那样先凑足资本再干。过简单朴素的生活，或是大肆挥霍的生活，绝不是我去瓦尔登湖的目的，我是去经营自己的事业，在那儿会少很多麻烦；如若不然，我肯定会因为缺乏业务常识，又没有什么做生意的才能，做些傻乎乎的事情，落得个凄惨的下场。

我一直竭力养成严格的经商习惯，这是每一个人都应该具备的。如果你做生意的对象是天朝帝国①，那么你在塞勒姆②港的某处海滨设一个账房就足够了。本国出产的各种产品，你都可以出口，比如那些地道的土产，加上许多的冰、松木，再加一些花岗石。这个生意肯定是非常好的。所有的事务，无论大小，你要亲自负责；领航员、船长、货主和保险商的职责，你要全部兼任。买进、卖出、记账等，你要一手包办；收到的每一封信你都要阅读，发出的每一封信你也要亲自起草或审阅；进口货物的装卸工作你要日夜监督；在海岸上的许多地方，几乎同时都需要你出现——装载货物最多的大船，经常把货卸在泽西③岸上；同时你还是电报员，不知疲倦地向远方发出讯息，联络所有停泊在海岸附近的过往船只；你有条不紊地将货物发送给一个海外的市场，它位于遥远的地方，有着不断增长的货物需求；你必须对市场行情十分熟悉，对各地的战争与和平的情况非常清楚，从而预测出贸易和文明的发展趋向——利用一切探险活动的成果，走最新的航道，采用所有先进的航海技术——再仔细分析航海图，将各处的暗礁、新的灯塔和浮标的位置都标注准确，并对所有的数据不断更新校正，因为若是计算上出现一个小小的错误，就有可能使船只撞上礁石变得粉碎，另外，还有拉·贝鲁斯④的未知的命运。宇宙科学的发展，我们要步步紧跟，从汉诺⑤、腓尼基人，直到当今的所有伟大的发现者、航海家、探险家和商人的一生，我们都要研究；最后，你要时刻登记库存的货物，才会明白自己处于什么样的境况下。总之，上述种种绝对是一个辛苦的差事，是对一个人全部能力的考验——其中涉及的利润问题、亏损问题、利息问题、计算净重的方法等，

---

① 天朝帝国：指封建君主专制时代的中国。
② 塞勒姆：美国马萨诸塞州东北部的一个港口城市。
③ 泽西：指美国东北部的新泽西。
④ 拉·贝鲁斯（Jean-Francois de La Perouse，1741~1788年）：法国航海家，曾远航至西伯利亚、澳大利亚，后在新赫布里底群岛以北美拉尼西亚的瓦尼科罗岛被当地人杀害。
⑤ 汉诺（Hanno）：生活于公元前5世纪左右，迦太基航海家，曾在非洲西海岸探险。

一切都需要精确记录，若是没有渊博的学识根本应付不了。

我早就想过，瓦尔登湖会是个做生意的好地方，这里除了拥有四通八达的铁路线和兴隆的冰块生意外，还有各种其他有利条件，这里是一个优良的港口，有着良好的基础。虽然你必须到处打桩加固，但是像涅瓦河[①]上那样需要填埋的沼泽地这里是没有的——据说涅瓦河若是涨了水，在西风和冰块的助威下，能将圣彼得堡从地球的表面上冲走。

从一开始，我这个行业就没有必备的运营经费，这种每个行业都不可或缺的资金，我要如何才能获得呢？这可是个很不容易揣测的难题。让我们把话题转到实际问题上来，比如衣服，我们往往因爱好新奇而购买它，还非常在意别人对它的看法，却忘记了考虑它是否实用。穿衣服的目的，应该被那些有工作做的人记住：首先是保持身体的热量，其次是在当今的社会中把身体遮盖起来，使其不至于裸露。接下来，他就可以权衡一下，在不给自己的衣柜添加衣服的情况下，可以完成多少必需的或重要的工作。国王和王后拥有御用的裁缝专门为其制衣，可每套衣服通常只穿一次，所以穿上合身衣服

---

① 涅瓦河：俄罗斯联邦西北部的重要河流，发源于拉多加湖，自东向西贯穿俄罗斯圣彼得堡，注入波罗的海芬兰湾。

的快乐他们很难体会到。他们只不过是挂着干净衣服的木架而已。我们的衣服却由于经常穿着而与我们浑然一体，从而具有了穿着者的性格，以至于我们离不开它们了，正如无法丢弃自己的躯体一样，我们舍不得丢弃它们，总想像看病吃药一般做些补救，并且心情十分沉重。在我看来，一个穿着补丁衣服的人并不低人一等；不过我相信，一般人都会为穿衣发愁，想要穿着时尚，至少也要干净整洁，而且不能有补丁，至于良心是否健全，他们并不在乎。实际上，即使衣服上有没有缝补好的破洞，所暴露的最大缺点也不过是粗心大意而已。有时候我会用这样的方法来测试我的朋友们——穿一条膝盖上打补丁的，或者线缝多缝了两条的裤子，谁会有这种勇气呢？大部分人似乎都认为，若是这样穿着，自己的前途就毁了。因此，他们绝不肯穿条破裤子进城，哪怕是瘸着一条腿去。一位绅士的腿受伤了，这很正常，也有办法治疗；可若是他的裤子破了，就没法补救了。因为真正受到人们关心的，并不是那些值得敬重的东西，而是受人尊敬的东西。我们认识的人并不多，可认识的衣服和裤子却数不胜数。你将自己的最后一身衣服穿在稻草人身上，然后不穿衣服站在一旁，哪一个路人不是马上就向稻草人致敬呢？前几天，

我从一块玉米地经过,在那根戴着帽子、穿着衣服的木桩旁,我认出了这块地的主人。比起我上一次所见的,他饱经风霜,更加憔悴了。我听说有这样一条狗,若是陌生人穿戴整齐走近主人的房子,它就会狂吠,而小偷光着身体潜进来,它却服服帖帖的,一声不吭。这个问题非常有趣,要是脱了衣服,人们还能在多大程度上维持自己的身份地位呢?若是大家都不穿衣服,你能明确指出在一群文明人中谁最尊贵吗?法伊弗夫人① 曾由东向西环游世界,在即将抵达俄罗斯的亚洲部分,准备去谒见地方长官的时候,她说,旅行时的服装应该换掉了,因为她"现在身处于一个文明的国度,这里的人们是根据衣着来评定人的"。甚至在我们这个号称民主的新英格兰各城镇中,一个人只要有了钱,穿着讲究,住得奢华,就能得到众人的崇敬。不过那些心怀崇敬的人,为数不少,说实话,应该给他们派去一个传教士才好。

　　一个经过很长时间才找到工作的人,穿着新衣服去上班根本没必要;穿旧的就可以了,哪怕它已经在阁楼上放了很久,上面沾满了灰尘。一个英雄穿旧鞋子的时间比他的仆人穿旧鞋的时间还要长——假如这个英雄有仆人——光脚的历史可比穿鞋的历史久远多了,而英雄也可以赤脚走路。只有那些参加晚宴和出入议会厅的人才必须穿新衣服,他们的衣服换了一套又一套,就像那些地方的人换了一拨又一拨。然而,如果穿上短上衣和裤子,戴上帽子,穿上鞋子,便能向上帝做礼拜的话,那么它们就是合适的,难道不是吗?有谁注意过自己的旧衣服——真的已经破烂不堪了,几乎变成做衣服的原料了,就算送给一个乞丐也不能说是做善事,也许他还

---

① 法伊弗夫人(Mrs. Ida Pfeiffer, 1797~1858年):奥地利旅行家兼作家,著有《一个夫人的环球航行》。

会将它转送给一个比自己更穷的人，那个人倒可以说是富裕的。我认为，你不用提防那些穿新衣服的人，而要提防那些必须穿新衣服的职业。若是没有新的人，哪能做出适合他穿得新衣服呢？如果你想从事一份工作，不妨穿着旧衣服去试试吧。人所需要的是有所作为，而不是仅仅做一些事情，或者换句话说，是要成为什么样的人，而不是仅仅做点什么事。无论旧衣服多脏多破，或许我们根本不必添加新的衣服，就这样过下去，或经营下去，或航行下去，直到成功了，这时会感觉自己好像新人穿旧衣，如新酒装在旧瓶子里一般。像鸟儿更换羽毛一样，人的换衣季节一定是生命中的一个重大转折点。潜水鸟躲到僻静的池塘边褪换毛羽，蛇蜕皮、蛹破茧也是这样，全都是靠肌体内部的苦苦挣扎；衣服不过是披在最外面的防护膜而已，或者说是尘世中的烦恼罢了。如不是如此，我们又怎么扬起虚伪的风帆航行呢？而最终，我们将被自己和全人类的见解所唾弃。

　　一件又一件的衣服穿到我们身上，好像我们是外生植物，没有外加物就不能生长似的。那些单薄而花哨的衣服，往往穿在身体的最外面，它是我们的表皮，或者说是假皮肤，根本不能算我们生命的一部分，即使剥下也不会给我们造成致命的伤害；那些厚一些的、经常穿的衣服，是我们的细胞膜，或者说是皮层；衬衣则是我们的韧皮，或者说是内皮，一剥下来肯定会连带皮肉，伤及性命。我相信，在某些季节里，所有的物种都会穿某种类似衬衫的东西。一个力求穿着简单的人，甚至在黑暗中一伸手就能触摸到自己的身体，并且他在每个方面的生活都紧凑周密，有备而无患。即使城市被敌军占领了，他也能像古代的哲学家一样，空着手不慌不忙地走出城去。

一件厚衣服的用处，抵得上三件薄衣服，消费者可以用自己能承受的价格买到便宜的衣服，一件能穿好几年的厚衣服5美元就能买得到，一条厚长裤只要2美元，一双牛皮靴要花1.5美元，夏天的帽子0.25美元一顶，冬天的帽子0.625美元一顶，或者花更少的钱，自己在家做一顶更好的帽子。若是一个人穿上用自己劳动赚来的衣服，哪怕他穷得叮当响，也会有聪明人向他表达敬意。

我打算定做一件特别款式的衣服，而女裁缝很认真地对我说："他们说这种款式现在都不时兴了。"话语中对"他们"一词一点儿也没强调，好像她说的是某种非人的犹如命运女神①似的权威，于是我得到自己想要的款式就很难了，因为女裁缝不相信我说的是真话，认为我不过随便说说而已。听了这有如神谕的话后，我很快陷入了沉思之中，将话里的每一个字儿都细细琢磨了一番，以便弄懂它的含义，好找出"他们"与我到底有多大程度的"血缘"关系，以及"他们"在这件与我密切相关的事情上有多大的权威；最后，我决定用同样神秘的语气回答她，而根本不强调"他们"二字："真的，前段时间他们认为不时兴这种款式，不过这段日子他们又觉得时兴了。"她没有量我的性格，只量了我的肩宽，好像我不过是一个挂衣服的钉子，这种量法有用吗？我们不崇拜美慧三女神②，也不崇拜帕尔茜三女神，只崇拜"时髦女神"。在纺线、织布、裁剪上，她拥有绝对的权威。巴黎的猴王戴上了一顶旅行帽，能引起全美国猴子的效仿。有时候我很绝望，在这个世上，要完成任何一件简单朴实的事情都离不开人的帮助。先通过一台强有力的压榨机，把他们头脑里的旧观念挤压出来，使他们的双腿无法马上就站起来，这个时候，有些人的脑子里就会生出怪异的想法，至于是从何时放进去的卵中孵化出来的就不得而知了，这些念头即使用大火也无法烧尽，因此你的一切辛劳都是白费劲。无论怎样，我们都要记住，有一种埃及麦子是从一具木乃伊一直流传到我们手里的。

在艺术上，本国或他国的服装已经达到了一种至高无上的地位，我认为

---

① 命运女神：古罗马神话中有三个命运女神，即下文中的帕尔茜三女神，分别是克罗索、克拉西斯和阿特罗波斯，她们的任务是纺制人间的命运之线，同时按次序剪断生命之线。
② 美慧三女神：古希腊神话中分别代表妩媚、优雅和美丽这三种品质的三位女神的总称，分别是光明女神Aglaia、快乐女神Euphrosyne、激励女神Thalia。她们是宙斯与欧律诺墨的女儿，是众神的歌舞演员，为人间带来美丽欢乐。

这样的说法从整体上看并不成立。现在，人们还是有什么就穿什么。就像在船只失事后漂到海滩上的水手，能找到什么就穿什么，越过时间或空间的距离又难免彼此嘲笑对方的服饰。每一代人都瞧不起老款式的东西，总是虔诚地追逐新式样。在我们眼里，亨利八世①或者伊丽莎白一世②的装扮就像食人岛上的国王和王后一样，十分可笑。只要不穿在人身上，所有的衣服都会显得十分古怪和可怜。除非穿衣人有严肃的眼光，能生活得真诚，否则就无法抑制住嘲笑，也不能尊重人们所穿的衣服。一个正在表演的小丑突然肚子痛了，他那身五颜六色的衣服也会表达出这种痛楚的情绪。一个士兵中了炮弹，他那身被炸烂的军装也会同君王的紫袍③般高贵。

追求新式样这种稚气而又原始的趣味，如今的男男女女都有。这种趣味使许多人摇起了万花筒，眯起眼睛看了又看，希望能发现什么样的款式是现代人需要的。他们的趣味反复无常，对此制造商们早就心知肚明了。两种款式，无非是几根线条在颜色上有点儿不一样，可这一款衣服马上被买走了，而那一款却无人问津，到了下一个季节，被冷落的那款却成了畅销品，这种事情经常会有。相比之下，文身的习俗真算不上多可怕。事实上，文身只是在皮肤上刺花，并没有改变别的什么，根本算不上野蛮。

都说工厂体系是使人们有衣可穿的最好办法，对此我非常怀疑。技工们的状况越来越像英国工厂里的情况了，这也难怪，因为就我听来的或看到的情况来说，公司的主要目的毫无疑问就是多多赚钱，而不是让人们穿得更舒服更体面。从长远来看，人类终究会实现他们制定的目标。所以，尽管难以避免一时的失败，但目标还是定得高一些为好。

我必须承认，如今住所已经成了一种生活必需品，尽管有很多实例可以说明，在比这儿更寒冷的国度里，人们早就可以不需要住所也照样生活了。塞缪尔·莱恩④说："拉普兰人⑤穿着皮衣，将头和肩膀套在皮袋子里，就能一夜又一夜地在雪地上睡觉——那种程度的寒冷足以冻死所有穿羊毛衣服的

---

① 亨利八世（Henry Ⅷ，1491~1547年）：英国都铎王朝第二任国王，为人残暴，生活奢靡，尤其喜欢华丽的服饰。
② 伊丽莎白一世（Elizabeth Ⅰ，1533~1603年）：英国女王，因终身未嫁，又被称为童贞女王，是亨利八世与他的第二任王后之女。以喜好华丽服饰著称。
③ 紫袍：在古罗马，紫色是公认的高贵的象征。
④ 塞缪尔·莱恩（Samuel Laing，1780~1868年）：英国作家，著有《挪威日记》。
⑤ 拉普兰人：居住在挪威、瑞典、芬兰一带的人。

人。""他们的身体其实并不比别人更结实。"大概人类在地球上没生活多长时间，就懂得了住在屋子里更加舒适，家庭生活非常愉快，这句话原本可能指对房屋的满足感，超过了在家庭生活中感受到的快乐；然而在某些地方，"房子"一词总是与冬天和雨季联系在一起的，往往只靠一把遮阳伞就能度过一年中三分之二的时间，而根本用不着房屋。所以，在这样的地方，房子使人满足的说法就比较片面了，它只是偶尔适用而已。以前在我们这个地方，夏天的晚上只要随便盖点儿东西就可以了。在印第安人的记载中，一座棚屋标志着一天的行程，一排刻在或画在树皮上的小木屋代表着他们露宿的次数。人并没有与生俱来的粗壮肢体、魁梧身材，因此他只能设法缩小自己的活动范围，用墙板圈出一个适宜生存的空间来。起先，人们裸着身体生活在户外；若是气候温和宁静，还能过得非常愉快，然而还有雨季和冬天，更不用提火辣辣的日头了。要不是人类及时建造好房屋躲了进去，或许早在萌芽阶段人类就已经被消灭了。传说中，在没有衣服穿的时候，亚当和夏娃用树叶遮蔽身体。人们都需要一个家庭，也就是一个暖和或舒适的地方，肉体上暖和了，才能去考虑感情上的温暖啊。

我们能够想象，在人类还处于婴儿期时，一些胆识超强、魄力十足的人爬进岩洞寻求遮蔽。从某种程度上讲，这部世界演变史在每个孩子身上都会重演，他们喜欢待在户外，哪怕是雨天和冷天也是如此。出于本能，他们玩造房子的游戏，玩骑竹马的游戏。有谁会忘记自己小时候窥探一个岩洞，或者接近一个山洞时的那种兴奋之情呢？祖先们的天性还留存在我们的身体里。从住岩洞开始，我们逐渐学会了用棕榈树的叶子、树皮和树枝编织成可以撑起的亚麻屋顶，又学会了建造茅草和稻草屋顶、木板和木瓦屋顶，直至石头和砖瓦屋顶。最后，我们脱离了露天生活，忘记了它的样子，生活过得比我们所想的还要居家化一些。从壁炉边走到旷野的距离，毕竟非常大。如果在度过白天和黑夜时，在我们和天体之间没有任何的遮挡，如果诗人没有在屋顶下滔滔不绝地说一大堆，如果圣人没有在屋子里住那么长时间，事情也许会好些。在岩洞里鸟儿不会唱歌，在鸽笼里鸽子也不会抚爱它们的纯真。

不过话说回来，一个人如果打算设计建造一所房子，要是他不能像我们新英格兰人这样精明一点，将来他难免会发现自己住的是一座工场、一座没

有出口的迷宫、一座博物馆，或是一个救济所、一所监狱，或是一座华丽的陵墓。首先应该考虑一下，这样的栖身之所是否不可或缺。我在这个镇上看见过从佩诺勃斯科特河①流域来的印第安人，他们住在用薄棉布搭成的帐篷里，周围有大约一英尺深的积雪，我猜想若是积雪更深一些，能挡风的话，他们也许会更高兴。怎样诚实地谋生，并自由地进行自己的正当追求，从前这个问题使我苦恼不已，幸好现在我已经变得相当麻木了。在铁路旁，我经常看见那种6英尺长3英尺宽的大木箱，晚上工人们会把自己的工具锁在里面，这使我想到：花上一元钱，那些生活困顿的人就能拥有这样一个箱子，在上面钻几个孔，使空气能够流通，在雨天或者夜晚就可以睡在里面，盖上箱盖，这样他的灵魂就获得了自由，可以随心所欲地爱自己所爱了。这个主意看起来不算坏，也绝不会遭到他人的鄙视。你可以自由自在地，坐一晚上不睡觉也无所谓；并且你什么时候想出去转转，都不会有什么房东或店主拦着你索要房租。许多人都在为一只更大、更豪华的箱子支付租金，直到他们被烦扰到死；不过住在这样一个箱子里，他们是绝对不会冻死的。我可不是在讲笑话。虽然经济学一直受到轻视，但决不能对它等闲视之。一个体格健壮、长年在露天生活的民族，曾经用大自然提供的几乎全部现成材料，在这里盖了一座房子，住起来非常舒适。戈金②是马萨诸塞殖民地主管印第安人事务的总管，在1674年他曾这样写道："他们最好的屋子，屋顶盖着树皮，既干净整齐，又紧密暖和；那些树皮是在气候干燥的时节从树干上剥下来的，在树皮还是绿色的时候，用沉重的木头将它们碾压成一大块一大块的薄片……那些稍稍差点的屋子，屋顶盖着草席，它们是用灯芯草编织而成的，也很紧密很温暖，只不过没有树皮那样精美罢了……我还见过一些房子，60或100英尺长，30英尺宽……我经常住在他们的房子里，发现它跟最好的英国式住宅同样暖和。"他还描述道，在这些房子里，嵌花的席子往往铺在地上或者挂在墙上，各种器具非常齐全，并且更加先进的是，他们在屋顶上开洞，挂上一张席子，用绳子拉动它以调节空气流通。不得不强调的是，盖一所这样的房子只需一两天，拆掉它重新搭好也只要几个钟头而已；而且每一家都有一所这样的房子，或者在一座这样的房子中占有一个小间。

---

① 佩诺勃斯科特河：美国缅因州最长的河流。
② 戈金（D.Gookin，1612~1687年）：著有《新英格兰印第安人史料汇编》。

在野蛮原始的时代，每一户人家都有一所称得上最好的住所，他们那粗陋而简单的需要完全能够得到满足。尽管飞翔的鸟儿都有巢①，狐狸都有洞穴，野蛮人都有棚屋，然而到了现在的文明社会，拥有房子的家庭还不到一半。在文明程度更高的大都市里，只有非常少的一部分人拥有住房。房子，这么一件遮蔽身体的外衣，冬天和夏天都是必不可少的，于是绝大部分人每年都要为此支付一笔租金，这笔钱足够你买下一个村子里所有印第安人的棚屋，如今却使那些租客们一辈子受穷。在这里，我并不是要比较租房与买房的优劣，而是想说明，野蛮人拥有房子是因为造价低廉，而文明人经常租房子是因为没有能力支付买房的钱；从长远来看，即使租房，也不一定能一直都付得起租金。也许有人会这样分析，文明人虽然贫穷，但只要付了租金就有地方住；比起野蛮人的棚屋，住在租来的房子里就好比住在皇宫中一样。在乡村，每年只需要花费25~100美元，就可以租一所经过好几个世纪改良而建造出来的宽敞的房子，享受清洁的涂料和墙纸，拉姆福德②式的壁炉、内涂泥灰的墙面、百叶窗帘、铜制抽水机、弹簧锁，宽敞的地窖，以及许多别的玩意儿。可这到底是怎么回事呢？享受这些东西的所谓的文明人，总是因文明而贫穷，而那些享受不了这些东西的野蛮人，却因野蛮而富有。如果文明使人类的生活条件获得了真正的改进——在我看来这话很有道理，虽然只有聪明人才能改进对自己有利的条件——那么必然证明，这种文明不用花费更多的钱就能建造出更好的房子。我将所谓的物价称之为生命中用于交换物品的那一部分，需要马上付出，或者以后付出。在这个地区，大概需要花费800美元才能拥有一所普通的房子。一个劳动者可能要付出10~15年的生命，还不能有家庭拖累，才能攒够这笔钱——这是假设每个劳动者一天的劳动收入为一元来计算的，因为有些人的收入高一点，就会有另一些人的收入低一点——所以通常情况下，为了买下一所"棚屋"，他必须支付自己大半辈子的生命。如果他是租房住的，那也只不过是在两件坏事中做了个可疑的选择。难道野蛮人会明智地根据这样的条件，用自己的棚屋去换取一座皇宫吗？

或许有人认为，拥有这样的多余房子，是为了防备不时之需。在我看来，

---

① 《圣经·新约全书·马太福音》中写道："耶稣说，狐狸有洞，天空的鸟儿有窝，人却没有放枕头的地方。"

② 拉姆福德（Rumford，1753~1814年）：美国科学家，发明了一种无烟炉。

对个人而言，这样做的好处仅仅是为他自己准备了足够的丧葬费而已，但是人不用自己去埋葬自己。然而，这却显示了文明人与野蛮人的一个重大区别。为了保存种族的文明，使种族的生活更加完善，有人为文明人的生活设计了一套制度，这无疑是为了我们的利益，可个人的生活却在很大程度上被牺牲了。我想告诉大家，为了得到眼前的利益，我们已经做出了多大的牺牲，同时我还想指出，不用做出任何牺牲，我们也能得到许多利益。你说穷人总是与你同在①，你说父亲吃过酸葡萄孩子的牙齿也在发酸②，可这话有什么含义呢？

"主耶和华说，我用我的永生起誓，你们在以色列必不再有用这俗语的因由。"

"看啊，世人都是属于我的，为父的怎样属我，为子的也照样属我，犯罪的必死亡。"③

我想起我的邻居们，那些康科德的农民，他们的境况起码和别的阶级的人一样好，可我发现他们大部分人都已经劳动二十年或者三十年，甚至四十年了，其目的无非就是要当自己农场的真正主人，通常这些农场都是他们继承下来的，不过都带有抵押权，也可能是他们自己买下来的，不过是借钱买

---

① 《圣经·新约全书·马太福音》中有"因为常有穷人和你们同在"。
② 引自《以西结书》。
③ 以上两句引自《圣经·新约全书·马太福音》。

的——因此我们不妨这样看，他们三分之一的劳动就是房屋的代价——通常那一笔欠款他们还没有还清。的确，有时候农场的价值还没有它的抵押权高，结果农场本身就成了一个大包袱，但是最终总少不了继承人，因为正如这个人说的，农场对他来说实在是太熟悉了。在同估税官们交谈的时候，我惊讶地发现，他们竟然无法做到一口气说出十二个拥有农场且没有债务的农场主。若是你想了解这些农场的实际情况，得去银行打听打听抵押的事情。能够凭借自己的劳动来偿清农场债务的人，实在是寥寥无几，若是有的话，他的名字一定是每个邻居都知道的。依我看，在康科德找出三个这样的人都不是一件容易的事。据说商人中的绝大部分，甚至97%，最终都会失败，农民也是一样。然而对于商人，有一个人说得非常恰当：他们的大部分破产都不是因为真赔了钱，而是因为种种麻烦事儿未能遵守承诺；也就是说，诚信毁掉了。这就使得问题更加糟糕了，人们不由得想到另外那3%的人，或许将来他们也没法拯救自己的灵魂，同那些老老实实破产的人相比，他们的失败说不定更糟糕。破产、拒付债务，就好比一块块跳板，我们的大部分文明就从这些跳板上翻着筋斗，一个劲儿往上蹿，只不过野蛮人仍旧站在饥饿这块没有一点儿弹性的木板上。米德尔赛克斯耕牛赛每年都会举办，而且总是热火朝天，

仿佛农业这台机器的运转十分良好。

为了解决生活问题，农民们总是绞尽脑汁，可是他们采用的方法比问题本身还要复杂。为了挣点儿小钱，他们连牺畜投机生意也做。凭着娴熟的技艺，他用细弹簧设置好一个陷阱，试图捕获舒适和自由的生活，可是当他转身走开时，自己的一条腿掉进了陷阱。他贫穷的根源就在这儿。由于类似的原因，尽管我们身边充斥着各种各样的奢侈品，但比起拥有上千种安逸的野蛮人，我们全都是穷人。查普曼①在诗中写道：

这虚伪的人类社会——
——为了人间的伟大
天上的欢乐像空气般稀薄。

农民有了自己的房子后，不但没有富裕，反而更穷了，拖累他的就是他的房子。照我的理解看，针对雅典娜②建筑的一所房子，莫摩斯③曾用一句令人信服的话来表示反对：他说密涅瓦"造出的房子不能移动，这样若是碰上坏邻居，就没法躲开了"；还可以在这儿添上一句，我们的房子没有一点儿实用性，我们并不是居住在里面，而是被幽禁在里面；至于那位要躲开的坏邻居，或许就是我们自己的可以鄙视的"自我"。在这座城市里，至少有一两户人家是我认识的，他们几乎一辈子都在期盼着卖掉郊区的房子住到乡下去，可一直没能如愿，只能等到他们死的那一天，才能获得解放了。

就算那种配有各种改进设施的现代化的房子，大多数人最终都能够拥有或者租赁到，可是文明在改善我们的住房条件时，并没有使住在里面的人同样得到改善。文明建造出了一座座宫殿，可造出君王和贵族就没那么简单了。要是文明人的追求并不比野蛮人的更高贵，要是文明人的大部分时间都耗费在获取粗俗的必需品和舒服的生活上，那么他们有必要住比野蛮人更好的房子吗？

然而，那些贫穷的少数人过得如何呢？或许你可以看到这种情况：一

---

① 查普曼（George Chapman，1559~1634年）：英国诗人、剧作家、翻译家和传教士，以翻译《荷马史诗》而闻名。下面的诗句出自他的剧本《恺撒与庞培的悲剧》。
② 雅典娜（Athena）：古希腊神话中掌管智慧、发明、艺术和武艺的女神。
③ 莫摩斯（Momus）：古希腊神话中的非难指责与嘲弄之神。

部分人的表面境遇高于野蛮人，而另一部分人的表面境遇却成正比地低于野蛮人。一个阶级的奢侈是以另一个阶级的贫困为基础的。这一边是皇宫，那一边就是救济所和"沉默无语的贫苦人"。那些法老的陵墓（金字塔）是几百万只吃得起大蒜的工人们建造的，这些人死时不见得能得到像样儿的埋葬。那些为皇宫修建飞檐的石匠，晚上大概会在比印第安人的棚屋还不如的小屋子里睡觉。如果有人认为，在一个处处文明的国度里，大部分居民的住房条件都不可能像野蛮人那样差，可就犯了大错。我说的是那些生活在最底层的穷人，那些落魄的富人我还没提到呢。要理解这一点，不需要看太远的地方，只要看看铁路旁边，遍地都是简陋的棚屋，这里就是文明之光照耀不到的角落。我每天散步经过那里，都能看到他们蜗居在肮脏的棚子里，整个冬天都敞着门，就为了透点亮光进来，也看不到什么取暖的火堆，这个东西只在他们的想象之中出现过。由于长期挨冻受苦，无论老人还是小孩，都养成了蜷缩的习惯，因此，他们的身体永久地变形了，四肢和官能也停止了正常的发育。对这个阶级的人，我们自然应该公正地看待：这个时代里的所有卓越工程都是他们完成的。在英国这个世界大工场里，各种类型的技工身上，或多或少都是这样的情况。要不我再介绍一下爱尔兰的情况吧，在地图上，那个地方标注为白种人地区或开明地区。把爱尔兰人的身体状况，跟北美的印第安人或南太平洋岛屿上的居民，或任何因未接触过文明人而没有退化的野蛮人做个比较吧。我绝对相信，这些野蛮人的统治者像一般的文明人的统治者那样聪明有智慧。他们的状况只能表明，文明是与何等肮脏的东西并存的！现在我完全不用提我们南方各州的劳动者了，他们生产了这个国家的主要出口产品，而自己却成了南方的主要产品。不过，我还是不把话题扯得太远了，只谈谈那些中等境遇的人吧。

好像大部分人从来没有考虑过一所房子意味着什么，尽管他们不应该穷，实际上却穷了一辈子，因为他们老觉得必须拥有一所跟邻居一样的房子。好比你只能穿裁缝为你量身定做的衣服，或者，棕榈叶帽子或土拨鼠皮帽子逐渐丢弃了之后，你就开始感慨过日子太难了，因为你没有能力去买一顶皇冠！人们完全能够建造出比现有的更舒适、更华美的房子，不过我们必须承认，根本就买不起那样的房子。为何我们总是要研究怎样去得到更多的东西，而不愿满足于少弄点东西呢？那些可敬的公民们，正儿八经地用自己的言行来教导年轻人：要在死之前早早就准备好几双多余的皮鞋和几把用不着的雨伞，

还有空空的房间，用以招待那些想象中的客人。这样做有必要吗？为何我们的家具不能像印第安人那样，简单一点呢？民族的救星给人类送来了天神的礼物，被我们尊称为天国的使者，在我想起他们的时候，却怎么也想不起他们的身后有没有紧跟的随从，有没有装满时尚家具的大车。或许有人认为，我们的家具应该更加复杂一些，因为我们在道德上和智慧上都超过了他们，这种说法我要是认同了，又会怎么样呢——那岂不是一种奇怪的认同？现在，家具堆满了我们的房子，将房子弄得一团糟，一位好主妇宁可把大部分家具扔进垃圾堆，也不想放着早上的活儿不做。早晨的工作啊！在奥罗拉①的红霞里，在门农②的音乐中，世人们该做什么样的早活儿呢？我在桌子上放了三块石灰石，每天都得为它们擦拭灰尘，这令我非常震惊，我脑子里的家具还没有时间擦拭呢，于是我迅速抓起它们嫌恶地扔出窗外。这样说来，我怎样才能有一所配家具的房子呢？我宁愿坐在旷野里，因为只要没有人类在那儿破土，草叶上就不会有灰尘。

那些奢侈挥霍的人创设了新的时尚，引得芸芸众生趋之若鹜。一个旅游者住进一家所谓的最华丽的旅馆，他很快就能

---

① 奥罗拉：古罗马神话中的曙光女神。
② 门农：尼罗河边的雕像，据说日出时分会发出竖琴声。公元170年经罗马皇帝修复后，却不会再发声了。

体会到这一点，因为旅馆的老板像招待萨达纳柏勒斯①一样招待他，要是他接受了这种盛情服务，很快自己的男子汉气魄就会完全丧失了。我想起在火车的车厢里，我们愿意把更多的钱花在奢华的装饰上，而不是出行的安全和便捷上，所以安全和便捷根本就谈不上，车厢就是一个时尚的客厅，配有柔软的长沙发、土耳其式的睡榻、遮光的帘子，还有上百种来自东方的饰品——这些玩意儿本来是为天朝皇帝的后宫粉黛们发明的，现在统统被搬到西方来享用，若是约拿单②听到它们的名称，都会觉得羞惭。我宁愿独坐在一个大南瓜上面，也不想去和别人挤着坐天鹅绒的垫子。我宁愿坐着一辆牛车，自由地漫游人间，也不愿躺在花哨的火车车厢里，一路呼吸着污浊的空气飞向天堂。

在原始社会里，人们赤身露体，简简单单地生活着，那至少有这种好处：人依旧是大自然中的一个过客。在吃饱睡足、元气恢复之后，他就可以重新上路了。他住在天地间的帐篷下面，或穿过峡谷，或越过平原，或攀上高山。然而，看吧！人类已经成为自己工具的工具了。从前肚子饿了就独自摘果

---

① 萨达纳柏勒斯（Sardanapallus）：传说中的古亚述国王，约生活在公元前700年，以奢侈的生活方式闻名。
② 约拿单（Jonathan）：《圣经》中的勇士，扫罗的儿子，大卫的朋友。

子吃的人，变成了农民；原先在树荫下歇脚的人，变成了管家。我们再也不会夜间露宿，而在大地上安居，结果忘记了苍穹。我们信仰基督教，只是将它作为一种改良农业的方法。我们已经在尘世盖好了家宅府邸，接着还要修建墓地。最优秀的艺术作品中表现的，都是人类为了挣脱这种情形和解放自己而做的努力，可我们的艺术效果只是让这种卑微的境遇变得舒服一点，而将那些高级一些的境遇全都遗忘了。的确，美术作品在这个村子里没有立锥之地，即使有某些作品传下来，我们的生活、房屋或者街道也没法为它提供合适的陈列处。想要挂一张画，却找不到一个钉子，想放一座英雄或者圣人的半身像，也没有一个台架。我们的房子是怎样建起来的？钱款付清了还是没有付清？房子的内部经济是怎么回事儿？每当我想起这些问题，就不禁暗自纳闷，在客人对壁炉上那些华而不实的小玩意儿赞不绝口的时候，地板为什么没有塌陷下去，让他掉进地窖里，落到某块坚实的地基上呢？世人总是在追求那种所谓的富贵而优雅的生活，对此我不能视而不见，但那些点缀生活的艺术品，我根本就欣赏不了，我的注意力全都放在人们的追求奋斗上了。我想起人类肌肉所能达到的最高跳高纪录，是某些流浪者创造的，据说他们可以从平地跳起 25 英尺高。一个人跳到这样的高度之后，若是没有东西支撑，最终还是要落到平地上来的。所以，我想向那些不适当产业的所有者提几个问题，第一个问题是：支撑着你的人是谁？你是失败的 97 人中的一员呢，还是剩余的 3 个成功者之一呢？请先回答上述问题，之后我或许会欣赏一下你那些华而不实的玩意儿，发现它们不过是些用于装饰的东西。在马的前面套车，既不美观，也不实用。我们想用漂亮的饰品装潢房子，就得先剥掉一层墙皮，其实也将我们的生命剥掉了一层，此外还得有出色的家务管理和美好的生活作为基石。要知道，审美观大多是在室外培育出来的，在户外是不会有房子和管家的。

在《神奇的造化》一书中，老约翰逊①谈到了与他同时代的这座城市最早的移民，他说："小山坡是他们最早的栖身之所，他们在那里挖掘窑洞，将泥土堆在木材上面，在堆得最高的那一边生起冒着浓烟的火来烘烤泥土。"他说他们"并不修建自己的房子"，直到"有了上帝的恩赐，土地为他们送来的面包足以养活他们"。然而第一年的收成寥寥无几，迫使"他们节省口

---

① 约翰逊（Willam Johnson，1598~1672 年）：北美洲最早的移民。

粮来熬过一个漫长的季节"。1650年,新尼德兰州①的州秘书长用一段荷兰文向打算移民那里的人们详细介绍说:"那些在新尼德兰的人,尤其是在新英格兰的人,一开始是没法照着自己的想法去修造农舍的,便只能在地上挖个四方形的坑,像个地窖似的,深度有六七英尺,长度和宽度则视情况而定,他们自己满意就行,接着在地坑的四壁装上木板,为了防止泥土从板缝中渗漏出来,他们还用树皮或者别的什么东西挡住接缝;再铺上木头地板,做个天花板,然后架起一个圆木制成的屋顶,顶上盖上树皮或草皮,所有这些完工之后,他们一家人就可以住进来了,在这么个温暖而干燥的屋子里住上两年、三年,甚至四年,可以想象得出,这些地窖里还隔出了一些小房间,至于有多少间就要看这个家庭的人数了。在殖民初期,新英格兰那些有钱有势的人也住在这样的房子里,其原因主要有两个:一是不必将时间浪费在建造房子上,以免下一个季节没有足够的粮食吃;二是不让他们从本国招来的大批苦力感到灰心气馁。过上三四年后,这儿的土地已经适宜耕种了,他们再花上几千元钱,为自己建造漂亮的房子。"

我们的祖辈采用这样的做法,起码说明他们非常谨慎,好像他们的原则就是先满足当前最急需的。然而现在,我们最迫切的需求得到满足了吗?一想到要为自己置一所豪宅,我就灰心丧气了,因为在这片土地上还没有与之相应的人类文化呢,直到今天,我们仍然必须减少我们的精神食粮,减得比祖先们节省下来的口粮还要多。这并不是说在最原始的阶段,所有建筑的装饰几乎可以完全忽略掉,而是说我们可以将房子里与自己生活息息相关的部分装饰得漂亮一些,就好比贝壳的内壁,要美一点但又不能过分花哨。可是,上帝啊!我曾走进过一两所房子,瞧过它们的内部装修究竟是什么样子的。

自然,今天的我们完全没必要倒退到去住窑洞、棚屋,或者穿兽皮的地步,还是应该接受人类文明和工业发展所提供的种种便利,毕竟这些都是付出了高昂的代价才换来的。在我们这个地区,比起可以居住的窑洞、整根的圆木、大量的树皮、黏土或者平整的石板等,木板、木瓦、石灰和砖头则更容易得到,也更加便宜一些。我谈这件事还算内行吧,因为我很熟悉它,无论是理论上还是实践中。只消稍微动动脑子,我们就可以更好地利用这些材料,变得比

---

① 新尼德兰州:17世纪荷兰在北美的殖民地,今纽约州等地。

当今最有钱的人还要富裕,并让我们的文明变成一种祝福。文明人其实就是野蛮人中更有经验、更聪明的那一部分人。下面,还是让我赶快来说说我自己的试验吧。

1845年3月份快要过完的时候,我带着一把借来的斧头,走进了瓦尔登湖畔的林子里,开始砍伐我建房所需的上好木材,它们是一些高大的像箭一样的树龄并不长的白松树。刚开工的时候,总免不了四处借东西,但这或许也是最好的办法,吸引朋友们对你的事业的兴趣。我借斧头的时候,它的主人说,这是他最珍爱的宝贝疙瘩;然而我还回来的,却是比借出时更加锋利的斧头。我在一个景色优美的山坡上劳动,透过布满山坡的松树林,我可以望见瓦尔登湖,还能望见林中的一小块空地,上面长满了小松树和山核桃树。冰封的湖面有几处化开的地方,但整体上还没有消融,看起来黝黑一片,还渗出水来。我在那里劳动的几天中,还下了几场小雪;然而在我出了林子,沿着铁道赶回家时,途中经过的大部分地方都是连绵起伏的黄沙堆。沙堆在灰蒙蒙的雾气中微微闪烁,而铁轨则在春日的阳光下显得格外耀眼。我听见云雀、小鹩以及其他鸟儿在欢叫,和我们一起迎接新一年的来临。那是大地春回的快乐时光,令人厌恶的冬日正与冻土一起消融,而那些蛰伏起来的生命则开始舒展身姿了。有一天,我的斧头柄脱落了,于是,一段青绿的山核

桃木被我砍下来做成了楔子,我用石块把它嵌入斧头的榫眼里,接着又将整个斧头浸入湖水里,以便楔子能够涨大一些。这时,我发现一条花蛇窜入湖中,潜在水底,没有丝毫的不自然。我在那儿待了一刻钟还多,这条蛇竟然一直没有游走,大概它还没有彻底从蛰伏的状态中苏醒吧。在我看来,人类也是出于同样的原因,仍然停留在目前这种低级而原始的状态中;但是,春能使万物复苏,如果人类感受到春的威力,就必定能升华到更高的人生境界。之前,在霜冻的清晨,我在路边曾见过一些蛇,它们的部分躯体还是麻木的,很不灵活,等着日出来唤醒它们。4月1日下雨了,冰融化了,这一天大半个早上都笼罩在浓雾之中,我听到一只失群的孤鹅在湖上徘徊,好像迷了路,它哀鸣着,又像是雾的精灵一般。

就这样,我一连劳动了好几天,用那柄不起眼的斧头砍伐木料,砍削立柱和椽子,我可没有什么值得告诉大家的,或者学者式的思考,只是随兴哼唱——

> 人们总说自己见识广博;
> 看吧,他们扑打着翅膀——
> 艺术啊,科学啊,
> 还有成百上千种技艺啊;
> 只有这阵吹过的风,
> 才是他们的全部所知。

我将主要的木料削成 6 英寸见方，大部分的立柱只削两侧，椽子和地板木料只削一面，剩下的几面都保留着树皮，这样一来，它们平直得像锯子锯出来的一样，而且更加坚实。由于我又借到了一些工具，所以我在每一根木料上都凿了榫眼或削出了榫头。通常，林中的白昼并不长。多数时候，我带着黄油面包当午餐，中午时分，坐在我砍下的绿色松枝上，读着包裹面包用的报纸，连面包也染上了松树的香味，因为我的手上沾满了一层厚厚的松脂。在完工之前，我就成了松树的朋友，而不是敌人。虽然我砍伐了几棵松树，但它们并没有怨恨我，而是与我更加熟悉了。有些时候，我伐木的声音引来了林中闲游的人，我们就坐在砍下的碎木片上愉快地闲聊。

我干活并不着急，只是尽力去做罢了，直到 4 月中旬，我的房子才有了初步的框架，可以竖立起来了。詹姆斯·柯林斯是一个爱尔兰人，在菲奇伯格铁路上工作，他有一所被公认为非常不错的棚屋。我买下了这所房子，打算使用它的木板。我去看房的时候，他外出了。我沿着房子转了一圈，因为窗户很深也很高，所以最初屋子里的人并没有发现我。房子不大，屋顶呈尖尖的三角形，别的地方没什么可看的，周围堆积的垃圾足有 5 英尺高，就像一堆肥料一样。屋顶被太阳晒得变形了，许多地方都翘了起来而且变得很脆，但它还是整所房子最完好的部分。没有门槛，不过门板的下面有一条通道是专供母鸡自由进出的。柯林斯夫人来到门口，邀请我进屋去看看。我刚走近，母鸡们就吓得钻进屋里了。屋子里很昏暗，大部分地板都很脏，而且潮湿发黏了，摇摇晃晃的，东一块西一条地乱放着，根本经不起挪动了。她点燃一盏灯，为我照亮屋顶的边角和四周的墙壁，还有一直铺到床底下去的地板，并提醒我不要踩进地窖，其实那就是一个两英尺深的地洞。用她的话说，"屋顶和四周的木板都很好，还有一个窗户也是好的"——原本是两个方框，最近从那儿进出的只有猫儿。屋子里还有一个火炉，一张床，一块可以坐人的地方，一个出生在这里的婴儿，一把丝绸的遮阳伞，一面镀金的镜子，一个钉在小橡木上的新咖啡磨。这些就是全部家当了。詹姆斯回来了，这笔生意很快就做成了。我得在今晚付出 4.25 美元，而他则要在明天早上 5 点钟搬走，不能再把房子转卖给任何人了；6 点钟，这所房子就属于我了。他嘱咐我最好早点来，免得别人找机会在燃料和地租上提出某些含含糊糊且不讲道理的要求。他向我保证，除了这，再也不会有第二个麻烦了。6 点钟的时候，我在路上与他们一家人相遇了。他们带着一个大包裹，里面装着全部的家产——床，

咖啡磨，镜子，母鸡，只少了那只猫；它跑进树林去当野猫了，后来我听说它踩了诱捕土拨鼠的机关，最终成了一只死猫。

  这天早上，我就开始拆卸小木屋，将钉子拔下来，用小车把木板一车一车地运到湖边，让它们在草地上暴晒，以便恢复原来的形状。在我驾车驶过林中小路时，一只早起的画眉鸟还给我唱了一两支小曲。年轻人帕特里克却阴损地对我说，在我装车走的间隙，那个叫西莱的爱尔兰邻居将那些还能用的、直的、能钉的钉子——骑马钉和墙头钉——全部放进了自己的口袋；等我回来看着那一堆废墟，心中充满盎然的春意的时候，他就站在旁说："没有什么事做啦。"此时此刻，他作为观众的代表，使得这件微不足道的小事看起来像是特洛伊城①众神的撤离一样。

  以前曾有一只土拨鼠在向南倾斜的山坡上打过地洞，如今我在那里挖掘我的地窖，我刨出漆树和黑莓的根，一直挖到没有植物根茎残留的地方，那是一片优质的细沙土，约有 6 英尺见方，7 英尺深，土豆藏在里面，无论冬天多么寒冷也不会被冻坏。地窖的内壁是倾斜的，没有砌石块；但阳光照不进这里，所以沙土不会坍塌下来。我只花了两个小时，就完成了这个活计。我对这种掘土挖洞的活儿非常感兴趣，因为无论在哪个纬度上，人们只需挖进土里就能得到同样的温度。在都市中，豪宅的下面也有地窖，他们像古人一样将块根植物储藏在里面，即使将来上面的建筑变成了废墟，后代人也能在

---

① 特洛伊城：古希腊诗人荷马的史诗《伊利亚特》中描述的围攻 10 年才攻破的城。

地皮上找到它遗留的凹痕。所谓房子，无非就是通往地洞的一道门廊而已。

5月初的时候，在一些熟人的帮助下，我的房子的框架竖起来了，其实用不着请他们帮助，我只是借这个机会增进一下与邻居的感情。竖立好屋架，令我倍感荣耀。我相信，注定有那么一天，大家会一起去建造更高的建筑。7月4日，屋顶已经装好了，木板也钉齐了，这些木板都削成薄边，一块叠一块地扣在一起，完全可以遮风挡雨了，于是我正式住进了我的屋子。在钉木板之前，我用两车石块在屋子的一边砌好了一个烟囱的底座，这些石块都是我亲手从湖边搬上山来的。直到秋天锄完庄稼地之后，气候已经到了必需生火取暖的时候了，我的烟囱才完工——这之前我通常都是一大早就在野地里做饭，我认为比起一般的方式，这种方式更加方便，更加惬意。要是刮风下雨了，而我的面包还没有烤好，那我就拿几块木板挡在火堆上，自己躲在木板下看着面包。就这样，我度过了许多快乐的时光。那段日子我要干许多活儿，没有什么读书的时间，不过即使是地上的破纸，甚至是端菜的布垫或者桌布，也能给我带来无限的乐趣，这同阅读《伊利亚特》的感受没什么不同。

虽然我盖房子很周密谨慎，但若是更加细心一点也是值得的，比如说，考虑考虑在人性之中，一扇门，一个窗户，一个地窖或者一间阁楼有着什么样的基础，或许，在找到更好的理由之前，你永远也不必建造除了目前需要之外的任何上层建筑。人为自己盖房子，与鸟儿筑巢一样，都是合情合理的。可有谁知道呢，如果人类都亲手建造自己的房子，并且俭朴老实地用食物养活自己一家人，那么诗歌的天赋就会在全世界发扬光大，就像鸟儿鸣叫的时候，歌声响彻云霄一样。但是，唉！我们倒是像燕八哥和杜鹃，飞到别的鸟儿筑的巢里去下蛋，还发出叽叽喳喳的刺耳叫声，让过往的行人听了都感到很不舒服。难道说我们永远放弃了建造的乐趣，只剩下木匠能享受它了吗？建筑在大多数人的经验中占有什么样的位置呢？在我涉足的多个行业中，一个人从事为自己盖房子这样简单而自然的工作，我还从来没有碰到过。我们都属于社会这个大团体。裁缝只占人的九分之一；人们同样还可以当传教士、商人和农民。要分到什么程度这种分工才会停止呢？最后的结果又是什么呢？毫无疑问，我的思考也能让别人来代替了；然而，若是他替我思考就是为了不让我自己思考，这样就不好了。

的确，所谓的建筑师在这个国家也有，至少我曾听说过一位建筑师，他有一个想法，就是建筑物上的装饰应该具有一个真实性的核心，一种必要性，

因而产生一种美,似乎这是神灵启示他的。也许从他的想法来看,全都是很不错的,其实他只不过比那些普通的业余爱好美术的人高明了一丁点儿。一个在建筑上跟着感觉走的改革者,他从飞檐着手,而不是先打好基础。照他的观点,一个真实性的核心只放在装饰里面,这就像一粒杏仁或一颗葛缕子嵌入每一颗糖里面一样——但是我认为不用糖,只吃杏仁对健康更有益——他并没有考虑到居民,那些住在房子里的人,可以把房子里里外外都建造得很好,至于各种装饰让它们顺其自然就行了。理智的人都会把装饰只当作表面的,仅属于皮肤上的东西——就好比乌龟的斑纹外壳,贝类拥有珍珠的光泽,就像百老汇的居民获得三一教堂一样,哪里还需要签订什么合约呢?一个人跟他拥有什么建筑风格的房子没有关系,就像乌龟与它的甲壳无关一样;一个士兵绝不会无聊地在军旗上涂抹表现自己骁勇的确切色彩,因为敌人肯定会发现的。一旦到了考验的时刻,他就要面如土色了。在我眼里,这位建筑师仿佛在飞檐上俯瞰里面那些粗俗的住户们,羞涩地对他们嘀咕着自己半真半假的话,其实他还没有住户们知道得多呢。我知道,现在我所见到的建筑学的美,是由内而外逐渐生长出来的,是在满足住户的需要和性格的过程中滋生出来的,住户才是最好的独一无二的建筑师——美来自他的没有觉察到的真实和崇高,至于外表是从不考虑的。如果说这种美注定会产生的话,那么此前他已经在不知不觉中有了生命之美。正如画家们都了解的，在这个国家里，普通的穷苦人的住宅往往是最有趣味的，那些简陋的木屋和农舍，没有一丁点儿装饰；房子是人的外壳，壳里面的居民生活才能使这样的住宅别具风姿，这一点在房子的外在装饰上是体现不出来的。市民建在郊区的那些箱子形状的木屋也同样有趣，他们生活得如想象中一样简单随意，却并不去追求什么建筑风格。大部分的建筑装饰都只是徒有其表，9月份刮起一场大风就可以将它们全部刮走，就像吹落借来的羽毛扇子①一样，而房子本身不会受到一丁点儿损坏。那些不在地窖里贮藏美酒和橄榄的人，不懂得建筑学也照样能过。假如在文学上也同样一心追求装饰风格，那会出现什么样的结果呢？如果《圣经》的建筑师将大量的时间花在飞檐上，就像教堂的建筑师那样，又会出现什么样的结果呢？纯文学、艺术学以及它们的教授们就是如此装模作样的。诚然，要把这几根木棍子斜着放在他的上头还是下头，应该用什么颜色去涂他的箱子，这是谁都非常关心的问题。说实话，将木棍子斜着放，给箱子涂上色，还是有一定意义的；然而，如果精神已经不在肉体里了，那就等于是在为自己打造棺材了——这就是坟墓建筑学，而"木匠"无非是"棺材匠"的另一种称呼罢了。有人说，若是你处于失望之中，或者你冷漠地看待人生的时候，就从脚下抓起一把泥土吧，然后用这种颜色去粉刷自己的房子。他想起自己那最后的狭小的屋子了吗？那么掷个硬币来选择一下吧。他肯定有大量的空闲时间！你干吗要抓起一把泥土呢？还不如用你自己的肤色去粉刷房子呢；使房子颜色苍白或者为你害羞变红好了。这是改进村舍建筑风格的一大创举！等你为我的住房准备好了装饰，我就会用上它们。

　　我在入冬以前造好了一个烟囱，并将一些从原木上砍下的薄片钉在屋侧，因为那里根本挡不住雨水。那些薄片饱含着树汁，而且非常粗糙，我只好用刨子将它们的边缘刨平整。

　　就这样，我有了一所房子，它由木板严严实实地钉合而成，墙壁抹有灰泥，屋顶盖有木瓦，它宽10英尺，长15英尺，门柱高8英尺，除此之外，有一个阁楼，一间盥洗室，每一边开了一个大窗户，有两个活动的天窗，有一个大门在房子的尾端，门对面是一个用砖砌成的火炉。我盖房子的准确费用，只需计算所用材料的市价，不用计算人工，因为所有的活儿都是我自己干的，

---

① 出自寒鸦向孔雀借羽毛扇子来打扮自己的寓言，比喻借来的漂亮衣服或不属于自己的荣誉等。

我将费用总数列成了下面的清单。我写下这么详细的清单，是因为能够精确计算出自己的房子究竟花了多少钱的人非常少，而能够说清楚盖房子的种种材料的价格的人几乎找不到，就算是能找出来，也是极其稀少的——

木板	8.035 美元（大部分是旧棚屋的板子）
屋顶及墙壁用的旧木板	4 美元
板条	1.25 美元
两扇带玻璃的旧窗	2.43 元
一千块旧砖	4 美元
两箱石灰	2.4 美元（买贵了）
毛发	0.31 美元（买多了）
壁炉架铁片	0.15 美元
钉子	3.9 美元
铰链和螺丝钉	0.14 美元
门闩	0.1 美元
粉笔	0.1 美元
搬运费	1.4 美元（大部分是自己背的）
总计	28.125 美元

上面就是盖房子的所有材料，不过并没有包括原木、石头和沙子，这几样材料是我依照政府规定的在公地上盖房子应享受的权利得到的。此外，我还搭了一间小坡屋，所用的大部分材料都是盖房子时剩下来的。

我打算给自己造一所宅子，它比康科德大街上的任何一所宅子都要宏伟华丽，不过它还要能像现在这所房子一样使我高兴，并且造价也不能比这所房子高。

由此发现，想找个住处的学生，只需要付出比他现在每年的房租还要低的价钱，就可以拥有一座受用终生的房子。要是认为我这话有些夸大，不符合实际，那我的解释是：我是为人类夸大，而不是为了自己；而且我的缺点和前后矛盾并不会对我言论的真实性产生影响，尽管我身上也有不少虚假和伪善之处——就像麦子很难去掉糠秕一样，我也和其他人一样深感遗憾——不过在这件事情上，我挺直腰杆，自由地呼吸，这对身体和心灵都是一种极大的快乐；并且我下定决心不会做魔鬼的代言人，而要努力为真理说一句好话。在剑桥学院①，一间学生宿舍只比我的房子稍微大一点儿，每年却要收取30美元的租金，而那家公司②却占了大便宜，在一个屋顶下盖了并排的32个房间，因为邻居太多了，环境嘈杂，租客也许只能住在四层楼上，很不方便。我不禁这么想，如果在这些方面我们有更多的真知灼见，不仅可以减少教育的需求，因为其实人们早就接受过许多教育了，而且大部分为受教育而支付的费用也可以减掉了。在剑桥或者其他学校，学生为了获得本应该拥有的便利，花费了自己的或别人的很大的生命代价。其实，如果这种事情双方都能处理得当，只需花费原来的十分之一就足够了。花钱最多的东西，绝对不是学生最需要的东西。比如，在一学期的账单上，学费是一笔很大的支出，但是学生们获得的更有价值的教育，却是来自于和最有教养的同时代人的交往，而这不用花一分钱。建立一所学院的最通常方式，就是找人募捐，募集多少元多少分，接着便极端盲目地按分工的原则去做，这个原则其实必须谨慎去从事才行——于是，一个承包商被招来了，不过他只把这件事当成投机生意来做，他雇用了爱尔兰人或是其他的一些工人，然后就正儿八经地奠基开工了，接着，学生们只好凑合着住进去，据说早晚能适应；因为这么个错误的决策，一代又一代的人只能掏钱付学费。我认为，如果那些学生或者那些想从学校获益的人，

---

① 剑桥学院：这里指哈佛大学。
② 指管理哈佛大学的董事会机构。

能自己动手奠基开工，情况一定会好很多。根据通行的各种制度，学生们避开人类必需的任何劳动，获得了自己想要的清闲，其实这种清闲是不光彩的，也是毫无用处的，至于那种能使这样的清闲变成丰富收获的经验，他们一点儿都没有学会。"但是，"有人说，"你该不会是想让学生们都去干活，而不用动脑筋了吧？"这是对我本意的误解，他们应该多思考一下我所主张的那些东西；我的意思是，他们不应该将生活当成游戏，或者只是研究一下生活，却还要社会付出高昂的代价去供养他们，而应该由始至终都认真地生活。年轻人只有马上投身于生活实践之中，才能更好地学会生活。在我眼里，要想像数学一样的锻炼他们的心智，就只能这样做。打个比方，如果想让一个孩子学会一些科学知识，通常都是将他送到附近的教授那儿去，那里什么都教，什么都练，除了不教也不练习生活的艺术外，我是不希望用这种老路子教导孩子的——那只是用望远镜或者显微镜去观察世界，却从不教他用肉眼来看世间万物；研究了化学，却从没学习过面包是怎么做成的，需要哪些技艺，也没学过怎样去挣面包；发现了海王星的卫星，却没发现自己眼中的微尘，或者发现不了自己是某一个流浪者的卫星；或者说他在一滴醋酸中观察怪物，自己却要被周围的怪物吞噬了。如果一个孩子将自己所需知道的知识都从书本上找出来，自己去挖铁矿石，又亲自熔炼它们，最终就能为自己打造一把折刀；而另一个孩子坐在学院里听有关冶金的课，同时又收到了一把父亲送给他的罗杰斯牌折刀，试想一下，过上一个月，哪个孩子的进步会更大呢？最可能被折刀划破手指的又是哪一个孩子呢？……令我万分吃惊的是，在我离开大学的时候，据说我就学过航海学了——天啊，只要我到港口上转上几圈，就能学到更多的航海知识。即使最穷的学生，也学过政治经济学，不过这只是被大学教授教过而已，至于生活经济学，这个哲学的同义词，在我们学院中还从没有被认真教过。结果就出现了这样的情况，当儿子正在研究亚当·斯密①、李嘉图②和萨伊③的经济学说时，他的父亲却背负着无法摆脱的债务。

　　就像我们的学院，搞了上百种"现代化的改进设施"——人们很容易对

---

① 亚当·斯密（Adam Smith，1723~1790 年）：英国经济学家，英国古典政治经济学的主要创立者，著有《道德情操论》和《国富论》等。
② 李嘉图（David Ricardo，1772~1823 年）：英国经济学家，英国古典政治经济学的完成者，著有《政治经济学及赋税原理》和《论农业的保护》等。
③ 萨伊（Jean Baptiste Say，1767~1832 年）：法国早期庸俗政治经济学的代表人物。

它们抱有幻想——其实并不总能取得积极的进步。魔鬼早就投资入股了,后来还进一步注资,接着就不断地要求给他算复利,直到最后。我们的发明总是些好看的玩具,只是将我们的注意力吸走,使我们无法专注于严肃的事情。它们只是提供一些手段用以改进那些毫无改进的目标,其实这个目标很早就能轻而易举地达到;像直通波士顿或者纽约的铁路那样,我们火急火燎地要修一条从缅因州直通德克萨斯州的磁力电报线,说不定从缅因州到德克萨斯州根本就没有什么重要的信息值得发电报呢。就好比一个男子,热切地希望能与一位耳聋的贵妇人谈谈,可等到他被引见了,贵妇人助听器的一端也放在他的手中,他却发现自己根本就没什么话要对贵妇人讲。似乎主要的目的就是快点说,而不是说得清楚合理。我们急切地期盼着在大西洋底部修一条隧道,使得从旧世界到达新世界花费的时间缩短好几周,可是最先传入美国人的大耳朵里的消息,也许是阿黛莱德公主患了百日咳。总之,那个骑着马儿一分钟跑一英里的人肯定带不来最重要的消息,他又不是福音教徒,跑来跑去也不是为了吃蝗虫和野蜂蜜①。我猜想,飞童②肯定从没有运过一粒谷子去磨坊。

---

① 此处所说的"他"指的基督教《四福音书》的作者之一约翰。《圣经》中说:约翰曾在旷野中传道,他"身穿骆驼毛的衣服,腰束皮带,吃的是蝗虫、野蜜"。
② 飞童:18世纪英国一匹著名的赛马。

有人对我说:"我真不明白你为何不存点钱。你喜欢旅游;应该今天就坐上汽车,去菲奇伯格见见世面啊。"不过我的想法更聪明一点,我知道步行是最快的旅行。我对朋友说,要不我们来试试看,谁先到达那儿。路程是30英里,车费是0.9美元,这大概是一天的工资,我记得,过去工人们在这条路上干活的时候,一天的工钱是0.6美元。好吧,我现在就开始走了,天黑之前就能到达那儿。一个星期以来,我都是用这样的速度旅行的。我在路上的时候,你正在挣车费呢,明天的某个时间你也到达了,要是你运气好,能早点找到一份工作的话,也可能今晚就到了。但是,你不是去菲奇伯格,而是将一天中的大部分时间都用在这儿工作。所以呢,即使这条铁路能绕地球一圈,我想赶在前面的还是我;至于见见世面,增加点阅历等,那我真应该和你彻底绝交了。

这是没有人能斗得过的普遍的法则,就连前面提到的铁路,我们也可以说它有多宽就有多长。建一条能让人类绕地球一周的铁路,就相当于将地球的表面铲平了一样。人们糊里糊涂地认为,只要他们的合股经营继续下去,铁锹不停地挖下去,最后火车就可以到达任何一个地方,而几乎不用花费什么时间和金钱。人们成群结队地涌向火车站,列车员大喊着:"旅客们上车吧!"等到黑烟被风吹散,一团团浓密的蒸汽喷出来,这时才能看清楚,坐上火车的只是少数人,其余的人都被火车碾过去了,这就被称为"一件可悲

的意外事件",事实上也是。毋庸置疑,挣到了车费的人,最后还要能坐得上车,换句话说,就是只要他们还活着。不过话说回来,或许到那个时候他们已经心情不好,不想去旅行了。一个人为了在生命中最不宝贵的那段时间里享受到一点儿值得怀疑的自由,就用自己生命中最宝贵的那一段时光去赚钱,这不禁使我想起了那个英国人,为了以后可以在英国生活得像个诗人一般,他首先跑到印度去发财。其实,他最应该做的就是马上住进小阁楼里。"什么!"100万个爱尔兰人从土地上的所有木屋里伸出头来大喊,"难道我们修筑的这条铁路不好吗?"我回答道,当然,比较起来看是好的,也就是说,也许你们会干得更差呢;不过,因为你们是我的兄弟,所以我希望你们的日子过得更好一些,至少比挖土掘地要好。

在我的房子竣工以前,我想通过老实且令人愉快的方式来赚点钱,10美元或者12美元,以供我额外的开支。于是,在屋边大约两英亩半的沙地上,我种了点东西,大部分是蚕豆,剩下的有土豆、玉米、豌豆和萝卜。我占的土地总共有11英亩,大多种着松树和山核桃树,上一个季度每英亩的出产卖了8.08美元。一个农民说,这块地"啥用都没有,只能养几只吱吱叫的松鼠"。我从没给这块地施过肥,也没有它的所有权,只是一个合法的居住者,我不打算种这么多地,就没有一下子锄完全部的地。我在锄地的时候挖出了许多树根,足够我烧很长的时间,我在一些树桩周围留下了几小圈未开垦的肥沃土地,到了夏天,种在它们周围的蚕豆长得格外茂盛,望一眼就能区别出来。至于我其余的燃料,则来自于房子后面那些枯死了没人买的树木和湖面上漂过来的木头。除了亲自扶犁以外,我不得不租了一套马匹来耕地,还雇了一个人帮忙。第一季度,我在工具、种子和用工等方面的农场支出总额为14.725美元。玉米种子是别人送的。其实种子花不了几个钱,除非你打算种很多。我收获了12蒲式耳[①]蚕豆、18蒲式耳土豆,还有一些豌豆和甜玉米。黄玉米和萝卜没有一点儿收成,因为种得太晚了。农场的全部收入为:

23.44 美元

[①] 蒲式耳:英美用来计量谷物等的容量单位,在英国1蒲式耳等于36.238升,在美国1蒲式耳等于35.238升。

扣除支出 14.725 美元

结余 8.715 美元

除去我消费的产品外，当时我的手上还存下了一些农产品，按市价大约值 4.5 美元——用这笔钱去购买我所需要的而自己又没有种植的蔬菜，还能有剩余呢。经过通盘考虑，也就是说，考虑到人的灵魂和时间的重要性，这个实验只花掉了我很短的时间。正是因为时间很短，我相信自己今年的收成超过了康科德的每一个农场主。

到了第二年，我做得更好了，因为我将自己需要的全部土地都犁了一遍，大约有三分之一英亩。有了这两年的经验，那些有关农业的巨著压根儿就吓不倒我，哪怕是亚瑟·扬[①]写的。我体会到这样一个事实：一个人如果生活简单，只吃自己种的粮食，而且需要多少粮食就种多少，也不贪心地拿粮食去换取更加昂贵、奢侈的东西，那么他只用耕种几平方杆[②]的土地就足够了；用铁锹翻地比用牛耕地要便宜多了，还可以每次换一块新地，这样就不必不停地给旧地施肥了。只需将夏季空闲的时间挪出一点点，就可以将所有必要的农活都干完。如此一来，他还有必要像今天的人们那样，将自己与一头公牛，或一匹马，或一头母牛，或一头猪拴在一起吗？在这个问题上，我希望讲话不带任何偏见，对于目前的社会经济和各种措施我并不感兴趣。比起康科德

---

① 亚瑟·扬（Arthur Young，1741~1820 年）：英国农业家和作家，著有《农业经济学》。
② 平方杆：杆，美国长度单位，1 杆约为 5.5 码。平方杆，面积单位，1 平方杆等于 30.25 平方码，即 25.3 平方米。

的任何一个农民，我更具有独立性，因为我没有将自己禁锢在一座房子或者一个农场上，我可以按照自己的想法做事，这种想法在每一分钟里都在变化着。何况我的日子比他们好多了，哪怕我的房子着了火，或者庄家歉收了，我照样能过得跟以前一样好。

我常常在想，不是人在放牛，而是牛在牧人，只不过人享受的自由更多一些。人和牛是交换劳动，倘若我们只考虑必需的劳动，那么牛占有更大的优势，它们的农场也比我们的大多了。人要割上6个星期的草并晒干，以此作为交换劳动的一部分，这可不是容易做的事。当然，没有一个在各方面的生活都很简单的国家，或者说一个哲学家的国度，会犯下这种驱使牲畜去劳动的大错。确实从未有过，将来也未必会有一个哲学家的国家，即使有了，我也不敢肯定它是令人满意的。不过我可不愿意去驯一匹马或者一头牛，叫它替我干它能干的任何活计，因为我害怕把自己变成了马夫或者牛倌。如果说这样做了，社会就能受益多多，那么我们能确信一个人的收益不是另外一个人的损失吗？难道能保证马倌跟他的主人一样满意吗？即便有些公共工程在没有牛马帮助的条件下很难完成，从而得让人类与牛马一起分享这种荣耀。是不是我们就可以由此认为，人不可能用更加匹配自己的方式来完成这种事情呢？有了牛马的帮助，人们开始做那些既没有必要，也没有艺术感，还奢侈无用的工作，这时候必然会出现这样的情况：少数人不得不去和牛马交换劳动，或者说，这一部分人变成了最强者的奴隶。因此，人不仅为自己内心的牲畜工作，而且作为这一方面的一种象征，还为自己身外的牲畜工作。尽管我们已经拥有了许多砖瓦房或者石头房，然而一个农民是否富裕，还得瞧瞧他的牲口棚比他的住房大多少。据说这个地区最大的房子，都是供耕牛、奶牛和马居住的；公共建筑在这一方面也毫不逊色；但是在这个城市里，可供人们言论自由或者信仰自由的大厅却非常少。国家用高楼大厦来为自己建造纪念碑真是不应该啊，为何不用抽象的思维能力去纪念呢？一卷《对话录》①绝对比东方各国的所有废墟都令人心驰神往！高塔和寺庙只是君王的奢侈品。一个思想纯朴、心灵独立的人绝不会听从君王的旨意去做苦工，天才绝不会是任何君王的侍从，哪怕金子、银子或者上品的大理石也无法使他们动心。

---

① 《对话录》：古印度叙事诗《摩诃婆罗多》中的一部分。

052

瓦尔登湖

上帝啊，请告诉我，捶打这么多石头的目的是什么呢？我在阿卡狄亚①时，就没有见过任何人捶打石头。许多国家都沉溺于疯狂的野心里，想留下一大堆雕琢过的石头来使自己流芳百世。若是在雕琢自己的风度上，他们也花费同样多的心血，那会是什么情况呢？比起高耸到月球的纪念碑，一件理性的事情更值得流传下来。我更喜欢石头留在它们原来的地方。像底比斯②那样的宏伟是俗不可耐的。一座有100个城门的底比斯城，还不如围绕着老实人的田园的那一平方杆的石头墙合理呢，因为它早就偏离了人生的真正目标。一个国家开凿的石头，大多用来为自己修建墓地了。它将自己给活埋了。至于金字塔，根本算不上什么奇迹，令人惊奇的是：竟然有这么多人愿意忍受屈辱，甚至耗尽一生的精力，就为了给某个野心勃勃的笨蛋修建坟墓。其实，这个笨蛋还不如淹死在尼罗河里，叫野狗吃了尸体，这样还显得聪明一点，有点男子汉的气魄。本来我可以为他们和他编造一些借口，不过我可没这个时间。至于建筑师们的宗教信仰和艺术爱好，全世界都是一样的，不管他们修建的是埃及神庙还是美国银行。成本总是比实际价值要大。虚荣是主要动力，对大蒜、面包和牛油的热爱则是助手。巴尔科姆先生是一位年轻有为的建筑师，他追随维特鲁威③，用硬铅笔和直尺设计了一份图纸，随后将其交给了多布森父子采石公司。这份被俯视了30个世纪的东西，如今却得到了人类的仰视。镇上曾有个疯子要挖一条通向中国的隧道，他已经挖掘很深了，用他自己的话来讲，中国茶壶和烧开水的响声他都已经听到了。不过，我绝不会违心地去称赞他挖的那个地洞。东方和西方的那些纪念碑得到了许多人的关注——他们都想知道是谁建造的。不过我更愿意了解，当年有谁不想建造这些玩意儿——谁眼光更高，根本不屑于做这些无聊的事。不过，我还是继续去做我的统计吧。

当时，在村子里，我做过测量，也做过木工，还做过其他一些杂活，我会的行当跟我的手指头一样多，我总共挣了13.34美元。够我从7月4日到第二年3月1日共8个月的生活费，这是根据当时的物价估算出来的。

---

① 阿卡狄亚（Arcadia）：古希腊的一个高原地区，后来经常用在诗歌中，比喻淳朴的田园牧歌式的生活。
② 底比斯（Thebes）：埃及尼罗河畔的一座古城，有100个城门，以石雕闻名，是世界著名古迹之一。
③ 维特鲁威（Marcus Vitruvius Pollio），古罗马著名建筑师，生活在公元前1世纪，著作《建筑十书》对后世影响很大。

虽然我在那里一共生活了两年多——不算我自己种的土豆、为数不多的玉米和豌豆，也不算结账那天我手上存货的市值，这 8 个月的具体开销如下：

米 ……………………………………	1.735 美元
糖浆 …………………………………	1.73 美元（最便宜的那种）
黑麦 …………………………………	1.0475 美元
印第安玉米粉 ………………………	0.9975 美元（比黑麦便宜）
猪肉 …………………………………	0.22 美元
面粉 …………………………………	0.88 美元（比玉米粉贵，而且麻烦）
白糖 …………………………………	0.8 美元
猪油 …………………………………	0.65 美元
苹果	0.25 美元
苹果干	0.22 美元
甘薯	0.1 美元
一只南瓜	0.6 美元
一只西瓜	0.2 美元
盐	0.03 美元

不错，我确实吃掉了 8.74 美元，不过，我的大部分读者都跟我有同样的罪过，他们的账单若是公布出来，肯定不会比我的好多少，如果这一点不是我早就知道的，那么我一定会为公布自己的罪行而脸红了。第二年，我有时会捕鱼来当食物，有一次还杀死了一只糟蹋我的蚕豆地的土拨鼠——我吃了它，部分原因是为了验证一下。虽然有种麝香的气味，不过它还是暂时令我满足了口腹之欲。但是我也明白，长期享用这样的口福并不好，哪怕是请村子里的大厨为你烹制土拨鼠也不行。

同一时期，衣服和其他零用，虽然数目不大，但总共也有：

8.4075 美元

油和一些家庭用品 2 美元

洗衣服和缝补衣服多半是拿到外面去做，还没有收到账单——这些费用就是这个世界上在这些方面必需支出的全部费用，也可能比必需的花费多了一点儿——全部支出如下：

房子	28.125 美元
农场一年的开支	14.725 美元
8 个月的食品	8.74 美元
8 个月的衣服及其他开支	8.4075 美元
8 个月的油及其他开支	2 美元
总计	61.9975 美元

从开支上减去这个数目，余额为 25.2175 美元——恰好是我开始时所拥有的资金，原来预备的开销数额，这是一个方面——另一方面，我不仅获得了清闲、独立和健康，还拥有了一座舒适的房子，想住多久都没问题。

统计的这些资料，虽然很琐碎，好像也没什么用，但它非常完整，这就具有了某种价值。我的所有开销，都记在账单上了。从上面列出的数据看，单是食品这一项，每

周就要花费 0.27 美元。此后近两年的时间里，我的食物基本上都是黑麦、不发酵的印第安玉米粉、土豆、大米、一点点腌肉、糖浆、盐和饮用水。用米饭当主食，对我这个爱好印度哲学的人来说非常合适。为了应付那些惯于吹毛求疵的人的反对意见，我还要声明一下，如果有时我跑到外面去吃饭——就像我过去外出用餐那样，相信以后我还有机会这样做——那将会使我的家用开销计划受到影响。但是我已经讲过了，经常会在外面用餐，对这么一个比较性的手法，是不会产生任何影响的。

这两年的经历告诉我，即便在这个纬度上，要获得一个人必需的口粮也不难，甚至容易得令人难以相信；人可以吃得像动物那样简单，却仍然拥有健康和力量。我曾吃过一顿在各个方面都非常满意的马齿苋（拉丁文学名 Portulaca oleracea）餐，它们是我从玉米地里采到的，煮熟以后加点盐就行了。我写下它的拉丁文学名，是因为它的俗名不大好听，但味道非常可口。请回答一下，在和平时期，日常的午饭时间，一个通情达理的人除了吃一些加盐煮熟的鲜嫩甜玉米外，他还想添点儿什么呢？就算我变点儿花样，也不过是想换换口味，并不是为了健康。不过，人们经常饿肚子，不是因为缺少必需品，而是因为缺少奢侈品——我认识一位善良的妇女，她认为自己的儿子是因为只喝清水才丧命的。

读者自然很清楚，我是从经济学的角度来对待这个问题的，而不是从美食的角度，所以除非他是一个大胖子，否则绝不会冒险用我的这种节食方法去做试验。

起初，我在纯印第安玉米粉里加上盐来制作面包、地道的耨糕①，我在露天生起火，将它们放在薄木板或者我盖房子时锯下来的木棍上烘烤，只不过经常将它们熏得黑乎乎的，还带着股松木味儿。我也试过面粉，不过最后发现，最方便又最好吃的是黑麦和印第安玉米粉混合做成的面包。在寒冷的日子里，连续地烘烤这种小面包特别有趣，小心地为它们翻身，就像埃及人孵小鸡那样。我烤熟的，是我的真正的谷物食品，我从它们身上闻到了一股跟其他高贵的水果一样的香气，我用布包起它们，以便香气更加持久。我研读了古老的、不可或缺的面包制作工艺，向那些权威们请教，一直追溯到原始时期首次发明的不用发酵的面包，那时候人类从吃野果、生肉的野蛮生活第一次过

---

① 耨糕：用印第安玉米粉加水和盐制成，最初是放在耨上烘焙的，故称之为耨糕。

渡到温文尔雅地吃面包的生活。渐渐地，我又从读物中了解到，据说就是那个突然发酵的面团，使人们学会了发酵的技术，接着通过各种发酵的方法，我终于读到了"优质的，甜美的，有益于健康的面包"这一生命的支撑。有人将发酵剂视为面包的灵魂，填充在面包细胞组织里的精神，他们像对待圣灶上的火焰一样，虔诚地将其保存下来——我猜，有几瓶珍贵的发酵剂最早还是"五月花①"号运过来的，让美国人从此吃上了面包，时至今日，它的影响还像粮食的波浪一样，在这片土地上升腾、膨胀、扩展——这酵母，我经常从村子里获得，直到有一天早上我将使用说明给忘了，竟然用开水烫了酵母；有了这个意外事故后，我发现连酵母也不是必需的东西……我是用分析法发现这一点的，而不是用综合法——从这以后，我高高兴兴地省掉了这个东西，尽管曾有许多热心的家庭主妇诚恳地告诫我，没经过发酵的面包是不安全的，对健康不好；而老年人也预言我的体力很快就会衰弱。不过，我发现酵母并不是非用不可的，我一年都没有用过它，照样好好儿地活在这世间。令我愉快的是，总算不用再将一只小酵母瓶子装在口袋里了，有

---

① 五月花：一条船的船名。

时候瓶子砰的一声破碎了,酵母全都洒出来了,使我很是狼狈。省掉了这玩意儿,更简单更高尚了。比起别的动物,人这种动物对各种气候和环境的适应能力更强一些。我也没将盐、苏打,或者其他一些酸性的或碱性的东西放进面包里。看起来我是按照基督出生前两个世纪的马库斯·鲍尔修斯·卡托①的配方在做面包。"Panem depsticium sic facito. Manus mortariunque bene lavato. Farinam in mortarium indito, aquae paulatim addito, subigetoque pulchre. Ubi bene subergeris, defingito, coquitoque sub testu."② 我对这段拉丁文的理解是:"按照此法揉面做面包。将你的双手和揉面槽洗净。把粗面粉放进揉面槽,然后慢慢加水,将面粉揉匀。揉好之后捏成面包的形状,盖上盖子烘烤即可。"意思就是用炉子烘烤面包。发酵这个词在全文中一次也没出现过。不过,我也不能经常靠这一类东西支撑我的生命。有一阵子我穷困潦倒,足足有个把月没见过面包。

这块土地非常适合种植黑麦和印第安玉米,所以每个新英格兰人都能轻轻松松地生产出自己所需的面包原料,而不必从远方那些价格剧烈波动的市场上获取。不过,我们现在的生活跟朴素和独立性沾不上边儿,在康科德的商店里,新鲜甜美的玉米粉已经很难买到了。而粗糙的玉米片和玉米基本上

---

① 马库斯·鲍尔修斯·卡托(Marcus Porcius Cato,公元前234~公元前149年):古罗马政治家、作家,拉丁文散文文学的开创者,著有《农学》等。
② 这段拉丁文引自《农学》。

已经没有人吃了。农民们用自己种植的一大半谷物去喂牛喂猪，却又花高价去商店购买对健康不一定有益的面粉。我想，种上一两蒲式耳的黑麦和印第安玉米粉对我来说实在太简单了，因为黑麦能在最贫瘠的土地上生长，而玉米也不需要特别好的土地。我可以用手磨将它们碾碎，即使没有大米和猪肉也能过好我的日子。如果我需要一些糖，我发现可以用南瓜或甜菜根熬出很好的糖浆，我还知道种上几棵槭树能使熬糖变得更加容易；如果这些东西还没有生长成熟，还有许多替代品可供我使用。因为，我们的祖先们就唱过这样的歌——

我们可以用南瓜、防风和胡桃，
酿成美酒，让我们的嘴唇甜甜的。①

最后来说说盐吧，这不过是杂货铺里最普通的东西，要想获取它，正好可以将这作为一个去海边转转的机会，或者干脆不用盐，也许我能因此少喝点开水呢。我从没听说过印第安人会为找盐而苦恼。

这样一来，至少在食物方面，我能够避免所有的买卖和以物易物，并且我已经有了住所，接下来要解决的问题就只有衣服和燃料两项了。现在我穿的这条裤子，是在一个农民家里做的——谢天谢地，人身上还保留着这么多的美德呢。我觉得一个农夫沦为技工，就像一个人降为农夫一样，都是伟大的，值得纪念的。刚刚来到乡村时，找燃料可是件令人头疼的事。至于栖身之所，如果这块地方我不能继续免费住下去，那我会用我耕种过的那块地的价格，即8.8美元，再买一英亩的地。事实上，我觉得这块地方有了我居住后，它的地价大大提高了。

一些满腹疑虑的人有时会向我提些这样的问题，比如我是不是觉得只吃蔬菜就可以过活，为了马上揭出事物的本质——因为本质就是信念——我习惯于这样答复：只吃木板上的钉子我也能活下去。如果这样的话他们都听不明白，那么不管我说多少，他们也不会懂。就我个人而言，我很乐意听到有人正做着类似的试验：比如有个年轻人，只吃连皮带壳的硬玉米，将自己的牙齿当成石臼，他这样试验了半个月。松鼠就做过这种试验，并且非常成功。

---

① 选自约翰·华尔纳·巴伯尔的《历史诗选》（1839年版）。

人类对这种试验很有兴趣，尽管有为数不多的几个老妇人对此类试验力不从心，或者在面粉厂里拥有亡夫三分之一的遗产，她们也会吃惊不已。

我的家具一部分是自己做的，剩下的部分也没花几个钱，所以没有入账。包括一张床，一张桌子，三把椅子，一面直径为3英寸的镜子，一把火钳，一个壁炉柴架，一个水壶，一个长柄的平底锅，一个煎锅，一只勺子，一个脸盆，两副刀叉，三个盘子，一只杯子，一把调羹，一个油罐，一个糖罐，还有一盏涂着日本漆的灯。没有人会穷到只能将南瓜当凳子，那是懒人的办法。在乡村的阁楼上，有不少我最喜欢的椅子，若是喜欢，拿去就归你了。家具！谢天谢地，不用找家具公司帮忙，我照样想站就站，想坐就坐。如果一个人看到自己的家具——只是些寒酸的空箱子——被打包装在车上，暴露在光天化日、众目睽睽之下，除非你是个哲学家，否则谁会不觉得羞愧呢？这是斯波尔丁①的家具。瞧着这样的一车家具，我可判断不出来它是属于一个所谓的有钱人，还是一个穷光蛋。这些家具的主人似乎总是一副落魄的样子。说真的，这些玩意儿你拥有得越多，就越穷。每一车都好像装载着十几座棚屋的家具；如果说拥有一座棚屋的人很穷的话，那拥有它们岂不是意味着十几倍的穷？你想想，为什么我们经常搬家，难道不是为了摆脱那些家具，抛掉我们蜕的皮吗？若是离开这个世界，去一个有新家具的世界，是不是应该将那些旧家具全部烧掉呢？就好比一个人的腰带上拴着所有的机关，当他搬家经过我们布满绳索的村野时，没法不拉动绳子，结果就拖进自己设的机关里去了。只将尾巴夹断在陷阱里的狐狸是幸运的。为了活命，麝鼠宁愿咬断自己的第三条腿。难怪人的灵活性已经丢失了，他们老是在走绝路啊！"先生，请原谅我的冒昧，请问你所说的绝路是什么意思呢？"假如你很会观察，那么无论什么时候你碰到一个人，都能很清楚地知道他拥有的一切东西，包括那些被他私

---

① 斯波尔丁（Solomon Spaulding，1761~约1816年）：美国著名传教士。

藏起来的东西，甚至你还可以知道他有哪些厨房家什以及所有华而不实的东西，这些东西他全都留着，舍不得烧掉，仿佛他已经被这些东西拴住了，拼命拉着它们向前走。一个人钻过了一个绳结，或者穿过了一扇门，而他拉着的那一大车家具就没法通过了，我认为，这个人在这个时候已经走上绝路了。据说，有个衣冠楚楚、身体结实的人，似乎没什么杂事缠身，所有的准备都做好了，他却提起不知自己的"家具"办保险了没有，在这个时候，我有些怜悯他了。"那我的家具怎么办呢？"这时，一个蜘蛛网缠住了我快乐的蝴蝶。甚至有这样一些人，似乎多年来他们从未被家具羁绊过，但是你若细细询问一下，就会发现他们也有几件儿家什，就寄存在某户人家的棚屋里。我看如今的英国，就像一个带着许多行李旅行的老绅士，那些行李全都是在居家过日子时慢慢积攒下来的玩意儿，中看不中用，可又鼓不起勇气烧掉它们。大箱子、小箱子、手提箱，还有大大小小的包裹。至少应该扔掉前面三样吧。现在，一个身体健康的人也不会背着自己的床铺上路，即使有心也无力啊。至于那些患病的人，我自然要劝告他们丢掉自己的床铺，到处转转吧。我遇到一个移民，他背着装有全部家当的大包裹艰难地行进着——那包裹就像一个长在他脖子后面的大瘤子——我觉得他真是太可怜了，倒不是说他个头太小了，而是他背着的包袱太大了。若是我不得不带着自己的拖累上路的话，我一定会带一个简单轻便的，虽然带着它很麻烦，但至少它不会绊住我最重

要的部分。但是，最明智的办法还是绝不要把自己的手掌伸进陷阱。

顺便提一句，我绝不会花钱去买窗帘，因为除了太阳和月亮，我没必要将别的什么偷窥者挡在窗外，其实我很乐意他们进来瞧瞧。月亮不会让我的牛奶变酸，或让我的肉腐臭，太阳也不会损害我的家什，或让我的地毯褪色，如果有时它这位朋友太热情了，我就躲到大自然提供的窗帘后，而不需要在账单上添上一项窗帘购置费，我觉得这样在经济上更划算。有一次，一位夫人打算送我一张垫子，可我的房子里没地方铺它，我也没工夫在屋里屋外清扫它，于是我谢绝了，我宁愿在门口的草地上蹭鞋底——最好从一开始就避开罪恶。

之后不久，我参加了一个教会执事的资产拍卖会，其实他的一生也有不少成就，然而：

人们做了恶事，死后免不了遭人唾骂。①

通常情况下，大部分东西都是中看不中用的，而且从父辈就开始积攒了。这其中，还有一条干绦虫呢。然而半个世纪过去了，那些东西还躺在他家的阁楼上或者某些尘封的地窖里，并没有被烧毁；如今非但没有烧掉，反而还将它们拿出来拍卖，从而延长了它们的寿命。邻居们闻风而来，聚在一起兴致勃勃地观摩一番，将它们全部买下，接着就小心翼翼地运回自己家的阁楼上或者地窖里存放起来，直到这一份资产被清理时，它们又会挪一个地方。一个人死了，无非是回到尘土中罢了。

我们不妨学习一下某些野蛮民族的风俗，说不定会受益匪浅，因为那些民族似乎至少每年都蜕一回皮——尽管事实上根本做不到，但他们心中是有这种观念的。就像巴特拉姆②所描述的穆克拉斯族印第安人的习俗，他们庆祝除旧迎新，或者庆祝收获了第一批果实，若是我们也举办类似的活动，岂不是件好事？"当一个部落举行除旧迎新祭祀的时候，"他写道，"他们先为自己准备好新衣服，新罐子、新盘子以及其他家用器皿，还有新家具，然后将所有的破衣服和其他一些可以丢掉的旧东西都集中起来，接着又清扫他们

---

① 引自莎士比亚的名剧《裘力斯·恺撒》。朱生豪译。
② 巴特拉姆（William Bartram，1739~1823 年）：美国博物学家，著有《南北加洛拉那州旅行记》。

的屋子、广场和整个部落,把所有的垃圾连同烂谷子、其他的陈旧粮食等,全部堆到一起用火销毁。接下来他们服药并禁食三天,熄灭整个部落的火种。这段时间,他们禁止满足食欲和任何其他欲望,并颁布赦令:所有的罪犯都可以返回部落。"

"到了第四天清晨,大祭司摩擦着干柴,在广场上生起新火,于是,这新生的、纯洁的火焰传到了部落里的每一户居民家中。"

然后,他们吃着新收获得谷物和水果,载歌载舞欢庆三天,"接下来的四天,他们接待邻近部落的访客,共庆佳节,客人们也按同样的方式净化了自己并做好了准备"。

墨西哥人的净化仪式每52年一次,他们认为每过52年,世界要结束一次。

我从未听过哪个圣礼比这更加真诚,按照字典上定义的,圣礼是"一种内心美德转化为外在可见的仪式"。虽然他们没有一部记录那种启示的《圣经》,但我毫不怀疑是天意直接将这种风俗传授给他们的。

5年多来,我仅靠双手劳动养活自己,我发现,只要一年劳动6个星期,就足以支付我所有的生活开支了。我的整个冬天和大部分夏天都比较轻松自在,正好用来专心读书。我曾全心全意去办学,结果发现我的收入与支出相抵,或者还超支一些,因为我需要穿衣、应酬,当然还要有像别人那样的思想和信仰,结果我的时间都浪费在这件事上了,真是亏大了。因为我办学不是为了让我的同胞受益,而是为了谋生,失败是自然的。我曾试着做些生意,可我发现要想成为一个成功的商人,至少得花上10年的工夫,说不定那时候我都赶着去见魔鬼了呢。说真的,我很担心到那个时候,我可能正做着所谓的好生意。以前,我为了找条谋生之路四处奔走的时候,曾有过照着朋友们

的期望去做的念头，为此有了一些可悲的经历，这些经历不时浮现在我的脑海中，逼得我费尽心思另想出路。因此，我经常认真地想，干脆去捡浆果算了，这个活计我肯定做得来，并且那点薄利也足以满足我的需求了。因为我最大的优点就是需求很少。我就这样傻乎乎地思考着，它只需要一点点资金，又很少抵触我一贯的情绪。当那些我熟识的朋友们毫不犹豫地经商或者就业时，我认为我的职业与他们的非常相似。整个夏天，我在山野上逡巡，看见浆果就捡起来，然后随心所欲地处理它们，就像在看守阿德墨托斯①的羊群。我还梦想着采一些野花野草，或是用运干草的车运送一些常青树给喜欢树木的村民，甚至还能运进城去。可从那以后我就明白了，商业对它经营的每一件事都要诅咒；就算你经营着天堂的福音，也躲不开商业对它的所有诅咒。

因为我偏爱某些事物，且特别看重自由，还因为我肯吃苦，且能做成事，所以我不愿浪费我的时间去赚取华丽的地毯或者别的典雅的家具，去烹饪精美的食物，去修建希腊式或哥特式的房子。要是有人能轻而易举地获得这些，而且得到之后还知道怎么去使用它们的话，还是让他们去追求好了。有些人非常"勤快"，似乎天生就爱劳动，或者是劳动能让他们不去做更坏的事；暂时我没什么话要对这些人说。至于那些有了比现在更多的空闲却不知如何使用的人，我倒想劝他们更加勤快地劳动——一直工作到能养活自己，获得自由证明书为止。我个人认为，做短工是所有职业中最不受羁绊的，只需要在一年里工作三四十天就可以养活自己了。到太阳下山时，短工一天的工作就结束了，剩下的时间他可以自由自在地专注于自己想干的且与白天劳动无关的事情；可他的雇主要做投机买卖，一个月接着一个月，一年到头也没有休息的时候。

---

① 阿德墨托斯：古希腊神话中的赛萨利国王，当阿波罗从天上被放逐时，曾替他看管了9年羊群。

简而言之，依据信仰以及经验，我确信，只要生活得简朴而明智，我们要在这个星球上养活自己就不是件苦差事，而是一种消遣。就像那些生活比较简朴的民族，人们所从事的工作只是其他复杂一些的民族的娱乐活动。一个人要养活自己，没必要去做使他汗流浃背的活儿，除非他比我更容易出汗。

我认识一个青年，他继承了几英亩土地，他对我说，如果他有办法的话，很愿意过像我一样的生活。我并不希望任何人因为任何理由去选择我一样的生活方式，因为在他还没有学会怎样过我这种生活的时候，可能我已经采用另一种生活方式了。我希望在这个世界上尽量多一些不同的人，不过我很希望每一个人都能谨慎地找出适合自己的生活方式，并且坚持下去，而不是沿袭父亲、母亲或者邻居的方式。年轻人可以盖房子，可以种地，也可以去航海，只要他能不受阻挠地做自己喜欢做的事情就好。从数学意义上讲，我们都聪明，就好像水手或者逃亡的奴隶都会两眼盯着北极星一样。这些观点对我们一辈子都能用到。我们或许不能在一个预定的日期抵达我们的港口，但总能够保持正确的航线。

毫无疑问，在这里，只要对一个人来讲是真实的，那对一千个人来讲也不会是假的，就像按比例计算，一座大房子的造价并不见得会比小房子的高昂，因为一个屋顶下可以隔出好几个房间，并且它们合用一个地窖。不过我个人喜欢独居。再说了，与说服邻居相信合用一堵墙的好处相比，自己修建整座房子就划算多了。即便你说服了别人合用一堵墙，虽然便宜了不少，但这堵墙肯定很薄，住在隔壁的也可能是个坏邻居，而且他那一面墙坏了他也不会去修。通常情况下的合作非常少，而且还是表面上的；就算有点儿真诚的合作意愿，表面上也看不出来，却有种不言而明的和谐。要是一个人很有信心，那他无论到哪里都会与那些同样有信心的人合作；要是他没有信心，那么不管他跟谁合作，他都会继续过像世界上的其他人一样的生活。无论从最高层次的还是最低层次的意义看，合作就是让我们在一起生活。我最近听说有两个年轻人打算一起环游世界，其中一个囊空如洗，一路上都得靠在桅杆前和犁耙后干活来维持生计，另一个人则放了张旅行支票在口袋里。他们两人根本不可能长久地结伴或者合作，这一点很容易看出来，因为两人中有一个压根儿不工作。当旅行出现第一个有趣的危机时，他们就要散伙了。最重要的我已经在前面提过了，独自出游的人想什么时候出发就什么时候出发，而结伴出游的人必须等另一个人做好准备了才能上路，说不定还要等很长的时间。

可是，这些做法都太自私了啊，我听到一些市民这样说。我承认，到目前为止，我从事过的慈善事业非常少。有一种责任感令我牺牲了不少快乐，其中包括做慈善的快乐。有人费尽唇舌，劝我帮助镇上的一些穷人。假如我没事可做——因为魔鬼专找闲得没事的人——或许我愿意在这类消遣上亲身体验一下。但是，每次我打算尝试一下这类消遣——帮助某些穷人，让他们在各方面都能生活得像我一样舒服，我将让他们生活在天堂作为我的责任，甚至主动表示要提供帮助——这些穷人们全都坚决果断地声明，很愿意继续穷下去。为了给自己的同胞谋福祉，我们镇上的男男女女正在千方百计寻求各种方法，我相信这至少能让人不去做没有人性的事情。做其他事情必须得有天赋才行，做慈善也是一样。至于"做好事"，这个行业已经人满为患了。何况我还尝试过，不过说来有些奇怪，这种事并不对我的胃口，因为我对自己很满意。拯救宇宙，保护其不被毁灭，这样的好事是社会要求我去做的，也许我不应该故意逃避社会赋予我的这项特殊责任。我相信，在别的我不知道的某个地方，确实存在一种类似的而且更加坚定的力量，一直在保护着这个宇宙。不过，我不会反对任何人发挥他的天赋。只要一个人全心全意地终其一生去做一件事，虽然这件事我并不想做，我也会对他说：哪怕全世界都将这件事称为坏事——他们很可能这么认为——你也一定要坚持下去。

我并不是说我的情况是个例外。毫无疑问，我的许多读者都会做同样的辩白。在做某件事的时候——我不敢保证说它在邻居眼里是好事儿——我能毫不犹豫地说,我是最优秀的雇工。不过,最终还需要我的雇主来发现我做哪些事情很出色。至于我做好事,但凡通常意义上的"好",都不在我的主要轨道上,并且大部分都不是我有意去做的。人们都会很现实地说,按照你自己的本性去做吧,不要把成为更有价值的人作为自己的目标,首先得有一颗善心,然后才能做好事。如果我也照着这种腔调说话,还不如干脆一点说:"去吧,你先做个好人吧。"似乎太阳的光辉照亮了月球或者一颗六等星之后,就应该停下来,像好人罗宾·古德费洛①那样跑来跑去,从每一所村屋的窗外偷窥,让人发疯,叫肉变坏,使黑暗的地方能看见东西;而不是持续增强它温和的热量和恩泽,直到它光耀万丈,没有人敢直视它,而同时它又环绕地球运行在自己的轨道上,施恩降泽,或者说得更明确点,就像更真实的哲学发现的那样,地球绕着太阳运转,从而得到了太阳的恩泽。法厄同②一心要用行善来证明自己的出身是神,于是驾驶着太阳车出游,不过还不到一天,太阳车就脱离了轨道,他烧掉了天堂下面大街上的好几排屋子,还烤焦了地球的表面,烘干了每一个春季,并且造出了撒哈拉大沙漠。最后,他被宙斯③用一个霹雳击毙在地上了,而太阳神却哀叹他的殒命,竟然一年没有发光。

　　行善发霉变质后的气味是最难闻的,就像人或者神的尸体腐烂后的气味一样。要是我确信有人要来我家里,特意为我做好事,那我就要赶紧逃命了,仿佛是在逃离非洲沙漠里的所谓的西蒙风,这种风又干又热,会用沙粒蒙住你的嘴巴、耳朵、眼睛和鼻子,直到将你活活闷死,因为我担心这种好事做到我身上后,它的病毒也会渗进我的血液中。要是这样的话,我倒宁愿人家对我做些坏事,那还来得自然一些。有这么个人,我饿肚子的时候他送来了食物,我受冻的时候他送来了温暖,我掉进沟里的时候他将我拉起,尽管如此,可在我看来,他算不上是个好人。我可以找条纽芬兰的狗让你瞧瞧,它也能做到这些。从广义上讲,慈善并不是对同胞的博爱。从他本人的作为来看,

---

① 罗宾·古德费洛:英国民间传说中一个喜欢恶作剧的小精灵。
② 法厄同(Phaeton):古希腊神话中太阳神赫利俄斯的儿子,曾驾驶着他父亲的太阳车狂奔,差点将整个世界焚毁,幸亏宙斯发现后,用雷电击毙了他。
③ 宙斯(Zeus):又称为"众神之父",古希腊神话中主宰一切的主神,他以雷电为武器,维持着天地间的秩序。

霍华德[1]的确是个非常善良且值得尊敬的人,并且他的善行也得到了好报。然而,比较而言,如果霍华德们并不是在我们最需要帮助的时候提供了帮助,那么,即使有一百个霍华德,对我们来说也没多大用处。我从没听说过,在哪个慈善大会上有人真心诚意地提出要为我或者像我这样的人做点好事。

耶稣会会士被印第安人难住了,印第安人在被绑在柱子上活活烧死的时候,竟然向行刑者建议一些新的行刑方式。他们并不屈服于肉体上的苦难,有时候可能并不需要传教士们给予的慰藉。你应该遵奉的准则就是,行刑的时候少在他们的耳边絮絮叨叨地劝慰,他们根本就不在意自己是如何被折磨致死的,因为他们用一种新的方式去爱自己的敌人,几乎已经完全宽恕了对方犯下的一切罪行。

你提供给穷人的帮助必须是他们最需要的,虽然他们正是因为你这个榜样才落在后面的。如果你给他们的是钱,那你应该陪着他们一起花掉这些钱,千万不要把钱扔给他们就算完事了。有时候,我们犯的错误很是莫名其妙。尽管穷人看起来脏兮兮的,穿得破烂不堪,言行非常粗鄙,但他们并不见得在过

---

[1] 霍华德(John Howard,1726~1790年):英国监狱改革家和慈善家。

挨饿受冻的日子。他们不一定都是命运悲惨的,有一部分人是因为个人的喜好才导致这种状况的。要是你给他钱,也许他就会去买更多的破烂衣服。我常常可怜那些冒着穷酸气的爱尔兰工人,他们在湖上凿冰,穿得特别破烂,特别寒碜,而我穿着干净入时的衣服还是冻得瑟瑟发抖。后来在一个特别寒冷的冬日,有个掉进冰窟窿的爱尔兰工人到我的屋子里取暖,我看到他脱了三条裤子和两双袜子才露出皮肤,一点没错,尽管他的裤子和袜子又脏又破,但他并没有接受我送给他的多余衣服,因为他有许多穿在里面的衣服。看来掉进水里才是他最需要的呢。于是,我开始可怜自己,若是送给我一件法兰绒衬衫,比送给他一件廉价的服装店要慈善多了。一千个人在砍伐罪恶的枝条,而只有一个人在砍伐罪恶的根源,或许这个在穷人身上花费时间和金钱最多的人,正是通过他的这种生活方式制造了更多的贫穷和苦难,如今他想努力补救,却徒劳无功。就好比一个伪善的奴隶主,拿出奴隶们所创造利润的十分之一,为其他奴隶购买星期天的自由。有人雇用穷人到厨房干活,以显示自己的仁慈。为什么他不自己去厨房劳动呢,这样不是更显慈悲吗?你夸口说将自己十分之一的收入都捐给慈善事业了,或许你应该捐出十分之九,将好事做到底,不然,社会只是收回了十分之一的资财。这是因为财富拥有者的慷慨无私呢?还是由于维持公平正义者的疏忽大意呢?

慈善大概算得上是人类推崇备至的唯一美德。不,它被赞美得太过了,正是我们的自私才使得它被过高评价。在风和日丽的一天,在康科德,有一个身体健壮的穷人向我赞扬镇上的一位市民,如他所诉,这位市民对穷人很好,而这个穷人就是他。人类中慈善的伯父伯母比真正的精神上的父母更受尊敬。有一次,我听一位宗教演说家作关于英国的演讲,他博学多识,历数了英国在科学、文学和政治领域的杰出人物,莎士比亚、培根、克伦威尔、弥尔顿、牛顿及其他名人,接着又谈到了英国基督教的英雄们,似乎出于他职业的需要,他将这些英雄捧得高高的,在其他的名人之上,称这些人为杰出人物中的杰出者。他们就是潘恩、霍华德和弗莱夫人。人们一定会觉得他在胡言乱语。最后的三个人算不上是最杰出的英国人,或许只能称他们为英国最杰出的慈善家吧。

对于慈善事业应该得到的溢美之词,我并不打算从中减掉点什么,我只是要求公平地对待一切用自己的生命和劳动造福人类的人。在评价人的时候,我并不觉得正直和善良就是一个人的主要价值,它们只是一些必须具备的枝

叶而已。那种枝叶枯萎了，可以制成药茶给病人喝，它的作用极其卑微，使用它的多半是江湖郎中。我要的是一个人的花朵和果实，花朵的芳香飘到我这里，成熟果实的馨香在我们的交往中感染着我。他的善行不是片面的、短暂的，而是一种持续不断的富余，对他丝毫无损，却又是他无意识的行为。这种慈善掩盖了所有的恶行。慈善家总习惯于用自己散发出来的毫无价值的悲悯气氛来缠绕人类，并美其名曰同情心。我们应该传播给人类的是我们的勇气，而不是我们的绝望，是我们的健康与舒适，而不是我们的疾病，还要小心别感染了疾病让它四处蔓延。那悲恸的哀号声是从哪些南方平原传过来的？我们要将光明送给住在什么纬度上的人呢？谁是我们要救赎的放纵残暴之徒呢？要是一个人生了病，就没法去做自己的事，若是他痛在肺腑——这很应该同情——那他就要去改造这个世界了。他是茫茫宇宙的一个缩影，他发现，这是一个真正的发现，并且发现者就是他——世界正啃着青苹果；在他看来，地球其实就是一个大大的青苹果，想一想这是很吓人的，如果苹果还没有成熟，人类的孩子就去啃咬它，那该有多危险；可他那个激进的慈善事业直接去找了爱斯基摩人和巴塔哥尼亚人，还接触了人口众多的印度农村和中国农村；就这么着，经过几年的慈善活动，他还被权贵们利用来达到他们的目的；毫无疑问，他也治好了自己的消化不良症，而地球的半边脸或两边脸上都有了淡淡的红晕，似乎它已经进入了成熟期，而生活也褪去了粗俗，重新变得清新、健康起来，更值得享受了。我从未梦见过比我自己所犯的还要大的罪恶，我从没见过，今后也不会见到比我自己更坏的人。

我确信，令一个改革家如此伤悲的，不会是他对苦难同胞的同情，而是他虽然贵为上帝最神圣的儿子，却心存愧疚。纠正这种情况吧，让春天来到他的身旁，让黎明的曙光从他的床前升起，这样他就可以马上抛弃那些慷慨的伙伴了，并且不会感到任何愧疚。我不反对抽烟，因为我从来不抽；抽烟的人会自食其果的；许多东西哪怕是我亲自尝过的，我也能够反对它们。如果你曾经上当做过一些善事，那就别让你的左手知道你的右手做过些什么，因为这本就不值得知道。将溺水的人救上来，然后马上系紧你的鞋带。你还是优哉游哉地去干些自由的活儿吧。

因为与圣者交往，我们的风度被腐蚀了。我们的赞美诗中回响着诅咒上帝的声音，而且永远在忍受着他。也许有人会说，即便是先知和救世主也不能肯定人的希望，只能抚慰人的恐惧。任何地方都找不到对人生表示简单且发自内心的满意的记载，也没有任何给人留下深刻印象的赞美上帝的记载。虽然所有的成功和健康看起来都遥不可及，但我仍然从它们中获益；所有的失败和疾病，无论它们有多同情我，或者我有多同情它们，都使我感到伤悲，使我遭受灾难。如果印第安式的、草本的、磁性的或天然的方式真的要被我们用来恢复人类天性的话，那么，我们首先应该像大自然一样简单宁静地生活，驱散积聚在眉宇间的乌云，将一点点生命注入我们的心灵之中。别再去做救济院的神职人员，而要努力做一个对这个世界有价值的人。

生活之地,缘何生活

当我们到了生命中的某个阶段,就会习惯性地寻找每一个可以安家落户的地方。也正是这样,我详细考察了住所周边方圆一二十英里的地方。我常常做着这样的假想:那儿所有的田地已经被我接二连三地买下来了,因为所有的土地都得买,所以我对每一块地的价格都一清二楚。我走到每一个农民的地里,尝尝他家的野苹果,跟他聊聊庄稼,再请他随便开个价。然后,在心里照这个价买下他的土地,又想着以什么样的价钱把这块地再抵押给他;我甚至出更高的价钱,将所有的东西统统买下来,只是不立契约——把他说的话看作契约,因为我向来喜欢闲聊——我耕种了那块土地,而且

从某种程度上看，也感染了他的心灵。等我体验够了快乐之后就洒脱地离去，让他继续耕种下去。因为这份经历，朋友们竟然将我当成了地产经纪人。实际上，我无论身处何地，都能过日子，我所居住的地方的风景也将因我的加入而更具光彩。房子，不就是一个座位吗？——要是这个座位在乡下就更好了。我找到了许多可以建房的地方，但是好像短期内改进不了那里的条件，有人觉得它离村子太远了，不过在我眼里，是村子离它太远了。我常常说，行啊，这个地方我可以住呀；我确实住在这儿了，在这儿度过了一个小时，甚至一个夏天和一个冬天；我看到了时光怎样悄无声息地溜走，冬天离开了，春天向我走来了。将来居民如果住在这个地区，无论他们将房子建在哪里，都可以肯定那儿以前就有人住过了。有些地方，有时只需花一个下午，就可以将它改造成果园、林地和牧地，决定应该将哪几棵最好的橡树或松树留在家门口，甚至把每一棵枯萎的树木都派上用场；然后将它闲置在那儿，暂时不去管它，就算是休耕吧，因为一个人能够放下越多的事情，就越是富裕。

　　我思想的马车带着我走得太远了，甚至担忧好几个农场主会拒绝我，他们不愿卖地给我——我还巴不得被拒绝呢——我从来不会让实际占有这样的事儿烦扰我的心。差一点儿就能实际占有的那次，就是我去购买霍尔维尔那个地方。当时我已经开始挑选种子了，还准备了制作一辆手推车的木材，以便推动这件事继续下去。可是没想到，就在原主人打算把契约交给我的前一刻，他的妻子——每个男人都娶了一个这样的妻子——突然反悔，她不打算卖农场了，于是，原主人赔偿我10美元的违约金，解除了这项买卖合约。说实话，那时候我的兜里居然只有0.1美元，如果我真的有0.1美元，或者有一块地，或者有10美元，又或者所有这些我都拥有，那用我学的这点数学知识根本就算不清楚了。不过，那10美元被我退回去了，那个农场也物归原主了，因为我已经做过头了，或者说我太慷慨大方了。我照买进的价格将农场卖给了他，并且因为他不是有钱人，我又送了他10美元，但是0.1美元、种子和准备制作手推车的木材，被我保留下来了。因此，我很富足，是一个始终无损于自己贫穷的富人。我保留下来的，还有那个地方的风景，此后我连年丰收，不用手推车就能运走美景结出的累累硕果。说起风景——

　　　　我考察一切美景，像一个君主，

我的权利不容置疑。①

我经常目睹这样的场景：一个诗人欣赏了农场里最美的风景，然后潇洒离去，不过那个粗俗的农民还以为诗人只不过拿走了几个野苹果呢。诗人给农夫的农场添上音韵，用一道令人称羡的无形篱笆将它圈起来，挤出了它的牛奶，提炼出了奶油，然后将所有的奶油都拿走了，只将没有奶油的奶水留给农场主。这事儿过去许多年了，可农夫还不知道呢。

在我眼里，霍尔维尔农场真正吸引人的地方就是：它几乎远离尘世，距离乡村有2英里，距此最近的居民也在半英里之外，并且有一大块土地隔开了它和公路；它与河流相邻，农场主告诉我，春天河面上会升起雾，所以农场不会出现霜冻，不过这并不是我所关心的；农舍和谷仓都是灰色的，显得破败不堪；坍圮的篱墙，似乎将一段悠久的岁月隔在了我和先前的居民之间；还有树身已空的苹果树，布满了青苔，还被野兔啃咬过，由此可见我将来的邻居是什么样的。最重要的是，这里有我一段难忘的回忆，早年我曾在这条河里逆流而上，那时候茂密的红色枫叶遮住了这些房子，一条家犬的吠声传入了我的耳中。我迫不及待想买下这个农场，不想等农场主运走那些石头，

---

① 本诗引自英国诗人威廉·苛柏（William Cowper，1731~1800年）的《据传是亚历山大·塞尔柯克所写的诗》。

砍掉那些树身已空的苹果树，挖掉牧场里刚刚长出的那些白桦树幼苗，总之，不想等待农场主做任何修整工作了。为了尽早享受上述的那些好处，我决定马上行动起来。当一次阿特拉斯①，用我的肩膀扛起整个世界吧——我从没听说阿特拉斯为此得过什么酬劳——一切事情都是我自愿做的，当然没有什么别的动机或借口，就等着付完钱后，得到这片土地，不再受人干扰。因为我很清楚，只要让这片土地自由生长，它就会带来我最想要的丰硕果实。可惜结果出乎我的意料，这一点我在上文已经提过了。

因此，关于我所说的大规模农耕之事（至今我仍在打理一个园子），我要说的仅仅是种子我已经准备好了。很多人都觉得种子的年代越久越好。种子的好坏能通过时间区分出来，这一点我没有丝毫怀疑；到最后我要播种的时候，我想不大可能会失望吧。不过我要对我的朋友们说，这话我只说一次：你们要努力长久地过自由自在的生活，不要去执着地追求什么。将自己拴在一个农场上，与关在县城的监狱里没什么区别。

老卡托的《农书》充当了我的"启蒙者"，他写道——可惜我所见到的唯一的译本将这段话翻译得乱七八糟——"当你打算买下一个农场的时候，一定要先在心里反复掂量一番，别迫不及待地买下来，也别怕麻烦懒得去实地查看，也不要以为绕着它走一圈就行了。如果这个农场真的很不错，那么你越是常去就会越喜欢它。"我想我是不会急匆匆去买它的，只要我还活着，就会经常去那儿转转，等我死了，也得先葬在那儿，这样才能让我最终更喜欢它。

眼下要说的，是我这类实验中其次的一个，我准备写得更详细一些；但出于方便考虑，我将这两年的经验合并为一年来写。我早已申明，我并不准备歌颂沮丧，而是要做一只金鸡，在黎明时的枝头上引吭高歌，只要将我的邻居们唤醒就行了。②

我住进森林的第一天——也就是说，从那天起，我日夜都生活在林子里——正巧是独立日，即1845年7月4日，这时候我的房子还没有完工，过冬是肯定不行的，最多勉强挡挡风雨，墙壁没有抹灰泥，烟囱也没砌，墙壁是用风雨侵蚀过的粗木板建成的，缝隙非常大，到了晚上屋子里很凉。砍伐

---

① 阿特拉斯：古希腊神话里用肩膀扛起天的大力神，常用来比喻身负重任的人。
② 这句话是本书的宗旨。梭罗意在说明，他不愿作空洞的哀叹，他希望自己写出的感受能对世人多少有点助益。本书面世时，这句话被作为题词刊印在扉页，警示世人。

来的白色立柱笔直地矗立着,门和窗户的框架是刚刚刨平的,它们使房子看起来既干净又通风,特别是到了清晨,木头都吸饱了露水,使我不由得梦想着到了正午,一些甜美的树胶大概会渗出来。在我的幻想中,这所房子一整天都保持着清晨的格调,于是我想起了前一年参观过的一所建在山顶上的房子,它没有抹灰泥,通风很好,很适合云游四海的神仙在旅途中暂住,也适合仙女拖曳着长裙经过。从我的屋顶掠过的风,就像从山脊扫过的狂风一样,弹着时断时续的曲子,也许是天上仙曲的片段落入了人间。晨风永不停歇地吹拂着,创世记的诗篇一直持续着,却很少有人能欣赏它。奥林匹斯山[①]只在地球的外部,无处不在。

在以前,我所拥有的,除了一条小船外,只有一顶帐篷。它是我唯一的房子,我夏天有时会带着它去旅行,如今它被卷起来了,仍旧放在我的阁楼上。至于那条小船,在换了好几个主人之后,已经从岁月的河流中消逝了。如今我拥有的栖身之所更加坚固也更实用,看来我在这个世间安居落户已

---

① 奥林匹斯山:传说中的众神之家,也就是天堂乐园。

经进步了不少。尽管现在的这所房子很单薄，但它却像一种结晶了的东西将我环绕其中，并且从我这个建造者身上反映出来。它好比一幅素描画，能够引发人的无限遐思。我不需要跑到外面去呼吸新鲜空气，因为屋子里的空气跟外面的一样清新。我坐在一扇门的后面，与坐在门外基本上没有区别，即使大雨倾盆的天气也是一样的。《哈利梵萨》①曾说："一所没有鸟儿光顾的房子，就像没加作料的肉一样。"当然，我的住所并不是那样，因为我突然发现鸟雀也成为我的邻居了——这并不是说我捉了一只鸟儿关起来，而是我将自己关进距离鸟儿很近的一个笼子里。与我亲近的鸟邻居，不仅有经常飞进花园和果园的鸟儿，还有一些来自森林里的更具野性、更使人惊异的鸟雀，后一类鸟儿从没或者很少为村民们唱过什么小夜曲——它们之中有画眉、

---

①《哈利梵萨》：古印度梵文叙事诗《摩诃婆罗多》的附录。

东部鸫鸟、红色的䴓鹩、田雀、三声夜莺，还有一些别的鸣禽。

我的住所坐落在一个小湖的岸边，在离康科德村子南边大约一英里半的地方，地势比村子略高一点，就在城镇与林肯①之间的那片茂密的丛林中，从这儿向南走两英里，就到了我们这里唯一的名胜之地——康科德战场②。不过我的住所处于林中地势较低的地方，周围都是郁郁葱葱的树木，所以我所见的最遥远的地平线就是半英里外的湖岸。第一周，不管在什么时候我眺望湖面，它都像一个山中的清潭，高高地盘踞在山的一边，它的底部高出其他湖泊的水平面不少。当太阳缓缓升起时，我看见它换下了雾气蒙蒙的夜行衣，露出轻柔的微波，或者平滑如镜的湖面，所有的一切，都在这里渐渐地呈现出来。于是，雾气如幽灵一般，悄然无声地四散开去，消失在丛林中，仿佛在夜间举行了一个秘密的宗教集会，现在已经散会了。雾水仍旧恋恋不舍地悬挂在树梢上，有如挂在山侧，直到第二天还迟迟不愿离去。

8月间，刚刚经历了和风细雨之后，在这短暂的时刻，小湖是我最珍贵的邻居，此时湖面和空气已经完全平静下来了，不过乌云仍然布满了整个天空，下午刚过去一半，黄昏的肃穆氛围就提前降临了，然而画眉在周围婉转吟唱，声音隔着湖岸隐约传来。这样的一个湖，最平静的就是这一刻了。湖面上空澄净的空气稀薄得几乎透明了，在乌云的遮掩下显得暗淡无光；水面上清波微荡，倒影轻摇，俨然成了一个下界的天空，更令人珍视。从附近的一座刚刚被砍掉树木的山峰之巅远眺，穿过山与山之间形成的巨大凹口，可见小湖南岸的迷人、风光。湖岸就是由那个凹口形成的，那儿的两座小山坡向下倾斜延伸，看起来就像有一条溪流从林木森森的山谷中穿流而下，不过，那儿其实根本没有溪流。就这样，我站在近处的翠绿山峦之间或山巅上，眺望那些与地平线相接的苍翠远山或更高的山峰。的确，我踮起脚尖，就可以望见西北角上连绵起伏的群山，它们显得更加蔚蓝而又遥远，这种纯粹的蓝色是天空这个染料厂中最真实的产品，此外，乡村的一角我也可以看到。不过要是换了方向再看的话，就什么也看不到了，因为视线被郁郁葱葱的树林遮住了。住所附近有流水是最好不过了，因为水的浮力作用，土地就浮在上面了。

---

① 林肯：美国有许多命名为林肯的村镇，此处指马萨诸塞州的林肯镇。
② 康科德战场：美国独立战争期间，北美人民第一次与英国交战的地方，这场战役发生在1775年4月19日。

即便是最小的一口井，也是很有价值的。当你俯视井底的时候，就会发现大地就像一个孤零零的岛屿，根本就不是一片连着一片的。这一发现特别重要，就好比牛油能够放在井水里冷藏一样。我从这一个山顶远望小湖那边的萨得伯里草原，在洪水来临的时节，我发现草原升高了，大概是海市蜃楼的效果在这个云雾蒸腾的山谷里也呈现出来了吧，草原宛如一枚天然形成的硬币，沉睡在水盆的底部，小湖以外的土地就像一层薄薄的外壳，变成了孤岛，在这片小小的横穿的水面上载沉载浮。这时，我猛然发现，原来我的住所只是一片干燥的土地而已。

站在我家的门口向外望去，视野更加狭窄，不过我并没有很拥挤或者被囚禁的感觉。这儿足够我的想象力随意驰骋了。小湖对岸升起的高地上，长满了低矮茂密的橡木，一直延伸到西部的大平原和鞑靼人的草原，这片广阔的天地是提供给所有流浪人家的。当达摩达拉①的牛羊需要更大、更新的牧场时，他这样说："人世间最幸福的人，莫过于那些自由自在地欣赏着辽阔的地平线的人。"

时间和地点已经变换了，我的生活距历史中那些最吸引我的时代更近了，离宇宙中那些地区也更近了。我生活的地方很遥远，就像天文学家们每晚观测到的许多宇宙天体一样。我们总是幻想着在天体的某一个遥远而又偏僻的角落里，有一些罕见的、令人心驰神往的地方在仙后座的椅子形状背后，远离了喧哗和烦扰。我发现，我的屋子就恰恰处在这么一个遁世之地，它亘古常新，是没有被玷污的宇宙的一部分。如果说，住在这么一个更邻近昴星团或毕星团，牵牛星座或天鹰星座的地方是非常值得的话，那么，我所住的地方正好就是这样的，至少，我就像那些星座一样，远离了早已被我抛在身后的尘世，化作一缕柔美的光线或者微微闪烁的星光，照亮离我最近的邻人，只有在没有月光的晚上才能看见。我的住所就是茫茫宇宙里的一角——

　　有个牧羊人曾住在那儿，
　　他的思想如高山般崇高，
　　他的一群羊放牧在山上，

---

① 达摩达拉（Damodara）：印度神话中三大神之一的克利须那神的别名，毗瑟拿的第八化身。这段话引自印度史诗《哈利梵萨》。

时时刻刻给他送来营养。①

如果牧羊人的羊群总是在比他的思想还要高的牧场上奔跑，那么对牧羊人的生活我们有什么感想呢？

每一个清晨的来临都是一次令人愉快的邀请，使我的生活俭朴得像大自然本身一样，或许我能这样说，跟大自然本身一样纯洁无瑕。我对曙光女神的崇拜，跟希腊人一样虔诚。我很早就起床了，去湖中洗澡——这种带有宗教意味的活动，是我做得最好的一件事。据说，有这样几个字刻在成汤王的浴盆上："苟日新，日日新，又日新。"② 我明白这些话的意思。黎明将人们带回了英雄的时代。晨光熹微的时候，我坐在敞开的门窗旁，在我的屋子里，有一只看不到、也想象不到的蚊子在飞行，我被它那微弱的嗡嗡声触动了，就像我所听到的是颂扬英雄美名的喇叭声一样。这是荷马的安魂曲；是空中的《伊利亚特》和《奥德赛》，吟唱着它的愤怒和漂泊。这里面包含着一种

---

① 英国詹姆斯一世时期一位无名诗人所写的诗，被收在罗伯斯·琼斯的"缪斯乐园"和托马斯·埃文斯（Thomas Evans）1810年编的《古老的民谣》（Old Ballads）一书中。
② 成汤王，即中国商朝的开创者商汤。传说，商汤在洗澡盆上刻下这句话，用以自勉，意思是："如果今天洗净身上的污物，能使身心清新，就应该天天清洗，使身心清新，更要持续不断地每天清洗，使身心焕然一新。"孔子《礼记·大学》中载有此事。也有人认为引自《盘铭》。

大宇宙的情怀，只要它不被禁止，就会一直宣扬着世界的无穷活力与生生不息。黎明是觉醒的时刻，是一天之中最具有纪念意义的时辰。在这一刻，我们的睡意是最少的；至少在一个小时里，我们那整日整夜昏沉沉的部分感官是处于清醒状态的。然而，如果不是我们自己的天赋唤醒了我们，而是某个仆人机械地用胳膊肘儿推醒的；如果不是我们内心的新生力量和源自内心的渴望唤醒了我们，而是工厂里的鸣笛声吵醒的——假如我们醒来以后所拥有的生命，并不比睡前更加崇高，那么这样的白天（如果可以称为白天的话）根本就没有什么值得期望的，那空气中就不会有芬芳，也不会回荡着天籁之音。于是，黑暗反倒结出了好的果实，以此来证明它并不比白昼差。如果一个人根本不相信每一个黎明都要比他亵渎过的更早、更神圣的话，那他肯定早已对生命绝望了，正在走上一条通向黑暗的道路。感官的生活得到部分休息之后，人的心灵，或者说得更确切点，人的器官，每一天都要焕发出新的活力，而他的天赋会再度试探他能完成的生活是何等高贵。我敢确定地说，一切令人难忘的事情，都是在清晨的氛围中发生的。《吠陀经》①中写道："一切知，俱醒于黎明。"诗歌、艺术，以及最美好最值得纪念的事情，都是从这一时刻开始的。所有的诗人和英雄，如同门农一般，都是曙光之神的儿子，总是在太阳升起的时候弹奏他们的美妙乐曲。一个拥有弹性思维和充沛精力的人，假如他能与太阳同步，那么白天的任何时候对他而言，都是黎明。时钟指向什么时刻，人们的态度是怎样的，他们在干什么样的活计，这些都无关紧要。清晨，就是我睡醒之后心里有黎明感觉的那一刻。德性改良就是驱散朦胧的睡意。如果不是人们总在浑浑噩噩地睡觉，他们又怎么会在回顾每一天的时候总感觉乏善可陈呢？人们都很精明，若不是沉睡不醒的话，又怎么会一事无成呢？几百万人清醒到可以去干体力活儿；然而一百万人中清醒到能够从事有效的智力劳动的，却仅仅只有一个人；一亿人

---

① 《吠陀经》：古印度经典，共四卷。

中，能生活得神圣而富有诗意的，也只能找到一个人。清醒才是真正的生活。然而，我还从未见到过一个十分清醒的人呢。若是遇见了，我哪里敢直视他呢？

我们一定要学会自己苏醒，更要保持清醒，但不能依靠机械的方法，而是对黎明寄以无限的期望，因为即便在睡得最沉的时候，我们也不会被黎明抛弃。毫无疑问，人类有能力提高自己的生命，这是我所看到的最令人振奋的事实。能绘出某一幅画，塑造某一座雕像，或者美化一些事物，这都是很了不起的；但是，若能描绘出或者雕塑出那种氛围和环境，就更加荣耀了，这样能使我们从中发现，我们也能在精神上做到这些。最崇高的艺术，就是能对当代的本质产生影响的艺术。每个人应该使自己的生命乃至生命的每一个细节，都能配得上自己在最崇高和最紧要之时的所想所思。如果我们拒绝了，或者说浪费掉了我们所获得的那一丁点儿思想，那么，神谕会明明白白地告诉我们如何做到这一点。

正因为我希望自己能活得有意义，所以我选择去林中生活，这样我只需面对生活中的基本事实，还可以看看我是否能学会生活教给我的东西，免得到了临终的那一刻我才发觉，我这一辈子都白活了。那种算不上生活的生活绝不是我想要过的，要知道，生活本来是很可爱的；至于消极遁世的隐逸生活，也不是我所喜欢的，除非我没有别的选择了。我要进入到生活的最深处，将生命的精髓全部汲取出来，要坚强稳妥地生活，像斯巴达①人那样，将一切不属于生活的东西统统摒弃，开辟出一块田地并细心地修剪它，将生活压缩

---

① 斯巴达：古希腊奴隶制城堡，古代斯巴达人以勤劳俭朴、严谨刻苦著称。

到一个角落里，使生活条件降至最低。假如证明了它是卑微低贱的，那么就要弄明白全部真正的卑微低贱；假如它是高尚的，那就通过切身的经历去认识它，在我下次远行的时候对它作出真实的描述。因为在我的观念中，大多数人都搞不清楚他们的生活到底属于魔鬼还是属于上帝，却又草率地做出判断说：人生的主要目标是"永远赞美上帝，并享受上帝的赐福"。

然而，我们仍旧如蝼蚁般卑微地生活着，尽管神话告诉我们说，很早以前我们就变成人了①，可我们却像矮人国里总是跟仙鹤②作战的小矮人一样。这可真是错上加错，越描越黑了。在这里，我们最高尚的美德竟然是多余的，还遭受了本可避开的劫数。这些琐碎的事情消耗掉了我们的生活。一个诚实的人，只需数清楚自己的10根手指头就够了，根本不需要认识更大的数字，即使出现特殊情况，也不过是再加上10个脚趾头，其他的笼统算一下就行了。简单，简单，再简单！我认为，你最好将事情简化为两三件，而不是100件或者1000件；更不必计算100万，数到半打就足够了。总而言之，能将账目记录在大拇指的指甲上是最好不过的。文明生活的海洋中，巨浪翻腾不息，一个人要想在这样的环境中生存，就得全面考虑到可能出现的风暴、乌云、激流、险滩，以及一千零一件事③，除非他打算让船沉没，自己沉入海底，再也没法抵达港口。成功的人一定是非常精明的计算家。简化，再简化！不需要一日三餐，除非必要，每天一顿就足够了；不需要100道菜，5道就绰绰有余了；其他的东西，照这样的比例缩减就好了。我们的生活就像由许多小州

---

① 源自希腊寓言中的一个故事，审判阿伊库斯曾劝自己的父亲天神宙斯把蚂蚁变成人。
② 源自荷马的《伊利亚特》第三卷，将特洛伊人比作与矮人俾格米人作战的仙鹤。
③ 源自《一千零一夜》，又名《天方夜谭》，形容数量很大。

组成的德意志联邦一样，州与州的边界总是在变动，哪怕是一个德国人也没法随时告诉你准确的边界线。国家进行的所谓内部改进，其实都是些表面的、肤浅的事情，它只是一种难以操作的机构，长得臃肿而又庞大，乱糟糟的家具塞得到处都是，结果掉进了自己设置的陷阱，被奢侈和挥霍全部破坏光了，因为它缺乏计算，也没有高尚的目标，就跟这块土地上的一百万户人家一样。对于这个国家，对于这上百万人而言，厉行节俭，选择比斯巴达人更加俭朴的生活，并提高生活的目标，这就是唯一的救治方法。现在的生活太放纵了。人们认为国家必须有商业——出口冰块，用电报来交谈，一小时跑30英里——却从不怀疑值不值得这样做。然而，我们应该过人的生活还是狒狒那样的生活，好像有些拿不准了。要是我们不去铺设枕木，不去锻造钢轨，不去没日没夜地干活，将时间和精力花在不断地修缮我们的生活上，那么还有谁会想去修铁路呢？如果不修铁路，我们还能准时赶到天堂吗？不过，要是我们只待在家里，操心自己的事情，铁路还有什么用呢？并不是我们在乘坐铁路，而是铁路乘坐在我们身上。你是否想过，铁路底下铺设的枕木是什么呢？每一根枕木就是一个人，一个爱尔兰人，或者说是一个北方佬。铁轨铺在他们的身上，黄沙盖住了他们的身躯，而列车就在他们的躯体上平稳地奔驰。我告诉你，他们正在熟睡啊。每过几年，就更换一批新的枕木，列车依旧在上面飞驰着。所以，如果一批人兴高采烈地乘坐火车出行的话，那么必然有另外一批不幸的人正被火车碾轧着，被乘坐着。不过，当一个梦游者——一根出轨的枕木，被碾轧的时候，乘客们只好叫醒他，突然刹车，并大声叫嚷着，仿佛这仅仅是一个例外。听了这些我感到非常有趣，每隔5英里就有一队养路工，他们让每一根枕木长睡不醒，并保持着相应的高度，然而这也说明，有时候枕木还是会清醒并站起来的。

为什么我们要如此匆忙、如此浪费生命地生活呢？难道在没有挨饿之前，我们就已经下决心要饿死了吗？常言道，现在缝补一针，将来可以少补九针，于是，他们现在就缝补了一千针，只为了明天少补那九千针。至于工作，没有任何结果。我们患上了舞蹈病①，连大脑都没法保持安静了。要是我拉几下教区钟楼下的绳子，发出火警的讯号，那么还没等到钟声长鸣，住在康科德郊区乡村的所有人，尽管他在今天早上的时候一再地找借口说自己有多忙，也不管是男人、女人，或者孩童，我敢肯定，他们一定会放下手头的活儿，向着钟声的方向赶过来的。说句实话，他们赶来的主要目的并不是急着从火里抢救财产，而是看热闹的，反正火已经烧起来了，而且这火又不是他们放的；或者想看看这火是怎么被扑灭的，要是不用费多大气力，帮点忙救救火也无所谓——即便着火的是教堂本身也是一样。一个人在午饭后小睡了半个小时，他醒来后抬头说的第一句话就是："有什么新闻啊？"好像全世界的人都在给他站岗放哨一样。还有人这样吩咐，每过半小时就要叫醒他一次，显然并没有什么特别的原因；随后，作为回礼，他向别人讲起了自己做的梦。睡了整夜再醒来之后，新闻就跟早餐一样，是必不可少的。"请告诉我这个星球上的任何地方所发生的全部新闻吧。"——于是，他喝着咖啡，吃着面包，同时看着报纸，得知今天早上在瓦奇托河②上有一个人的眼睛被挖掉了。殊不知，他自己就生活在这个星球上深不见底的大黑洞里，他的眼睛里早就没有瞳仁了。

对我来说，有没有邮局一点关系都没有。我认为，需要通过邮局传递的重要消息寥寥无几。严格说来，我一生中所收到的值得花邮费的信最多也就一两封——这还是我几年前说的。通常，一便士邮费的制度，是你向一个人支付一便士去购买他的思想，可结果你所获得的往往只是一个玩笑。我敢说，我从未在报纸上读到过任何一条有价值的新闻。若是我们读到某个人遭抢劫了，被谋杀了，或者出意外丧命了，读到一栋房子烧毁了，或一条船沉没了，或一艘轮船爆炸了，或打死了一条疯狗，或冬天出现了一群蝗虫——那就没必要去读别的了。事实上，有一条新闻就足够了。假如原则你已经非常熟悉

---

① 舞蹈病：古代西西里岛上有一个贵族的儿子名叫圣·维特斯，他患有狂舞病，后来他被尊奉为这些疯病的教主，这些疯病也被称之为圣·维特斯舞蹈病。
② 瓦奇托河（The Wachito River）：红河的一个支流，它源自阿肯色州，流入路易斯安那州。

了,那么你还有必要关心成千上万个实例及其应用吗?在一个哲学家眼里,所有称之为新闻的,不过是些胡说八道的闲话,编辑新闻和读新闻的无非就是些喝茶聊天的老太婆。然而,听这些闲言碎语却是不少人的兴趣。我听说前不久报社门口突然围了一大群人,他们争先恐后地挤进去听一条最新的外国新闻,结果将报社里的好几个大玻璃窗都给挤碎了——至于那条新闻,我很认真地思考过,一个稍微有点脑子的人便能在12个月前,甚至是12年前非常准确地写出来。例如西班牙,只要你明白将唐·卡洛斯①、公主②、唐·彼得罗、塞维利亚和格拉纳达这些字眼适当地变换,不时地调整就可以了——从我开始读报至今,或许这些字眼发生了一点改变吧——如果实在没什么有趣的事儿,那就说说斗牛吧,这条新闻绝对真实,通过它我们可以详细了解西班牙的现状以及衰败程度,跟现在报纸上这个标题下边那些最简明的消息完全相同。说到英国,1649年革命几乎就是这个地区的最新要闻了;如果你已经了解了英国每年的谷物平均产量的历史,那就用不着再去关注这些事了,除非你打算靠投机生意来赚大钱。如果不看报也能做出判断,那么国外真的没发生过什么新闻,法国大革命也算不上。

什么叫新闻?知道什么事情永不过时才是最重要的!"蘧伯玉使人于孔子。孔子与之坐问焉。曰:'夫子何为?'对曰:'夫子欲寡其过而未能也。'使者出。子曰:'使乎!使乎!'"③一周过去后,在农民们疲惫得直打瞌睡

---

① 唐·卡洛斯:1833年,西班牙国王斐迪南七世病死,由于无子,3岁的长女伊莎贝拉公主继位为西班牙女王。期间,斐迪南七世的弟弟唐·卡洛斯曾依据禁止女性为王的《撒利克法》争夺王位。
② 即伊莎贝拉公主。
③ 引自《论语·宪问》。蘧伯玉是卫国大夫,孔子的朋友。这段话的意思是:蘧伯玉派人去拜见孔子。孔子请使者坐下后,就问道:"先生最近在做些什么?"使者回答说:"先生想要减少自己的错误,但是没能做到。"使者告辞后,孔子说:"好使者!好使者!"

的休息日里——这个周末，就是辛苦熬过的一周的结尾，而不是崭新而勇敢的一周的开始——偏偏那位牧师不在农民们的耳边念叨这样或那样又臭又长的说教，而是如雷霆一般地狂吼："停！停下！为何看起来很快，其实你们却慢得要死呢？"

伪装和谬见被尊奉为最健全的真理，然而现实却是无比荒谬的。如果人们踏踏实实地关注现实，不容许自己被欺骗，那么跟我们所知道的生活相比，现在的生活犹如一个童话故事，就像一本《天方夜谭》了。要是我们只重视那种不能避免的和理当存在的事情，那么诗歌和音乐就会飘荡在街头了。如果我们从容不迫而又聪明智慧，就能体会到，只有伟大而优美的事物才能真正永恒的存在——微不足道的恐惧和快乐其实只是现实的影子。现实往往使人振奋，使人敬仰。如果闭上眼睛打盹儿，任由影子蒙骗自己，人类由此到处建立日常生活的规则和习惯，并遵守它们，其实它们都是在纯粹幻想的基础上建立的。小孩子在嬉戏中生活，反而比大人更清楚地认识真正的生活规律及其关系，大人不能过有意义的生活，却总以为自己更聪明，因为大人有经验，其实就是说，他们经历过失败。我从一本印度书籍中读到："有一个王子，很小的时候就被赶出了他出生的城市，一个樵夫将他抚养成人，因此他一直认为他是自己生活的这个贱民群体中的一员。后来，他父亲手下的一位大臣发现了他，并说出了他的身世，于是，他对自己身份的错误认识被纠正了，他知道原来自己是一个王子。""因此，"印度哲学家继续说下去，"灵魂所处的环境导致了他对自己性格的误解，必须得一位神圣的老师将这个真相揭示出来。这时，他才明白自己是婆罗门。"我发现，我们新英格兰居民之所以过着如此卑贱的生活，就是因为我们无法透过事物的表面去认识它的本来面貌。我们误以为表象就是事物的本质。如果一个人穿过这个城镇，看见的就是现实，那么你不妨想想现实生活的拦河水坝去哪里了。如果他向我们描述他所见到的那个地方的现实，其实我们根本听不明白他所描述的地方是哪里。看看会议厅，或法庭,或监狱,或商店,或住宅,说说在你真正凝视它们的时候,它们究竟是什么样子的。反正在你的描述中,它们全都支离破碎了。人们尊重遥不可及的真理,是在现有制度以外,在最远的星辰的后面,在亚当之前,在人类灭绝之后①。的确,在永恒中存在着真理和崇高。但是,所有这些时代、这些地点和这些场合,就是此时此地啊②!上帝的伟大之处就在于此时此刻伟大,绝不会随着时光的流逝更加神圣一些。只有永远融入现实之中,不断发掘围绕着我们的现实,才能领悟到崇高是什么。宇宙常常顺应我们的观念;无论我们快走还是慢行,反正路已经为我们铺设好了。就让我们终其一生来构思这种设想吧。这么美丽崇高的设计,即便是诗人和艺术家也从未提出过,不过至少有一些后人能实现它。

让我们像大自然一样从从容容地度过每一天,不要让落在轨道上的硬果壳或掉在轨道上的蚊虫的一扇翅膀将我们抛出轨道。让我们清晨即起,吃或者不吃早餐,平心静气,安宁祥和;任凭客人们来来去去,让钟声响起,让孩子们啼哭——下决心好好地度过一天。为何我们要妥协,甚至随波逐流呢?子午线浅滩上被称之为午宴的,是令人恐怖的急流和漩涡,我们千万不要卷入其中以致惊慌失措。只要渡过这一险关,你就安全了,下面要走的都是下山的路。借助像黎明一样的魄力,绷紧神经,朝着另一个方向航行,学着尤利西斯③的样子将自己绑在桅杆上。如果汽笛已经长鸣了,就让它鸣叫到嗓音

---

① 这句话中"之前"和"之后"两个词,旨在说明当今人们厚古薄今的思想。
② 意为,真理就在当下。
③ 尤利西斯:荷马史诗《奥德赛》中的英雄,为了不受海妖塞壬(Siren)动人歌声的诱惑,以致上当受骗,船毁人亡,他让人将自己绑在桅杆上。

沙哑吧。若是钟已经敲响了，我们干吗还要跑呢？为何不好好欣赏一下这究竟是什么音乐？让我们静下心来做事，从覆盖全世界的舆论、偏见、传统、谬误和表象的污水烂泥中艰难走过，从巴黎、伦敦、纽约、波士顿、康科德、教会和国家中穿过，从诗歌、哲学和宗教中越过，来到一个被称之为现实的坚硬的底层前，我们才停了下来，然后我们说，没错，现实就在这里了，接下来你可以用它作为支点，在洪水、霜冻和火焰的下面，开始在这个地方修一堵城墙或是建一个国家，说不定还能安全地竖立一根灯柱或一个测量仪。这个测量仪不是用来测量尼罗河水的，而是测量现实的，可以让未来的时代了解，虚伪和表象就像洪水一样不断蓄积，竟然有那么深啊。假如你直面事实，就会看到阳光在它的两面闪烁，使它看起来就像一柄东方的双刃短刀，你能感觉到自己的心和骨髓正被它的利刃剖开，就这样，你快乐地结束了自己在人间的事业。无论是生，还是死，我们唯一追求的就是现实。假如我们真的快死了，就听听自己喉咙里发出来的咯咯声，感受感受全身的冰冷吧；若是我们还活着，就去做自己的事情吧。

时间犹如供我垂钓的一条小河。我喝着河水的时候，看见了河底的沙土，原来它这么浅啊。河水汩汩地流去，但永恒却留了下来。我希望我痛饮的河水，更深更广，能在天空里垂钓，天空的底部布满了如鹅卵石般的星星。我连"一"都数不出来。字母表上的第一个字母是什么我也不知道。我常常遗憾，觉得自己现在还不如刚生下来时聪明。智力犹如一把刀，它找准了缝隙，就一路切下去，发现万物的奥秘。我不希望自己的双手去做更多的超出需要之外的活计。手和脚就是我的头脑，我认为在那里聚集了我全部的最好的官能。我的本能对我说，我的头能够挖洞，就同那些用鼻子或者前爪挖洞的动物一样。我将用它掘自己的洞，为自己在群山中辟出一条路。我想，在这儿的某个地方，就埋藏着最丰富的矿脉；于是，我用魔杖探寻，观察升起的薄雾，然后做出判断：我要从这里开始挖掘了。

阅读

　　如果选择职业的时候，自己能更慎重一些，那么，学生和观察家或许会成为所有人的选择，因为这两个职业的性质和命运无疑能引起每一个人的兴趣。在为自己和子孙后代积累财富上，在组建家庭或创立国家上，甚至是追名逐利上，我们都是世俗之人；但是在探索真理方面，我们却是神圣崇高的，无须再为变化或意外而忧虑。最古老的埃及的和印度的哲学家曾掀开了神像的一角轻纱；那件微微颤动的衣袍，至今还是撩开的。我发现它同当年一样鲜艳荣光，因为当初存于他体内的"我"，是如此的英勇，而今我体内的"他"，重新仰望那个形象。神像的衣袍没有遭到一丝灰尘的侵蚀，自从掀起这件神袍之后，时间就不再流逝了。我们确实改良了的，或者能够改良的时间，不是过去，不是现在，也不是将来。

与一所大学相比,我的住所更适于思考,也更适于认真地阅读。尽管我阅览的书在一般的图书馆里根本找不到,但那些在全球流通的图书对我的影响却比以往任何时候都要多。我阅读的书最早是刻在树皮上的,现在经常抄录于布纹纸上。诗人米尔·科玛·乌丁·马斯特说:"静坐着,在心灵的世界里翱翔;我从书本中获得这种好处。一杯美酒足以令人沉醉;当我如饮琼浆玉液般地品读着深奥的教义时,便体验到了这样的愉悦。"整整一个夏天,《荷马史诗》都放在我的桌子上,尽管我只是偶然翻阅几页。早先的时候,我有干不完的活计,要盖房子,要为豆子地锄草、松土,所以我没时间去读更多的书,但有一个信念始终支持着我,那就是将来我可以读很多书。在劳动之余,我读了一两本浅显的旅游类图书,后来我自己都觉得羞愧,不禁问问自己,现在我究竟身在何处。

学生们不妨阅读一下荷马或埃斯库罗斯^①的希腊文原著,绝不会有放纵无度或奢靡的危险,因为诗文中的英雄人物会对他们起到一定的榜样作用,于是,学生们将早晨的时间奉献给阅读。如果用我们自己的语言印刷这些英雄的诗篇,那么在这个品德败坏的时代,这些语言就成了僵死的文字;因此,我们应努力探求每一行诗、每一个字的原意,拿出我们的全部智慧、勇气和胆量,去揣摩它们的本意,品味其中更深更广的弦外之意。现在的出版业,价廉而量大,出版了如此多的翻译书籍,却并没有拉近我们与古代那些英雄作家们的距离。那些作家一直都是孤独的,他们的文字总是被印得稀奇古怪而令人费解。如果我们愿意为了阅读原著花费宝贵的青春岁月去学习一种古代的文字,这是非常值得的,因为哪怕你只学会了几个字,它们也是从街谈巷议的琐碎事情中提炼出来的,有着永恒的暗示和激励作用。有的老农记住了某些听来的拉丁文警句,并不时地念叨一遍,绝非毫无用处。有些人认为,那些更实用的现代化研究最终会取代对古典作品的研究。然而,无论古典作品如何古老,也不管它们是用什么文字写成的,还是经常会有一些进取心强的学生去研究它们。什么是人类最崇高的思想的记录?除了古典作品之外,难道还可能是别的吗?它们是独一无二的、永不腐朽的神谕。从古典作品中,

---

① 埃斯库罗斯(Aeschylus,约公元前525~公元前456年):古希腊三大悲剧作家之一,据说创作了80多个剧本,仅存7个,代表作为《被缚的普罗米修斯》和《阿伽门农》。

可以找到一些对近代的探求的回答，这是特尔斐①和多多那②也不能提供给你的解答。我们甚至不屑于去研究大自然，认为它太古老了。读好书，也就是要读真实的蕴含着真挚精神的书。它是一种崇高的锻炼，需要一个人耗费精力去超越现时代的任何一种锻炼。它需要读者经受一种像竞技者们那样的训练，还要锲而不舍，并奋斗终生。一本好书是经过慎重思考后，再含蓄地写出来的，所以，阅读它的时候也应该谨慎而含蓄。这本书所使用的民族语言，即使你能说，也远远不够，因为口语和书面语的差别相当大，前者是用来听的，声音或舌音往往变化多端，只是一种方言土语，是比较粗野的，通常我们同野蛮人一样，是在不知不觉中从母亲那儿学到的；后者是用来阅读的，是在口语基础上的成熟经验的凝结；如果前者是我们的母语，那么后者就是父语，是经过锤炼的含蓄的语言，仅仅用耳朵听是没法明白它的含义的。因此，要想学会这种语言，我们必须重生一次才行。中世纪时期，许多老百姓都会说希腊语和拉丁语，不过由于出生地的缘故，他们没有资格去读天才作家们用这两种语言写出的作品，因为写成这些作品的是洗练的文学语言，而不是他们所熟悉的那种希腊语和拉丁语。那种更高级的希腊和罗马的方言，他们还没有学会，因此他们将那种高级方言写成的书当成了一堆废纸，反倒对廉价

---

① 特尔斐（Delphi）：古希腊城市名，因有阿波罗神庙而闻名。
② 多多那（Dodona）：希腊古城，因有天神宙斯的神谕而闻名。

的当代文学兴趣浓厚。然而，等到好几个欧洲国家获得了自己粗俗却很鲜明的语言，完全能满足自己的文艺兴起的需要的时候，最早的那些学问也重获新生了，学者们能够将古代的珍品从那遥远的时代里鉴别出来。几个世纪过去了，当年希腊和罗马的老百姓听不懂的作品，已经有少数学者在阅读了，而且现在读它们的也只是少数学者。

虽然演说家有时能爆发出令我们赞赏不已的好口才，然而最高尚的文字往往就隐藏在转瞬即逝的口语之后，或者凌驾于它之上，犹如苍穹中闪烁的繁星躲藏在浮云之后。群星就在那儿，能观察到它们的人就可以阅读它们。天文学家永远都在观测它们，解释它们，相比之下，我们的日常说话和呼吸就容易多了。演讲台上的所谓善辩之才，通常就是学术上所说的修辞。凭借着大脑中突然闪过的灵感，演说家对着面前的群众和那些能倾听他的人展现了自己的口才；然而，作家所需要的却是宁静平和的生活，至于那些能给演说家带来灵感的社会活动和众多的听众，只会令他们心烦意乱，精力无法集中，可以这么说，作家说话的对象是全人类的智力和心灵，是任何时代中任何一个能够理解他们的人。

怪不得亚历山大①出征时，随身携带的宝匣中一定会装着一本《伊利亚特》。圣物中最为珍贵的便是文字，与其他的艺术品相比，它们既与我们更加亲密，又更具有世界性，是与生活本身最贴近的艺术作品。可以将它翻译成任何一种文字，这样一来，人类不仅能够阅读它，而且能够通过自己的双唇吟诵出来；不仅能在画布上，或者大理石上描画出来，还能用生活本身的气息去雕刻它。古代人思想的象征可以变成现代人的口头语。希腊文学的纪念碑就如希腊的大理石雕像一般，两千多个夏天在它们上面留下了金灿灿的更成熟的秋天的色彩，因为它们向全世界传播自己的圣洁的天体似的气氛，保护它们不被时间侵蚀。书籍是全世界最珍贵的财富，是所有国家都能世代相传的最优良的遗产。书，最古老最优秀的书，放在任何一所房子的书架上都是非常合适的。它们没有什么私事要讲诉，然而，当读者受到了它们的启迪和激励时，就自

---

① 亚历山大（Alexander the Great，公元前356~公元前323年）：古代马其顿国王，亚历山大帝国的皇帝，古代著名的军事家和政治家。他曾先后征服希腊、埃及和波斯，后入侵印度，建立了一个以巴比伦为首都的横跨欧亚大陆的庞大帝国，对人类社会的发展影响深远。

然无法抗拒它们的魅力。至于它们的作者,理所当然会成为任何一个社会里的真正的贵族,国王和皇帝对人类产生的影响也远远没有他们大。那些或许有些傲慢的大字不识一个的商人,通过苦心经营和奔波操劳,赢得了自己向往已久的闲暇和独立,进入了财富和时尚的行列,最终,他将不可避免地转向那更高级的,却又无法走进的天才与智慧的领域,这时候,他会深深地体会到自己的无知,发觉自己的所有财产只是虚荣浮华,根本不值得骄傲。于是,为了证明自己的头脑很清醒,他费尽苦心让自己的孩子们去学习他所缺少的文化知识。就这样,他变成了一个家族的奠基者。

  一个没法读懂古典作品原著的人,对人类历史知识的掌握绝对不会十分完备。让人吃惊的是,这些古典作品从来没有现代语言的译本,除非将我们的文化本身当作这一类的译本。直到今天,荷马还没有英文译本,埃斯库罗斯和维吉尔[①]也都没有——他们的作品是如此的优美,如此的坚实,如此的美丽,只有黎明能与之媲美;后代的作家,即便他们的才华得到了我们的大力称赞,但他们笔下,几乎没有能与这些古代作家的精美、完整、永恒的英雄诗篇比肩的,就算有,也是寥寥可数的。不懂得欣赏它们的人,只会叫人们忘记它们。等我们具备了学识与禀赋,能够阅读、欣赏它们的时候,我们很快就忘掉了那些人的话。除了被我们奉为圣物的古典作品外,还有比古典作品更古老的、鲜为人

---

① 维吉尔(Virgil,公元前70~公元前19年):古罗马诗人,代表作为《埃涅阿斯记》,他的作品对欧洲文艺复兴和古典主义影响巨大。

知的世界各国的经典作品,当所有这些积累得更多时,当《吠陀经》和《圣经》,荷马、但丁和莎士比亚的作品放满了整个梵蒂冈教廷时,当后来的时代不断地将它们的战利品摆放在人类的公共场所的时候,丰富辉煌的时代才真正到来了。这样一大堆作品,或许就是我们能最终走进天堂的希望。

人类至今还没有读懂伟大诗人的作品呢,因为能真正读懂它们的人,只能是伟大的诗人。人们读这些作品,就像大家仰望星空一样,最多也就是从星象学的角度,而不会从天文学的角度进行观测。许多人学会了阅读,只是出于某种便利的考虑,就好比他们学会了算术,只是为了记账,以免做生意时被骗;对于阅读是一种崇高的智力训练这一点,他们却只是略知一二,或者完全一无所知;但是,从高级的意义上来讲,真正的阅读只能是这样——它不是像奢侈品那样吸引我们的注意力,也绝不是读起来有如自我催眠一般,使我们的高尚的官能陷入昏睡之中,而是正好相反,我们必须集中全部精力,将大脑最灵活、最清醒的时刻奉献给阅读。

在我看来,我们识字以后,就应该去读最好的文学作品,而不要总是重复 a—b—ab 和单音节的词儿,不要一直停留在小学四五年级的水平上,不要在小学最低年级教室的前排坐一辈子。在大多数人眼里,他们自己能读,或者能听别人阅读,就觉得很知足了,或许他们也从《圣经》这本好书中领略过一些智慧,于是,在剩下的人生岁月中,为了让自己的官能得到充分的享受和放纵，他们只读一些轻松愉快的东西。在我们的流通图书馆里，有一部称之为"小读物"的多卷本作品，我猜它可能是我从未去过的某一个小镇的名字。有一种人，就像贪吃的鸬鹚和鸵鸟，吃什么食物都能消化，哪怕是吃下了一顿包含有许多肉类和蔬菜的非常丰盛的大餐，也照样消化得了，因为他们不愿意白白浪费了。如果别人是提供这种食物的机器，那么他们就是阅读这种食物的机器。这些人读过9000个有关西伦布与赛弗隆尼亚的传说，看到他们怎样相爱，比所有的人都相爱，并且恋爱的经历还非常坎坷——反正就是知道了他们是如何相爱的，如何跌倒了，又怎样爬起来了，最后怎样继续相爱！某个不幸的倒霉蛋如何爬到了教堂的尖顶上，其实那里是去不得的；但在某个快乐的小说家的笔下，他被迫爬上了尖顶，小说家又敲响了钟，让全世界的人都聚拢到这里，听他说，噢，上帝啊！他要怎么下来了呢！在我看来，小说世界里到处都是这类向上爬的英雄人物，他们还不如将这些人物全部写成风向标上的那只铁公鸡呢，就像他们经常把英雄人物放在星座中一样，让那些铁公鸡随风不停地旋转吧，直到它们全都锈掉为止，可别让它们下地胡闹，打搅了好人们。这位小说家下次敲钟时，即便将公共会场烧成了灰烬，我也不会动一下脚趾头。写作《铁特尔—托尔—但恩》的那位著名作家，还写下了《的—笃—咯的腾达》这部中世纪的传奇；"按月连载，连日人头攒动，欲购从速"。他们瞪着圆溜溜的眼珠子，怀着如同原始人一般的好奇心，带着消化能力超强的好胃口，去阅读这些作品，甚至无须磨炼胃里的褶皱，就像那些4岁大小的孩童一样，整天坐在板凳上看那本2美分买来的封面烫金的《灰姑娘》——可我发现，他们读了之后，并没有在发音、重音和加强语气方面取得多大的进步，更不必说能提炼出故事的寓意或掌握解读技巧了。这样的阅读只会导致视力下降，所有的生机停滞，一切智能像蜕皮一样地衰退。这样的姜汁面包，几乎每个烤炉每天都在烤，而且比起纯面粉做的或者黑麦和印第安玉米粉做成的面包，它更能吸引人，在市场上也更畅销。

　　实际上，即便是所谓的"好读者"，也不去读那些最优秀的书。我们康科德的文化又算得上什么呢？在这座城市，尽管大家都既能读英文，也能拼写英文，但是只有极少数的人会对英国文学中最优秀的作品或者一些非常好的书感兴趣，绝大部分人都觉得读起来没味儿。哪怕是那些上过大学的人，或接受过所谓的自由教育的人,他们对英国的古典作品也了解得极少,甚至是完全不知道。其实只要你愿意去阅读它们,那些记录着人类思想的古代典籍和《圣经》是很容易获得的,可是肯下功夫去品读它们的人却寥寥无几。我知道一个中年伐木工人,订了一份法文报纸,他说并不是要看新闻——因为他对新闻没什么兴趣,而是为了不断学习法语,因为他的原籍是加拿大。我曾问他在这个世界上,什么是他能做到的最好的事情,他告诉我说,除了这件事情外,还要继续学习和提高自己的英文水平。一般来说,接受了大学教育的人所做的或者想做的也不过如此吧,他们订一份英文报纸的目的就是这样。如果一个人刚刚读完了一本英文书,也许是最好的一本,可是他能找到几个人一起谈论这本书呢?再假设一下,他刚刚读完的是希腊文或拉丁文的古典作品,即使是文盲也知道那是值得称颂的好东西;可是他根本找不到一个人来谈论它。于是,他只能默默无语。在我们的大学里,从来就找不到这样的教授,他不仅掌握了这种深奥的文字,还能同样深刻地掌握一位古希腊诗人的才智和诗篇中的艰深之处,而且能用同情之心传授给那些敏锐的、豪情满怀的读者。至于那些神圣的经典,也可以说人类的各种圣经,有谁能告诉我它们的名字呢?只有希伯来这个民族拥有一部经文,而这一点大部分人都不知道。所有的人都在为捡到一块银币而费尽心力;但是这里的文字比黄金更珍贵,这些话是古代最聪明的智者说出来的,它们的价值曾得到历代有识之士的肯定和推崇——可是我们却只读那些识字课本、简易读本和教科

书，我们走出校门后，也只读"小读物"和专门写给孩童、初学者的故事书；所以，我们的阅读、我们的谈话和我们的思想，都处于极低的水平，只能跟小人国和侏儒般配。

我想认识这样一些人，他们比康科德这片土地上出生的人更聪明，然而在这个地方从没听说过他们的名字。难道说我能听到柏拉图的名字，却从来不读他的书吗？好像柏拉图跟我是同乡，不过我从没见过他——好像他就住在我隔壁呢，可我从没听见过他说话，也从未倾听到他那些智慧的话语。然而，实际情况不就是这样吗？那本包含他的不朽思想的《对话录》就躺在书架上，我却从未读过它。我们是缺乏教养的、愚昧无知的文盲。在这个方面，我不得不承认两种文盲之间根本没什么区别，其中一种是镇上的完全不识字的居民，另外一种是学会了读书识字，却只会读点儿童作品和低智力读物的市民。我们应该像古代的圣者贤人那样优秀，不过起码我们要先了解他们的优秀之处在哪里。我们就是一群微不足道的人，我们智力飞跃的高度仅仅比报纸专栏的稍稍高一点点，这真可悲啊。

虽然读者很愚钝，但他们所读的书并不一定蠢笨。书中的某些文字可能就是针对我们的境况来讲的，要是我们真的倾听了，并且读懂了这些文字，那么它们带给我们的好处，甚至超过了黎明或春天，还有可能使我们的面貌焕然一新。许多人能开始自己生活的新纪元，就是因为之前阅读了一本书！一本既能解释我们的奇迹，又能启迪新的奇迹的书，就是为我们而存在的。有些我们目前说不出来的话，说不定在其他地方已经说得清清楚楚了。有些问题使我们烦不胜烦、疑惑不已，其实每一个聪明人都曾遇到过它们；所有聪明人都曾遇到过每个问题，并且他们都根据自己的能力，用自己的话和自己的生活经验来回答这些问题。而且，我们有了智慧以后，就会变得慷慨、从容、大度。有一个孤独的雇工，住在康科德郊区的一个农场里，他得到过重生，获得了特殊的宗教经验，他相信是信念使自己进入了庄严肃穆和遗世独立的境界，他可能会认为我们的话是错误的。然而，几千年前的琐罗亚斯德①也走过了相同的历程，并获得了同样的经验。不过，他是一位智者，懂得

---

① 琐罗亚斯德（Zoroaster）：古波斯人，大概生活于公元前 10~ 公元前 7 世纪。

这是普遍现象，所以他用宽广的胸怀对待自己的邻居，据说竟然发明且建立了让人们拜神的制度。那么，就让那位孤独的雇工谦卑地去和琐罗亚斯德交流心得吧，并且在一切智者贤达的自由思想的影响下，去与耶稣基督本人沟通精神吧，接下来，"我们的教会"就可以抛到一边了。

我们自夸道，我们属于19世纪，正迈着比任何国家都要快的步伐前进。不过想到这个城镇，它对自身的文化只做了一点点微不足道的贡献。所以我可没打算夸耀我的市民同乡们，也不希望他们称赞我，因为这样做的话，我们谁也不会有所进步。我们像老牛一样，需要的是鞭策——驱赶，这样才会迅速地奔跑起来。我们的公立学校的体制非常不错，但它们只是为幼儿开设的；然而，冬天有个处于半饥饿状态的吕克昂学堂①，近来根据政府法令创办了一个简陋的图书馆，但自己的学院是根本没有的。在身体的疾病方面，我们大把大把地花钱，而在精神的疾病方面，我们却舍不得掏一分钱。现在，我们应该创建一所非同一般的学校，让那些成年的男女都继续接受教育。是时候了，每一个村子都应该建一所大学，年纪较大的村民都是研究生——如果他们的日子比较富裕的话，就应该有许多的空闲时间，可以用自己的余生去自由地学习。难道这个世界要永远局限在一所巴黎大学或者一所牛津大学里吗？难道学生们不能在康科德寄宿，在这里的天空下享受自由的教育吗？难道我们聘请某一位像阿伯拉尔②这样的学者来讲学也不可以吗？真是可悲啊！我们天天忙着饲养牛羊，忙着照看店铺，已经有很长时间没有迈进学校的大门了。我们的教育就这样悲哀地被忽视了。在某些方面，我们国家的城镇应该取代欧洲贵族的地位，它应当是美术的保护神，它很富有，只是缺乏宽宏的气量和优雅的风度。它在农场主和商人们重视的事情上花钱非常大方，而在文化人认为很有价值的事情上却十分吝啬，因为在它看来，这些只不过是乌托邦一样的空想。幸亏有财富和政治，这个城镇建造市政府花掉了17000美元，但是想要它为生命蚌壳中的智慧的蚌珠花费这么多钱，估计100年之内都不可能。每年募集125美元，用来资助冬天开办的吕克昂学堂，这样的花费，

---

① 吕克昂学堂（Luceion）：公元前335年，古希腊亚里士多德在雅典创办的学校，因学校附近有吕克昂神庙（阿波罗神庙），故称之为吕克昂学堂。现在一般指讲演场所。
② 阿伯拉尔（Pierre Abelard，1079~1142年）：中世纪法国的哲学家、神学家。

绝对比镇上募集的任何一笔数目相同的捐款都更有意义。既然我们生活在19世纪,难道不应该享受19世纪的好处吗?我们有必要过这种偏激狭隘的生活吗?如果我们想读报纸,为何不将波士顿的闲谈搁在一边,马上去订一份全世界最优秀的报纸呢?别从"中立派"的报纸中吮吸柔软的食物,也别在新英格兰这样的地方咀嚼"橄榄枝①"。邀请所有的学术团体来我们这里作报告吧,让我们听听他们是不是真的懂些什么。我们的读物,为何要让哈珀兄弟图书公司和雷丁出版公司代替挑选呢?就好比一个品位高雅的贵族,会将天才、学问、机智、书籍、绘画、雕塑、音乐以及哲学的工具等一切有助于提高修养的东西,全部摆放在自己的周围,不妨让我们的城镇也这么做吧——只请一个教师、一个牧师、一个司事肯定不够,只建一所教区图书馆、选举三名市政委员肯定还是不够,因为我们的移民先祖只有这么点儿基业,但也在荒凉的石头上将寒冬熬过去了。集体行动是与我们制度的精神相符的。我坚信,随着我们的环境越来越发达,我们的能力也将远远超过那些贵族。新英格兰有能力聘请全世界最优秀的学者来教导自己,让圣贤们吃住在这里,帮我们彻底摆脱粗俗的乡野之气。这就是我们想要的非同一般的学校。我们需要的不是贵族,而是高贵的村子和优雅的村民。如果有必要,哪怕是少修一座桥,多走几步路,我们也应该在环绕着我们的那片黑暗的"无知深渊"上至少架起一座拱桥。

---

① 橄榄枝:指在波士顿出版的卫理公会周刊的刊名。

倾听

如果我们拘泥于书本，虽然是最精美的古典作品，也只局限于阅读一种特殊的语言文字——它们本身其实就是口语和方言，那么我们就陷入危险了，因为我们几乎忘记了另外一种语言——它是一种无须修饰就能直接描绘出一切事物的语言，是最丰富的，也是最标准的。发表的东西很多，但印出来的却很少。就像从百叶窗透进来的光线，在百叶窗完全打开后，就被人忘记了。我们要始终保持警觉，这是必须的，没有任何一种方法或者训练能替代它。能够看见的，要经常去观察。这样的一个规律，哪里是

一门历史或者哲学，或者精挑细选的诗歌能比的呢？哪里是一个最好的社会，或者最令人羡慕的生活规律能比的呢？你愿意满足于当一个读者，一个学生，还是想做一个先知呢？不妨先读一读自己的命运吧，看看你面前的是什么，然后再向未来迈进。

　　第一个夏天，我没有读书，我在种豆子。不，很多时候我做的事情比种豆子还要好呢。有时候，我舍不得让眼前的美好时光浪费在任何工作上，不管是动手的还是动脑的。我喜欢为自己的生命留出更多的空间。有时在夏天的清晨，我照往常的习惯洗过澡后，就静坐在门前的阳光下，从日出到日中，就坐在松树、山核桃树和黄栌树中凝神冥想，周围的一切都是宁静寂寞的，只有鸟儿不时歌唱，或者悄无声息地从我的木屋前飞过，一直到落日的余晖映照着我的西窗，或者远处公路上，旅行者的车马声隐隐传入我的耳中，这时我才意识到时间的流逝。就像玉米在夜间生长一样，我在这样的季节里生长着，这远远好过去做任何手工劳动。这样做并没有从我的生命中减少时间，而是使我通常的时间增添了不少。我终于体会到东方人所说的冥思和无为的含义了。我并不怎么留意时光是怎样流逝的。白昼向前移动，好像只是为了照亮我的某些工作；但是刚才还是清晨，而现在，你瞧瞧，黄昏已经来临了，什么值得纪念的工作我都没完成。与鸟儿们尽情地歌唱不同，我只是静静地，为自己无边的幸福而微笑。就像麻雀停在我门前的山核桃树上叽叽喳喳一样，有时我也会暗暗发笑，但会压低我的笑声，生怕会让它听到。我的一天，不同于每一个星期中的一天，也没有被分割成零零碎碎的一个小时又一个小时，更没有受到滴答的时钟声的骚扰。我喜欢像印度的普里人那样生活，据说在他们的语言中，"昨天、今天和明天，用的是同一个词儿，他们会一边说这个词儿一边做手势来表示不同的含义，比如手向后指代表昨天，向前指代表明天，指向头顶代表今天"。这在我的同胞们看来，无疑是懒惰的表现，但是，如果让鸟儿和花木按它们的标准来评判我的话，那我可以称得上是完美无瑕的。人一定要从自己身上寻找缘由，这话说得对极了。简单自然的日子是平静、安宁的，不必去指责他们有多么懒惰。

　　同那些只能跑到外面的戏院或社交场所去消遣娱乐的人相比，至少我的生活方式要多一点好处，因为我的生活本身就是我的消遣娱乐，并且它永远不失新奇。它是一出多幕剧,而且永远没有结束的那一幕。如果用我们所学到的最新最好的方式来改善我们的生活,或重新设计我们的生活,那么,我们绝不会再感到无聊。只要善于捕捉自己的创造力,它就可以随时随地为我们提供崭新的生活前景。有一种非常令人愉快的消遣,就是做家务。要是我的地板脏了,我就会早早地起床,把所有的家具都搬到门外的草地上,将床和床架堆在一起,然后在地板上洒水,撒上一些湖里的白沙,再用一把笤帚将地板清理得干净洁白。当村民们吃完早饭的时候,我的屋子已经被太阳晒干了,家具都可以搬进来了。在这个过程中,我的沉思几乎从未间断过。我乐呵呵地看见,全部的家具在草地上堆成了一小堆,跟吉卜赛人的行李很像,松树和山核桃树下照旧放着我那张三脚桌子,书本、笔墨都摆在桌上。它们似乎更喜欢待在外面,而不愿意回到屋子去。有时候,我真想在它们上面搭一顶帐篷,然后静坐在帐篷下面,看着家具沐浴在阳光下的样子,听着清风从它们头上拂过的声音,这实在是太美妙了。在室外看起来,大部分熟悉的东西比放在屋子里有趣多了。一只小鸟栖息在邻近的树枝上,桌子下面长着长生草,桌子脚上攀爬着黑莓的藤蔓;松子、栗子、草莓叶子落得满地都是。似乎就这样,它们自然地变成了我们的家具,变成了桌子、椅子、床架子——因为这些家具原本就站在它们中间。

我的小屋建在一座小山的半山腰上,恰好位于一大片森林的边缘,就在一片油松和山核桃树的中间,与湖边大约相隔6杆的距离,从山腰到湖边有一条狭窄的小路连通着。我门前的院子里,生长着草莓、黑莓、长生草、狗尾草、黄花、矮橡树、野樱桃树(拉丁文学名 cerasus pumila)、越橘和花生。5月底,小路两旁的野樱桃树上缀满了美丽的花儿,短短的花梗周围是一簇簇伞状的花丛;到了秋天,一串串又大又漂亮的野樱桃沉甸甸地垂着,闪烁着

耀眼的光芒。我尝了尝，尽管它们的味道并不好，但我依然感谢大自然的恩赐。我木屋周围的漆树（Rhus glabra）长得非常茁壮，非常茂盛，我砌好的一堵矮墙也被它们拱了起来，第一季度它们就长高了五六英尺，那宽大的羽毛状的热带作物的叶子，虽然看上去很奇怪却也很惹人喜爱。到了春末，那几乎已经枯死的树枝上突然冒出了巨大的芽孢，又像变魔术一样长成了翠绿而柔软的枝条，直径约有一英寸。有时候，我静坐于窗前，会听到一根鲜嫩的柔枝突然折断的声音，原来它们疯狂地生长，以致自己脆弱的关节被压折了，虽然没有一丝风，但它还是让自身的重量给压断了，如同一把羽扇掉落下来。到了8月，浆果漫山遍野都是，因为它们开花的时候曾吸引来无数的野蜜蜂，如今也在不知不觉中染上了天鹅绒般的鲜艳色彩。同样，它们的枝条承受不了果实的重量，最终也被压断了。

今年夏天的一个下午，我坐在窗前。在我那片林子的空地上空，几只鹰来回盘旋着；野鸽子在疾飞，不时有三两只从我的眼前掠过，或者栖息在我屋子后面的白皮松的枝条上，向着天空呼叫，显得十分不安；一只鱼鹰刚刚叼走了一条鱼，湖面上只留下它刚刚啄出的一个酒窝；在我门前的沼泽地里，一只水貂悄悄地溜了出来，在湖岸边猎到了一只青蛙；到处都有芦苇鸟飞掠而过的身影，湿地上的莎草都被它们压弯了。在半个小时里，铁路上火车行驶的咔哒声不时传入我的耳中，一会儿轻了下去，一会儿又重重地响起来，就像正在拍打翅膀的鹧鸪，将来自波士顿的旅客带到这乡下来。我并没有像那个孩子一样生活在世界之外，听说他被送到了这个城镇东边的一个农民家里，可是他太想家了，所以没过多久就逃回了自己的家，而他的鞋跟都磨破了。如此偏僻而又沉闷的地方，他从未见过。那里的居民全都走了；甚至你想听听他们的口哨声都不可能！我不知道，现在的马萨诸塞州有没有这样的地方：

> 千真万确，我们的村庄变成了靶子，
> 被一支飞箭一般的铁路射中，
> 在和平的田野上，它是康科德——和谐之声。①

---

① 在英文中，康科德与和谐之声是同一个单词concord，此处一语双关。本诗引自梭罗的好友、诗人钱宁（E.Channing）的《瓦尔登湖的春天》。

  费奇伯格铁路就在湖边,与我的住处南边大约相距 100 杆。我经常沿着这条路走去村子里,好像这条铁路就是联系我与社会的纽带。货车上的大部分人,都是在这条线上来回跑全程的,他们像老朋友一样和我打招呼,毕竟在这条线路上碰到我的次数太多了,他们都把我当成了一个雇工。我确实是个雇工。反正我很乐意做一个养路工,去养护这个地球轨道上的某一处路轨。

  无论冬夏,火车头的汽笛声响彻我的树林,就像一只从农夫家的院子上空飞过的老鹰发出了尖锐的呼啸声,它告诉我许多焦虑不安的城市商人已经来到这个小镇了,或者一批喜欢投机的乡村商人从相反的方向来到了这里。它们处于同一地平线上,互相发出警告,要对方离开轨道,为自己让路。这叫喊的声音有时两个村镇的人都能听到。乡村啊,你们的杂货送到了;村民们啊,你们的粮食送来了!如今任何人都没法拒绝它们而独立地生活。因此,乡下人的汽笛长鸣了,这就是它们向你们索取的报酬!木料犹如长长的攻城槌①一般,以 20 英里的时速撞向我们的城墙,里面还有许多座椅,足够那些疲惫不堪、身负重担的城里人全部就座了。这样巨大的木材是乡村作为厚礼给城市送去的座椅。所有印第安人山上的越橘全被采摘了,浆果也全被运进城了。棉花上来了,布匹下去了;蚕丝上来了,羊毛下去了;图书上来了,然而著书人的智商却不如从前了。

  我看见,那个火车头拖着它的一节节车厢,就像行星运转似的向前疾驰,或者说,它像一颗彗星,它的轨道看上去不像是能转回来的曲线,看到它的人也不清楚以这样的速度向这个方向疾驰的列车还能不能回到这个轨道上来。车头喷出的水蒸气就像一面旗帜,汇集成金色银色的烟圈向后飘散,就像我见过的漂浮在高空中的一团团羽绒般的白云,一大片一大片慢慢扩展开来,被太阳照得透亮——仿佛这位云游四海的神仙,喷出了云霞,很快就要将夕阳映照的天空制成他列车的号衣。我听到这匹铁马如雷的吼叫声,它的回声响彻了整个山谷,它的铁蹄令大地颤抖,它的鼻孔不断喷出烈火和黑烟(我可不知道飞马或火龙在新的神话中会被描绘成什么样子),看起来大地上似乎终于多了一个新种族,它有资格居住在地球上。假如这一切的确跟看上去

---

① 攻城槌:古代西方用于攻城的一种武器,此处的木料是比喻早期的火车车厢都是用原木制成的。

的一样，人们运用各种元素为实现自己崇高的目标服务，那可就再好不过了！假如漂浮在火车头上的云的确是开创英雄伟业时流出的热汗，或者说它像飘荡在农田上空的云一样对大地万物有益，那么，各种元素和大自然本身都会把服务于人类当作快乐，愿意守护着人类。

　　清晨远远地望着火车通过时的心情，与我看日出时的心情完全一样。早晨的火车说不定比日出还准时。火车向着波士顿的方向疾驰，喷出的云团在它的身后越来越长，越升越高，逐渐升上了高空，一时间竟然连太阳也遮住了，而我的远处的田野笼罩在一片阴影之下。这一团团长长的烟云犹如在天上奔驰的列车，在它的映衬之下，地上行进的火车显得如此渺小，犹如一只标枪上的倒钩。在这个冬日的清晨，那匹铁马的主人很早就起身了，借着群山间的星光给它喂饲料，套马车，并且早早地升起了炉火，为它提供热量，以便它能及时赶路。如果这事儿既可以早早地开始，又确实没什么坏处，那就太好了！如果积雪太深了，就为它穿上雪鞋吧，用一个巨大的雪犁在群山间开辟出一条直达海边的道路，火车就像一个播种机，而所有烦躁不安的乘客和浮华的商品就是被播撒在田野里的种子。这匹火马一整天都在田野间飞驰,只有当它的主人累了需要休息时,它才会停下来。我常常在半夜里被它那巨大的铁蹄声和粗重的喘息声吵醒;在远处山林的僻静山谷中,冰霜雨雪阻挡了它前进的步伐,直到晨星开始闪亮的时候,它才回到马厩,不过它并没有休息,更没有打个盹儿,就马上开始了新的征程。黄昏时分,有时我也会听到,它在马厩里将这一天剩余的能量都释放出来,使自己的神经松弛下来,身体和大脑也冷静了,然后让自己钢铁的身躯睡上几个小时。要是这事业能经久不衰、永不疲倦,并且英勇不凡、威风八面,那就太好了!

城镇的边缘地带,那人烟稀少的密林中,以前只在白天会有猎人进去,而如今即便在漆黑的夜色中,也有灯火通明的客车飞驰而过——不过居住在那里的人们丝毫没有觉察到。这一刻它正停靠在某一个村镇或者大城市里灯光璀璨的站台上,那里聚集了一群社交界的人;下一刻它却停在了阴森森的沼泽地区①,猫头鹰和狐狸都被它吓跑了。现在,住在乡村的人们每天谈论的大事,就是火车的到站和出站。列车几点到达,几点离开,既规律又准时,老远都可以听到它们的汽笛声,农民们可以据此校对钟表,于是,一个管理完善的公共机构使得整个国家的时间和秩序都得到了调整。自从火车被发明之后,人类就更遵守时间了,难道不是这样吗?与过去在驿站上相比,如今人们在火车站上交谈更畅快了,思考问题也更敏捷了,难道不是这样吗?火车站的气氛就像通上了电流一般,那里能创造各种各样的奇迹,这使我感到非常惊异。我原本以为我的一些邻居,绝对不会乘坐这么迅捷的交通工具去波士顿,而如今只要听到站台的钟声响起,他们就肯定已经在月台上等车了。眼下人们做事情的最时髦说法,就是"火车式"作风;相关的权威机构经常真诚地告诫人们不要在离火车轨道太近的地方活动,这种善意的警告我们一定要听从;但要维护铁路的安全运营,可不能停下车来宣读取缔闹事法,也不能粗暴地向群众鸣枪以示警告。我们已经创造了一个命运女神阿特洛波斯,这永远都不会改变(就让你的火车头以它来命名吧)。人们看看公告就会知道,哪些火车头将在几点几分会像

---

① 沼泽地区:此处指位于弗吉尼亚州东南部和北卡罗莱那州东北部沿海平原上的迪斯摩尔沼泽,经常有逃亡的奴隶躲藏在那里。

弩箭一样朝着罗盘的哪几个方向发射出去。然而,其他人的事情并不受到它的干扰,孩子们还乘坐着另一条轨道上的火车去上学呢。因为有了铁路,我们的生活更加安稳了。我们全部都被培养成退尔①的儿子了。可是天空中看不见的飞箭多不胜数。除了你自己所走的路外,每一条路都是由命运决定的。那么,你干脆走自己的路好了。

正因为商业具备进取心和勇气,所以我对它佩服不已。它绝不会双手合十去向朱庇特②祈祷。在我看来,那些每天忙碌着做生意的商人们,多少都显得比较勇敢而且满足,所做出的成就比他们自己设想的局面要大多了,说不定还比他们计划的也更加出色呢。那些能在布埃纳维斯③的前线坚守半个小时的英雄们,当然很了不起,不过那些在铲雪机里过冬的、坚定而

---

① 退尔(William Tell):传说中反抗奥地利统治的瑞士英雄人物,为争取民族独立而斗争。曾被迫向放在自己儿子头上的苹果射箭,最后取得成功,儿子平安无事。
② 朱庇特:古罗马神话中的主神,罗马统治希腊后,将宙斯改名为朱庇特。
③ 布埃纳维斯:墨西哥地名,1847年曾经是战场。

又愉快的人们,却更加令我佩服。这些人通常凌晨三点钟就起来作战,这样的勇气连拿破仑都认为是最难得的;他们从来都不会早早地休息,总是要等到暴风雪已经停息了,或者他们的铁马的筋骨都冻得僵硬了之后,才会躺下睡觉。黎明时分,暴风雪仍在肆虐,几乎将人类的血液都给冻结了,这时,他们的火车头发出被蒙住了的钟声,透过那道被冰冻住的浓雾传入了我的耳中,它宣告列车战胜了来自新英格兰东北部的狂风暴雪的重重阻拦,已经准点到站了。我的眼前仿佛出现了那些铲雪工人的身影,他们浑身上下被冰雪包裹着,眼睛紧盯着铲雪板,而被铲雪板铲起来的除了雏菊和田鼠洞外,还有那些像内华达山脉的岩石,它们在宇宙的外表占据着一席之地。

　　商业不仅具备出人意料的自信、庄重、机敏和进取心,而且还不知疲倦。它总是采用十分自然的方法,这是许多充满幻想的事业和感情色彩浓厚的试验无法做到的,因此商业有其独特的成功之处。当一辆货运列车从我的身旁驶过时,我不禁感到清新自然、气概不凡,我闻到了商品散发出来的味道,它们从常码头一路飘散到尚普兰湖,使我想起了世界各地:珊瑚礁、印度洋、热带气候和辽阔无垠的地球。我看见一些棕榈叶,就不由得想到明年夏天的时候,许多新英格兰人都会将它戴在自己亚麻色的头发上;我又看到了马尼拉的亚麻、椰壳、旧绳索、黄麻袋、废铁和生锈的钉子,这一刻我觉得自己俨然变成了一个世界公民。满满一车的破船帆,用于造纸,又印刷成书,读起来可能会更易懂也更有趣呢。这些破帆把自己经历过的惊涛骇浪,生动形象地描绘下来,除了它们,还有谁能做到这一点呢?它们本身就是无须做任何修改的校样。从缅因州森林砍伐的木材经由这里运走,上次河水暴涨的时候没有运出海去,现在原价、运输的费用加上锯成板料的加工费,每1000根上涨了4美元;它们包括洋松、云杉和雪松,按质量分为一等、二等、三等和四等,然而不久前所有的木材都只有一个质量标准,价格在熊、麋鹿和驯鹿的价位之上波动起伏。接着,装载着托马斯顿①的石灰的列车也从这里轰隆隆地驶过,第一等的货色要运到很远的山区才会卸下来。至于这一大包一大包五颜六色、材质不一的破布,真可称得上是棉布和细麻布的身价降到最低了,

---

① 托马斯顿:地名,位于南缅因州。

是衣服的最后归宿——除了密尔沃基①外,在其他任何地方,它们的图案都再也得不到人们的赞赏。这些有过无限风光的衣服,英国的、法国的或美国的,印花布料、方格布料或平纹细布,穷人家的、富人家的,等等,是从各地搜集得来的,它们汇聚于此,将变成颜色单一的或者深浅不一的纸。接下来,自然要在纸上写下一些来自于真实生活中的故事,上流社会和底层社会的都有,不过都要以事实作为写作依据!这辆密闭车上的咸鱼味飘散出来,带有一种浓浓的新英格兰的商业味道,使我不由得想到大浅滩②和渔业。难道还有谁没见过一条咸鱼吗?它们全都是专为这个世界腌制的,再也不会有什么东西能让它们变质了,相比之下,那些意志坚强的圣贤们都应该自惭形秽了。有了咸鱼,你可以清扫街道,可以铺路,还可以劈开柴火;有了咸鱼,货车司机可以将自己和货物藏在它们的后面躲避日晒和雨淋——至于商人们,完全可以像某个康科德商人做过的那样,将咸鱼作为招牌,挂在自己新开张的店铺的大门上,直到你的老主顾都没法辨别出它到底是动物、植物还是矿物的时候,这条咸鱼还是像雪花一样洁白,如果你将它放进锅里炖熟,它依然是一条美味可口的咸鱼,完全可以放在周六晚宴的餐桌上。接下来还有来自西班牙的皮革,上面的牛尾巴还保持着扭转翘起的样子,令人不由得联想到它们在西班牙大草原上勇猛向前冲的雄姿——这是最顽固的典型,足以证明一切性格上的缺陷都毫无治愈的希望。老实说,我得承认,当了解了人的本性之后,我并不希望在目前的生存情况下改变它,使它变好或变坏。就像东方人说的:"一条狗尾巴可以火烧,压平,用带子捆住,你耗费了12年的精力,可最后它还是保持着原来的样子。"人的本性,跟这些尾巴根深蒂固的本性是一样的,对付它们的唯一有效办法就是将它们制成胶质,我确信通常情况下人们都是这样处理它们的,然后再发挥它们能胶着一切的作用。这儿还有一大桶蜜糖或者白兰地,要运到佛蒙特州的克丁司维尔,交给青山地区一位名叫约翰·史密斯的商人——这位先生为自己住处附近的农民进口货物。说不定这会儿他就在自己的船上,靠着舱壁,琢磨最近运到海岸的这几批货物会对价格产生多大的影响呢,同时告诉客人们,他真希望下一趟火车能运来上等的货物——其实在今天早上之前,他就说过

---

① 密尔沃基:港口城市,位于美国威斯康星州东南北,毗邻密歇根湖。
② 大浅滩:国际大渔场之一,北美纽芬兰岛东南部广阔的大西洋浅滩。

这话了,而且不下 20 遍,甚至还在《克丁司维尔报》上登过广告。

一批货物运来了,又一批货物运走了,如此周而复始。一阵呼啸疾驰的声音惊醒了我,于是,我放下书本,抬头望去,只见那些从遥远的北部山里砍伐下来的长长的松树,就像插上了翅膀一样,飞过了青山地区和康涅狄格州。它的速度快如飞箭,10 分钟内就穿过了城镇,人们还没来得及看上一眼,它就已经:

变成了一根桅杆,
耸立在一艘旗舰之上。①

听吧!运送牲口的列车开过来了,运载着千山万壑的牛羊,还有天上的羊圈啊、马厩啊、牛棚啊,还有那些拿着棍子的放牧人,羊群中的小羊倌,除了山上的牧场外,统统都来了,它们就像被九月的秋风吹落的叶子一样,都被从山上吹下来了。整个天空都充斥着牛羊的咩咩声,公牛们乱挤乱撞,仿佛正从一个放牧的山谷经过。领头羊的铃铛叮叮当当地响起来了,此时的

---

① 引自英国诗人约翰·弥尔顿(John Milton,1608~1674 年)的《失乐园》。

大山真像欢腾的公羊,而小山就成了活蹦乱跳的小羊羔。列车中间那节车厢装载的是放牧人,现在他们的地位跟自己放牧的牛羊一样,放牧只是他们过去的职业,而如今他们还紧紧地抱着放牧的棍子,似乎这就是自己职业的证明。可是,他们的牧犬在哪儿呢？对它们来说,这是一场大溃散；它们被彻底抛弃了；它们追踪目标的嗅觉已经不灵敏了。我似乎听到它们在彼得博罗山背面不停地狂吠,或者正气喘吁吁地爬着青山的西面山坡。牛羊被屠宰的场面,它们不会看到。它们完成了任务,也失业了。如今,它们的忠诚和机敏都失去了用武之地。它们灰头土脸地回到自己的狗窝,或者干脆去当野狗,跟狼或狐狸赛跑3英里。你的放牧生涯就这样随风而逝了。然而,钟声敲响了,我必须离开轨道,为火车让路——

> 铁路对我有什么用呢？
> 我绝不会跑去看,
> 它的终点在哪里。
> 它将一些沟壑填满,
> 为燕子修筑堤岸,
> 使黄沙四处飞扬,
> 让黑莓遍地生长。

然而,我像穿过林中的小路一样跨过铁路。我可不希望它的黑烟、蒸汽和咝咝声玷污了我的眼睛和耳朵。

现在火车开走了,躁动不安的世界也随之远去,湖里的鱼儿再也感觉不到它隆隆驶过的震动,我却更加孤寂了。在午后的漫长时间里,我的沉思几乎不会受到打扰,至多会有一辆马车的轻微声响或者驴马的叫声从远处的公路上隐隐传来。

有时碰上星期日,我听到钟声,从林肯、阿克顿、贝德福或康科德传来,当顺风的时候,声音柔美动听,就像大自然的旋律一样,真值得在旷野中飘荡。在森林上空较远的地方,这种声响发出了某种不断颤动的低鸣,好像地平线上的松针变成了大竖琴的弦,正在轻轻地弹奏一样。只要是在最大可能的距离之外听到，所有的声响都能产生相同的效果，它是宇宙这架七弦琴上的颤音，就像眺望远方的山峦时，因为大气横亘其间，所以群山都染上了相同的淡蓝色，看起来赏心悦目一样。我听到，这次传过来的是一种经过空气跌宕的旋律，钟声与每一片叶子、每一根松针细语后，一部分被风儿吸收了的声音经过调节变调，从一个山谷传到另一个山谷。从某种程度上说，回声其实还是原来的声音，这也是它的魔力和魅力。它不只是简单地重复钟声里值得重复的部分，还重复了森林中的一部分声音，这是一个林中精灵唱出的昵语和乐曲的回音。

黄昏时分，有一些牛叫声从遥远的地平线上传进了森林，听起来非常甜美，旋律十分优美。起初我以为是某些吟游诗人在哼唱，因为我曾在一些夜晚听到过他们唱的小夜曲，可能他们正在山谷间游荡吧；可是我听了一会儿，就感到失望了——我虽然失望，但也感到愉快，因为当那歌声拉长了之后，我才发现是牛的叫声，是免费的自然音乐。我觉得诗人们的吟唱与牛叫声相似，并不是想挖苦他们，而是要表示我对他们歌唱的欣赏，说到底，这两种声音都是天籁。

在夏天的某一段日子里，每天傍晚七点半的列车驶过之后，夜莺就会非常准时地唱起晚祷曲，它们停在我门前的树桩上，或者立在房梁的横木上，要唱上半个小时才结束。每一个黄昏，太阳落山以后，在一个特定的 5 分钟内，它们肯定会开始歌唱，就像时钟一样准确。这真是难得的机会，于是，我逐渐了解了它们的习惯。有时候，我听到四五只夜莺同时歌唱，它们分散在林中的不同地方，偶尔一只鸟儿唱出的音调会比另一只落后一小节，它们离我实在太近了，我不仅能清楚地听到每一个音符后面的咯咯声，而且还经常听到一种独特的类似于苍蝇落入蛛网后发出的嗡嗡声，只是这声音要比苍蝇的嗡鸣大一些。有时，一只夜莺在林中绕着我不停地盘旋，距离我的周身只有几英尺，它飞来飞去，就像被绳子拴住了一样，可能是我太靠近它们的鸟巢了吧。它们一整夜不时地歌唱，而在黎明前后唱得格外富有乐感。

当别的鸟儿都静下来之后，猫头鹰就开始演唱了，像哭丧的老太婆一样，发出它们亘古不变的呜——噜——噜的哀号声，这凄恻的叫声很有本·琼生①的风格。智慧的子夜女巫！这歌声不像一些诗人所唱的那种真实而呆板的

---

① 本·琼生（Ben Johnson，1572~1637 年）：英国剧作家和诗人。

"啾——微"、"啾——胡"。不是开玩笑，它是一曲庄严肃穆的墓地哀歌，就像一对殉情的恋人，在地狱的丛林中回忆起生前相爱时的欢乐与痛苦，于是彼此安慰一番。不过，我喜欢听它们的悲鸣，听那阴惨惨的互相应答，听那沿着森林边缘发出的颤声吟唱。有时，这使我联想起音乐和鸣禽，似乎它们心甘情愿地唱尽了音乐中的含泪呜咽、哀婉叹息。它们是堕落的灵魂、低落的精神、忧愁的预兆，从前它们也拥有人的形态，每一个夜晚都在大地上游荡，干着见不得光的勾当，而如今，它们就在罪恶的场景中，唱着哀歌来为自己赎罪。它们带给我一种新鲜的感觉，我体会到，我们共同居住的大自然真是变幻无穷，而且有巨大的包容力。"哦——呵——呵——呵——呵——我要从没出生——生——生——过！"湖的这一边，一只猫头鹰发出这样的哀叹，它满怀着焦虑绝望，在天空中盘旋，最后落在另一棵灰不溜秋的橡树上。接着，另一只猫头鹰在湖的那一边颤抖而忠诚地回答道："我要从没出生——生——生——过！"稍过一会儿，从遥远的林肯那边的林子里，也传来了微弱的呼应声："从没出生——生——生——过！"

此外，还有一只不停叫唤的猫头鹰冲着我唱小夜曲，它的歌声近在咫尺，可能你会觉得这就是大自然中最最凄恻的声音，仿佛它要用这种声音将人类临终前的呻吟凝聚起来，并永远保存在自己的歌曲中——那呻吟是人类可怜而微弱的遗音，他们将希望留在了身后，在走进地府的入口处时，发出一声嚎叫，像动物的哀鸣，又带着活人的啜泣声，因为发出某种"咯儿——咯儿"的优美音调，反而使它听起来更加恐怖——当我想要模仿这种声音时，我发现自己一开口就发出"咯儿——咯儿"的声音——这充分表明一切健康和勇敢的思想都坏死了,心灵已经进入了冷凝、霉烂的状态。这使我联想到盗墓的恶鬼、白痴和疯子的嚎叫。然而,现在却有了回应声,是从远处的林子中传来的,因为距离远,听起来倒是很优美,呼——呼——呼,呼——呼。老实说,这声音带给人的大多是愉快的联想,无论你听到它的时候是白天还是夜晚,是夏天还是冬天。

使我感到高兴的是,这儿有猫头鹰。就让它们去为人类做傻瓜般的狂号吧。日光都照不到的沼泽地和昏暗的森林,最适宜有这种声音,这令人不由得想到大自然中还有一片广袤的尚未开化的领域,它至今还没有被人类发现。它代表着绝对的晦暗无知和人人都具有的没得到满足的思想。太阳曾整天照耀着一些蛮荒的沼泽表面,那里孤零零地耸立着一棵云杉,树身上长满了松萝,小鹰在上空盘旋,黑头山雀在常春藤丛中叽叽喳喳地叫着,松鸡和野兔就躲藏在下面。然而此时此刻,一个更阴沉、更适宜的白昼降临了,于是,一批不同的生物苏醒了,它们表现了那里的大自然的意义。

夜深了,我听见远方有车辆从桥上轰隆隆地驶过——这种声音在夜里听起来显得格外遥远——还听到狗叫声,有时也会听到从远处的牛棚传来的烦躁不安的牛叫声。与此同时,青蛙的鸣叫响彻整个湖岸,它们是古代的酒鬼和顽固的纵酒狂欢的精灵,依旧不知悔改,还想在它们那像冥河一样的湖上轮流高歌,但愿我做这样的比喻能得到瓦尔登湖上的水妖的谅解。因为湖上虽然没有芦苇,但确实有很多青蛙——它们很愿意遵循它们在宴席上狂欢叫嚣的古老的规则,尽管它们的嗓音已经渐渐沙哑了,但仍正儿八经地叫着。它们在嘲笑欢乐,美酒也失去了原有的醇香,变成了仅仅用来灌饱它们肚子的液体,那朦胧胧的醉意再也不来浇灭过去的记忆,它们只感觉肚子很饱,沉甸甸的,胀鼓鼓的。那只青蛙中的王者,将下巴搁在一片心形的叶子上,就像在流着口水的嘴巴下面挂了一块餐巾。它在湖的北岸痛饮了一大口过去瞧不上眼的水酒,并把酒杯传递下去,同时不断地叫着:特尔——尔——尔——龙克,特尔——尔——尔——龙克,特尔——尔——尔——龙克!马上,这一口令被远处水面上的另一只职位稍低的青蛙重复了,这是它鼓着肚皮,喝下它的那一口酒后发出的叫声。当这种酒令沿着湖岸传递了一周之后,青蛙之王非常满意地高呼一声：特尔——尔——尔——龙克！接着，每一只青蛙又开始重复这样的口令，一直传递给喝得最少、漏水最多和肚皮最瘪的青蛙，没出一点儿差错。接着，酒杯又开始一遍接一遍地传递下去，直到太阳驱散了晨雾为止，这时只剩下那只可敬的蛙王还没有跳进湖里，仍不时呼喊着特尔——尔——尔——龙克，并停下来等待应答，可惜都是徒劳的。

我记不清在林中的空地上，有没有听到过公鸡报晓，因此我认为养一只小公鸡是比较值得的，即使只把它看作鸣禽，听听它的打鸣声也不错。公鸡原本是印第安野鸡，它们的鸣叫声在所有的鸟类中都是相当出色的。如果它们没有被驯化成家禽的话，那么，我们森林中最著名的音乐家就非它们莫属了，鹅的嘎嘎声和猫头鹰的哀号声根本不能与之相比。然后，再想想母鸡，它们的丈夫刚刚停下号角，它们马上就用聒噪的欢叫填充了停顿的空档！怪不得人类要把这种鸟儿归入家禽类——更不用说鸡蛋和鸡腿了。

冬日的清晨，在栖息着许多鸟儿的树林里漫步，在这片它们繁衍生息的老林子里，能听见野公鸡在树枝上啼叫，声音尖锐而又嘹亮，能传到几英里之外，引发大地的回响，其他所有鸟雀的微弱叫声都被淹没了——你试想一下！它的啼叫能使全国进入警戒状态。还有谁不会早早地起床，一天更比一天起得早，直到他变得无比的健康、富有和聪明呢？当全世界的诗人赞美本国的禽鸟的歌声时，他们也不忘赞美这种外国鸟的乐音。威武的雄鸡能在任何气候条件下生长，所以它比本土的禽鸟更能土生土长。它永远健康，歌声嘹亮，它从不会精神萎靡不振。哪怕是在大西洋、太平洋上航行的水手，也是听到它的啼叫就起床，但是它那高亢的歌声从没有将我从睡梦中唤醒过。我没有养狗和猫,也不养牛、猪和母鸡,所以可能你要说我这儿缺少家畜的叫声;另外,搅拌奶油的声音、纺车的声音、水沸腾的声音、咖啡壶的咝咝声、孩子的哭闹声等,这些安慰人的声音我这儿都没有。若是一个守旧的人处在我这样的环境中,肯定会发疯或者郁闷而死。甚至墙里头连只耗子都没有,它们全都饿死了,也可能从来没到过这里,因为我的屋子里根本没有什么能吸引它们进来的东西——只有松鼠在屋顶上和地板下活动,夜莺停在房梁上,一只蓝色的樫鸟在窗下尖叫着,一只兔子或者一只土拨鼠在屋子底下乱窜,叫枭或者猫头鹰栖息在屋后,一群野鹅或者一只发笑的潜水鸟从湖面上掠过,还有一只狐狸会在夜深时呜呜地号叫。这里甚至连云雀或者黄鹂也没有,这种温柔的候鸟从不会来我的林子做客。庭院中没有啼唱的雄鸡,也没有咯咯叫的母鸡。压根儿就没有院子!没有被篱笆遮挡的大自然一直延伸到我的窗口。一片小树林就在我的窗下生长,它们已经长到了我的窗楣上。野漆树和黑莓的藤蔓爬进了我的地窖;挺拔的苍松挨着木屋生长,因为伸展的空间不够,又挤向木屋,它们的根须也深入到屋子底下。狂风并没有将天窗或者百叶窗刮开,而是将屋后的松枝刮断了,或者将它们连根拔起,从而为我提供了燃料。大雪中没有通过前庭大门的路——其实根本就没有门,也没有前庭——更没有通往文明世界的路!

寂寥

  这是一个令人惬意的傍晚，我只有一种感觉，那就是全身的每一个毛孔都浸透着欢愉。我以一种奇异的姿态，在大自然中自由来去，与它融为一体。我只穿着衬衫，漫步在布满鹅卵石的湖岸上，虽然天气寒冷，多云，有风，也没什么特别吸引我的东西，但此时大自然的一切都对我异常地适宜。伴随着阵阵聒噪的蛙鸣声，黑夜悄悄来临了，微风吹皱了湖面，泛起层层涟漪，夜莺的歌声乘着清风从水面上传来。摇曳生姿的桤木和杨树，深深吸引了我，几乎让我无法呼吸。然而，我宁静的心犹如湖水一般，没有起伏的波浪，只有圈圈涟漪。就像平滑如镜的湖面，被夜风吹起阵阵微波，这根本算不上什么风暴。尽管天已经黑了，风还在森林里吹着，呼啸着，波浪拍打着湖岸，一些动物还在用自己的乐音为另外一些动物唱催眠曲。绝对的宁静是不存在的。此刻，最凶猛的野兽还没有安歇，正在四处捕捉猎物呢。狐狸、臭鼬、兔子，也在旷野上、森林中四处游荡，没有丝毫的恐惧，它们是大自然的守夜人——

是把一个个生机勃勃的白天联系起来的环节。

当我回到木屋时,发现已经有好几位客人到访过,他们都留下了自己的"名片",比如一束花,或者一个常春藤编织的花环,又或是一个用铅笔写在黄胡桃叶或木片上的名字。这些难得走进森林的人,对林中的各种小玩意儿很感兴趣,总是拿在手里一路把玩,他们有意无意地将这些东西留在我这里。有人用剥下的柳树皮编成一枚戒指,丢在我的桌上。我总是能知道在我外出的时候,有没有客人来过:不是树枝折断,或者青草弯倒,就是地上留下了他们的鞋印。通常情况下,我还可以根据他们留下的微小痕迹判断出他们的年龄、性别和性格。比如一朵花丢在地上;一束青草被拔起来之后又被扔掉,或者甚至被带到半英里外的铁路边才被扔掉;或者有人抽过雪茄或烟斗,留下的烟味儿久久不散。我甚至经常能根据烟斗的味道,注意到60杆外的公路上曾有一个旅行者经过。

说实话,我们周围的空间通常是非常大的。所以,地平线从来不是我们触手能及的。繁茂的森林并不是恰好就在我的家门口,湖泊也是如此,它们与我的木屋之间总还隔着一块空地,这是一块我很熟悉而且使用着的空地,好歹整理过,还围上了篱笆,它就像是被我从大自然手里抢过来的。我拥有了如此广阔的空间,好几平方英里了无人烟的被人类遗弃的森林,凭什么它们成了我的私有呢?方圆一英里之内,我都没有邻居,也看不见一所房子,只有爬上半英里外的小山的山顶上眺望,才能望见一点儿屋顶。我的地平线全给树林子团团围住了,成了

我自个儿的专享。抬头远眺，湖的一边是铁路，另一边是围栏，沿着山林中的公路而建。但总的说来，我孤独地生活在这里，就像住在苍茫的大草原上一样。从这里到新英格兰，就像去亚洲和非洲一样遥远。可以这么讲，这儿的太阳、月亮和星星都是我自己的，这整个小世界也是完全属于我的。到了夜里，从来不会有人经过我的屋子，或者叩响我的门扉，好像我就是世界上第一个或者最后一个人。除非是春天，在度过了漫长的寒冬之后，有人从村子里过来钓鳕鱼——很显然，他们从瓦尔登湖里钓到更多的是自己的个性，他们的鱼钩钩到的仅仅是黑夜而已——不过他们很快就离开了，通常鱼篓里空空的，又将"世界留给了黑夜和我[①]"，不过黑夜的核心还从未被任何人类邻居侵染过。我相信，尽管所有的巫婆都被吊死了，基督教和蜡烛也被介绍到人们的生活中，但人类往往还是有些害怕黑夜。

不过，有时候我能体验到，每一个人都能从大自然的任何事物中找到最甜蜜、最温柔、最纯洁和最鼓舞人心的朋友，哪怕是可怜的愤世嫉俗者和最忧郁的人也不例外。对任何人来讲，只要是在大自然中生活，并且能感受到这个世界，就不可能有极度黯然的忧郁。健康而纯洁的耳朵听到的暴风雨，就像是伊奥勒斯[②]演奏的乐曲。没有什么事情能迫使一个单纯而勇敢的人产生低俗的哀伤。当我享受着四季的关爱时，我深信，任何事情都不能使生活变成我沉重的包袱。今天，绵绵的小雨滋润着我的豆子地，也让我一整天都待在屋子里，不过我并不感到郁闷愁苦，反而觉得这雨下得很好呢。尽管雨天我就没法锄地，但是下雨比锄地的价值大多了。要是雨下得时间太长，地里的种子和低洼地里的土豆就会全部烂掉，但是从另一个角度看，至少它对高地上的草还是有好处的，既然它对草有益，那也就是对我有益。有时候，我拿自己跟别人比较一番，发觉诸神似乎特别青睐我，给我的宠爱比我应得的要多得多；好像他们手里拿着我的一张证书和保单，却没有拿别人的，于是，我得到了特殊的指引和保佑。我可没有自夸，若是可能的话，倒是他们在夸赞我。我从不觉得孤独，或者说我丝毫没有受到孤独感的压迫，但也有一次，就在我住进森林几周以后，有那么一个小时，我产生了怀疑，一种宁静而健

[①] 引自英国诗人格雷（Thomas Gray，1716~1771年）的名诗《墓园挽歌》（1751）。
[②] 伊奥勒斯：古希腊神话中的风神。

康的生活是不是一定得有邻居？独居的确不太愉快。那一刻，我发觉自己的情绪有些不正常，不过我好像也预感到自己能恢复正常。当这些思想充斥着我的大脑的时候，细雨如丝般飘落下来，这使我突然意识到，与大自然为伴竟然是如此甜蜜，如此友爱，在这滴答的雨声里，在我屋子周围听到的每一种声音和见到的每一种景象中，都饱含着一种绵绵不绝和难以言表的温情，这种氛围对我是一种鼓励和支持，使我所梦想的与人为邻的种种好处都变得微不足道；此后，我再也没有与人为邻的想法。每一根细小的松针都伸展胀大了，饱含着同情心，与我结成了朋友。虽然我处在一般人眼里的所谓凄凉蛮荒的地方，但我清楚地意识到，这里有我的同类，它们与我的血统亲近，也最为善良，不过它们并不是一个人或者一个村民，因此我觉得，今后不管我身在何方，都不会再有陌生感。

> 哀伤的人啊，因为悲恸而未老先衰；
> 在生者的土地上，
> 他们的时日不多，
> 托斯卡的美丽的女儿啊。①

在春天或秋天，暴风雨一直下个不停的时候，便是我最快乐的时光。整个上午或者下午，我坐在屋子里，静听着狂风不停咆哮的声音，大雨哗啦啦溅落的声音，感到非常惬意。天色微明时，我早早起身，接着就进入了漫长的黄昏，在这段时间里，似乎有许多思想都生根了，并开始发芽伸展开来。倾盆的大雨从东北方向过来，使村子里的许多房屋都经受了考验。为了阻止洪水进屋，女仆们都拿着拖把和水桶，站在大门口，而我则坐在自己小屋的门后面——那是唯一的一道门，充分享受着它给予我的有力保护。在一场雷阵雨中，湖对岸的一棵高大的苍松曾被闪电击中，树身从上至下被劈出一道十分明显的螺旋形凹槽，跟手杖上刻的纹路非常相似，它的深度约为一英寸或者超过一英寸，宽度为四五英寸。前不久，我又从那棵树旁经过，一抬眼就看到了这个痕迹，我不由得大吃一惊：8年前，一个令人恐惧而又不可抗

---

① 诗句引自詹姆斯·麦克弗逊的《奥西安》（1762年）。

拒的霹雳留下了它,如今这个痕迹看起来比以前更加清晰了。经常有人对我说:"我想,你住在那儿一定感到很寂寞,总想跟人们挨得近一些吧,特别是下雨下雪的时候或晚上。"我总忍不住想这么回答:我们居住的这个地球,只不过是宇宙中微不足道的一个小点。那边的一颗星星有多大,我们的天文仪器还无法测量出来呢,你想一想,居住在它上面的相距最远的两个居民到底相隔多远呢?为什么我应该感到寂寞?难道我们这个地球不在银河系之中吗?我认为,你提的问题几乎是最不重要的。到底人与人群之间被什么样的空间隔开,他才会感到寂寞呢?我发现,无论两条腿怎样努力地奔跑,也没法让两颗心更贴近一些。我们最希望跟谁做邻居呢?车站、邮局、酒吧、会议厅、学校、杂货店、烽火山①、五点区②,这些人群拥挤的地方,不可能每个人都会喜欢。恰恰相反,为生命提供不竭源泉的大自然,往往是人们更愿意接近的。我们从自己的经验中发现,我们常常有这么一种需求,就像长在水边的杨柳,一定会向着有水的方向伸展自己的根。因为人的性格各异,所以每个人的需求也各不相同,然而,一个智者必定会在大自然那儿挖掘自己的巢穴……一天晚上,在去瓦尔登湖的途中,我碰到了一位镇上的市民,他已经积攒了所谓的"一笔很可观的财产"——尽管我并没有见过这些财产,当时他正赶着两头牛去集市,他问我怎么会甘愿放弃那么多的人生乐趣,那些想法到底是怎么来的。我回答说,我很肯定我非常喜欢这样的生活,我没

---

① 烽火山:位于波士顿,是富人聚居区。
② 五点区:位于纽约,是贫民窟。与烽火山相同的是,两者都是人口密集的居住区。

有开玩笑。就这样,我回到家里上床睡觉,让他在黑暗泥泞中赶路去布莱顿——或者说,去光明城①——说不定他要走到天亮才能到达那儿。

对一个死者而言,任何让他觉醒或者复活的前景,不管发生在什么时间、什么地点,都是无关紧要的。或许这种情况总是发生在同一个地方,对我们的感官来讲有着难以言喻的欢愉。然而,我们大部分人都将一些外在的暂时的事情当成重要事情去做。其实,导致我们分心的原因正是它们。最靠近万物的就是创造一切的力量,其次靠近我们的是正在不停发生作用的宇宙法则,再次靠近我们的,不是我们雇佣的工匠——尽管我们喜欢跟他们闲聊——而是那个创造出我们的工匠②。

神鬼之为德,其盛矣乎!

视之而弗见,听之而弗闻,体物而不可遗。

使天下之人,斋明盛服,以承祭祀,洋洋乎,如在其上,如在其左右。③

---

① 布莱顿(Brighton)和光明城(Bright)在拼写和发音上比较相近,此处一语双关。
② 工匠:此处指的是上帝。
③ 引自《中庸》。意思是,孔子说:"鬼神的德行,大得很啊!看它却无形,听它却无声,可它的确是万物的本体,是万物不可缺少的。它能使天下的人,都斋戒沐浴,穿戴整洁的衣冠来奉承祭祀;仿佛到处都充满这鬼神的灵气,像在自己的上面,又像在自己的左右。"

我们都是一种试验的材料，可我对这个试验很有兴趣。在这样的条件下，难道我们不能暂时将这个流言蜚语的社会搁置一边——只用我们的思想来鼓舞自己吗？孔子云："德不孤，必有邻。"①确实是这样啊。

我们有了思想，才能在清醒的状态下欣喜若狂。凭借着心灵有意识地努力，我们可以高高地超脱于一切行为及其后果之外。世间万物，无论好的还是坏的，都像奔涌的激流一样，从我们身旁流逝了。我们并没有完全地融入大自然之中。我也许是漂浮在急流中的一块木头，也可能是从天空俯瞰大地的因陀罗②。一场戏很可能会打动我，然而另一方面，一件与我的生命息息相关的事情却未必能感动我。我只知道，我是作为一个有实在形体的人而存在的；换一种说法，我是一个反映我的思想和情感的舞台，我多少具有某种双重的人格，所以，我能够超出自己的形体之外远远地看自己，就像是在看别人一样。无论我的经验多么强有力，我都能意识到有一部分自我在旁边批评我，似乎它并不属于我，只是一个旁观者，并不分享我的经验，只是注意到这些经验。就好比他并不是你，他也不可能是我。等到这场很可能是悲剧的人生的戏演完了，观众就自己走了。关于这第二重人格，当然是虚拟的，只是一件运用想象力创造出的作品。不过，有时候这双重人格很容易使别人不愿意做我们的邻居和朋友。

大多数时间里，我觉得孤独是有益于身心健康的。与人做伴，哪怕是跟最要好的朋友相伴，也会很快就感到厌烦，劳神费力。我喜欢独处。我还从没遇到过比孤独还好的伙伴呢。当我们外出游玩，置身于人群中时，大概比自个儿待在家里更加孤独。一个人在思考或者工作的时候，总是孤独的，孤独跟一个人与同伴之间相隔多远没有关系。在剑桥学院里，真正勤奋好学的学生，即使坐在最拥挤的教室里，他也会像沙漠里的云游僧人一样孤独。农夫独自在农田里，在森林中劳动一整天，要么耕地，要么伐木，却丝毫不觉得寂寞，因为他在工作；可是他晚上回到家后，却没法单独待在屋子里胡思乱想了，一定要到"看得到同乡"的地方去娱乐一番。照他的理解，那是对他孤独一整天的补偿。他很迷惑，不明白为什么学生不分白天黑夜地独自坐

---

① 引自《论语·里仁》
② 因陀罗：古印度神话中主管风暴、雷电、雨水和土地的主神。

在屋子里,却一点儿也不感到无聊和烦躁。他并不理解,其实坐在屋子里的学生,也是正在自己的田野里劳作,在自己的森林中伐木呢。这跟农夫在田地或者森林中是一样的;随后学生也要去寻找娱乐,参加社交活动,只不过那形式也许会凝练一些。

社交活动通常没有多高的价值。我们聚会的时间很短暂,根本来不及从对方那里获取任何有价值的新东西。我们在每日三餐时聚会,大家让彼此重新品尝我们这种陈腐、发霉的奶酪的味道。我们都得同意若干条所谓的礼节和礼貌的规则,以保证这种经常的聚会能相安无事,防止发生公开的冲突。每一个晚上,我们在邮局,在联谊会上,在火炉边相聚;我们生活在一个极度拥挤的环境中,互相干扰,彼此妨碍,所以我想,我们已经不再互相尊敬了。很显然,所有重要而热烈的聚会,少几次也足够了。想想工厂里的那些女工[①]——永远也不能独居,哪怕是做梦也难得孤独。要是都像我住的地方一样,一平方英里的范围内只住一个人,那肯定会好得多。一个人的皮肤并不能体现他的价值,所以我们没有必要去碰触他人的皮肤。

我曾听说过一个在森林中迷路的人,他饥饿难耐,又疲惫不堪,倒在一棵树下,已经奄奄一息了,由于身体极度虚弱,他通过病态的想象力,看到周围全是千奇百怪的幻象,不过他以为这都是真的,因此,他的孤独感也就消失了。同样,在我们的身心健康有力的时候,我们也可以从类似的、却更正常、更自然的社交活动中不断地获得鼓励,从而知道我们从来就不孤独。

在我的木屋里,有许多东西与我做伴,尤其是在清晨还没有人来探望我的时候。让我先做几个比较,也许能描绘出我的某些境况。湖中放声大笑的潜水鸟比我更加孤独,瓦尔登湖也

[①] 那些女工:当时马萨诸塞州许多纺织厂雇用了女孩子,让她们住在拥挤不堪的集体宿舍里。

比我更寂寞。我倒想问问,有谁与这个孤独的湖做伴呢?然而,在它那蔚蓝色的湖面上,只有蓝色的天使,并没有蓝色的魔鬼。太阳总是孤独的,除非在乌云密布时,有时候看起来像有两个太阳,不过只有一个是真的。上帝是寂寞的——但魔鬼可不会寂寞;他看到了许多朋友;他有一大帮人马呢。我不比一朵毛蕊花或者牧场上的一朵蒲公英更加孤独,也不比一片豆叶、一根酢浆草、一只马蝇,或者一只大黄蜂更加寂寞。那密尔溪,或者一只风向标上的铁公鸡,或者北极星,或者南风,与我相比,它们更加孤独;那四月的雨,正月的融雪,或者新房子里的第一只蜘蛛,与我相比,它们更加寂寞。

在冬日的漫漫长夜里,雪花狂舞,寒风在森林中呜呜地号叫着,这时,偶尔会有一位老移民来探望我,他是这片土地的老主人,据说当年他挖掘过瓦尔登湖,在岸边铺上石子,沿湖还栽种了松树;他向我讲述一些过去的逸闻趣事和新近的永恒的故事;就这样,我们度过了一个愉快的夜晚。在倾心畅快地交谈中,我们交换了对事物的令人欣喜的看法,尽管没有苹果或苹果酒助兴——这个最最聪明而又幽默的朋友啊,我真是太喜欢了,他知道的秘密太多了,甚至连格非或华莱①也比不上;虽然人们都说他已经死了,可谁也说不出他的坟墓在哪儿。还有一位老太太,也住得离我比较近,大多数人都没见过她。有时候,我喜欢去她那个芳香的百草园里散步,采摘药草,听她讲寓言故事,因为她的创造力无限丰富,她的记忆可以追溯的时代比神话还要久远。她可以告诉我每一个寓言是怎么来的,它所依据的事实是什么,因为这些事情就发生在她年轻的时候。这位气色红润、精力旺盛的老太太,在任何天气、任何季节里都是高高兴兴的,看起来她很可能活得比儿女们更长久呢。

太阳、风雨、夏天、冬天——这无法描写的大自然的纯真和恩惠,它们永远提供给人类这么多的健康,这么多的快乐!它们对人类是如此的同情,当有人为了正当的理由而伤心时,整个大自然都会为之动容,太阳暗淡无光,风儿像人一样哀婉悲叹,云端潸然泪下,树木在仲夏脱去叶子,换上丧服。难道我不应该和大自然心灵相通吗?难道我自己不就是滋养一部分绿叶和蔬菜的泥土吗?

是什么药使我们得以健康、安宁和满足呢?它不是你的或我的曾祖父的药丸,而是我们的大自然曾祖母的能滋养全宇宙的植物和蔬菜的补品,靠着这些药,她永葆青春,比许多托马斯·派尔②还要长寿,用他们的衰老的腐朽的脂肪维持着她的健康。它不是那种江湖郎中用冥河水和死海海水混合制成的药水,装进小药瓶子里,我们有时能看见那种浅长的黑色的船形的大车拉来好多这样的药瓶子;还是让我来深吸一口纯净的清晨的空气吧,这才是我的灵丹妙药。清晨的空气啊!如果人们

---

① 两人都是审判查理一世并对他行刑的法官,在英国大革命时期,他们曾是克伦威尔手下的得力干将,后逃往美国新英格兰。
② 托马斯·派尔(Thomas Parr):英国的老寿星,据说生于1483年,死于1635年,活了152岁。诗人约翰·泰勒曾写诗赞美过他。

在每一天的源头喝不到这种泉水,那么,哎呀,我们就得用瓶子装着它们;摆在商店里,卖给世上那些失去了黎明订购券的人。不过要记住,这种瓶装的泉水,即便是放在地窖里冷藏,也只能保存到正午,而且必须在那之前很早就打开了瓶盖,跟随着曙光女神的脚步西行。我不崇拜健康女神许革亚①,她是古老的草药医神埃斯科拉庇俄斯的女儿,在纪念碑上,她一只手抓着一条蛇,另一只手拿着一个杯子,那条蛇经常会喝杯子里的水;我宁愿崇拜青春女神希柏②,她是朱庇特的执杯者,是朱诺③和野生莴苣的女儿,能让人和神返老还童。她也许是地球上最健康、最强壮、最有活力的少女,她走到哪里,就把春天带到哪里。

---

① 许革亚(Hygeia):古希腊神话传说中的健康女神。
② 希柏(Hebe):古罗马神话中的青春和春天女神。她为天神们执壶斟酒。
③ 朱诺(Juno):古罗马神话中的天后,主神朱庇特的妻子。传说她吃了太多的野生莴苣,结果生下了女神希柏。

来访者

我认为,我也喜欢交际,和大多数人一样,我随时做好准备,一旦有任何一个富有血性的客人来访,我就会像吸血的水蛭一样死死地吸住他不放。隐士并不是我的本性,若是有什么事情让我走进一间酒吧的话,很可能那些泡在酒吧里的老顾客还没有我坐得久呢。

我的屋子里放着三把椅子,独处时用一把,结交朋友时用两把,社交时用三把。要是来访的客人是一大群,多得超出了我的预料,那也只有这三把椅子供他们使用。不过,他们通常都只是站着,以便节省地方。这么一间小小的屋子,竟然可以容纳如此多的男男女女,实在是太奇怪了!有一天,25~30个灵魂以及他们的躯体,来到了我的屋顶下。不过,当我们分手的时候,似乎并没有意识到我们曾经挨得这么近。我们有许多幢房子,无论是公共的,还是私人的,几乎都有多得数不清的房间、宽敞的厅堂、用于贮藏酒和其他和平时期的军需品的地窖。我总觉得对于住在里面的人来说,它们太大了,实在有些浪费。这些房子如此巨大而豪华,以至于住在里面的人看起来就像是寄生其中的蛆虫。有时候我万分惊讶,在特雷蒙、阿斯托尔或者米德尔赛克斯①这些大酒店的门前,侍应生大声地通报有客人来了,结果却见到一只滑稽可笑的小老鼠从游廊那儿窜过,随即又迅速地钻进过道上的一个小洞里

---

① 这三个地方分别是波士顿、纽约、康科德的著名酒店。

去了。

有时候,我也觉得我的屋子太小了,确实有些不便,当我们用深奥的语言探讨重大的问题时,我想与客人保持一个适当的距离就很难了。思想也需要有足够的空间,才能为起航做好充分的准备,行驶一两段航程,抵达目的港。你那思想的子弹只有克服了横跳和飞跳的动作,笔直前行,才能到达听者的耳朵,否则它就从听者的脑袋一侧擦过去飞走了。再者,我们的句子也需要足够的空间,才能逐渐展开,排列成行。一个人就像一个国家一样,必须有适度宽阔的自然疆界,甚至还要有一片相当大的中间地带,把疆界与疆界隔开。我发现,我与住在湖对面的朋友隔着湖聊天,实在是一种非常奢侈的享受。在我的屋子里,我们挨得太近了,反而弄得一开始就听不清对方在说些什么——为了让大家都听清楚,我们也没法把话音放得更低。这就好比你在平静的湖面上扔了两颗石子,要是石子挨得太近,就会搅乱彼此的涟漪。假如我们只是没完没了地大声絮叨的人,那么,我们倒可以站得更近一点,甚至挨得紧紧地,彼此都能呼吸到对方的气息,这无所谓。然而,假如我们的谈话很含蓄,很有思想,那么,我们彼此的距离应该拉开一些,以便有机会及时散发掉我们的动物性的热度和湿气。每一个人身上都有一些只能意会、不可言传的话语,我们只有在与之进行最亲密的交流时才能体会到,如果我们希望享受到这样的交流,光是保持沉默还不够,还应该让两个身体间的距离更远一些,使我们无论在任何情况下都听不到对方的声音才行。从这个标

准来看，高声说话只是为了方便聋子；然而有许多美好的事物，如果我们非要大声喊叫的话，就没法表述出来了。要是交谈时的调子越来越崇高，越来越庄重，我们就会慢慢地向后拖动椅子，越挪越靠后，直到碰到两个角落的墙壁，这时候，我往往会感觉自己的房间太小了。

然而，我的"最好的"屋子，就是我屋后的那片松树林，这也是我退隐的屋子，它随时都准备招待客人，不过阳光很少照到它的地毯上。盛夏时节，如果有尊贵的客人到访，我就将他们请到那儿，有一个十分难得的管家已经清扫了地板，擦拭净家具，将一切都收拾得井井有条了。

如果只有一位访客，有时他会与我一起分享我那简单的饭菜；我们一边说话，一边煮玉米粥，或者看着放在火上的面包渐渐胀大，直至烤熟——不过两人的谈话一直没有中断过。但是，如果一下子来了20位客人，坐在我的屋子里，就没法再谈吃饭的问题了。尽管我还有足够两个人吃的面包，不过吃饭好像成了大家都戒掉的一种习惯；自然而然地，我们都禁食了，这并不算是怠慢了客人，反而被认为是最妥当、最周到的办法。通常，肉体生命的损耗，都需要及时地补救，而在如今这种情况下，补救被延缓了，而生命的活力居然还能坚持下去。这么一来，不管来的客人是20人还是1000人，我都能招待。如果到访的客人看到我在家里，却饿着肚子失望地回去，至少他们可以确信，我很同情他们。尽管有许多管家对此表示怀疑，但是建立新的、更好的习惯来取代旧习惯，是很容易办到的。你不需要靠请客来提高你的声誉。就拿我来说，哪怕是看管地狱大门的三头怪犬[①]也不能吓住我，不能阻止我时常去拜访别人，然而若是有人要大摆筵席，请我去做客，那我一定会被

---

① 三头怪犬：在古希腊神话中，地狱的入口处有一条长着三个头的猛犬守卫在那里，它的名字叫克耳柏罗斯。

吓得退避三舍。在我看来，这是一种客套地兜圈子，暗示我以后别再去麻烦他。我想，这些地方我肯定从此再也不会去了。有一位客人在一张充当名片的黄色胡桃叶上写下了几行斯宾塞①的诗，这令我引以为豪，不妨就用它来作为我的座右铭吧：

> 到了那儿，他们填满了小屋子，
> 不寻求那里本来就没有的娱乐；
> 休息比宴席更好，一切任其自然，
> 最崇高的心灵，最能心满意足。

后来担任了普利茅斯殖民地总督的温斯罗②，当年跟一个同伴去拜访马萨索伊特③，他们步行穿过森林，到达这位酋长的棚屋时，已经又累又饿了。酋长盛情款待了他们，不过当天始终对吃饭的事情只字未提。夜幕降临后，用他们自己的话来说："他把自己和夫人的床分给我们一半，他们睡在这头，我们睡在另外一头，这床是用木板架成的，距离地面大约一英尺高，床上只有一张薄薄的草席。因为没有多余的地方，他手下的两个头目也只好挤在我们的旁边；本来我们一路过来就很辛苦，没想到睡在这样的地方，竟然比我们在旅途中还要劳累。"第二天一点钟，马萨索伊特"拿出了他逮住的两条鱼"，大约有鲤鱼的三倍大小；"这两条鱼就放在水里煮，等着分食它们的至少有40个人。总算大部分人都吃到了。这也是我们在两夜一天中吃到的唯一的一顿饭。要不是我俩中有一个人买到了一只鹧鸪，这趟旅行就真的变成禁食之旅了。"温斯罗他们既没有足够的食物，又缺乏睡眠，因为"野蛮人的野蛮歌声（他们总是这样唱着歌儿不知不觉地睡着了）"，他们很担心这样下去会晕倒，所以想趁着自己还有力气的时候赶紧回家，于是，他们向酋长告辞了。的确，在住宿方面他们没有受到很好的招待，尽管他们深感不适，但这无疑

---

① 斯宾塞（Edmund Spenser，1552~1599年）：英国文艺复兴时期的著名诗人，代表作为长诗《仙后》。
② 温斯罗（Edward Winslow，1595~1655年）：1620年乘坐"五月花"号移居新英格兰，是北美普利茅斯殖民地的开拓者，曾担任该殖民地的总督，并连任三届。
③ 马萨索伊特（Massasoit，1580~1661年）：印第安人各部落的大酋长。1621年，"五月花"号船抵达普利茅斯后，他曾与白人移民签订和平协议，直到他去世，双方都保持友好关系。

已经是接待贵宾的礼遇了。不过,从食物来说,我觉得印第安人实在做得太高明了。本来他们自己就没有吃的。他们很聪明,明白向客人道歉也代替不了食物,于是,他们干脆勒紧裤腰带,什么也不说。后来温斯罗还去过一次,正好赶上他们食物非常丰富的季节,所以在这方面就不缺乏了。

至于人,哪个地方都少不了人。我住在森林里的这段时间,访客比我这一生中任何时期接待的都要多。我的意思是,我独居于林中,但还是有一些客人的。我在那儿会见过几个客人,林中的环境比任何地方都要优越。不过,来找我的人很少是为了小事情。在这方面,仅仅因为我远离城镇,就可以把到访的客人筛选一遍了。我退隐到寂寞的大海深处,一条条社会的河流汇流入海,从我的需要来讲,聚集在我周围的大多是最美好的沉积物。此外,还有许多从未发现的、尚未开化的大陆就在大海的另一边,它们也有各种迹象随着波浪漂流到了我这里。

今天早上,有一位真正的荷马式的或者帕菲拉戈尼亚①式的人物光临了我的小屋,他的名字非常适合他的身份,而且富有诗意,很遗憾我没法在这里写下它——他是一个加拿大人,专门砍伐木头做成柱子,他一天能给50根柱

---

① 帕菲拉戈尼亚:位于古希腊边境的一个村落,濒临黑海,在小亚细亚北部。

子凿孔。他上一顿晚餐吃的是一只土拨鼠,是他的狗抓到的。他也听说过荷马,而且说"要不是有那几本书",他根本"不知道下雨天该怎么打发",尽管好几个雨季过去了,也许他连一本书也没读完。在他那遥远的家乡的教区内,有一位懂希腊文的牧师,曾教他读过《圣经》里的诗;现在,我必须给他翻译了,他将手里拿的书,翻到阿喀琉斯正在责备满面愁容的帕特洛克勒斯①的那一段。"帕特洛克勒斯,为何你满脸泪水,哭得像个小女孩一样?"——

是不是你从毕蒂亚②那儿听到了什么秘密?
阿克托的儿子墨诺提俄斯还在人世,
伊科斯的儿子帕琉斯也在迈密登好好地活着;
除非他们中哪一个人死了,我们才应该悲伤。③

"这诗写得真好。"他对我说。此时他正将一大捆白橡树皮夹在臂弯里,

---

① 帕特洛克勒斯:古希腊神话中的人物,他在特洛伊战争中被赫克托耳杀害,后来阿喀琉斯为他报仇。
② 毕蒂亚:古希腊地名,迈密登人的故乡,他们曾追随阿喀琉斯攻打特洛伊。
③ 引自荷马的《伊利亚特》。

这是他在这个星期天的早上替一个病人捡拾的。他说:"我想,今天做这些事应该没什么关系吧。"在他眼里,荷马是一位大作家,虽然他并不知道荷马写过些什么。再也没有比他更单纯更自然的人了。罪恶、疾病,给这个世界蒙上了阴郁和幽暗,不过在他这儿,似乎那些东西都不存在。他大约28岁,12年前离开加拿大他父亲的家来美国谋生,打算挣笔钱买个农场,可能要回老家买吧。他是从一个最粗糙的模子里铸造出来的,身体健壮却反应迟钝,但姿态非常文雅,粗壮的脖子晒得黑黝黝的,还有一头乌黑浓密的头发,一双昏昏欲睡、呆滞无神的蓝眼睛,不过偶尔也闪现出表情,变得明亮起来。他头戴一顶灰色的平顶帽子,身穿一件脏兮兮的羊毛大衣,脚上是一双牛皮靴子。他经常从我的木屋前经过,到两英里外去干活——整个夏天他都在伐木——他随身携带着一个铅皮桶,里面装着午餐,他特别爱吃肉;带的都是冷肉,通常是冷的土拨鼠肉。他还带了咖啡,就装在一个石瓶子里,用一根绳子系着拴在他的腰带上,有时他还请我喝一口。他来得很早,从我的豆田里穿过,但并不急着去干活,就像所有的美国北方佬那样。他很爱惜自己的身体。只要挣的钱足够吃住就行,并不在乎其他的。他经常把午餐放在灌木丛中,万一他的狗在半路上逮住了一只土拨鼠,他就往回走一英里半,把土拨鼠煮熟了,放在他借宿的房子的地窖里;但是在这之前,他曾花了半个小时来琢磨,是否能把土拨鼠浸在湖里,安然无恙地浸到晚上——在这一类事情上,他要考虑很长时间。他早上经过的时候总是说:"鸽子飞得这么密啊!要是我的职业不需要我每天干活儿,那只靠打猎我就能有足够的肉吃——鸽子、土拨鼠、兔子、鹧鸪——我的天哪!我打一天猎就够我吃一个星期了。"

他是一个熟练的伐木工,对这门技艺非常着迷,他紧贴着地面砍伐树木,这样一来,日后新树苗长出来就会更加茁壮,而且运木材的雪橇还可以从与地面齐平的树桩上滑过去。他不是先将树根砍断大半,再用绳子拉倒整棵树,而是将树根砍到只剩下细细的一根,或者薄薄的一片,然后用手轻轻地推一下,大树就倒了。

我之所以对他这么感兴趣,是因为他是这样的安静,这样的孤独,却又内心充满快乐,他的双眼饱含着喜悦和满足。他的快乐是如此的纯粹,没有任何杂质。我有时看见他在森林中劳动,将树木砍倒,他笑着向我致意,笑声中

带着一种难以描述的满足,他用加拿大腔调的法语跟我打招呼,其实他的英文也说得很棒。等我走近了,他就停下手里的活计,带着克制不住的喜悦躺在一棵被他砍倒的松树旁,他剥下松树里层的树皮,将它卷成一个圆球,一边放进嘴里咀嚼,一边说着笑着。他是如此活力充沛,有时他想起了某件好笑的事而心里痒痒,就会哈哈大笑着倒在地上打滚。他瞧着周围的树木,大声喊道:"真的啊!在这儿伐木太快活了。哪儿还有比这更快乐的事儿呢!"等到闲下来了,有时他会带着一把小手枪在林子里溜达一整天,自娱自乐,他一边走,一边时不时地开枪向自己致敬。冬天,他生了火,中午的时候就把一个小壶放在火上煮咖啡,他坐在一根原木上吃午餐,这时,偶尔会有小鸟飞过来,停在他的胳膊上,啄他手里的土豆吃,他说"很喜欢旁边有些小家伙"。

他的身上洋溢着的,主要是勃勃的生机。在身体的韧性和满足方面,他可以跟松树和岩石相媲美。有一次,我问他干了一整天活儿,晚上会不会感觉很疲惫,他目光真诚而且神情严肃地回答道:"天知道,我这辈子都没觉得累过。"然而,他身上的智力,即所谓的灵性,还在沉睡中,就像婴儿的灵性一样。他所受的教育,只是天主教神父用来教导土著的那种天真和不图效果的方法,而这种教育方法,永远也无法使学生达到自觉的程度,只能使他们达到信任和崇敬的程度,就像一个孩子仍旧是个孩子,并没有被教育成人。大自然在创造他这个人的时候,赋予他强健的体魄,使他满足于自己的命运,并在各个方面尊敬他、信任他,使他可以一直活到70岁时,还像个孩子。他是如此的纯真、质朴,所以完全没必要一本正经地介绍他,就像你没必要向你的邻居介绍土拨鼠一样。他要慢慢地认识自己,就像你也得慢慢地了解自己一样。他在任何事情上都不做作。他给别人干活儿,得到工钱,这样他就解决了温饱问题,不过他从不跟人家交换意见。他是这样简单,这样天然的卑微——如果可以把从不追求什么的人称为卑微的话——在他的身上,这种卑微体现得并不明显，他自己也没有意识到它。在他眼里，聪明一点的人简直就是天上的神仙。假如你告诉他，有一个这样的人物正要到来，那么，他就会觉得这么隆重的事情肯定跟他没关系，这件事会自然而然地发生，还是让人们忘记他吧。他从来没听过有人赞美自己。他对作家和传教士特别尊重，认为他们的工作太让人惊叹了。当我告诉他，我也写过不少东西时，他琢磨了半天，以为我说的是写字。他的字也写得很好呢。有时候，我在公路旁的积雪上看见很漂亮的字体，写着他老家的教区的名字，还标注了法语的重音符号，这使我知道他曾路过这里。我问他有没有想过把自己的感想写下来，他说自己曾为不识字的人读过和写过一些信件，可写下自己的感想这种事儿却从未试过——不，他不会写，他不知道首先应该写什么，这可真要命，何况写的时候还要注意别拼错了单词呢！

我听说，有一个很优秀的聪明人兼改革家问他是否希望这个世界发生改变，他惊讶地大笑起来，还从没想过这样的问题呢，他带着加拿大口音回答说："不必啦，我很喜欢现在的世界。"要是哪个哲学家跟他聊聊，一定会有许多收获。在陌生人眼里，他对普通的事情一无所知；不过有时候，我却从他身上看到了一个我从未见过的人，我弄不明白他到底像莎士比亚一样聪明呢，还是像小孩子一样天真无知；也说不清楚他是具有诗人的气质呢，还是蠢笨不堪。镇上的一位居民告诉我，说见过这位伐木工头上扣着一顶紧绷绷的小帽子，优哉游哉地穿过村子，独自一人吹着口哨，不禁让人想起微服出巡的王子。

他只有两本书，一本历书和一本算术书。对于算术他很精通，至于历书，在他眼里就是一本百科全书，他觉得人类思想的精华都包含在里面——在很大程度上也的确如此。我喜欢问他对当前各种改革的看法，他总能从最简单、最实际的角度来回答。反正他以前从没听过这样的问题。我问他：没有工厂你能生活吗？他说自己以前穿的都是家庭手工织的佛蒙特灰布衣服，那样也很好啊。我又问：没有茶或咖啡喝也可以吗？除了水以外，这个国家还供应什么饮料呢？他说，曾用铁杉的叶子泡水，热天里喝它比喝茶还好呢。我继续问：没有钱也能行吗？他就举例证明

钱给人们带来了多少便利,他的表述就像在探讨货币制度的起源一样,很富有哲理,正好巧妙地解释了 pecunia① 的词源。如果他的财产是一头牛,现在他想去铺子里买点儿针线,就得用牛的一部分做抵押,一直这样下去,每次抵押牛的一部分,他就会觉得很不方便,也不可能办到。他可以为许多制度做辩护,比哲学家要高明多了,因为他所有的解释都与自己有直接的关联,他指出了这些制度盛行的真正原因,而且他不会去胡思乱想任何其他的原因。有一次,他听说了柏拉图给人下的定义——没有羽毛的两足动物——还听说,有人拎着一只拔光了毛的雄鸡,称这就是柏拉图式的人。他却认为公鸡和人有一个很重要的区别,那就是膝盖的弯曲方向不同。他有时也会大声嚷嚷:"我可喜欢聊天了!天哪,我能聊上一整天呢!"有一回,我们隔了好几个月才见面,于是我问他,这个夏天有没有什么新想法。"天哪,"他说,"一个像我这样必须干活的人,要是他脑子里有了想法不会忘记,那就好啦。说不定跟你一块儿锄地的人,想和你比赛呢;老天啊,你的心思就只能放在这上面了;你成天想的只有锄草。"有时候在这种场合,他会先问我有没有什么改进。冬季的一天,我问他是不是经常对自己感到满意,希望用他内心深处的一样东西来替代外部的牧师,以实现比谋生更高的生活目标。"满意啊!"他说,"一部分人满足于这些东西,另一部分人满足于那些东西。说不定有些人什么都有了,就会满足于成天后背烤着火,肚子对着饭桌呢,真的!"可是,不管我使出什么花招,也没法找出他从精神方面看待事物的观点,似乎他考虑问题的最高原则,就是"绝对的方便",这一点你可以从动物的行

---

① pecunia:拉丁文 pecunia 的意思是"金钱",词根 pecus 意为"牛"。梭罗据此引出了下面的例子。

为中观察到。事实上，大多数人就是这样的。如果我建议他改进一下生活方式，他只会回答，太迟了，来不及了，说的时候没有一点儿遗憾。不过，他完全信奉诚实以及与之类似的各种美德。

我可以觉察到，他的身上有某种积极的独创性，尽管它微不足道，但确实存在。有时我还发现，他在考虑如何表达自己的意见，这种现象难得一见，因此，无论哪一天我都乐意跑10英里路去观察这种现象，这相当于重温一回社会制度的起源。尽管他有些迟疑，可能还无法清晰地表述自己的想法，但他的言语之中往往就隐藏着一些非常好的见解。不过，他的思想太原始了，又与他那粗犷的野性的生活融合在一起，所以，尽管比起那些只有学问的人，他的思想更具有前瞻性，但却达不到值得报道的成熟程度。他说，那些最卑微的人，即使一辈子都生活在社会的最底层，而且目不识丁，说不定其中也有天才，他们始终有自己的想法，绝不会假装什么都知道。他们像人们所认为的深不见底的瓦尔登湖一样，尽管它也可能是泥泞而黑暗的。

许多旅行者专门绕路过来这里，就为了瞧瞧我和我的屋子内部，他们总是以讨杯水喝作为登门造访的借口。我告诉他们，我从湖里喝水，并用手指着湖，还很乐意为他们提供一个舀水的勺子。尽管我独居在这么偏远的地方，但是每年还是会有人来拜访我，我想大概是每到4月1日人们都出来踏青，顺便也看看我吧。我算是交了好运，尽管来访的客人中有一些奇奇怪怪的人。来自福利院或者其他地方的智障者也来看望我。不过，我竭尽所能让他们把自己的全部智力都施展出来，对我畅谈一番。在这种场合，我们的谈话通常围绕机智来进行，这样一来，我也获益颇多。老实说，我发现他们中有不少聪明人，甚至比所谓的教会济贫管理者或者市镇管理委员会的委员聪明多了。我认为，现在他们应该互换一下位置了。关于智力，我并不觉得智障与大智有多大区别。特别是有一天，一个并不惹人厌的、头脑简单的贫民来看望我，他还说希望过我这样的生活。过去，我经常看见他和另外一些人一起，像篱笆一样站在田野上，或者坐在一个栲栳①上看着牛儿，以免自己跟牛走散了。他告诉我他的"智力很低"，这是他的原话，说这话的时候他显得非常的真诚、纯朴，他的神情远远超出了或者还不如说低于通常情况下的所谓的自卑。上帝把他创造成这个样子，然而他觉得自己跟别人一样，也得到了上帝的关怀。"从小时候开始，"他说，"我就是这个样子，我脑子不大灵光；跟其他的孩子不一样，我的智力很低。我觉得，这是上帝的旨意吧。"而他就在我面前，证实了他说的没错。我认为，他是一个很玄妙的谜。我极少遇到一个这么有前途的人——他的话全都非常纯朴，非常恳切，非常真实。老实说，他越是表现得谦卑，就越是显得高贵。起初我还不明白，然而这就是一种聪明做法所取得的效果。这么说来，在这个智力低下的贫民所建立的真实而又坦诚的基础上，我们的谈话反而能达到更深的程度，比跟那些圣贤交谈所取得的效果还要好。

还有一些来客，他们通常不会被归入城市的贫民行列，其实他们最应该被称为城市贫民；而且无论怎么看，他们都算得上是世界贫民。这些客人所求的并不是你的热情好客，而是迫切希望从你这儿得到帮助，他们开门见山地说明来意，也就是说，他们已经决定了，不想再帮助自己了。我要求客人们别饿着肚子来看我，尽管他们可能有世界上最好的胃口，也不管这好胃口是怎么养成的。慈善救助的对象，可算不上客人。虽然我已经开始忙活自己的事情，对他们的问题回答得越来越慢，离他们也越来越远，可有些客人还是不明白自己的访问早就结束了。在候鸟迁徙的季节，智力程度不同的各种人几乎都来访问过我。有些人的智力过高，超出了他们的运用能力；一些逃

---

① 栲栳：盛谷物的容器，与中国旧时农村的栲栳类似，由柳条编织而成，形状像斗，也叫笆斗。

亡的奴隶，仍然像在种植园中似的，不时竖起耳朵倾听，就像寓言里的狐狸，时不时地听到猎狗追捕它们的吠声，用哀求的目光盯着我，仿佛在说：

啊，基督教徒，你不会把我送回去吧？

这些人中，只有一个是真正逃亡的奴隶，我帮助他向着北极星的方向逃走了。有的人只有一个心眼儿，就像母鸡只带着一只小鸡，或者母鸭只带着一只小鸭；有些人心眼儿太多了，脑子里乱七八糟的，就像母鸡带着100只小鸡，都在追逐一只小虫子，结果在每天清晨的露水中都会丢失一二十只小鸡——而且母鸡的羽毛变得乱蓬蓬的，满身都是污垢。此外，还有一些用脑子而不是用脚走路的人，就像一条智力的蜈蚣，让你鸡皮疙瘩掉一地。有人提议，我应该准备一本签名簿，将访客的名字记录下来，就像怀特山①那儿的情况。不过，可惜啊！我的记忆力太好了，根本用不着这个东西。

我没法不注意到客人们的一些特点。一般说来，少男少女和少妇一走进森林就会觉得很快乐；他们看着湖水，欣赏一下野花，感觉这样消磨时间非常愉快。一些商人，一心想着生意上的事情，就只会感到寂寞，觉得我住的地方离这儿或者那儿太远了；甚至一些农场主也是如此，虽然他们表示偶尔也喜欢在森林中漫步，但很明显，事实并不是他们说的这样。那些浮躁焦虑的人啊，总是在谋生或者维持生活上浪费了自己所有的时间；那些牧师，成天将上帝挂在嘴边，似乎这个主题是他们的专利，至于其他各种不同的意见，他们从来都不去听；医生、律师，还有忙个不停的管家婆，我出门的时候，会跑去偷窥我的碗橱和床铺——不然某位夫人怎么可能知道我的床单没有她家

---

① 怀特山：位于美国新罕布什尔州中北部和缅因州西部，属于阿巴拉契亚山脉的一部分，其主要山峰以美国历任总统的名字命名，所以又称为"总统之峰"。

的干净呢？还有一些年轻人，其实已经不算年轻了，他们却认为最保险的办法就是循着各种职业的老路走——他们一般都认为我这种生活境况没什么好处。唉，问题就在这里！那些年老的、多病的、胆小的人，无论男女，也不管多大年纪，他们最关心的就是疾病、意外和死亡。在他们眼里，生活中的危险总是无处不在——其实如果你不去想它，哪会有什么危险呢？——他们认为，一个谨慎的人会精心挑选最安全的地方，在那里可以随时随地叫到医生。对他们而言，村子就是一个社区（com-munity①），一个共同防守的联盟，你完全能想象出，他们即便是去采摘越橘，也会随身携带药箱。换句话说，只要是个活人，就随时都面临着死亡的危险；不过他这个活人跟死人没什么区别，所以他所面临的死亡危险也就相应地少多了。一个人将自己关在家里，跟他跑出去一样都有危险。最后，还有一群自诩为改革家的人，这是所有的访客中最令我讨厌的人，他们还觉得我在不断地唱歌——

这是我盖的房子；
这是生活在我盖的房子里的人；

不过他们不知道下面的诗句是——

就是这些人，烦死了
住在我盖的房子里的人。

我不怕抓小鸡的老鹰，因为我不养鸡，可我害怕捉人的鹰鹫。

除了最后那群人外，我还有一些客人更令人愉快。小孩子们来采浆果，星期天的早上，铁路工人们穿上干净的衬衫来这儿散步，还有渔民、猎户、诗人和哲学家。总而言之，为了自由的缘故，一切诚实的朝圣者都跑进了森林，他们确实把村子甩在背后了，我打算这样迎接他们——"欢迎啊，英国人！欢迎啊，英国人！"因为以前我就跟这个民族交往过。

---

① com-munity：英文里 community 意为村子、社区或同一地区的全体村民，拉丁文中，com 意为共同，munity 意为防守。

豆田

这时,我已经种下的豆子,如果一行行加起来的话,总共有 7 英里长。它们急等着我去松土锄草呢,因为最后一批豆子还没种,而第一批种的已经长很高了,实在是不能再拖延啦。在赫拉克勒斯眼里,这种活计不过是区区小事,而我却做得如此投入而又有自尊心,不过,我并不知道这样做到底有什么意义。渐渐地,我爱上了这一行行豆子,尽管我并不需要这么多。因为它们,我爱上了我的土地,于是,我像安泰①一样,获得了无穷的力量。可

---

① 安泰(Antaeus):古希腊神话中地神的儿子,据说他力大无穷,战斗时只要身体不离开大地,就能不断汲取能量,百战百胜,后来赫拉克勒斯发现了这个秘密,把他举到空中掐死了。

是，我为何非要种豆子呢？只有老天才知道。整个夏季，我都高高兴兴地忙碌着——让豆子在这一块大地的表层上生长，以前它上面只长洋莓、黑莓和狗尾草之类，还有甜甜的野果和漂亮的花儿。从豆子身上我学到了什么，从我身上豆子又学到了什么呢？我喜爱它们，给它们松土锄草，从早到晚照料它们；我一整天就做这些工作。它的叶子又宽又大，非常漂亮。露水和雨水是我的助手，润湿了干燥的泥土；土壤中又含有肥料，不过大部分泥土都是贫瘠而枯竭的。害虫、冷天，尤其是土拨鼠，它们是我的敌人。我一英亩豆子的四分之一都被土拨鼠吃掉了。可是我哪有权利清除狗尾草这一类的植物，摧毁它们从古时就有的百草园呢？幸好剩下的豆子很快就能茁壮成长了，有足够的能力去对付新的敌人。

如今，我依然清楚地记得，4岁那年我从波士顿搬到现在的家乡时，曾穿过这片森林和这块土地，还去过湖边。这是铭记在我的脑海中的最早的情景之一。今天晚上，在这同一片湖水上响起了我的笛声。松树依旧耸立在那儿，年纪比我还大呢；或者，有些松树已经被砍伐了，留下的树根就被我用来做饭，而周围又长出了新的松树，使新一代人将来能看到另一番景象。在这片牧场里，几乎完全一样的狗尾草又在同一丛多年老根上长出来了，我甚至最终还为自己童年梦境里绝美的风景披上了一件新衣。要想知道我重回这里之后所造成的影响，就瞧瞧这些豆子叶、玉米的尖叶和土豆藤吧。

我耕种的土地大约有两英亩半。这块地大概15年前才被开垦出来，我在这儿掘出的树根有两三考得①，我什么肥料都没施过。不过这个夏天，我锄地的时候还挖出了一些箭头，可见早在白人开垦前，曾有一个现在已经灭绝的古老民族居住在这里，还种过玉米和豆子呢。所以从某种程度上讲，他们为了获取好的收成，已经把土地的肥力都耗尽了。

在任何一只土拨鼠或松鼠从大路上穿过之前，或者太阳还没有升上那片矮橡树林，到处都是露水的时候，我已经开始在豆田里忙碌了，拔掉那些乱七八糟的杂草，并用泥土盖住它们。尽管不少农夫都不认可我的做法，可我还是劝告各位，最好在露水没干的时候就做完所有的活儿。一大早，我就光

---

① 考得：木材的计量单位，一考得为128立方英尺，约为3.6246立方米。

着脚板下地劳动了,像一个造型艺术家似的,在满是露水的碎沙土上摆弄泥巴;等到太阳升得老高,我的脚就会被晒得起泡。在阳光下,我给豆子地锄草松土,在满是黄砂砾的冈地上,在那一行行15杆长的绿油油的豆苗丛中慢慢地来回走着。豆子地的一头与矮橡树林相接,我经常会去那个林子里休息;另一头连着一块黑莓地,我每走一个来回,都能发现那青绿的浆果的颜色又更深了一点。我除掉杂草,将新鲜的泥土培在豆苗茎秆的周围,以帮助我种的作物长得更好,使这片黄土地不用苦艾、芦管和狗尾草,而用豆叶和豆花来抒发它盛夏的幽情——这正是我每天的工作。我干活特别慢,因为我既没有牛马、雇工或孩童的帮助,也没有改良过的农具,不过我也因此与豆子更亲密了。用手劳动,即使到了做苦力的程度,也许还算不上是浪费时光的最差方式吧。这其中包含着一个永不磨灭的真理,在学者眼里,它富有古典哲学的意味。比起那些穿过林肯和维兰德,向西前往没有人知道是什么地方的旅行者们,我就是一个 agricola laboriosus①。他们优哉游哉地坐在马车上,双肘放在膝盖上,缰绳像花饰一样松松地垂着;而我则是守着自己的家宅,成天在土里劳作的勤劳农夫。不过,他们很快就看不见也想不起我的家园了。因为在很长一段大路上,两边被耕种了

---

① agricola laboriosus:拉丁文,意思是辛劳的农夫。

的土地仅有我这一块,他们当然会特别注意。有时,在这块地里干活的人,能听到那些旅行者说的话,其实并不是对他说的,他们评论着:"豆子种得太晚啦!豌豆也种晚啦!"——因为当别人都开始锄草松土了,我却还在播种——可我这个半路出家的农民根本没想过这些问题。"这些作物,我的孩子,是喂牲口的,是饲料作物!""他就住这儿吗?"那个戴着黑帽子,穿着灰上衣的人问;那一脸严肃的农民喝住他那匹听话的老马,问我:"在这里干什么?怎么不在犁沟里施点肥?"随后他提出,我应该撒点细碎的垃圾末子,或者其他的任何废料,甚至草木灰,或者灰泥。可是,这儿的犁沟仅有两英里半长,我只有一把用来代替马的锄头,干活全靠一双手——我一向都对马车和马很反感——而有细碎的垃圾末子的地方又离这儿太远。随着辚辚的车轮声,一些结伴出游的人从我的豆子地旁经过,他们大声嚷嚷着把这块地同他们一路上看到的田地做比较,这使我了解到自己在农业世界中处于什么样的地位。原来,科尔曼①先生的报告里根本就没提过这块地。不过,顺便说一下,在那些更荒凉的、未经人类开垦的土地上,大自然生产了谷物,可是哪有人去估算它们的价值呢?倒是曾有人细心地称过英格兰干草的重量,还一一计算过它的湿度,以及其中硅酸盐和碳酸钾的含量。然而,在所有的山谷、洼地、牧场和沼泽地里,都长着丰富而种类繁多的谷物,只不过没人去收割而已。至于我的豆子地,似乎正好介于野地与开垦的土地之间;就像有的国家是开化的,有的是半开化的,还有一些是野蛮的,我的土地就属于半开化的地,不过这并不包含坏的意思。我种的豆子都高高兴兴地回到野生的原始状态中,我的锄头还为他们演奏了牧歌②。

离这儿很近的一棵白桦树的树顶上,有一只棕色的歌雀(也有人叫它红画眉鸟)一早上都在唱歌,很乐意与我为伴。要是我的田地不在这儿,那它就会飞去另一个农夫的地里。在我播种的时候,它会唱:"撒下去,撒下去——盖上去,盖上去——拔起来,拔起来。"这块地种的可不是玉米,所以不用担心像它这样的敌人来吃庄稼。或许你会非常纳闷,它这啰啰唆唆的曲子,

---

① 科尔曼(亨利·科尔曼,1785~1849年):当时马萨诸塞州的农业专员,于1837年受命对马萨诸塞的农业进行调查。州政府于1838年~1841年先后发表了他所写的4份内容广泛而详尽的报告。
② 牧歌:原文为法文 Rans des Vaches,意思是一支瑞士放牛人的牧歌。

仿佛一个业余的帕格尼尼①在用一根琴弦或者20根琴弦演奏,和你播种有什么关系?然而,你更愿意听它的演奏而不想去准备草木灰或灰泥了。我完全相信,这些就是一种最便宜但又最优质的肥料。

我在犁沟边用锄头翻出新土,同时也翻出了一个史书上没有记载的古老民族遗留的废墟,当年他们用于狩猎和打仗的小型武器也重见天日。它们与一些天然的石头混杂在一起,有些石头上还遗留着被印第安人用火烧过的痕迹,有一些却被阳光炙烤过。此外,还有一些陶器和玻璃的残片,可能是近代的垦荒者留下的吧。当我的锄头敲打在石头上时,树林里和天空中都回荡着那叮叮当当的乐声,为我的劳动伴奏,随即而产生的收获是无法估量的。我锄的不再是豆子,我也不锄豆子了;要是我没有记错的话,我想起了那些熟识的人专门跑去城里听清唱剧,不由得满怀怜悯而又特别自豪。艳阳高照的午后,夜鹰在我头顶的高空盘旋——有时我整天都在劳动——它就像我眼里的一粒沙子,或者说天空的眼睛里的一粒沙子,它时不时大叫着俯冲下来,好像把天空都撕裂了,撕成了一片片的破布似的,然而,苍穹依旧完好无损,一丝儿细缝也没有。许多小小的精灵在天空中飞舞着,它们在沙地里、山顶的岩石上产下许多蛋,但很少有人看见过;它们姿态优美,舞姿轻盈,像湖面上泛起的涟漪,又像被风卷到空中的轻轻飘移的树叶;这样的因缘在自然

---

① 帕格尼尼(Niccolo Paganini,1782~1840年):意大利著名的小提琴家、作曲家。

界中多不胜数吧。鹰是波浪在空中的兄弟，它一边飞行在波浪之上，一边俯瞰视察，它那苍穹中扑扇着的完美羽翼，似乎正在对大海那原始的没有羽毛的翅膀做出回应。我有时会看着一对在高空中盘旋的鹞鹰，交替着一上一下地翻飞，彼此的距离时远时近，它们仿佛就是我思想的化身。有时，一群野鸽子吸引了我的目光，随着轻微地振动翅膀的颤音，它们从这一片树林迅疾地飞向那一片树林。有时，我用锄头从腐烂的树桩下挖出一条满身花斑的蝾螈①，它一副懒洋洋的样子，看起来既丑陋又奇怪，这是埃及和尼罗河遗留下的痕迹，却也跟我们同处一个时代。当我放下手里的活儿，靠着锄头休息时，便能在田地的任何一个地方听到这种声音，看见这样的景象，这是充满无穷乐趣的独特的乡村生活的一部分。

过节的时候，城里放起礼炮，不过在森林里听起来就像气枪的声音，偶尔也有一些远方的军乐声传过来。在远离城镇的豆子地里，大炮的声音传到我的耳朵里就像是马勃菌的爆裂声。如果有某个军事行动，而我又不知道是什么事情，就会整天迷瞪瞪地，感觉地平线好像得了某种发痒的病，似乎马上就会出荨麻疹，或者是猩红热，也或者是马蹄疫，直到后来一阵好风掠过田野，穿过维兰德公路，把军队正在集训的消息带给我。远远听到嗡嗡的声音，好像是谁家的蜜蜂全都飞跑了，于是，邻居们照着维吉尔的办法，轻轻敲击着家里声音最响亮的锅壶之类的器皿，召唤它们回巢。等到那叮当的声音消失，嗡嗡声也没有了，最柔和的风儿也不再告诉我什么好消息了，我才知道最后一只雄蜂已经平平安安地返回了米德尔赛克斯的蜂房，此刻人们正专心考虑蜂房里的蜂蜜呢。

当得知马萨诸塞州和我们国家的自由都有安全保障时，我深感自豪。于是，我带着难以言表的自信，重新投入到锄地工作中，我愉快地劳动着，对未来充满了希望。

要是有几支乐队正在演奏，整个村子几乎就变成了一只大风箱，好像所有的房子都随着那喧闹声一会儿展开，一会儿压瘪。不过有时候，真正崇高而令人鼓舞的乐曲，歌唱荣誉的喇叭声，也会传入森林里，我感觉自己仿佛

---

① 蝾螈：古代西方神话里的火怪形象，又名火蜥蜴、火蛇或火精。

能雄赳赳、气昂昂地去刺杀一个墨西哥人——为何我们总要容忍一些琐碎的小事呢？——为了表现一下我的骑士精神，我四处搜寻土拨鼠和鼬鼠。这种军乐的韵律听起来像巴基斯坦一样遥远，让我不由得想起十字军在地平线上行军，震得村子上空的榆树树顶也在微微摇曳和颤动。这是一个伟大的日子，尽管我的林子上空还是无边无际的苍穹，跟平日里没什么不同——反正我看不出有什么区别。

自从种了豆子，我就天天跟豆子打交道，时间一长，也积累了一些独特的经验，比如播种、锄地、收割、打场、挑拣、出售等——最后这个活计难度最大——或许我还要加上吃豆子这一项，因为我的确尝过它的味道。我决心好好地了解豆子。在它们生长期间，我总是清晨5点就开始锄草，一直忙到中午，这一天剩下的时间我一般都安排了别的事做。试想一下，一个人与各种杂草的交往居然会如此亲密且如此奇异——这些事说起来很啰唆，因为干活的时候清理这些杂草就够麻烦的了——把一种草全部除掉，毫不留情地摧毁它们的纤弱结构，同时还得用锄头区分它们，只为了小心地培植另一种草。这是罗马艾草，那是猪猡草；这是酢浆草，那是芦苇草，揪住它，拔掉它，把它的根翻过来，让烈日去暴晒，决不能留一根纤维在阴凉处，否则它翻个身就又立起来了，过上两天就会长得像韭菜一样绿油油的。这是一场持久战，我的敌人不是鹤，而是杂草，一群有阳光和雨露相助的特洛伊人。每一天，豆子都看见我扛着锄头来救它们，杀死它们的敌人，使杂草的尸体填满战壕。许多

比同伴们高出一英尺的赫克托耳①，它们盔饰飞扬，强健有力，也都倒毙在我的武器之下，滚进了尘土。

盛夏时节，与我同时代的一些人有的在波士顿或者罗马沉醉于美术中，有的在印度冥思默祷，还有的在伦敦或纽约做生意，然而，我却投身于农业，和新英格兰的所有农民一样。这并不是说我想吃豆子，因为我天性是个毕达哥拉斯②教徒，至少在种豆子的事情上的确如此，不管是为了吃豆子，还是当选票③用，还是拿去换米；或许将来，某个寓言家会用到它，即便只为了譬喻或表达，也得有人下地劳动。总而言之，这是一种稀有的欢乐，不过若持续的时间太长，也会浪费光阴。虽然我从不给豆子施肥，也没有彻底除掉它们周围的杂草，但我总是竭尽所能做好锄草松土的活儿，最终也得到了回报。"老实说，"就像艾夫林所讲的，"不停地挥动着锄头铲子松土，比所有的混合肥料或者粪肥都要好。""土地，"他还在别的地方写道，"尤其是新垦出的土地，含有某种磁力，能够吸引盐、能量或美德（你怎么称呼都无所谓），以增强它的生命活力。土地还是一切劳动的对象，我们就是凭借在土地上的全部劳动来养活自己的，所有的粪肥和其他臭烘烘的东西无非是这种改进的替代品而已。"何况这块地只是"一块耗尽了地力的贫瘠的闲置土地"，或许正像凯南尔姆·狄格拜爵士④所想过的，它已经从空气中吸收了"生命活力"。我收获的豆子总共有12蒲式耳。

因为曾有人抱怨说，科尔曼先生的报告主要是关于那些有一定身份的农民的昂贵的试验，也为了更详细一些，我将自己的开支列出来。我的支出如下：

一把锄头 ·················· 0.54美元
耕耘、犁沟 ·················· 7.5美元
豆子种子 ·················· 3.125美元

---

① 赫克托耳：古希腊神话里的英雄，围攻特洛伊城的英雄，后来被阿喀琉斯杀死。
② 毕达哥拉斯（Pythagoras，公元前582~前507年）：古希腊哲学家、数学家。据说毕达哥拉斯认为豆子不纯净，所以不吃豆子。
③ 选票：当时的北美选举时选民们用豆子来投票，并以此来计算候选人所获得的选票数。
④ 凯南尔姆·狄格拜爵士（Sir Kenelm Digby，1603~1665年）：英国海军军官和哲学家，因发现了植物的生命离不开氧气而闻名于世。

土豆种子	1.33 美元
豌豆种子	0.4 美元
萝卜种子	0.06 美元
篱笆白线	0.02 美元
耕马以及 3 个小时的短工	1 美元
收获时雇用马和车	0.75 美元
总计	14.725 美元

我的收入（Patrem familias vendacem, non emacem esse oportet）①如下：

9 蒲式耳 12 夸脱② 豆子	16.94 美元
5 蒲式耳大土豆	2.5 美元
9 蒲式耳小土豆	2.25 美元
草	1 美元
茎	0.75 美元
总计	23.44 美元
盈余（就像我曾在别处提过的）	8.715 美元

这就是我种豆经验的成果：大概在 6 月 1 日，我种下那种白色的小小的豆种，每行长 3 英尺，间距为 18 英寸，都是精挑细选的新鲜的、圆的、没有掺杂的种子。首先要注意提防害虫，并要在没有长出苗的位置及时补种。其次是提防土拨鼠，若是这块地没有遮挡的话，只要嫩叶子一长出来，土拨鼠就会将它们啃得光光的；而且当嫩嫩的卷须伸展开后，还是会被土拨鼠发现，它们会像松鼠一样笔直地坐起来，把蓓蕾和刚结出的豆荚啃个一干二净。不过，最最关键的还是要尽量早点收割——如果你不想让它遭受霜冻，从而收获一批容易卖出的好豆子的话——这样一来，你便可以免受很大的损失。

我还收获了更有益的经验：我告诉自己，明年夏天，不用再花这么多气

---

① 拉丁文，出自卡托的《农书》第二章，意思是一家之主应擅长销售，而不能只顾着进货。
② 夸脱：谷物等的容量单位，在美国 1 夸脱约为 1.101 升。

力去种豆子和玉米了，我打算种这么一些种子，比如诚实、真理、纯洁、信心和天真等，假如这些种子还没有丧失的话，我想看看它们能不能在这片泥土中生长，能不能尽量花费更少的劳力和肥料就能养活我自己，因为地力还没有完全耗尽，以至于没法种这些东西。哎！这些话我早就对自己说过。然而，如今又一个夏天过去了，而且一个又一个夏天都过去了，我必须告诉你们，读者们啊，我播下的种子，如果它们真的是美德的种子，那么都已经被害虫吃了，或者说已经没有生命活力了，所以它们都没有发芽长出苗来。通常人们的勇敢或怯懦只能像他们的祖先一样。这一代人在每一个新年伊始种下的豆子和玉米，必定跟许多世纪前印第安人所种的一样，也跟他们教给最早的移民的完全一样，似乎本该如此，改变不了。前不久我见过一个老头，令我吃惊不已，他握着一把铁锹挖洞，这样的洞他至少挖过70回了，却并不是预备自己躺进去的。别老是把重点放在自己的玉米、土豆、草料和果园上，难道新英格兰人不该去尝试一番新的事业吗？——为什么不种点别的东西呢？为什么不关心新一代人，而偏偏如此关心豆种呢？我们都认为，我前面提到的那些品德比其他产物更宝贵，要是我们看见这么一个人，确实拥有我所说的那些品质，在他的身上，那些飘散在四方的品德已经扎下了根，并生长起来，这时我们真该觉得欣慰和愉快。现在，一种新的玄妙而又难以言喻的品德，比如真理、正义，尽管数量很少，但它正沿着大路过来了。应该给我们的驻外大使这样一些指令，让他们将挑选好的品种寄回国，然后由我们的国会将这些种子分发给全国各地去培育。对待真诚时，

我们决不能虚伪。如果我们已经拥有了高贵和友谊的精髓的话，就千万不要再用我们的卑鄙去彼此欺骗，彼此凌辱，互相排斥。我们见面时不能总是忙忙碌碌的。其实大多数人我都没见过，因为他们好像总是没有时间，正忙着自己的豆子呢。别跟这种大忙人交往，在劳动的间隙，他靠在锄头或者铁锹上休息，仿佛靠着一根手杖，而不是倚着一只蘑菇，不过从地面上升起的只是一部分，而且并不直挺，就像燕子飞落在地上走着一样——

> 他说话时，翅膀不时展开，
> 像要展翅飞翔，却又合拢起来。①

这样一来，我们还以为自己可能是在和一个天使谈话呢。面包也许并不是总能给我们滋养，但它总归是有好处的，能让我们的关节不再僵硬，身体变得柔软而灵活，甚至当我们不知道得了什么病时，也能体会到大自然和人类的宽容仁爱，享受到一份没有任何杂质的高尚的快乐。

古代的诗歌和神话至少给我们这样的启示：从前，农业是一种神圣的艺术，然而我们太过急躁，又漫不经心，以至于毫不虔诚；现在，我们的目标仅仅是拥有大农场和获得大丰收。我们没有庆祝的节日，没有游行的队伍，也没有盛大的典礼，即便是耕牛大会和感恩节也是如此，农民原本是要借助这些形式来显示他的职业的神圣意义的，或是以此来追溯农事的神圣起源的，而如今只有优厚的酬金和丰盛的筵席才能吸引他们。现在，他准备的祭品并不是献给谷神克瑞斯②和主神朱庇特的，而是献给凶恶的财神普鲁托斯③的。我们谁也无法戒除贪婪、自私和卑躬屈膝的习惯，于是把土地视为财产或者获取财产的主要手段，于是，风景被毁坏了，农事和我们一样被贬低，农民们过着最卑贱的生活。对于大自然，他的了解跟一个强盗的了解没什么差别。卡托曾说，农业的利益是特别虔诚和公正的

---

① 引自英国宗教诗人弗朗西斯·夸尔斯（Francis Quarle，1592~1644年）的《牧羊人的神示》第五首颂歌。
② 克瑞斯：古罗马神话中的谷物和耕作女神。
③ 普鲁托斯：希腊神话中的财神。

（maximeque pius quaestus①）；瓦罗②也说，古罗马人"对地母和克瑞斯的称呼是相同的，认为只有从事农耕的人才是农神③的后裔，这些人都过着一种虔诚和有用的生活"。

我们总是忘记，太阳是一视同仁的，它照耀着我们耕作的农田，也照耀着草原和森林。它们都反射和吸收了太阳的光线，耕地仅仅是太阳每天旅行时所看到的美丽图景的一小部分。在太阳的眼中，整个大地都被耕耘得如花园一般。因此，我们享受着它的光与热，相应地也接受了它的信任和宽广的胸襟。即便我看重这些豆种和这个秋天的收成，那又如何呢？这片广阔的土地，我守望了这么长时间，可它并不把我当作主要的耕种者，将我抛到一边，去寻找那些给它洒水，让它变绿的，对它更亲近的各种影响因素。我并没有收获这块豆田的全部果实。它们的一部分不就是为了帮助土拨鼠生长的吗？麦穗（拉丁文 Spica，古拉丁文里是 speca，词源为 spe，意思是"希望"）并不只是农民的希望，它的颗粒，或者说谷物（granum，词源为 gerendo，意思是"生产"），也不是它的全部出产。那么，我们怎么可能歉收呢？难道杂草丰收了我们不该高兴吗？因为鸟雀就是以它们的种子为粮食的。相比较来说，土地的收成能不能堆满农民的谷仓，只是小事而已。就像松鼠绝不会关心森林里今年是否出产栗子一样，真正的农民没必要忧心忡忡，他每天干完自己的活儿，并不要求地里出产的所有东西都归自己拥有。在他看来，不仅自己的第一个果实应该奉献出去，而且最后一个果实也应该献出。

---

① 拉丁文，引自卡托的《农书》。
② 瓦罗（Marcus Terentius Varro，公元前116~前27年）：古罗马学者和作家，著作颇丰，现存的仅有《论农业》等。
③ 农神：古罗马神话中的农神萨杜恩王（Satum），是天神与地神的儿子，最理想的统治者。

村子

　　上午我锄地之后,或许会看看书,写写字,通常我还会在湖里洗个澡,游过一个小水湾,将劳动时的满身尘土全部洗掉,或将阅读留下的最后一条皱纹消除。到了下午,我就自由了。每一天,或者每隔一天,我都要去村子里转悠一番,听听那些永远说不完的闲话,有的是口头传播的,有的是各种报纸互相转载的,如果采取顺势疗法小剂量接受,这些闲聊还是比较新鲜的,就像枝叶的瑟瑟作响和青蛙的呱呱鸣叫。在森林里散步时,我喜欢看鸟雀和松鼠,同样,在村子里漫步时,我喜欢看大人和孩子。在这儿听不到松林里的阵阵风声,却能听到车马的辚辚声。从我的小屋顺着一个方向望去,河边的草地上,住着一群麝鼠;在另一个方向的地平线上,有一个村子掩映在成片的榆树和悬铃木树中,那儿的人成天忙忙碌碌的,使我不禁心生好奇。他

们仿佛是生活在大草原上的狗,不是蹲坐在自己巢穴的入口处,就是去邻居家串门闲聊。我经常跑去村子里观察他们的习惯。我觉得村子就像一个巨大的新闻编辑室,为了支持它,编辑室的一边就像当年政府大街[①]上的雷丁出版公司的情况一样,他们卖干果、葡萄干、盐、玉米粉,或者其他的食品杂货。对于前一种商品,也就是新闻,不少人的胃口都很大,消化功能也很好,因此他们能够一直纹丝不动地坐在街头,听着那些新闻逐渐沸腾起来,不断低语着,像地中海的季风一样拂过他们,或者像吸入了乙醚似的,虽然意识依旧清醒,但对苦痛已经毫无感觉了——否则听到某些新闻,就会觉得非常痛苦。每次我在村子里四处闲逛的时候,都会看见这些活宝们一排排整齐地坐在石阶上晒太阳。他们的身体微微前倾,带着一种心满意足的神情,时不时地四处张望;要么就将身体靠在一个谷仓上,两手插进裤兜里,像一座座女人雕像在支撑着谷仓。他们通常都待在屋外,所以有什么风吹草动马上就能听到。这些是做第一道粗加工的磨坊,所有的流言蜚语都要在这儿经过最粗糙的碾磨后,才能倒进室内做精细加工的漏斗里。我发现,村中最充满活力的地方是食品杂货店、酒吧、邮局和银行;此外,还有一口大钟,一尊大炮和一辆救火车,它们就像机器上必不可少的零件一样,都摆放在合适的地方。村子的布局充分体现了人类的特点,房子都是面对面建造的,排成了巷子,这么一来,每一个旅行者都得遭受夹道鞭打,村里的男女老幼都能揍他一顿。当然,那些住在最靠近巷子口的人会最早发现别人,也最早被别人发现,还是首先动手揍旅行者的,所以,他们为自己所占的地段付出的代价也最高昂;那些稀稀落落住在村外的人,房屋到那儿就开始出现长长的空隙,旅行者可以翻墙而过,或者抄小路跑掉,所以,他们需要支付的土地税或窗户税就很少。为了招揽客人,到处都挂着招牌。有些招牌一下子就抓住了人的胃口,比如某些酒店和食品店;有些则抓住了人的喜好,比如纺织品店和珠宝饰品店;还有些则抓住了人的头发、脚或者衣裙,比如理发店、鞋店或者裁缝店。另外,还有更可怕的就是他们的邀请,你不得不总是挨家挨户去访问,而且这种场合总少不了一大群人在看热闹。总体来说,这所有的危险,我都能灵巧地躲过,

---

[①] 政府大街:波士顿的金融中心。

有时我马上勇敢前行,毫不犹豫地奔向我的目的地,这种办法是我推荐给那些遭到夹道鞭打的旅行者的;有时我一心关注着崇高的事物,就像俄狄浦斯①一样,"弹奏着他的七弦琴,高声唱起诸神的赞美诗,掩盖住海妖②的歌声,从而躲过了灾难"。有时候,突然溜掉,就像闪电一样,谁也不知道我的去向,因为我向来不拘小节,要是篱笆上有个窟窿,我也会毫不迟疑地钻过去。甚至我还习惯于闯进别人的屋子,受到他们的热情款待,当我得知了最近的一些重要新闻后,了解到某些刚刚平息的事件,战争与和平的前景,以及世界各国间的团结协作还能持续多久等,我便从后面的小路溜走,又藏进我的森林中去了。

每当我在城里待到很晚,准备返回的时候,我的感觉最为惬意。我投入夜幕中,特别是在那些黑沉沉的、刮着大风的夜晚,我从一个灯火通明的客厅或者演讲厅里开始起航,将一袋子黑麦或印第安玉米粉扛在肩上,驶向森林中我那舒适温馨的港湾。把外面的一切都捆扎实了,我便带着满脑子的快乐思想退到甲板下,只留下那个外表的我充当舵手。如果此刻正好风平浪静,我便干脆把舵也拴得死死的。航行的时候,我坐在船舱的火炉旁,脑子里涌现出许多快乐的思想,无论天气多么恶劣,我也不会觉得苦恼和悲伤,虽然我曾碰到过几次猛烈的风暴。即便是平常的夜晚,森林里的黑暗程度也大大

---

① 俄狄浦斯(Orpheus):古希腊神话中的诗人和歌手,擅长弹竖弦琴,琴声非常动人,能使野兽俯首、顽石点头。
② 海妖:即古希腊神话中半人半鸟的女妖塞壬,她用美妙的歌声蛊惑过往的海员,使靠近的船只触礁沉没。

超出你们的想象。在夜色最浓黑的晚上，我往往只能不时地抬头，透过树叶的间隙仰望天空，这样一边走，一边认路；到了没有车道的地方，我就只能靠脚来感知我自己踩出来的模模糊糊的小路，或者伸出手摸摸我熟悉的树木，以此来辨识方向——比如从两棵间距不超过18英寸的松树中间穿过，它们总是位于森林中央。有时，在一个黑漆漆而且潮湿的晚上，我深夜才回家，我用脚探索着眼睛看不见的路，却一直漫不经心地，像是做梦一样，突然我的手就碰到门闩了，这时我才清醒。我几乎想不起自己是怎么一步一步走回来的，我想，大概我的身体即使被灵魂遗弃了，也还是能找到回家的路，就好比手不需要任何帮助，总能摸到嘴巴一样。有好几回，某个客人待到深夜才离去，恰好天色又特别黑，这时我只好将他领到屋后，送他走上车道，并指点出他回去的方向，还叮嘱他不要靠眼睛，而要靠脚去领路。在一个漆黑的夜晚，我曾这样为两个来湖边钓鱼的年轻人指点回去的路。他们住的地方距离树林大约有1英里，应该说对路还是非常熟悉的。谁知一两天后，其中的一个人告诉我，那晚他俩在自己的房子附近转了大半夜，直到天快亮了才回到家，这段时间正好下了几场大雨，树木都是湿漉漉的，自然他们也被淋透了。据说有不少居民只是在村子里的街道上走走，也会迷路，因为天太黑了，就像古人说的，黑得你可以用刀子把它一块块地割下来。有一些人住在郊外，赶着马车去镇上采购，却得留在镇子上过夜；还有一些出门访客的淑女和绅士们，离开正路才半英里，就只能靠双脚去摸索人行道，连什么时候该拐弯也忘记了。无论什么时候，在森林中迷了路，都是惊险而令人难忘的宝贵经历。在暴风雪的天气里，即使是白天走在一条熟悉的路上，也可能弄不清方向，不知道通往村子的路是哪一条。虽然他再走过上千次，但是真的记不起路上有什么特征了，反而觉得它像西伯利亚的某一条路那样陌生。如果是在夜里，困难自然就更大了。在平日里散步的时候，我

们经常像个领航员一样——虽然我们并没有意识到——根据某些熟悉的灯塔或者海角来辨认方向，往前行驶；即使我们不在习惯的航线上行进，我们脑子里依然记着邻近海角的位置；除非我们彻底迷路了，或者转了个身——在这个世界上，只要你闭上眼睛转个身，就肯定会迷路——到了那时，我们才体会到大自然的浩瀚与神奇。每一个人，无论是睡着了还是心不在焉，都应该在清醒之后，常常看看自己罗盘所指的方向。千万不要等到我们迷路了，或者说我们已经失去这个世界了，才开始发现我们自己，认识我们身处的环境和我们有着各种无穷无尽的联系。

我在森林中的第一个夏天快要过去的时候，一天下午，我去村子里的鞋匠那儿取一只鞋子，结果被抓起来关进了监狱。原因就是——正如我在别的文章里谈过的——我不向政府缴税，甚至不承认政府有征税的权力，因为就在这个国家的议会大门口，男人、女人和小孩被当作牲口在买卖。原本我住进林子里是为了其他的原因。然而，无论一个人走到哪里，人世间那些肮脏的体制就会跟去那里，纠缠他，抓捕他，只要他们能够做到，总要迫使他回到他们那个毫无希望的共济会一样的社会里。的确，我原本可以激烈地抵抗一番，多少会有点儿效果，我本可以疯狂地反抗社会；但是我宁愿这个社会疯狂地反抗我，因为绝望的是它。不过，第二天我就获释了，还拿到了那只修补过的鞋子，我返回森林，正好赶到美港山上饱餐一顿越橘。除了那些代表国家的人外，从没有任何人骚扰过我。除了那张放我稿件的桌子外，我从不上锁，也不闩门，也不在窗户上钉一颗钉子。无论是白天还是夜晚，我都不锁门，哪怕我要外出好几天也是如此。甚至第二年秋天，我还去缅因州的森林里住了两周，照样没锁门。然而，我的小屋却比有大队士兵驻守的地方还要受人尊敬。疲乏的漫游者可以进我的小屋里休息，烤火取暖，爱好文学的人还可以翻翻我桌子上的几本书以作消遣，或者某些好奇心强的人，会打开我的碗橱，看看我的午餐还有什么剩余，猜猜我的晚餐又是什么。尽管每一个阶层都有许多人来过瓦尔登湖，可并没有让我觉得有多大的不便，我也没丢过什么东西，除了一本小书外，那是一卷荷马的作品，也许是它的烫金封面太惹人注意了吧，我敢肯定，拿走它的是我们这个阵营里的一个士兵。我确信，如果每一个人的生活都跟我一样俭朴的话，那么就不会发生盗窃和抢劫了。正因为现在的社会贫富失衡，才会发生这一类事情。蒲柏①翻译的荷马作品应该马上得到广泛的传播——

Nec bella fuerunt,

Faginus astabat dum scyphus ante dapes.②

当每个人所需的只是毛榉碗时，

世界就不会再有战争。

"子为政，焉用杀？子欲善而民善矣。君子之德风，小人之德草，草上之风，必偃。"③

---

① 蒲柏（Alexander Pope，1688~1774年）：英国启蒙运动时期的著名诗人，曾翻译过荷马史诗中的《伊利亚特》和《奥德赛》。
② 引自约翰·伊夫林《森林志》中的《提布卢斯的哀歌》。
③ 引自《论语·颜渊》。译文为：先生施政，为何要用杀伐呢？如果你像善良，百姓自然会善良。君子的道德就好比风，小人的道德好比草。草上面吹风，肯定会倒向一边。

湖

有时，我烦透了人类社会以及那些闲话，也烦透了村子里的所有乡友，于是，我一路向西，越过平时起居的那些地方，漫游到这个乡镇了无人烟的地域，进入这片"新的森林和新的牧场"；或者在落日西沉的时候，跑到美港山上吃晚饭，美餐一顿黑越橘和蓝莓，然后再捡拾一些，作为以后几天的食物。这些水果的真正美味，那些花钱购买它们的人是品尝不到的，同样，那些为了销售才去种植它们的商人也享受不到。只有一个办法可以品尝它们的真正滋味，不过采用的人很少。要是你想知道越橘的味道，应该去问问牧童或者鹧鸪。一个从未摘过越橘的人，认为自己已经品尝了它的全部滋味，这是一种错误的观点。虽然越橘就生长在波士顿周边的三座山上，但是地道的越橘从没到过波士顿，城里的人们压根儿就没听说过它们。当它们被装上货车运往集市的时候，水果的芳香以及它的精华，连同鲜丽的色泽通通都消

失了，仅仅成了充饥的食物而已。只要统治宇宙的仍然是永恒的正义，就不可能从城外的山上运一只正宗的越橘进城。

有时，我完成了一天的锄地工作后，就凑到一位毫无耐性的朋友旁边。他一大早就到湖边钓鱼，静静地待着那儿，一动不动的，像一只鸭子，或者一片漂浮的树叶，他在尝试各种富有哲理的方法，并且在我过来的时候，他大概已经有了结论，认为自己属于修道士中的古老派别①。有一位年老的渔夫，是个捕鱼的高手，对各种木工活计也很精通，他认为我的木屋是为了方便渔民才搭建的，感到很高兴；我见到他坐在我的木屋门前整理钓丝，也觉得很高兴。我们偶尔会一起在湖上泛舟，两人分坐在船的两头。我们并没有说多少话，因为他近些年来有些耳聋，不过有时他会哼唱一首赞美诗，这与我的人生哲学非常相符。我们的交流一直是特别和谐、特别亲密的，回想起来特别有意思，比我们真的用言语交谈更加美好。通常情况下，我往往找不到人说话，这时我就用桨敲击自己的船舷，响起回声，使四周的森林也扬起一圈圈不断扩散的声浪。就像动物园里的管理员激起群兽的咆哮一样，最后，我也激起每一个山坡和郁郁葱葱的峡谷的回响。

天气暖和的时候，我经常在黄昏时分坐在船上吹笛子，看着鲈鱼在我的周围游玩嬉戏，似乎它们被我的笛声迷住了，月亮在条纹状的湖底慢慢走着，还有森林的倒影也破碎地散布在湖底。很久以前，在黑黝黝的夏夜里，我时常和一个同伴带着猎奇的心情来到这个湖。我们在湖边生起一堆火，觉得这样可以吸引鱼儿，我们又把一些虫子挂在鱼钩上作诱饵，钓到了不少鳕鱼。等做完这些事情后，夜已经很深了，我们将燃烧的木棒掷向高空，看见它们像冲上苍穹的焰火一样，坠落到湖水中，发出哒哒的巨响，随后就熄灭了。顿时我们又陷入了黑暗中，所以只能摸索着行进。我们吹着口哨，走出黑暗，终于又走到了人们经常聚集的地方。不过我现在已经在湖边安家了。

我有时会一直待在村中的某个客厅里，等到这家的主人们全都打算休息了，才返回森林中。那个时候，出于对第二天的食物的考虑，我总是乘着月色，坐上一条船，将午夜的时间花费在钓鱼上。耳边传来猫头鹰和狐狸唱的小夜曲，

---

① 修道士的英文为 coenobites，发音类似于 see, no bites。意思是：你瞧，没有鱼咬钩。这里梭罗用了双关的手法。

每隔一会儿还能听到附近某种不知道名字的鸟雀在吱吱地尖叫。这些经历对我而言,既珍贵又难忘——在水深40英尺处抛了锚,距离湖岸大约二三十杆远,有时我的周围会有几千条小鲈鱼和银鱼在游动,月色下的湖面被它们的尾巴摇出了无数的酒窝;于是,凭借着一根细长的亚麻钓线,我跟那些生活在40英尺深湖底的总在夜间活动的神秘鱼儿打上了交道。有时,轻柔的夜风拂动我的船儿在湖中微微晃荡,我拽着一条60英尺长的钓线,能不时感到轻轻的震动,很显然,在钓线的另一端,有一个生命正在四处寻找食物,它傻乎乎地犹豫着,不知道该怎么处理自己盲目撞到的东西,迟迟拿不定主意。后来,我慢慢地拉起钓线,双手交替着向上拉,一条长角的鳕鱼就被拉到了半空中,它一边发出咯吱咯吱的声音,一边扭动着身体不断地翻腾着。特别是在黑漆漆的夜晚,当你正神游于浩淼的宇宙中时,这轻轻地抖动却打断了你的思绪,让你又和大自然连在一起——这种感觉真是奇妙。似乎下一步我应该把钓线抛向空中,就像我把钓线甩入这密度未必比空气大的水里去一样。这样来看,我仿佛用一个钓钩钓到了两条鱼。

　　瓦尔登湖的景色只能归入简朴一类,尽管很美,却算不上壮丽,对那些不经常来游玩的人或不居住在湖边的人而言,它并没有太大的吸引力。然而,瓦尔登湖的深邃和清澈是最令人称道的,值得对它作一番详细的描述。这是一个清亮的墨绿色水潭,半英里长,周长约为一又四分之三英里,面积约为61.5英亩。它是位于松树和橡树林中的一泓长年不竭的泉水,除了下雨和蒸发外,很难找到它的入水口和出水口。四周的山峦从水上陡然升起,比湖面高出40~80英尺,但东南方向的高出100英尺,东面更是高出150英尺,它们到湖边的距离,大约为四分之一英里或三分之一英里。山上全都长满了树木。在康科德,所有水域的颜色至少有两种,一种是从远处看见的,另一种是从近处看到的接近于它本来的颜色。第一种颜色主要是光线造成的,会随着天色发生变化。在晴朗的夏日里,从稍微远一点的地方望去,湖水是蔚蓝色的,尤其在水波荡漾的时候,最为明显;但是从很远的地方眺望,湖水就变成了深蓝色。在暴风雨天气里,湖水有时会变成深石板色。不过,听说海水的颜色今天是蓝的,明天可能就是绿的了,然而天气并没有发生什么明显的变化。在我们这儿的河流中,当白雪覆盖大地的时候,我发现水和冰几乎都是草绿色的。有人说,蓝色是"纯净的水的颜色,无论那水是流动的,还是凝结的"。但是,直接从船上俯瞰近处的湖面,它的颜色又很不一样。哪怕是从同一个角度观察瓦尔登湖,它也是一会儿变蓝,一会儿变绿。它置身于天空与大地之间,因而也兼具了两者的颜色。从山顶远眺,它倒映出天空的色彩;而走近了看,它折射出湖岸上细沙的浅黄色,接着变成浅绿色,然后颜色渐渐加深,最终整个湖面都变成了深绿色。某些时候,在光线的照射之下,即使我们从山顶俯视,靠近岸边的湖水也呈现出水灵灵的青碧色,有人认为这是青草绿树的反射造成的。然而,在铁路轨道的黄色沙坝的映衬下,湖水也是青绿色的;在春天,树木还没有枝繁叶茂的时候,湖水的颜色可能就是天空中的蔚蓝与沙土的黄色混合而成的效果。这就是瓦尔登湖的彩虹般的色彩。同样在这个地方,春季来临时,在湖底反射的太阳光热的作用下,在透过泥土传导的太阳热量的作用下,湖面的冰层不断升温,首先融化并形成了一条狭长的运河的形状,不过湖心部分仍然是冰封着的。在天朗气清的日子,它像本地的其他湖泊一样,水流湍急,水波平面会从最适合的角度反射天空的颜色,或者因为湖水中混合了太多的光线,从稍远的地方望去,它比天空更蓝。在这个时候泛舟湖上,眺望四周的倒影,我看到了一种无法比拟且难以描述的淡蓝色,既像波纹绸或者闪闪放光的丝绸,也像青锋宝剑,比天空更贴近天蓝色,它与水波另一面原有的深绿色交替闪现,相比之下,那深绿色似乎更显浑浊了。那是一种类似玻璃的蓝中带绿的色彩,按我所能记得的,它就像冬天里夕阳西下的时候,从西边的云层中露出的一角天空。但是,如果你举着一玻璃杯水,往光亮处看,它却如同装着一杯空气一样,没有任何颜色。一大块厚玻璃会呈

现出浅绿色,这是人尽皆知的事情。用做玻璃的人的话说,这是因为玻璃"体厚",同样的玻璃,如果体积太小,就没有颜色了。至于瓦尔登湖到底该有多少水量才能呈现出这样的绿色,我从没有验证过。若是垂直俯视河水,会看到黑色或者深棕色,跟所有湖泊一样,会使在里面游泳的人染上一种浅黄色;不过瓦尔登湖的水却是清澈纯净的,会使在湖里洗澡的人的身体白得跟大理石一样。更令人称奇的是,你的四肢在这水中会放大,并且扭曲,姿态变得十分夸张。这一点值得米开朗琪罗①去研究一番。

  湖水如此清澈透明,甚至可以很容易地看清 25~30 英尺深的湖底。光脚踩入水中,你能看到水面下数英尺深的地方,有成群的鲈鱼和银鱼在游动。它们大概只有一英寸长,但鲈鱼身上的横纹都清晰可辨,你会觉得,它们肯定是不愿驻留在红尘中的苦行鱼,才会来这里生存。许多年前的一个冬日,我在冰上凿洞,以便钓到梭鱼,我上岸以后,随手把斧子向身后的冰层一扔,不料,就像有某个恶魔在跟我开玩笑一样,斧子在冰上滑行了四五杆远,恰好从一个窟窿掉了下去,那个地方水深 25 英尺,我心生好奇,就趴在冰面上向那个窟窿眼里瞧,结果就看见我的斧头偏向一边,头朝下竖立着,斧柄笔直向上,随着冰下水流的波动轻轻摇摆着。要是我不去管它,也许它会一直竖立在那里摇晃,直到斧柄随着岁月的流逝烂掉为止。我用带来的凿冰的凿子,在斧头正上方的冰面上又凿了一个窟窿,再用我的刀,割下我附近的最长的一根白桦树枝条,做了个活结的绳套,绑在树枝的一端,然后小心地将它放下去,套住斧柄的凸出部位,再拉动树枝上的绳子,就这样把斧头拉上来了。

  湖岸是由一条长长的、光滑得像铺路石一样的圆形白石建成的,除了一两处浅浅的小沙滩外,整个湖岸显得非常陡峭,要是跳下去肯定会落入没过头顶的深水中。若不是湖里的水出奇地清澈透明,你根本没法看到它的底部,除非湖底在对岸升上来了。有人说,瓦尔登湖的水太深,根本没有底。它没有一处是浑浊的。偶尔欣赏过它的游客也许会认为,湖里连一根水草都没有;至于能看到的水草,除了前不久湖水上涨所淹没的、并不属于湖的那些草地外,即使我们很仔细地观察,也的确看不到菖蒲或芦苇,甚至看不到一朵水

---

① 米开朗琪罗(Michel angelo,1475~1564 年):意大利文艺复兴时期的雕塑家、画家、诗人、建筑学家,作品有雕塑《大卫》、《摩西》和壁画《最后的审判》等。

莲花——无论是白色莲花还是黄色莲花,最多也就能瞧见一些心形草和河蓼草,偶尔还能发现一两棵眼子菜。不过,置身湖中的人可能根本就看不到它们,这些水草也跟为它们提供生长空间的水一样,洁净而透明。湖岸的石头延伸入水中一两杆远,水底就已是一片纯净的细沙了,不过在湖底的最深处,总少不了一点儿沉积物,也许是多少个秋季以来,飘落到湖中的树叶腐烂后的样子吧。此外,还有一些绿得透亮的藻类,它们甚至会在寒冬拔起铁锚时被一起拔上来。

我们还有一个这样的湖,那就是白湖,它位于九亩角,在西边约两英里半的地方。然而,虽然方圆十几英里内的湖泊我都很熟悉,但却再也找不出第三个这样的如井水般洁净的湖了。从古至今,有许多民族都饮用过白湖的水,赞美过它,还测量过水深,后来他们相继消逝了,只有湖水依旧碧绿澄澈。每一个春天都是如此!也许早在亚当和夏娃被逐出伊甸园的那个春日的清晨之前,就已经有瓦尔登湖了。那个时候的湖面,被薄薄的轻雾笼罩着,被柔和的南风吹拂着,被一场绵绵的春雨滋润着,它的平静早已被打破了,成群的野鸭和天鹅在湖上飞翔、嬉戏,它们根本不知道伊甸园的事,能享受这片如此纯净的湖水就已经心满意足啦。也是在那个时候,它就开始时涨时落,澄清了湖水,染上了它现在所有的颜色,还专享这一片蓝天,成为世间独一无二的瓦尔登湖和蒸馏天上露水的器皿。有谁知道，在多少篇被人遗忘的民族文学作品中，这个湖被赞为卡斯塔里亚泉[①]？或者在黄金时代，这里曾有多少山林水泽的精灵居住？这是康科德王冠上最璀璨的一颗宝石。

也许，最早来到瓦尔登湖的人曾留下他们的足迹。我还很惊讶地发现，在一片环绕湖岸的被砍伐过的茂密森林里，在陡峭的山崖间有一条狭窄的紧贴崖壁的小路，它一会儿上升，一会儿下降，一会儿靠近湖边，一会儿又远离了，将整个湖围了一圈；它也许跟生活在这儿的人类一样有着悠久的历史，当年的土著人用脚一步一步踩出了这条路，此后居住在这片土地上的每一代人都不知不觉地从那上面走过。冬天，尤其是一场小雪之后，你站在湖中央看，这条路会显得格外清晰，它变成了一条蜿蜒起伏的白线，丝毫没有被枯枝败草遮盖住，即使在四分之一英里之外，它的许多地方也能看得清清楚楚。不过，到了夏天，哪怕你走近去看，也很难看清。可以这么说，雪花用清楚的白色浮雕把这条路重新印了出来。到了将来，这里也许会建起别墅，但愿人们在装饰庭园的时候，还能保留这些痕迹。

湖水涨涨落落，可谁也不知道它有没有规律，或者知道有规律，却又不知道它的周期——尽管许多人已经习惯了不懂装懂。通常情况下，冬天的水位会高一些，夏天的低一些，不过水位的高低却与气候的干燥潮湿没什么关系。我还记得，与我住在湖边时相比，什么时候水位下降了一两英尺，什么

[①] 卡斯塔里亚泉：神话传说中位于帕纳萨斯山的泉，是阿波罗和缪斯的神泉，它是诗歌艺术灵感的源泉，据说文艺女神就居住在那里。

时候又上涨了至少5英尺。有一块狭长的沙洲延伸至湖中，它一侧的湖水很深，距离主岸约有6杆远，我曾在这片沙洲上煮过一锅杂烩汤，当时大概是1824年。之后的25年间，它一直淹没在水中，我再也没法去那儿煮什么了。另一方面，我对我的朋友们说过，多年以后，我会经常到密林深处的那个隐蔽幽静的小湾里泛舟垂钓，那地方距离他们现在所见的湖岸仅仅15杆远，不过那里早已是一片草地了。他们听了总是表示怀疑。不过，最近两年来，瓦尔登湖的水位一直持续升高，到现在，1852年夏天，已经比我在那儿居住时高出5英尺，换句话说，就是现在的水位高度跟30年前是一样的，相当于我们能在那一片草地上钓鱼了。虽然表面上看水位升高了六七英尺，但事实上从周边山上流下来的水并不多，可能有某些影响深处泉源的因素导致了湖水的上涨。在同一年夏天，水位又下降了。令人称奇的是，不管这种涨落是不是周期性的，要完成它都需要许多年的时间。我曾观察到一次水位上涨和两次部分回落，我推测，12或者15年后，水位就会重新下降到我以前所了解的位置。在东边一英里处，由于泉水的汇入和流出，弗灵特湖也出现了时涨时落的景象。而那些介乎二者之间的小湖泊，它们的水况与瓦尔登湖非常相似，最近也上升到了它们的最高水位。我观察发现，白湖的情况也是这样。

虽然瓦尔登湖的涨落间隔时间很长，但至少有一个作用：水位在最高处能维持一年多，这样一来，虽然绕着湖散步多有不便，但从上次水位上涨后，湖边生长的灌木丛，以及苍松、白桦树、桤木和白杨树等林木全都被冲跑了，等到水位回落时，就只剩下一片干干净净的湖岸。它跟许多湖泊和每天都在涨落的河流不一样，当水位降至最低时，它的湖岸反倒最洁净。靠近我的住所的湖岸上，一整排15英尺高的油松全都淹死了，就像是被杠杆掀倒似的，这样它们就没法侵占湖岸了。根据这些树木的大小，我们正好能推算出距离上一次水位涨到这个高度过去了多少年。瓦尔登湖正是用这种涨落的方式，来维护自己对湖岸的所有权。就这样，它刮掉了湖岸的胡须，使那些树木无法凭着生长权去侵占它的领地。它时不时地用舌头舔几下脸颊，使嘴唇上的胡子不再长出来。当水位达到最高点时，被淹在水中的桤木、柳树和枫树的根上生出了大量的纤维状红色根须，长数英尺，高出地面三四英尺——它们想用这种方式保存自己。我观察到，那些生长在湖岸高处的乌饭树，往往都不结果实，但是在这种条件下，却会结出累累的硕果。

  为何湖岸会铺筑得这么整齐呢？这个问题困扰了许多人。住在镇上的人都听过这个传说，这也是年纪最大的老人们告诉我的，是他们年轻时听过的——远古时期，印第安人曾在这里的某个山顶上举行帕瓦仪式①，这座小山突然升高，耸入云霄，就像现在这湖深深陷入地下一样。据说，这是因为印第安人做了许多亵渎神灵的事情，其实他们从没有过这些行为；然而，典礼正在进行时，小山剧烈地晃动起来，又突然沉了下去。在这场大灾难中，只有一个名叫瓦尔登的印第安老妇人幸存下来，所以，后来瓦尔登被用来称呼这个湖，并一直沿用至今。还有人猜测，在那地动山摇的时刻，这些白石滚落下来，变成了现在的湖岸。无论怎么说，至少有一点我们可以确定，那就是这儿以前没有湖，现在却有一个。这个印第安传说与我前面提到的关于那

---

① 帕瓦仪式：是北美印第安人祈求神灵治病或保佑而举行的仪式，通常伴有舞蹈、巫术、盛宴等。

位古代移居者的描述并不矛盾——他异常清晰地记得,刚来到这里时,他带了一根魔杖,看见一层薄薄的雾气从草地上升起,而那根魔杖始终指向下方,他于是决定在这儿挖一口井。至于那些圆石,很多人至今仍心存疑虑,认为它们不可能是因山体晃动而滚落的。我观察到,这样的石子在周围的山上也有很多,因此,人们只好在铁路经过的最贴近湖的道路两侧都砌起防护墙,并且湖岸越险要的地段石头越多,所以,很遗憾,这事在我眼里已算不上神秘了。我已经猜出是谁铺砌了湖岸。如果这个湖的得名不是源自一个叫作萨福隆·瓦尔登①的英国地名,那么,我猜它的原名很可能是"围而得②"湖。

  在我看来,瓦尔登湖就是一口现成的水井。一年中有4个月湖水都是冷冰冰的,就像它的水永远纯净一样。我想,它的水质即使不算是镇上最好的,至少也不会比其他湖泊的差。在寒冷的冬日,暴露在空气中的水总是比那些受到保护的泉水和井水更凉一些。我静坐在小木屋里,从下午5点一直坐到第二天正午,也就是1846年3月6日中午,寒暑表上的温度始终在华氏65度到华氏70度间变动,一方面原因是我的屋顶曾沐浴在阳光下,但我放在屋子里的湖水比从村子里最冷的井里刚刚提上来的水还低一度,只有华氏42度。同样是这天,沸泉的水温是华氏45度,在我所测量过的各种水中,它是最温暖的,不过到了夏天,它又是最寒冷的水,因为那时不流动的表层水并没有和深处的水互相混合。盛夏时节,大多数的水都会在阳光的照射下变得暖和,而瓦尔登湖却没有那么热,因为它太深了。天气最热的时候,我总是在地窖里放一桶湖水。到了晚上,湖水就变凉了,并且直到第二天都是凉丝丝的。我偶尔也会去附近的一个泉水汲水。湖水存放了一个星期,还跟刚提回来时一样好,而且没有丝毫抽水机的味道。要是有人打算夏天在湖边露营一周,只要将一桶水埋入帐篷阴凉处几英尺深的地方,就不再需要藏冰这类奢侈品了。

  人们曾在瓦尔登湖里抓到过梭鱼,其中一条有7磅重,另外一条,速度极快地带着一卷钓线逃走了,因为渔夫没看见它,估计它的重量至少有8磅;也逮到过鲈鱼、鳕鱼,其中有的重量超过2磅;还捉到过银鱼,鳊鱼(Leueiscus

---

① 萨福隆·瓦尔登(Saffron walden):英国著名城市剑桥南边的一个城镇。
② 此处原文为Walled – in,意思是用墙围起来,发音与walden非常相似,所以中文音译为瓦尔登。

Pulchellus），很少的鲤鱼，两条鳗鱼（其中一条重4磅）——之所以我要这么详细地写鱼的重量，是因为通常重量就决定了它们的身价，至于鳗鱼，我只听说过这两条——此外，我依稀记得有一种小鱼，身长约为5英寸，身子两侧呈银灰色，脊背却是绿色的，和鲦鱼类似，我提到这种鱼，是为了把事实和寓言联结起来。总体而言，这个湖里的鱼并不算多。梭鱼虽然也不多，但却是这个湖最得意的东西。有一次，我趴在冰面上，至少发现了三种不同类型的梭鱼，其中一种身子扁长，呈铁灰色，与从河里捞到的那种非常相似；另一种全身金灿灿的，带有绿色的闪光，喜欢在深水中活动，是这里最容易见到的品种；第三种在形态上与第二种类似，也是通体金黄，但鱼身两侧有深棕色或黑色的斑点，其间还点缀着一些淡淡的血红色斑点，跟鲑鱼非常像。这种鱼的学名，用 reticulatus（网形）并不合适，用 guttatus（斑斓）更贴切一些。这些鱼都很结实，它们的实际重量比看上去的要重得多。银鱼、鳕鱼、鲈鱼，乃至所有生活在这个湖里的鱼，同那些生活在一般的河里和其他湖泊中的鱼儿相比，的确要干净、漂亮、结实得多，因为这儿的湖水更纯净，所以你可以很轻易就觉察到它们之间的区别。说不定鱼类学家们能根据它们培育出一批新品种呢。此外，湖里还有一些干净的青蛙和乌龟，寥寥可数的淡菜；湖的四周，有麝香鼠和貂鼠留下的足迹；偶尔也会有一只甲鱼到此闲逛。有一个清晨，我把船推离岸边的时候，结果令一只夜里躲在船底下的大甲鱼受惊了。野鸭和天鹅经常在春秋时节成群地飞来，白肚皮的燕子（拉丁文学名 Hirundo bicolor）从水面上轻盈地掠过；整个夏天，斑鹬（拉丁文学名 Totanus macularius）都摇摇摆摆地在石头岸上闲逛。有时，我会惊扰到栖息在湖边的白皮松枝头的一只鱼鹰；但我不知道海鸥是否来过这里，就像它们曾飞去过美港一样。潜水鸟每年最多只会来一次。常来湖边的飞禽，基本都包括在记录之内了。

在风平浪静的时候，你坐在船上，向东望去，在靠近沙滩的地方，水深8英尺或10英尺处，或者向湖的其他地方望去，都可以看到一堆堆圆形的东西，直径约6英尺，高约1英尺，它们是一些由比鸡蛋略小的圆石组成的，而圆石堆的周边全是黄色的沙子。刚开始你会迷惑不解，猜想这是不是那些印第安人特意堆在冰面上的，等到冰雪消融之后，它们就沉入了湖底；可这些石头堆得太整齐了，而且其中一些圆石还像是刚刚堆上去的，显然不是人做的，它们与河里能见到的石头非常相似。但是，这儿根本没有胭脂鱼和八目鳗，我实在不知道是什么鱼堆砌了这些圆石堆。说不定它们就是银鱼的巢穴。湖底在这些小石堆的点缀下，更添了一种令人愉悦的神秘感。

湖岸参差错落，没有一点单调之感。即使我闭上眼睛，脑海中也会浮现出它的样子：西岸有锯齿状的深深的水湾，北岸比较陡峭险峻，而南岸的形状很像美丽的扇贝，岬角一个连一个地互相交叠着，使人不由得联想到肯定还有许多人迹罕至的小水湾就藏在那些岬角之间。湖水边缘与耸立的群山相衔接，从这丛林密布的青山间的小湖中央放眼望去，森林成了独一无二的最美妙的背景；因为森林倒映在水中，不但形成了美丽绝伦的前景，而且那曲折有致的湖岸，恰好又成了森林的最自然最怡人的边界线。与用斧头砍出的一块林中空地，或者毗邻湖边的耕地不同，湖的边缘没有任何一点让人觉得不完美或不完善的地方。在这儿，树木都有充分的空间来扩展自己，每一棵树都把自己最富有生机的枝桠向这个方向伸展。大自然在这儿编织了一幅最天然的织锦，我们的视线可以从岸边最低矮的灌木丛逐渐向上，望到最高的参天大树。这里几乎看不出人工的痕迹。湖水依然像1000年前那样冲洗着湖岸。

在所有的自然风景中，湖是最美丽的，也是最富有表情的。它犹如大地的眼睛，观赏湖的人也可以估量出自身天性的深浅。湖边的树木就是眼睛上细长的睫毛，而周边茂密丛林覆盖的群山和悬崖，就是它那高挑的浓眉。

9月间一个宁静的下午，在薄雾的掩映下，湖对岸的一切都变得模糊不清了，我站在湖东面的平坦沙滩上，这一刻终于理解了"湖面如镜"所形容的意思。如果你头朝下看过去，湖宛如一条悬挂在山谷上空的最精美的薄纱，在远处松林的映衬下熠熠生辉，将大气也分隔为一层一层的。你会觉得自己可以从湖底顺利地走到对面的山上，而身上一点儿也不会湿，觉得那些从水面掠过的燕子也可以停在湖上休憩。有时候,那些燕子真的潜入水平线之下,似乎偶然犯了个错,随后便彻底醒悟了。在抬眼西望湖对岸时,你必须用双手护住自己的眼睛,以便避开直射的和从水面反射过来的太阳光,因为这两种光同样亮得晃眼。要是你这时能在这两种光线之间,细心地观察湖面,便可以体会到所谓的"湖面如镜"了——除了一些以同等的间距分布在整个湖面上的掠水虫,它们紧贴着水面,在阳光下轻盈地起舞,在湖上产生了世人能想象到的最精美的闪光;或许还有一只正在梳理羽毛的鸭子,也或许正像我前面描述过的,有一只低飞的燕子从湖面掠过,几乎都碰到湖水了。也很可能远处有一条鱼跃出水面三四英尺,在空中划出了一道弧线,它跳出水面时带起一道闪光,落回水中时也有一道闪光;有时候,这一道银光闪闪的弧线会展露出全貌。或者有时,一根蓟草在这儿或那儿漂浮着,鱼儿跃向它,湖面就会泛起层层涟漪。这时的湖面就像是熔化了的玻璃液体,虽然冷却了,却没有凝固,里面的些许尘埃也同玻璃中的细小瑕疵一样,显得异常纯洁而美丽。通常,你还能看见一片更平滑、更幽深的水域,似乎有一张隐形的蜘蛛网把它同其他的水域隔开了,成了水中精灵们在湖上休息的栅栏。要是你从山顶俯瞰,几乎所有的水域都有跳跃的鱼儿。在这平滑如镜的水面上,即便只有一条梭鱼或银鱼在捉虫子,也会马上打破整个湖面的宁静。这实在太奇妙了,这么一件简单的事情,竟然能如此精巧地展现——这一件水中生物的谋杀案终将显露出来——我从高处远远望去,也能清楚地看见水面上一圈圈扩散的水涡,直径有五六杆长。你甚至还能发现一只水蜻(拉丁文学名 Gyrinus)在光滑的湖面上不停歇地划出去四分之一英里,水面受它的影响泛起了微微的褶皱,划出两条界限,中间呈现出明显的涟漪。然而,掠水虫在水面上滑过之后,却看不到任何明显的痕迹。要是湖面上风大浪高,掠水虫和水蜻就都不见踪影了,很显然,它们只会在风平浪静的

　　日子离开自己的小窝,从湖岸的一边启程,就像探险一样,凭着一次又一次的短距离滑行,不断向前冲,直至滑完全程。这真是件令人愉悦的事啊!在秋高气爽的日子里,你坐在高山顶上的树桩上,享受着阳光的温柔,俯瞰整个瓦尔登湖,细细欣赏着一圈圈不断扩散的水涡,天空和树木的倒影在水涡中摇曳生姿,要不是有这些晃动的水涡,根本就看不到湖面。在这片宽阔的湖面上,没有任何纷扰,即便有那么一点儿,也马上就轻柔地恢复平静而不见踪影了,就好比你在湖边汲取了一瓶水,那一圈圈晃荡的水波便从岸边扩散开去,立刻又平滑如镜了。鱼儿跃出水面,小虫子落到湖中,都是用一圈圈涟漪,用一条条优美的线条来表达的,好像这是泉水持续不断地向上喷涌,是湖的生命的轻轻地搏动,是它的胸脯的呼吸起伏。谁也说不清那是快乐的颤抖,还是痛苦的战栗。湖上的气氛是多么祥和啊!人类的劳作又如在春日里一样,闪闪发光。是啊,到了午后,每一片叶子、每一根枝条、每一块石头和每一张蛛网都在发光,就像在春天的清晨它们满身都是露珠一样。任何一支桨或一只虫子的每一个动作都会闪出一道光亮,而在船桨划动的瞬间,荡起的回声又该有多甜美啊!

　　9月或者10月,瓦尔登湖宛如一面完美无瑕的森林明镜,镜边用石子镶嵌而成,在我眼里,这些圆石珍贵无比,是稀世之宝。难道世上还会有第二个像它这样仰卧在地球表面上,既纯洁美丽又浩渺无垠的湖泊吗?水光与天色浑然一体!它根本不需要篱笆。多少个民族来了这里,又离开了,都没有污染过它。这是一面用石头也敲不碎的明镜,它的水银永远不会消褪,它的外表装饰一直都有大自然在不断地修补;它的镜面历久弥新,风暴、尘埃也不能使之晦暗无光——这一面镜子,所有的脏东西落到上面后都会沉下去,太阳的雾气不断轻刷着它,阳光不时拭去它的尘土——对着它呵一口气,也不会留下痕迹，气会化成云，漂浮到高空，却又马上清楚地倒映在湖的怀抱中。

清凌凌的湖水使得天空中的精灵无处遁形。它不断从高空接受新的生命和新的动态。从本质上说，湖是天空与大地之间的媒介。地上本只有草木能像波浪一样地起伏，而湖自身就会被风吹起层层涟漪。从那一道道波纹或者一片片闪光里，我能发现风掠过水面。我们可以鸟瞰整个湖面，这实在是妙极了。也许将来有一天，我们也能像这样仔细地俯瞰天空的表面，说不定会发现一种更神奇的精灵从它上面掠过呢。

到了10月下旬，严霜已经降临，掠水虫和水蜢终于看不到了。进入11月后，在风和日丽的天气里，往往不会有任何东西在湖面上激起水涡。11月的一个下午，持续了好几天的雨终于停了，不过天上仍旧乌云密布，空气十分潮湿，这时，我发现湖水静得出奇，以致几乎辨不出它的表面了。尽管它不再反映出10月的那种光鲜色泽，却倒映出了四周山峦在11月的黯淡色彩。我尽量轻轻地划着小船，然而船尾激起的微波还是远远地扩散到我的视线之外，于是，水中的倒影就变得弯弯曲曲了。可是，当我远眺湖面时，隐隐看到远处有许多微弱的闪光，好像一些躲过寒霜的掠水虫又汇聚到一起了。也可能是湖面太平静了，所以从湖底涌上来的泉水在水面也能观察到。我轻划着小船来到那些水域，结果惊奇地发现自己被数不清的小鲈鱼包围了。它们长约5英寸，从碧绿的湖水中望去，呈现出华丽的青铜色。它们在那儿游玩嬉戏，不时浮出水面，激起一圈圈小小的水涡，有时还在水面留下一个个小水泡。在这样清澈透明的、好像没有底的、倒映着云朵的水中，我仿佛乘坐着氢气球，悬浮在空中一样，于是，在我眼里，鲈鱼们的游泳就变成了盘旋或者翱翔，好像它们是一群鸟儿，正从我的左下方或者右下方飞过。它们的鳍就像风帆一样，充分展开着。在瓦尔登湖中，这样的水族还有很多。很显然，在它们广阔的天窗被寒冬拉上冰幕，遮住头顶的天光之前，它们要尽情享受一下这个短暂的时节。有时，它们会使湖面看上去像有一阵清风拂过，或者有一阵小雨洒落。我一时大意，靠近了它们，结果它们受到惊吓，奋力地拍击着水面，溅起水花，仿佛有人正拿着一根满是枝叶的树枝在击水，一眨眼的工夫，它们就全躲到深水里了。后来，风越刮越大，雾气更浓，波浪开始翻滚了，鲈鱼跃得比先前还高，半个身体高出水面，一时间，形成了上百个黑点，都有3英寸长。有一年，已经是12月5日了，我还从湖面上看到了水涡，浓雾弥漫，以为很快就会下大雨，就赶忙坐到划桨的位置上，划向我的小屋；湖面上的雨点似乎越来越密了，我估计自己肯定会被淋透，可却没感觉到雨水打在我的脸上。不料仅仅是一瞬间，所有的水涡都不见了，原来这些都是鲈鱼制造的，现在它们都被我的划桨声吓得躲到深水中去了。我看到它们一群群消失得无影无踪，这么一来，整个下午我都浑身干爽。

有一位老人，在60年前经常来湖边，当时湖周围的林木遮天蔽日。他告诉我说，那时候湖上非常热闹，野鸭和其他的一些水禽栖满了整个水面，许多老鹰盘旋在湖面上空。他来这儿钓鱼，划的是一条从岸上找到的古老的独木舟。这只小舟由两棵中间凿空的白皮松钉在一起组成，舟的两头都砍成了方形。它很笨重，却使用了很多年，后来被水浸透泡烂，可能沉入湖底了。

他不知道这只船的主人是谁，就当它属于这个湖吧。他总是将一条条山核桃树皮绞在一起，作为他的锚索。另外一位革命前住在湖边的老陶匠曾对他说，湖底有一个大铁箱子，自己还亲眼见过呢。这个箱子有时会漂到湖岸上，可一旦你走近一点，它就重新沉到深水处，不见了。关于那条古老的独木舟的故事，我觉得非常有趣，它取代了那种印第安人的独木舟，虽然两者所用材料一样，但它比印第安人的更加精致一点。也许它原本就是岸边的一棵树，后来倒在湖里，在水上漂浮了二三十年，对这个湖而言，它真的是最合适的船。记得我第一次向湖水深处凝视时，依稀见到许多巨大的树干躺在湖底，它们如果不是被狂风吹断的，就是被砍倒之后放在冰上没有运走的——毕竟那个时候木料太不值钱了。现在，这些树干中的绝大部分都不知所踪了。

我第一次在瓦尔登湖泛舟时，它的周边全是高大而茂盛的松树和橡树林，在某些小水湾处，葡萄藤爬过了湖岸的树木，形成一个个凉亭，小船可以从亭下穿过。那些构筑湖岸的山特别险峻，当时山上的树木长得很高，所以如果你从西边俯瞰，这儿就像一个圆形的剧场，林中精灵们可以在水上表演舞台剧。我年轻时的许多时光都是在那儿度过的。我像清风一样，在湖上无拘无束地飘荡。我先把小船划到湖中央，然后仰躺在座位上，在一个夏天的上午，半梦半醒着，直到船撞到沙滩上，我才惊醒了，于是我站起来看看，命运女神把我送到了哪个岸边。在那段日子里，什么事也不做就是最吸引人而且产量也最多的事业。许多个上午，我都懒洋洋地闲过去了。我很乐意就这样消耗掉一天中最宝贵的时光，因为我是个富翁——如果不从金钱上看，我确实富有阳光灿烂的时光和清爽的夏日，我尽情地挥霍它们，我并不后悔没有更多地在工场或者教师的讲桌上浪费它们。然而，自我离开之后，湖边的森林竟然遭到了疯狂地砍伐。此后许多年都不能再在林间的小路上漫步，也无法从这样的森林中偶尔看见湖水了。要是我的缪斯女神①从此沉默无言，那也情有可原。森林都被砍光了，你还能指望鸟儿们唱歌吗？

时至今日，湖底的树干、古老的独木舟、幽深的绕湖的树林，都消失了。村民们原本连这个湖在哪儿都不清楚，也没想着要来这个湖里游泳或者喝水，

---

① 缪斯女神：古希腊神话中掌管文学、艺术，尤其是诗歌的女神。

而是打算通过管道把湖水引到村子里,好方便他们洗刷碗碟。这是如恒河之水一样圣洁的湖水啊!——他们竟然想拧一下水龙头或者拔掉一个软木塞子,就用上瓦尔登湖的水!那恶魔般的铁马,它的震耳欲聋的巨吼声,整个城镇都能听到,它的脏脚已经使沸泉变浑浊了,也正是它,吃光了瓦尔登湖畔的所有林木。这匹特洛伊的木马,肚子里藏着1000个人[①],全是那些钻进钱眼里的希腊人引来的!这个国家的勇士,穆尔厅的穆尔[②]在哪儿?去吧,到迪普卡特[③]去吧,将复仇的长矛刺进这骄横跋扈的瘟神的肋骨中吧。

在我所知的各种自然特征中,或许瓦尔登湖的特色最明显,也最持久地保持了纯洁性。曾有许多人被比喻为瓦尔登湖,但真正受之无愧的寥寥无几。尽管伐木工已经先后把湖岸周边的树林砍光了,爱尔兰人也在湖畔盖起了陋室,铁路线也侵入了湖的边缘,卖冰的商人还从湖里凿取过冰块,但是瓦尔登湖本身丝毫没变,湖水也还是我年轻时所见过的那一片,反倒是我变了。尽管它的涟漪数也数不清,却没有一条皱纹是永久留存的。它青春永驻,我还可以站在湖边,欣赏一只燕子从水面掠过,叼走一条小虫子,跟以前完全一样。今晚,这种感情又涌上了我的心头,仿佛20多年来我并不是几乎天天都与它为伴——啊,这就是瓦尔登湖,就是多年前我在森林中发现的那个湖。

---

① 古希腊神话中,希腊人围攻特洛伊城,久攻不下,就将一只木马弃于城外撤兵了,特洛伊人误以为敌军真的撤兵了,就把木马作为战利品拖进城内,谁知木马肚子里藏了1000名希腊士兵,他们乘夜跳出,成功袭击了特洛伊城。
② 穆尔:古代英国传说中的杀死了一条龙的英雄。
③ 迪普卡特(Deep Cut):指已在瓦尔登与康科德之间的山坡上挖土开道,以供修筑铁路之用。

去年冬天，这儿的一片森林被砍伐了，今年春天，另一片森林又在湖边生长起来，依旧充满生机。同样的思想，也跟当年一样，又涌上心头。这对湖本身以及它的创造者而言，依旧是一种流动着的快乐和幸福，对我而言，也可能是如此。瓦尔登湖一定是某个勇敢者创造的，他身上绝没有一丁点儿虚伪！他用手将湖围成了圆形，并在自己的思想中深化它，澄清它，还立下遗嘱，将它传给了康科德。从湖面上，我又看到了同样的倒影，我忍不住要问：瓦尔登湖，是你吗？

我不会用梦想
去装饰一行诗；
最接近上帝和天堂的，
唯有我居住的瓦尔登湖。
我是它那圆石堆砌的湖岸，
是从它脸上拂过的清风；
握在我掌心的
是它的水，它的沙，
它的最幽深隐僻处，
高高躺在我的思想中。

火车从不会停下来欣赏瓦尔登湖的美景。不过，火车上的司机、司炉工、司闸员，以及那些买了月票的旅客们，都经常看到它，欣赏到这儿的湖光山色。

司机开夜车时也不会忘记它,或者说司机的天性不会忘掉它,他至少会瞥一眼这静谧而纯洁的景色。尽管他只看了一眼,却足已帮他洗净州议会街和火车发动机上的污垢。有人提出建议,应该称呼瓦尔登湖为"上帝的水滴"。

我在前面说过,瓦尔登湖看不到明显的进水口和出水口,但是,它的一端与遥远的弗灵特湖间接相连。弗灵特湖地势较高,两者间隔着一连串较小的湖泊。它的另一端显然又与康科德河直接相连,康科德河地势较低,两者间也被一连串类似的小湖泊隔开。也许在某个地质时期,瓦尔登湖流经过这些小湖,现在稍微挖掘一下,它还会流过这里,不过这样的挖掘上帝是不允许的。如果说瓦尔登湖像一位内敛而自尊的隐士一般,在森林中生活了那么久,从而获得了这样神奇的纯洁性;那么,若是不太纯洁的弗灵特湖的水搅浑了它,或者它的清冽甘甜的湖水流进海洋,白白浪费掉,谁不觉得可惜呢?

弗灵特湖又名沙湖,位于林肯区,是我们这儿最大的湖泊,在瓦尔登湖东边大约一英里远的地方。弗灵特湖非常大,据说面积达196英亩,鱼类也更加繁多,不过水位较浅,而且不太纯洁。穿过森林闲逛到那儿,往往是我的一种消遣。哪怕只为了体验一下风在脸上自由吹拂的感觉,只为了瞧瞧起伏的波浪,追忆一番水手们在海上的生活,也非常值得。在某个秋天刮风的日子里,我曾去那儿捡栗子,当时栗子都被刮到水里,再被波浪冲到我的脚边。有一次,我沿着芦苇丛生的湖岸慢慢走着,清新的浪花不时飞溅到我的脸上,我看见一只船的残骸,两边的船舷都不见了,它躺在灯芯草丛中,给我留下只剩一个平底的印象;不过,船的形状却依旧清晰,仿佛是一块朽烂了的巨大垫板,连纹路都一清二楚。人们在海岸上可以想象到的印象最深刻的就是这条破船残骸,它还包含着一些很好的寓意。不过如今,它只是一块腐烂的土壤和不起眼的湖岸,长满了菖蒲和灯芯草。我常常到在这个湖的北岸，欣赏湖底沙滩上的一道道涟漪痕迹。由于水的压力，湖底变得非常坚硬，涉水的人走在上面会感觉到明显的硬度；而单行生长的灯芯草，排成波浪一样的条纹状，正好与湖底的涟漪痕迹吻合，似乎它们就是波浪种植的。在那儿，我还发现了一些形状奇特的球体，数量十分可观，它们看起来是由细草或根须组成的，也可能是由谷精草构成的，呈非常完美的圆形，直径在半英寸到4英寸之间。这些圆球在沙滩的浅水中来回滚动，有时还被波浪冲到湖岸上。它们中除了紧致结实的草球外，还有一些中间包裹一团沙子的。刚开始你也许认为，这是波浪的运动造成的，就像鹅卵石一样；然而，最小的直径为半英寸的圆球，像大的圆球一样质地粗糙，而且只在一年中的一个季节产生。再说了，我认为对已经成形的东西而言，波浪的破坏作用往往要多于构造。如果这些圆球出水时比较干燥，那么它们的形状还能保持很长时间。

弗灵特湖！我们起名的知识就这么贫乏啊！那个污秽不堪、傻里傻气的农民，在这个水天一色的美景中开垦耕地，还粗暴地将湖岸糟蹋得面目全非，这么一个人，有什么资格以自己的名字来称呼这个湖呢？他说不定是个吝啬鬼[①]，最喜欢从一块银元或者一枚分币的亮闪闪的反光中，瞧着自己无耻的厚脸皮；他甚至觉得，那些栖息在湖上的野鸭都是闯入他的领域的入侵者。由于习惯了残暴贪婪地掠夺，他的手指已经像鹰爪一样弯曲、尖锐——因此，这个湖的名字并不合我的心意。我到那儿，绝不是去看这个名叫弗灵特的人，也不是去听别人谈论他；他从没欣赏过这个湖，没有在里面洗过澡，没有喜欢过它，更没有保护过它，甚至没说过这个湖一句好话，自然也不会去感谢创造了这个湖的上帝。为这个湖起名，还不如用那些在湖水中的游鱼的名字，用那些常来湖上的飞禽或者走兽的名字，用生长在湖岸的野花的名字，或者用某个生命曾与这个湖息息相关的野人或者野孩子的名字，唯独不应该用那个农民的名字。除了与他臭味相投的邻居和立法机关发给他的契约之外，他对这个湖没有任何所有权——他只会用金钱去衡量这个湖的价值；他的出现，是整个湖岸的灾难；他只会将湖边的地力全部耗尽，说不定还要涸泽而渔呢；

---

① 吝啬鬼：双关，英文中弗灵特（flint）有吝啬的意思。

他只会遗憾这里不是长满英格兰干草或者越橘的牧场——在他眼里，这的确是无法弥补的遗憾——他甚至想排干湖里的水，如果湖底的淤泥可以卖钱的话。他并不觉得能欣赏到湖上风光是自己的荣幸，因为湖水不会替他转动水磨。至于他的劳动，他的每一件东西都标上价格的农场，让我很是看不起。他这样的人，只要有利可图，就会把风景，甚至上帝都拿到市场上去卖——的确，他去市场上就是为了自己的那个上帝。在他的农场里，没有任何东西可以自由生长，他的耕地不长谷物，牧场不开花，果树不结果，因为长出的只有金钱。他并不喜欢果实的美，在果实换成美元之前，他永远都不会觉得它们成熟了。让我去过那种真正富有的穷日子吧！农民们越是贫困，我越是给予尊敬和关切！这儿竟然是个模范农场！这儿的屋子就像粪堆上长出的菌子一样，农舍、马厩、牛棚、猪圈，不管是干净的还是脏的，通通连在一起！人与牲畜杂居在一起，分不出彼此！农场就像一大块油渍，散发出粪便与奶酪混合而成的气味！在一个高度文明的社会里，人的心、人的脑子都变成了粪便一样的肥料！就像你在教堂的墓地上种豆子一样！原来所谓的模范农场就这样！

不，不行！如果要用人名来称呼最美的风景，那就应该用最高贵且最值得尊敬的人的名字。我们的湖至少也应该采用伊卡洛斯①这样的真正的名字，在那里，一次"勇敢的尝试"仍在海上传颂着。

鹅湖，位于我前往弗灵特湖的途中，面积较小。美港位于瓦尔登湖西南方向一英里处，据说方圆70英亩，是康科德河延伸出来的一部分。白湖距离美港一英里半远，面积约为40英亩。这些就是我的湖区。所有这些湖泊，连同康科德河，组成了我享有的水上特区，它们夜以继日，一年又一年地灌溉和滋润着我的身心。

自从瓦尔登湖被伐木工、铁路和我玷污了以后，所有这些湖中最吸引人

---

① 伊卡洛斯：古希腊神话中，伊卡洛斯用蜡烛油脂做成翅膀，逃离克里特岛，但是因为飞得太高，蜡油被太阳晒化了，结果坠入爱琴海淹死了。

的（即使算不上是最美的）、能称之为林中瑰宝的，可能就只有白湖了。因为它太平凡，就叫了这么一个可怜巴巴的名字，也许得名于水的纯净或者其中沙子的颜色吧。然而，不论从这些方面，还是从其他方面来说，白湖与瓦尔登湖都像孪生兄弟，只不过它稍微逊色一点。这两个湖非常相似，你会觉得它们一定在地下相连。圆石湖岸一样，湖水颜色也一样。像在瓦尔登湖一样，酷热难耐的夏日，透过白湖周围的森林俯瞰湖中某些不太深的水湾，在湖底光线的反射下，水面呈现出一种雾蒙蒙的青蓝色，或者海蓝色。许多年前，我经常去那儿挖沙子，一车又一车地运回来制成砂纸，后来我也时常去那里。常去白湖游玩的人曾提议，称它为"绿湖"。其实，如果依据下面的情况，我们还可以称它为"黄松湖"。要是你15年前去那儿，也许还能看见在距离湖岸许多杆远的深水中，露出一棵北美油松的树顶。当地人称这种松树为黄松，其实它并不是什么名贵树种。有人甚至认为这个湖以前沉陷过，而这棵松树就是当时生长在这里的原始森林的遗迹。我发现，早在1792年，就有人提出过这个观点，在马萨诸塞州历史学会藏书库里，藏有一部由一位本地公民写的《康科德地形志》。在书中，作者谈及了瓦尔登湖和白湖，他写道："在白湖中，当水位特别低的时候，可以看见一棵树，似乎它原来就长在那个地方，尽管它的根在距离水面50英尺深的地方。它的树顶早就被折断了，根据测量，折断处的直径为14英寸。"1849年春，我同一个住在萨德伯里的、与湖挨得最近的人聊天。他对我说，10年或者15年前，正是他拉走了湖中的那棵树。在他的记忆中，那棵树距湖岸12~15杆远，那儿的水有30或40英尺深。当时是寒冬时节，他一上午都在湖上取冰，决定下午请邻居们帮忙，将这棵老黄松树拉出来。他在冰面上开凿了一条直通湖岸的通道，打算用牛把黄松拔起来，拖上冰面。然而这项工程还没有进行多久，他就发现了古怪，原来这棵树是倒着长的，树根朝上，残枝向下，枝条的细端已经在沙质的湖底上牢牢地扎根了。粗端的直径约有一英尺，他本指望能锯出一块上等的木料，但是树干全都腐烂了，最多只能劈成柴火，如果他想用它做柴火的话。当时他的木屋里还存着一些这样的木头，底部还有斧头印和啄木鸟啄过的痕迹。他认为，这棵黄松在湖岸时就已经死了，后来被风刮倒在湖中，树顶浸在水中，而树根部分却很干燥，比较轻，所以倒在水里后就倒立过来了。他那80岁的老父亲都记不起这棵黄松是什么时候从岸边消失的了。湖底还躺着一些相当大的木料，随着水面的不断波动，它们看起来就像几条正在游动的大蛇。

船只很少闯进这个湖，因为湖里根本就没有什么能吸引渔夫的生物。没有需要污泥的白色百合花，也没有普通的白菖蒲，只有一些稀疏的蓝菖蒲（拉丁文学名 Iris versicolor）点缀在纯洁的湖水中，它们生长在沿岸周边的圆石湖底上。到了6月，蜂鸟飞来这里做客，那蓝色的叶子和蓝色的花朵，尤其是它们在湖中的倒影，与海蓝色的湖水相映衬，显得格外和谐。

白湖和瓦尔登湖是地球表面上的两块硕大的水晶，是灵光璀璨的湖。如果它们是永远凝固的，并且形态小巧，可以用手握住的，或许早就被奴隶们抢去，像宝石一般镶嵌在国王的皇冠上了。但是，它们是液态的，并且水域广阔，所以被永久地保留下来了，惠及我们以及子孙后代。但是，我们却抛弃了它们，反而去追求科依诺尔大钻石①。它们纯洁无比，价值根本不能用金钱来估量，它们从没被污染过。与我们的生命相比，它们不知有多美，与我们的性格相比，它们不知有多透明！从来没人发现它们有什么瑕疵。比起农家门前鸭子游水的池塘，它们不知有多秀丽！洁净的野鸭子飞来这里了。大自然啊，有哪一个尘世的居民能欣赏到你？鸟儿穿着羽衣，唱着乐音，与野花谐和无比，然而，有没有哪个少男或少女，能与大自然的粗犷而多姿的美协调一致且融为一体呢？大自然远离人们所住的乡镇，寂寞地散发着蓬勃生机。还提什么天堂呢！你只会令大地蒙羞。

---

① 科依诺尔大钻石：世界上最古老而又保存至今的大钻石，原产于印度，重达105.6克拉（21.6克），其英文名 Klhinoor，1849 年被英国夺走，后来镶嵌在英国维多利亚女王的王冠上。

贝克田庄

有时,我在茂密的松树林中漫步,它们就像一座座高高矗立的寺庙,又像是装备齐全的海上舰队,树枝如同连绵起伏的波浪,又像波光闪耀的涟漪,看到这么柔和而浓密的绿荫,哪怕是德罗依德①也会抛下他的橡树林,跑来伏到它们脚下虔诚膜拜。我偶尔也会去弗灵特湖边的雪松林中散步,那些高耸入云的大树上结满了灰白色的浆果,树干越长越高,就是移植到瓦尔哈拉殿

---

① 德罗依德:古代凯尔特人中有一批学识渊博的人,担任祭司、教师、法官或巫师、占卜者等。据说他们崇拜橡树林。

堂①的前面也非常合适；而铺地柏上硕果累累，交错盘绕的藤蔓覆盖着大地。有时，我也会去沼泽地带转转，那儿的云杉上倒垂着像华彩一般的松萝地衣，地面上长满了菌子，它们是沼泽中众神的圆桌，还有那些更加漂亮的香菌，仿佛是点缀在树桩周围的蝴蝶或贝壳。那儿还生长着淡红的石竹和山茱萸，桤木的果实红红的，就像小精灵那亮晶晶的眼睛；蜡蜂在树木上攀爬时留下一道道深槽，即使最坚硬的大树也不能幸免；野冬青的浆果特别漂亮，令人见了就挪不开眼。此外，还有许多不知名的野果也美得惊人，并不是凡人能够品尝的。我一次次地来到这里，并不是要访问某位学者，而是要访问那一棵棵树，其中有一些林木，即使在这个地区也很少见，它们远远地生长在某个牧场的中央，或者森林、沼泽的深处，或者某个小山顶上。例如黑桦木，我就发现了一些直径达 2 英尺的好标本；还有与它同属一个纲目的黄桦木，披着一件宽松的金色大袍子，散发出的香味跟黑桦木的完全一样；再如山毛榉，洁净的树干上绘着美丽的苔藓之色，所有的细节都完美无瑕。除了一些散布在各地的样本外，在这个地区，我只发现了一片这样的小树林里有这种山毛榉，而且树身已经很高大了，听说是鸽子吃了附近山毛榉的果实后播下的种子。当你劈开这种树时，那银色的木纹闪闪发亮，很值得一看。除此之外，还有椴树、鹅耳枥树；还有假榆树，它的拉丁文学名为 celtis occidentalis，不过在那儿我只见到一棵长得不错；还有高大的适合做桅杆的松树，以及可用来做木瓦的树；有一颗铁杉，比松树更完美，犹如一座宝塔般矗立在森林中；还有许多我能叫出名字来的别的树木。这些就是我在夏天和冬天去访问过的"寺庙"。

有一次非常凑巧，我就站在一条彩虹的拱座上，只见它贯穿大气的下层，把四周的草木都染成了彩色，看得我眼花缭乱，似乎我正在透视一颗五彩斑斓的水晶。这儿变成了虹光的湖泊，一瞬间，我就成了生活在光湖中的一只海豚。要是这彩虹再持续得久一些，也许会给我的事业和生命都染上鲜艳的色彩。当我行走在铁路的堤道上时，往往会惊奇地发现有一个光环笼罩在我的影子周围，我不禁会把自己当成上帝的一个选民。有一位访客对我说，他

---

① 瓦尔哈拉殿堂：北欧神话中诸神兼死亡之神沃丁接待战死者英灵的殿堂。

前面的那些爱尔兰人的影子周围就没有光环,这种标识是当地人特有的。本温钮托·切利尼①在他的回忆录里向我们描述道:他被囚禁在圣安琪罗城堡时,曾有过一个可怕的梦(或幻觉),此后他便发现自己影子的头上有了一个明亮的圆环,无论是清晨还是黄昏,也无论他在意大利还是新西兰,而且特别是草上沾满露水的时候,那个圆环会更加明显。这种现象可能与我所说的是同一种,在清晨显得格外清晰,在其他时间,甚至在月色下,也能看见。尽管这种现象很常见,却很少有人注意到,而像切利尼这种想象力太丰富的人所说的话,我们完全有理由认为那是迷信。此外他还说,只肯指给少数人看,然而,那些知道自己头上有这种光环的人,就真正卓尔不群吗?

一天下午,为了补充我光吃蔬菜而缺乏的营养,我穿过森林去美港钓鱼。沿途我路过一片快乐的草地,它与贝克田庄相邻,有一位诗人曾歌咏过这块隐僻的草地,诗的开头这样写道:

眼前是一片快乐的田野,
在生满苔藓的果树间,
一条淡红的小溪汩汩地流淌,
麝香鼠在岸边窜来窜去,
还有水银一样的鳟鱼,

---

① 本温钮托·切利尼(Benvenuto Cellini,1500~1571年):意大利文艺复兴时期的雕塑家、作家。

快活地游来游去。①

在定居瓦尔登湖之前，我也曾考虑过去那里住。我去"钩"过树上的苹果，还跳进那条小溪，吓跑了麝香鼠和鳟鱼。在那样的下午，时间漫长得似乎用不完，许多事情都可以发生，我们几乎可以过完大半辈子——尽管我动身时，时间早已过半。我走到半路，就下起了大雨，只好在一棵松树下躲了半个小时，我将一些树枝搭在头顶上，再盖上一块手帕以便避雨；最后，我干脆下到齐腰深的水中，在梭鱼草上垂钓。忽然，我发现自己头顶上方有一大块乌云，轰隆隆的雷声已经响起来，我除了倾听雷鸣外，什么也没法做。我心想，天上的神仙们肯定都神气十足吧，居然挥舞出这些叉形的闪电来攻击一个手无寸铁的可怜兮兮的渔人。于是，我赶紧跑到最近的那所木屋中去躲避一下——无论从哪条路到那小屋，都有半英里远，不过从湖边过去却很近，那里已经很久都没人住了：

---

① 此处以及紧接其下的两处诗歌，均引自美国作家钱宁（W.E.Channing，1780~1842年）的诗《贝克田庄》。

这是一位诗人所盖，

当他垂垂老矣，

看这小小的木屋，

也有随时坍塌的危险。

  这就是缪斯女神讲过的寓言。不过我却发现如今那里住着一个叫约翰·菲尔德的爱尔兰人，还有他的妻子和几个孩子。宽脸庞的大孩子已经能帮父亲干活了，这会儿也从沼泽地跑回来避雨；满脸皱纹的小婴儿，有个像先知一样的圆锥形的脑袋，正坐在父亲的膝盖上，仿佛坐在贵族的宫廷里似的，从他的潮湿而又贫穷的家里用好奇的眼光打量着陌生人。当然，这是婴儿的权利，他不会明白，自己是贵族世家的最后一代，是世界的希望和关注的焦点，而不只是约翰·菲尔德的可怜巴巴的饿着肚子的小儿子。外面电闪雷鸣，大雨倾盆，我们一起坐在漏雨最少的那处屋顶下。以前我就在这儿坐过好多次了，当时那艘载着他们一家人漂洋过海到美国来的船可能都还没造好呢。一看就知道，约翰·菲尔德是个勤劳朴实却又没什么能耐的人，他的妻子倒是很坚毅，一直在高高的炉子后面忙着做饭。她露着胸脯，圆圆的脸上满是油腻，老梦想着有一天能过上好日子；她手里总拿着拖把，可是没瞧见它在任何一个地方发挥作用。一群小鸡也跑进来躲雨，它们像家里的主人一样在屋子里大模大样地来回走动，跟人类太相似了，我想烤来吃肯定不大合适。它们站在那儿，直直地盯着我瞧，故意啄我的鞋子。与此同时，男主人正向我讲述他的身世，他替附近的一个农场主干活，在沼泽地里辛苦地劳作，用铁锹或专用于沼泽地的锄头把草地翻一遍，每英亩的报酬是10美元，以及使用这块土地和肥料一年，而那个宽脸庞、小个子的大孩子，就在他身边高高兴兴地干活儿，根本不明白自己的父亲和别人做的这笔交易有多吃亏。我想用自己的经验来帮他，我对他说，我们是近邻，我是来这儿钓鱼的，虽然看上去像个流浪汉，但其实跟他一样，是个自食其力的劳动者。我还说，我住的小木屋既干净又明亮，而造价却不比他租这个破屋子的租金高；只要他愿意，那么只需一两个月，他就可以为自己建起一座宫殿。我告诉他，我不喝茶，不喝咖啡，不吃黄油，不喝牛奶，也不吃鲜肉，因为我不必为了获取这些去拼命地干活。

话说回来，我不需要花太大的力气干活，自然不需要吃太多，所以我在伙食上就花不了多少钱；而他呢，一开始就要消费茶、咖啡、黄油、牛奶和牛肉，因此只好拼命地工作来支付这笔钱，然而他拼命去工作，当然就得多吃，以补充消耗的能量——如此一来，支出不断增大，时日一长，支出的增大比时日之长更厉害，实际上还是亏了，因为他得不到满足，结果就把生命消耗在这里面了。可是，他还是觉得来美国是对的，因为每天都能喝茶、喝咖啡、吃肉。然而，真正的美国应该是这样一个国家：你可以自由地选择一种生活方式，没有这些食物也照样活得很好。在这里，政府不会强迫你拥护奴隶制度、支持战争，也不需要你直接或间接地为这一类事情支付额外的费用。和他谈话时，我有意把他看成一个哲学家或者一个想成为哲学家的人。让地球上所有的草地都回归到原始状态——如果说这是人类开始赎罪的结果——那我会非常乐意。一个人没必要靠研读历史来发现对自己文化最有益的东西是什么。可是，天哪！一个爱尔兰人的文化，居然是用这种像沼泽地专用的锄头一样的观念去创建自己的事业。我对他说，因为他在沼泽地里的工作很辛苦，鞋子和衣服很快就会磨损、磨破，所以他得有厚底靴子和结实的衣服，而我只需穿薄底靴子和薄衣服，价格还不到他穿的一半——尽管在他眼里，我衣着整齐，像个绅士（事实并非如此）。其实，我只需花一两个小时，不用费什么力气，当是玩儿一样——要是我乐意的话——就可以钓到足够我吃两天的鱼，或者挣到够我花一个星期的钱。如果他们一家人也愿意生活得像我一样俭朴，那么在夏天的时候，他们就能全家都去采摘越橘，享受家庭的欢乐。听我说到这里，约翰发出一声长长的叹息，而他的妻子则双手叉腰，直瞪着我，似乎两人都在思考着，他们有没有足够的钱去开始这样的生活，或者说他们有没有足够的计算能力去持久地过这种生活。对他们而言，那是一种完全依靠测量和计算的航行，他们根本弄不明白那样做的话，要怎么才能抵达港口。因此，我推测，他们依旧会勇敢地选择原来的生活方式，为生活拼尽全力，却无法用任何一根精锐的楔子劈开生活这根大立柱，然后在柱子上雕刻出精细的花纹——他们想随随便便地对付生活，就像人们对付满身是刺的蓟草一样。然而，他们作战的条件非常恶劣，尽管他们十分勇敢——约翰·菲尔德啊！不运用计算，你的生活注定会一败涂地。

"你钓过鱼没有?"我问。"嗯,钓过,我休息的时候,常常去湖边钓一些,我钓到过很不错的鲈鱼。""你用什么做饵呢?""我先用鱼虫钓一些小银鱼,再用小银鱼做饵去钓鲈鱼。""约翰,你现在就去钓鱼吧。"他的妻子满脸希冀地说道,然而,约翰却迟疑不决。

这时,阵雨已经停了,一道长虹出现在东边的林子上空,预示着这个黄昏会很美好。于是,我起身辞行。走出门后,我又向主人讨要了一杯水喝,想借此瞧瞧他们的井底,完成我的这一次调查。天哪!井底那么浅,里面满是流沙,井绳也是断的,水桶也破得没法修补。这个时候,他们找来了一只厨房里用的杯子,杯中的水似乎蒸馏过,几经协商,又再三拖延,最终杯子才递到口渴人的手里——水还没凉,不过也没澄清。我想,就是这样的脏水维持着这几条生命;于是,我把尘土巧妙地摇晃到一边,为了那真诚的热情招待,闭上眼睛,一口气喝完了。在这种与礼貌有关的事情上,我从不较真。

雨后,我离开爱尔兰人的屋子,又向湖边大步走去。突然之间,我特别想马上去捉梭鱼,我蹚水走过草地上积水的泥坑和沼泽地里的窟窿,在荒凉幽静的旷野上穿行,对我这个接受过中学和大学教育的人而言,这样做未免太没有价值了。等我到了山下,向着彩霞满天的西方奔去,一条彩虹悬在我的两肩之上,透过纯净的空气,有一种轻微地叮当声隐隐传入我的耳中。这时,我不知道从哪儿,听到我的守护神似乎在对我说——每天都去遥远的地方钓鱼打猎吧,走得远远的,地域越广阔越好——你就在这一条条小溪边休息,在一户户人家的火炉边歇脚,不必担忧。年轻的时候,你要时刻记着你的造物主。黎明前,你就毫无牵挂地起床,开始探险。正午时分,你出现在另一个湖边。夜幕降临时,你四海为家。世上再没有比这更辽阔的土地,比这更值得做的游戏了。按照你的本性随心所欲地生活吧,就好比那些芦苇和羊齿,它们永远不会变成英吉利的干草。让雷声轰鸣吧,尽管它会损害庄稼,但这又如何呢?这并不是它带给你的消息。别人可以躲在车下、木屋中避雨,你也可以躲在乌云下。谋生是你的娱乐,别让它成为你的职业。尽情地欣赏大地吧,但别想着占有它。由于缺乏上进心和信心,人们在买进卖出,像奴隶一样地活着。

啊,贝克田庄!
一点点灿烂的阳光
就是大自然中最富丽的风景。

围着栏杆的牧场,
没有人跑来狂欢。

你从不与人争辩,
也从不为哪个问题所困,
你穿着褐色的粗布衣服,
跟初见时一样驯良,

爱者来，

恨者也来，

圣灵的儿女们，

和州里的盖伊·福克斯①，

把种种阴谋与诡计

吊在坚固的树枝上！②

到了晚上，人们总是老老实实地从附近的田间地头或者街上返回家中，于是，家里响起了各种熟悉的声音。他们的生命日渐衰弱，因为他们一再吸进自己呼出的气息。每一个清晨和黄昏，他们的影子到达的地方比他们脚步所到的更远。我们应该每天从远方、从奇遇、从危险和新发现中收获新的经验和性格，并带回家去。

我还没有赶到湖边，约翰·菲尔德却带着某种新冲动跑来了。他的想法变了，决定今天日落前都不去沼泽地干活了。但是，他这个可怜的家伙，只钓到了一两条鱼，我却钓了一大串，于是他感叹自己的运气不好；然而，我们后来交换了位置，运气居然也跟着交换了。唉，可怜的约翰·菲尔德！我猜他不会读到这段话，除非他读了后能有所进步：他想用缺乏创造性的传统方式在这片原始的新土地上生活——用小银鱼做饵去钓鲈鱼。有时候，我也觉得这种钓饵非常好。尽管他完全拥有自己的地平线，但他生来就是一个可怜的穷人，继承了爱尔兰的贫穷或贫穷的生活，还继承了亚当的老祖母的沼泽地的生活方式，所以，在这个世界上，无论是他还是他的子孙后代，都无法站立起来，除非他们那泡在沼泽地里的长了蹼的脚，能穿上一双有翅膀的靴子。

---

① 盖伊·福克斯（Guy Faux，1570~1606年）：英国天主教徒，1605年企图用火药炸死英国国王詹姆士一世的主犯，事败后被处死。英文里faux意思是假的、人造的。梭罗在这里使用了双关的手法。
② 本节诗引自钱宁的《贝克田庄》。

更高的规律

　　我提着一串鱼，拖着钓鱼竿，穿过森林返回家中，这时天已经很黑了。我无意中瞅见一只土拨鼠偷偷地从我所走的小路上横穿过去，心里顿时涌起一阵奇异的野性的喜悦，强烈地诱惑着我要马上抓住它，然后一口吞进肚子里。这并不是因为我肚子饿了，而是因为它身上呈现出的野性。住在湖畔的时候，有那么一两次，我发现自己在森林中狂奔，就像一条处于半饥饿状态的猎狗，带着某种奇怪的放纵的心情，想抓捕一些可以吞食的野兽，反正任何一种兽肉，我都吞得下。即使最野蛮的景象，也莫名其妙地变得熟悉了。我发现，现在仍在不断地发现：在我的内心深处，有一种本能，想要追求一种更高级的生活，或者说探索精神上的生活。对于这一点，大多数人都有同感，然而我还有另一种本能，就是想要回归到原始和野蛮的生活状态中。这两种本能我同样看重。我对野性的热爱并不比对善良的热爱少。我特别喜欢钓鱼，因为这项活动中包含有野性和冒险。有时我更喜欢野蛮的生活，就像野兽那样走完自己的人生历程。或许正因为我很年轻的时候就喜欢钓鱼打猎，所以我与大自然的关系才会如此亲密。通过打鱼和狩猎，我们很早就开始接触大自然，并置身其中，否则，在当时的年纪，根本没法熟悉自然风景。渔民、猎户、樵夫等人一辈子都生活在旷野森林中，从某种特殊的角度上看，他们已经成了大自然的一部分，他们在劳作的闲暇，经常观察大自然，比那些带着某种目的前来观察的诗人和哲学家更加合适。大自然从不害怕向他们展现自己。自然而然地，

旅行者到了大草原上就变成了猎人,在密苏里河和哥伦比亚上游就变成了捕兽者,到了圣玛丽大瀑布就变成渔夫了。然而,那种仅仅当一个旅行者的人,从大自然中获取的,都只是第二手的并不全面的知识,永远不可能成为真正的权威。最能引起我们兴趣的科学报告是,通过实践或者本能我们已经发现了什么,唯有这样的报告才具有真正的人文性,才是真正的对人类经验的记录。

有人觉得新英格兰人的娱乐活动太少了,因为他们的法定公休日很少,大人和小孩玩的游戏也比英国人少得多。其实这种观点是错误的,因为在我们这儿,像渔猎这一类的更原始、更孤独的娱乐还没有被那些游戏取代呢。跟我同时代的每一个新英格兰儿童,在10~14岁期间,差不多都扛过猎枪。与划定了界限打猎的英国贵族不同,他们渔猎的场地非常大,甚至比野蛮人的还要广阔得多。所以,他很少去公共场所游玩是再正常不过的。然而,现在的情况发生了一些变化,不是因为人口增多了,而是猎物在逐渐减少,说不定猎人反倒成了猎物的忠实朋友,连动物保护协会也不例外。

再说了,我在湖边的时候,偶尔捕点鱼,只不过是想换换口味而已。的确,我像最早的捕鱼人一样,是因为生存需要才去捕鱼的。尽管站在人道主义的立场上,我反对捕鱼,但那全是谎言,只属于我的哲学范畴,而与我的情感无关(我现在只谈谈捕鱼的问题,因为很早以前,我对打鸟就有不同的看法,因此在我来到森林中之前,我的猎枪就已经卖了)。倒不是我比别人缺少仁慈,而是我压根儿就没感觉到自己有什么恻隐之心。我既不怜悯鱼,也不怜悯饵虫。这已是习惯了。关于打鸟,在我最后背着猎枪去打猎的那几年,我找的借口是我正研究鸟类学,其实我找的仅仅是新的或者稀有的鸟类。我承认,现在我开始认识到还有一种研究鸟类学的方式比这更好,它需要你更加严谨细致地观察鸟儿的生活习性。就凭这一条理由,也足以使我心甘情愿地放下猎枪。但是，无论人们怎样去从人道的角度反对打猎，我还是不由自主地怀疑，是否真有同样价值的娱乐能取代打猎。对于该不该让孩子们去打猎的问题，一些朋友焦虑不安地向我征求意见，我的答案从来都是这样：应该——因为在我的记忆中，这是我所接受的最好的一部分教育——让他们去做猎人吧，虽然起初他们只是运动员，但最后他们有可能成为优秀的猎人。这样，将来他们就会明白，在这里或者其他任何地方的森林里，都没有足够的猎物来供他们猎杀了。直到现在，我依然赞同杰弗里·乔叟①笔下的那个修女的观点，她说：

> 从没听老母鸡说过
> 猎人并不是圣洁的人。

无论是在个人的还是种族的历史上，都曾有过这么一个时期，猎人被称赞为"最好的人"，阿尔贡金人②就曾这样称呼过他们。对于那些从来没扛过猎枪的孩子，我们只能表示同情，遗憾他们的教育被忽略了，他们不再有人

---

① 杰弗里·乔叟（Geoffrey Chaucer，约 1340~1400 年）：英国著名作家、诗人，代表作为《坎特伯雷故事集》。本诗句就出自这部作品，但梭罗的说法有误，这行诗是修士说的，而不是修女说的。
② 阿尔贡金人（Algonquin）：居住在加拿大魁北克和安大略省的美洲印第安人。

情味。我也对那些沉溺于打猎的青少年说过同样的话，我相信他们很快就会超越这个阶段。从没有任何人在度过了无忧无虑的童年后，还会滥杀任何生物，因为生物也有跟人一样的生存权利。兔子到了走投无路的时候，也会像孩子一样呼喊。我提醒你们这些母亲，我的同情心并不只给人类。

通常情况下，青年人通过打猎来了解森林，以及他们身体里那一部分天性。他们走进森林，首先是作为一名猎人、一个渔人，到了后来，如果善良的生命种子已经撒播在他的体内，他就会发现，也许成为一位诗人，或者自然科学家，才是真正适合自己的目标，于是，猎枪和钓竿就被抛到一边了。在这方面，大部分人都还显得太年轻，并且会永远年轻。在一些国家，喜欢打猎的牧师并不少见。这样的牧师也许会成为优秀的牧羊犬，但绝不会成为好的牧羊人①。我特别好奇的是：撇开伐木、凿冰这一类事情不提，现在能够吸引所有的市民（无论老少，都不例外）来瓦尔登湖待上半天的，显然只有钓鱼这一件事。不过通常情况下，他们并不觉得自己非常幸运，有这么好的机会去饱览湖上的风光，也不会认为这半天过得很有价值，除非他们钓到了一大串鱼。他们得去湖上钓一千次鱼，才能把这种对钓鱼的陋见沉入湖底，从而净化自己的目标；无疑，这种净化的过程时刻都在继续着。州长和州议员们记忆中的瓦尔登湖早就模糊不清了，因为他们只在小时候钓过鱼；现在年纪大了，地位又高，哪里还愿意去钓鱼呢？所以，他们永远也体会不到钓鱼的乐趣了。但是，他们居然还想着最后能上天堂呢。假如他们要对钓鱼立法，那主要是规定在这个湖里只允许钓多少条鱼；然而，他们却不知道，那立法也成了钓饵，湖上最美的风景都被钓钩钓走了。因此，即便在文明社会里，出于胚胎状态的人也需要经历一个渔猎者的发展阶段。

最近几年，我不断地发现，每钓一次鱼，就感觉我的自尊心下降了一个层次。我尝试了一次又一次。就像我的那些伙伴们一样，我知道钓鱼的技巧，又有喜好钓鱼的天性，这促使我本能地去垂钓。然而，在我真的这样去做之后，又觉得还是不钓鱼更好，我认为我的想法很对。这是一个若有若无的暗示，就像黎明前那微弱的曙光一样。我的这种天性无疑属于造物中较低级的层次，

---

① 好的牧羊人：对耶稣基督的称呼。

反正随着时光的不断流逝,我对钓鱼的兴趣已经越来越小了,尽管人道意识,甚至智慧并没有怎样增长;现在,我已经彻底地不去捕鱼了。不过我很清楚,如果我在荒野上生活的话,还是会经不住诱惑去当一个热诚的渔人和猎手。再者,这种鱼肉和所有的肉食一样,基本上都不洁净,并且我也开始体会到,那么多家务活是从哪儿来的,那么多辛苦的工作是怎么产生的——每天都要注意仪表,要穿着干净整洁而且体面,要把房子布置得温馨、美观,不能有异味,也不能杂乱无章,要做到这些,需要的花费非常大。幸好我一人就兼任了多种角色,既是屠夫、杂工和厨子,又是品尝这一道道菜肴的绅士,因此,我有一套非常完整的经验来作为我发表意见的依据。我反对吃兽肉的主要原因是它们不干净;另外,我将自己钓到的鱼洗净,煮熟,然后吃下肚后,却并没觉得它们为我提供了多少好营养。既微不足道,也没有必要,耗资还非常大。其实,一小块面包和几个土豆就足以充饥了,还非常简单、干净。跟同时代的许多人一样,我已经很少吃兽肉、喝茶或者喝咖啡了,并不是因为我从它们身上找出了多少不好的影响,而是因为它们与我的想法相抵触。反感兽肉并不是我的经验所致,而是出于一种本能。在许多方面,粗陋而艰辛的生活反而显得更美。尽管我并没有做到这一步,但至少做到了使我的想

象力能够满意。我深信,任何一个人,只要你热衷于把自己更高级的、更富有诗意的官能保持在最好的状态,就必定会强烈地反对吃兽肉,还会避免多吃任何食物。昆虫学家认为这是一个应该引起重视的事实——从柯尔比和斯班司①的著作中,我读到:"有些处于完美状态的昆虫,虽然有完整的进食器官,却从不使用。"他们把这概括为"一个普遍性的规律,几乎所有处于成虫期的昆虫都比在幼虫期吃的东西要少许多。贪吃的毛虫变成了蝴蝶……贪食的蛆虫最终成了苍蝇",只需有一两滴蜂蜜或者一点儿别的什么甜汁就能令它们满足了。蝴蝶翅膀之下的腹部的形状,还是和蛹一样。就是这个蛹形的肚子引诱它去残杀昆虫。食量大的人就是还处于幼体阶段的人,在某些国家,甚至全体国民都处在这种阶段——他们没有幻想或想象力,只有一个使他们暴露无遗的大肚子。

要准备并烹制一份如此简单、干净、而又不会触犯想象力的食物,实在不是件容易的事。我认为,想象力像我们的身体一样,也需要营养,所以应该同时满足二者的需要,这也许并不难办到。我们应适度地吃些水果,没必要因自己的胃口而觉得羞愧,这也不会妨碍我们去做最有价值的事。然而,如果在盘子里再添点儿作料,那可就毒害了你。靠美味佳肴来生活是没有价值的。大部分人,要是在亲手烹饪美食的时候被人看见了,无论做的是荤菜还是素菜,都会感到羞愧。事实上,像这样的食品,每天都有人在为他们准备。如果不改变这种情况,我们就称不上文明人,哪怕是绅士和淑女,也算不上真正的男人和女人。没错,这一点使我们意识到,应该发生什么样的改变。不需要去考虑为什么想象力与兽肉和脂肪相排斥,只要知道它们不相容就足够了。认为人是一种食肉动物,这难道不是一种斥责吗?的确,在很大程度上,把别的动物当作食物,他可以生存下来,实际上他也真的活下来了,但这是一种残酷的方式——所有猎杀过兔子或羔羊的人都明白这一点——如果谁能教导人类只吃洁净的、有益于健康的食物,他必定会被誉为人类的拯救者。无论我个人实践的结果怎样,我都坚信,这是人类命运的一部分,在人类发展的进程中,食肉的习惯必将被淘汰,就好比野蛮人与比较文明的人接触后,

---

① 柯尔比(William Kirby,1759~1850年)、斯班司(William Spence,1783~1860年):两人都是英国的昆虫学家。两人合著了《昆虫学概论》(共4卷),并由此闻名于世。

便戒除了人吃人的习惯一样。

一个人如果听了他的天性所发出的那些极其微弱却又持续不断的建议——这些建议自然都是正确的——他也不清楚这个建议会把他引向什么样的极端，甚至于引到某种疯狂的事上；但是，当他的毅力和信心逐渐增强时，他要走的路就会出现在眼前。一个健康的人感觉到那种反对的倾向很微弱却又很明确，最后一定能战胜世间的种种争辩和习俗。不过，人们很少会听凭天性行事，除非是在走上歧路的时候。尽管听从的结果是肉体的衰弱，但也许谁也不会觉得遗憾，因为这是符合更高的规律的生活。如果你满心欢喜地迎接白天与黑夜，生活散发出像鲜花和香草一样的芬芳，并且更富有弹性，像闪亮的群星一样，更加不朽，那你就取得了成功。整个大自然都在为你庆贺，在这一刻，你也有理由祝福自己。通常，最大的成就和价值都得不到人们的赞赏。这令我们很容易对它们的存在产生怀疑，而且很快就会忘记它们。它们是最高级的现实。那些最惊人、最真实的事实，可能从没有在人与人之间交流过。每一天，我生命的真实收获，就像朝霞暮霭一样，难以捉摸，无法用言语描述出来。我得到的仅仅是一丁点尘土，我抓住的只是一段彩虹。

然而，我向来不会苛求自己；如有必要，有时一只油煎老鼠，我也吃得有滋有味。长久以来，我只喝清水，对此我感到高兴，至于原因，就像我只喜欢大自然的天空，而不愿看见一个抽大烟的人喷云吐雾的天堂一样。我喜欢时刻保持大脑清醒——要知道，陶醉的程度是无穷尽的。我坚信，清水是聪明人的唯一饮料，酒绝不是什么高贵的液体。试想一下，一杯热咖啡毁掉了整个早晨的希望，一杯热茶破坏了整晚的美梦！天哪！我曾在咖啡和热茶的诱惑下，堕落到什么程度！甚至音乐，也会使人迷醉。就是这些看起来小得不能再小的原因，摧毁了希腊和罗马，以后还会毁掉英国和美国。在一切醉人的事物中，有谁不愿意为呼吸新鲜空气而陶醉呢？我坚决反对长时间的体力劳动，最重要的一个原因就是它会迫使我大吃大喝。不过说真的，现在在这些方面，我已经不像以前那样苛求了。我的饭桌上很少具有宗教色彩，我也不祈求什么赐福。这并不意味着我比过去更加聪明，无论有多遗憾，我也必须承认，随着时光的流逝，我一天天变得更加冷漠、更加粗俗了。也许只有年轻人才会去考虑这些问题，就像大多数人只在年轻时才喜欢诗歌一样。

我的实践"毫无所获",但我的意见却写在这儿了。但是,我并没有把自己当成《吠陀经》中的那些特权人物,经文上写道:"一个人,只要你崇敬万能的上帝,就可以吃一切存在的事物。"换句话说,就是不需要问他吃些什么,也不用问为他准备这些的是谁,但是,即便在他们那种情况下,也不得不注意到——就像一个印度注释家说的那样——《吠陀经》把这个特权限定在"危难之际"。

有时候明明没有一点儿胃口,却照样吃得有滋有味,这样的经历谁没体验过呢?我曾极其兴奋地想道:从一般所说的味觉上,我获得了一种精神上的感悟;于是,在味觉的刺激下,我坐在小山坡上吃过一些浆果,从而滋养了我的天性。曾子曾言:"心不在焉,视而不见,听而不闻,食而不知其味。"①因此,能品出食物的真正滋味的人,绝不可能是个饕餮之徒。换句话说,饕餮之徒根本品不出食物的真味。也许一个清教徒大嚼黑面包的时候胃口特别好,就像一个市政议员大吃甲鱼时一样。玷辱他们的不是吃下去的食物,而是吃这种食物的胃口。问题既不在质量,也不在数量,而在贪图口腹之欲。如果进食的目的不是维持我们的肉体活力,也不是激

---

① 见《礼记·大学》。译文为,心思不端正就像心不在自己身上一样,虽然在看,却跟没看见一样;虽然在听,也跟没听见一样;虽然在吃东西,却一点也不知道是什么滋味。

励我们的精神生命,那就只能是满足我们肚子里的馋虫。所以,从本质上说,一个喜欢吃甲鱼、麝鼠或者其他野生动物的猎人,跟一个爱吃小牛蹄冻肉或者海外的沙丁鱼的漂亮夫人是一样的。他跑去湖边,她去拿冻肉罐头。令人诧异的是:他们,或者说你和我,怎能生活得像野兽一般卑劣,只知道吃喝呢?

从精神上来讲,我们的整个生命都令人惊叹。善与恶,从来都是争斗不休的。善是唯一永远不会失败的投资。当竖琴之声响彻全世界的时候,我们为它坚持弹奏善的乐曲而欢欣鼓舞。竖琴仿佛是宇宙保险公司的旅行推销员,介绍它的公司条例,而小小的善举就是我们缴纳的保险费。虽然年轻人最终会变得淡漠,但宇宙的规律却不会冷漠,它永远都会站在最敏感的人这一方。倾听西风中的谴责之音吧,风中一定会蕴含着谴责的,听不到的人真是不幸。每拨动一根弦,每调整一个音调,那醉人的寓意都会渗入我们的心田。许多使人厌恶的声音传开很远后,听起来有点像音乐,这对我们卑贱的生活而言,实在是一种高傲而又极妙的嘲讽。

我们意识到,有一种兽性蛰伏在我们的体内,当更高级的天性正在酣睡的时候,它就会清醒过来。它像一条贪图感官享受的毒蛇一样匍匐前行,也许没法彻底清除;也像蛔虫一样,即便在我们活得很健康的时候,它也会寄生在我们的身体里。或许我们能避开它,却永远无法改变它的本性。我担心我们体内的兽性活得很健康,也担忧我们可能有很健康的身体,却永远都不纯洁。前几天我捡到一块野猪的下颚骨,雪白的牙齿和獠牙都很完整,这表明动物身上还有一种跟精神性不同的兽性的健康和活力。这种兽性是用节欲和纯洁之外的其他方式获得的。孟子曰:"人之所以异于禽兽者几希,庶民去之,君子存之。"① 假如我们真的达到了纯洁之境,又有谁知道会得到什么样的生活呢?如果我知道有这么一个聪明人能教导我怎样达到纯洁,我一定马上就去找他。"控制我们的情欲,控制我们身体的外部官能,并坚持行善,这些就是《吠陀经》上所说的心灵上接近神的不可或缺的条件。"但是,这种精神能够在短时间内渗透并控制身体的每一个器官及其功能,并把外形上最粗俗的情色转化为内心的纯洁与虔诚。一旦放纵了生殖的精力,我们就会变得荒淫不堪,不再纯洁;而克制了情欲,我们就将活力充沛,并受到鼓舞。贞洁是人类的花朵,至于所谓的天赋、英雄主义、神圣等,无非是它结出的各种果实。一旦纯洁的航道畅通了,人就会马上奔涌到上帝那里。我们时而为纯洁所鼓舞,时而为杂念而沮丧。如果确知自己体内的兽性正在一天天消退,而神性却在一天天增长,那么,这个人一定很有福气。当一个人的身上还带着低劣的兽性时,他会感到羞愧。我真怕我们只不过是像农牧之神②和森林之神③那样的半神或神与野兽结合的怪物,是贪婪好色的动物。我深恐在某种程度上,我们的生命本身就是我们的耻辱———

> 他多么高兴啊,把心灵上的杂草全部清除掉,
> 把内心的群兽都驱赶到合适的地方。
> ……
> 他能驱使马、羊、狼乃至所有的野兽,
> 和其他动物相比,他还不是蠢驴。
> 否则,人不仅无异于一群猪猡,
> 而且还是各种各样的妖魔,
> 使它们狂性大发,越来越坏。④

---

① 引自《孟子·离娄下》。译文为:人和禽兽的差异就那么一点点,一般人抛弃它,君子却保存它。
② 农牧之神:古罗马传说中,农牧之神福纳斯的身体一半像人,一半像羊。
③ 森林之神:古希腊神话中,森林之神萨梯为半人半兽,喜好欢娱,沉溺于淫欲。
④ 本诗引自英国诗人约翰·多恩(John Donne,1572~1631年)的诗《致爱·赫伯特爵士》。

所有的淫欲，尽管形式各不相同，但本质上都是一样的；所有的纯洁，在本质上也是一样的。无论是大吃大喝，男女同居，或是淫荡地睡觉，实质上都是一回事。它们同属于一种贪念，我们只要看见一个人在做其中的任何一件事，就可以判断出他是一个怎样的色鬼。不洁与纯洁是没法站立在一起的。要是爬行动物在洞穴的一端受到攻击，它就会在洞穴的另一端出现。如果你想保持纯洁，就必须有所克制。什么是纯洁呢？一个人如何才能知道自己是否纯洁呢？他没法知道。我们只听说过这种美德，却不知道它究竟是怎样的。我们只是依照听来的传言去说明它。智慧与纯洁源自亲身实践，愚昧与贪婪则源自懒惰。以学生为例，淫欲就是他在智力上懒惰的一种恶习。一个不纯洁的人往往也是个懒鬼，他坐在炉子旁烤火，躺在那里晒太阳，根本就不累，却老想休息。若是你想避开不洁和所有的罪恶，就努力工作吧，哪怕是打扫马厩也没关系。天性很难克制，但一定要克制。要是你还没有一般人纯洁，也不比他们更能克制自己，还没有他们那么虔诚，那么即便你是个基督徒又有什么用呢？我了解许多其他的宗教制度，它们的种种规章制度会令读者觉得羞愧，并激励读者作出新的努力，尽管只是奉行某种宗教仪式而已。

　　说出这些事儿之前，我犹豫了很长时间，并不是因为这个主题——我从不在意我使用的字眼有多么猥亵，而是因为我自己的不洁也通过这些事情暴露无遗。通常，我们可以肆无忌惮地谈论淫欲的一种形式，却对它的另一种形式绝口不提。我们已经堕落到连人类天性中必要的功能都不敢谈的地步了。在较早的几个时代，在某些国家，不仅可以正儿八经地谈论每一项活动，而且还有法律对其功能做出规定。印度的立法者认为，世间根本就没有琐碎的小事，尽管这种观点现代人并不认可。他告诉人们如何吃喝、同居，如何解决大小便等，从而提高了这些卑劣的事情的档次——他并没有因为这些太过琐碎而闭口不谈。

每个人都是一座圣殿的建筑师。这座圣殿就是他的身体,在殿中,他用完全属于自己的方式来膜拜他的神灵,即使他另外雕琢大理石,也不会离开自己的圣殿和神灵。我们都是雕刻家和画家,我们的血肉和骨骼就是我们的材料。任何崇高的品质,都能立刻改善一个人的形态,而任何卑劣或淫荡则会马上使他沦落为禽兽。

9月里的一个傍晚,辛苦劳动了一天的约翰·法默坐在自家的门口,心里还念叨着他的工作。洗完澡后,他坐下来休息,以便恢复自己的理性。那个黄昏特别冷,不少邻居都担心会出现霜冻。他陷入沉思没多久,便被笛声打断了,不过那乐音与他的心情非常和谐。他还在琢磨着自己的工作,虽然他尽量努力地想,还情不自禁地构想着、设计着,但他的注意力已经不在这些事上面了,仿佛这些只不过是皮肤上的碎屑,随时都可以清理掉。然而,从不同于他干活的那个环境传来的笛音萦绕在他的耳边,唤醒了他身上的某些还在沉睡的官能。那婉转而轻柔的笛声,似乎将他所在的街道、乡村,甚至国家都吹走了。有一个声音告诉他——既然你有希望过上一种荣耀的生活,为何你还要留下来过这种低贱辛苦的日子呢?一样的星星在那边的大地上空闪闪发光,而不是在这边——但是,怎样才能摆脱这种境况,真的迁移到那边去吗?他所能想到的,只是去体验一种新的庄严简朴的生活,让自己的心灵降入到肉体中去解救它,并且越来越对自己怀有敬意。

与鸟兽为邻

有时候,我会约上一位朋友[1]去钓鱼,他从城镇的另一端穿过村子,来到我的木屋。我们一起钓鱼和吃鱼,这也成了一种社交活动。

隐士[2]:我不知道现在的世界在干些什么啦。三个小时里,甚至连一声羊齿植物上的蝉鸣我都没有听到。鸽子们都在鸽笼里打盹儿呢——没有翅膀扑

---

[1] 这里的朋友指诗人小钱宁。
[2] 这里的隐士指作者梭罗。

扇的声音。此刻，从树林外面传来的，是不是农场主吹响的午休号角声呢？雇工们回来了，要吃煮熟的腌牛肉和玉米粉面包，还要喝苹果酒。为何人们要这样给自己找罪受呢？如果不需要吃喝，那么人就不用工作了。我不知道他们有多少收成。谁想住到那种地方去？狗叫声吵得人没法静下来思考。唉，还要做家务！在这么好的天气里，要把讨厌的门把手擦亮，还要把浴盆洗干净！还是没有家最好。比如，干脆住到空心的树洞里，那么就再也不会有清晨的拜访和夜晚的宴会了！只有啄木鸟啄木的声音。啊，那里的人们挤在一起；那边的太阳也太晒；在我眼里，他们这些人都陷在生活中太深了。我从泉水边汲水，架子上还有一块焦黄的面包。——听哪！我听见树叶正沙沙作响。难道是村中的哪条饿狗跑进树林子觅食吗？还是那头迷了路的小猪窜进森林了？我在雨后还发现过它的蹄印呢。它正快速地跑过来，我的漆树和多花蔷薇都在微微颤抖。——噢，诗人先生①，是你吗？你觉得如今的世界怎样啊？

诗人：瞧瞧这些云，高悬在天上，真是太美了！这就是我今天见到的最伟大的东西。无论是在古画里，还是在其他国家，都见不到这样的云彩——除非我们在西班牙的海岸上观光。那才是真正的地中海的天空。我想，我总得活下去，而今天还没吃过东西，那我干脆去钓鱼好了。这才是诗人的最好的事业，也是唯一一项我会做的工作。走吧，我们一起去钓鱼。

隐士：我没法拒绝你。我的焦黄面包快吃光了。我真想马上就和你一起去，不过我正在完成一次冥想，估计很快就可以结束了。请让我一个人再待会儿吧。但是，为了谁都不耽误，你最好先去挖一些蚯蚓当钓饵。因为这块土地从没施过肥，所以这一带的蚯蚓非常少，几乎都要灭绝了。当肚子还不是特别饿的时候，挖鱼饵和钓鱼一样，都是非常有趣的游戏，今天你就自个儿享受这种乐趣吧。我建议你带个铲子去那边的花生地里挖。你瞧，那儿的狗尾草正摇晃着呢！我想，只要你在草根底下仔细地寻找，就像你除杂草一样，我敢保证每翻起三块草皮，你就能挖到一条蚯蚓。或者，你干脆再走远点，这也是个好办法，因为我发现，鱼饵的多少几乎恰好和距离的平方成正比。

隐士独白：容我想一想，我刚才想到哪儿了？我以为自己就处于这种思

---

① 诗人先生：上文提到的朋友小钱宁。

维的框架内，我也是从这样的角度去看待周围的世界的。到底我该上天堂呢，还是去钓鱼？要是我马上结束我的冥想，那我以后还能有这样美妙的机会吗？刚才，我几乎已经和万物的本质融为一体了，这是我从未有过的体验呢。我真怕自己的思想会一去不复返了。要是吹口哨有用的话，我肯定会用口哨召唤它们回来。当初思想涌上我们心头的时候，却说：我们想到这些，算明智吗？现在我的思想已经消失了，一点儿痕迹都没留下，我没法再找回来。我在思考什么呢？这一天过得糊里糊涂的。我还是想想孔子的三句话，也许思绪能恢复一点。那究竟是忧虑，还是萌芽般的喜悦，我不知道。一定要牢记，机会从来不会出现第二次。

诗人：想得怎样啦，隐士？是不是太快了？我已经挖到了13条完整的，还有几条挖断的或者个头太小的，它们挂在鱼钩上不太显眼，不过用来钓小鱼还是不错的。村子里的那些蚯蚓太肥大了，银鱼吃饱了都还没碰到挂蚯蚓的钩子呢。

隐士：好吧，我们现在就去。去不去康科德？如果水位不太深的话，还能在那儿痛快地玩一会儿。

为何偏偏是我们看见的东西构成了这个世界？为何偏偏是这样一些动物做了人类的邻居呢？仿佛天地之间的窟窿，只有老鼠才能够填充。我猜，皮尔拜公司①对动物的利用，已经做得非常好了，因为那儿的动物都负有重任，从某个角度来讲，承载了我们的一部分思想。

经常光顾我家的老鼠并不是普通的品种，据说普通的那种是从国外引进的，而来我家的却是土生土长的野鼠，在村子里面根本看不到。我曾抓了一只送给一位有名的博物学家，引起了他浓厚的兴趣。在我盖房子那会儿，就有一只这样的老鼠在我的屋子底下打洞。当时我的楼板还没有铺好，刨花也没有清扫出去，只要到了午饭时间，它就会钻出洞来吃我脚边的面包渣。可能它压根儿就没见过人，所以很快就跟我比较亲近了，它从我的鞋子上窜过，又在我的衣服里钻来钻去。爬墙对它而言太容易了，三两下就可以窜上去，它就像一只松鼠，连动作也很像。后来有一天，我就这么坐着，将胳膊肘支

---

① 皮尔拜公司：当时美国一家出版寓言书的图书公司。

在凳子上,它爬上我的衣服,沿着我的衣袖,围绕着那个包着我食物的纸包不停地转圈圈。我将纸包拉向自己,避开它,接着又突然将纸包推到它面前,同它玩起了躲猫猫的游戏。最后,我伸出拇指和食指,捏起一片干奶酪,它干脆过来坐在我的手掌上,一口一口地啃起来,吃完后还像苍蝇似的擦擦自己的脸和前爪,然后大摇大摆地径直走了。

不久以后,一只美洲鹨飞到我的木屋做窝。还有一只寻求庇护的知更鸟,也飞到我屋旁的松树上筑巢。到了 6 月,害羞的鹧鸪(拉丁文学名 Tetrao umbellus),领着它的幼仔从我的窗前经过,从屋后的树林绕到屋前,它发出老母鸡一样的咯咯声,来呼唤着它的孩子们,从那模样儿可以看出,它就是森林中的老母鸡。你一靠近,母亲立刻就发出一个信号,小鹧鸪们会马上四散逃走,仿佛有一阵旋风吹散了它们;鹧鸪的颜色与枯枝败叶极其相似,即便不少观光者往往一脚就踩进了一窝幼鸟中,于是,就听见老鸟"呼"的一声飞起来,发出焦急的叫声,又见它不停地拍打翅膀,以吸引观光客们的目光,以使他们不会注意到附近的雏鸟。有时,母鸟会在你们面前打滚转圈,羽毛变得乱糟糟的,使你短时间内根本分辨不出它是什么鸟儿。而幼鸟则常常把头埋在落叶下面,静静地趴在地上,动也不动,只注意着母亲从远处发出的信号,即便你这时候走近了,它们也不会逃走,以免暴露了自己。甚至你一脚踩在它们身上,或者盯着它们看半天，你也未必会发现它们。有一回，我把它们放在我的手掌上，可它们还是只遵从母亲的信号和自己的本能，就那么蹲在原地，丝毫不会因害怕而发抖。这是一种特别完美的本能，有一次，我重新把它们放回到树叶上，其中一只不小心摔倒了，10分钟后，我发现它还保持着先前的姿势，其他的幼鸟也是一点儿都没变。大多数雏鸟都不长羽毛，而鹧鸪的雏鸟是个例外，它们的羽毛比小鸡的丰满得更早，而且发育得更完美。它们的眼睛睁得大大的，目光宁静，既流露出明显的成熟，又显得一派天真，实在令人难忘。似乎全部的智慧都从这样的眼睛里反映出来。展现的不仅有婴儿期的纯洁，还有经验洗练过的智慧。这样的眼睛不是鸟儿生来就具有的，而是久远得像它眼里的天空一样。那种像它们的眼睛一样的宝石，在森林中还从未出现过呢。这清澈如水晶般的眼睛，普通的观光者很少能见到。在这样的时刻，那些无知而莽撞的猎人往往会用枪杀死它们的父母，以致这群无辜的幼鸟变成了四处觅食的凶兽或猛禽的食物，或者慢慢混入那些与它们颜色相似的枯叶中，最后一起烂掉。据说，它们是由母鸡孵出来的，听到一点儿动静就会吓得四处逃窜，很容易迷路，因为母亲呼唤的声音它们再也听不到了。这些就是我的母鸡和小鸡。

　　让我们好奇的是，森林中到底有多少动物是自由自在、不受拘束的，而且是隐居着的，它们在乡镇周围觅食，只有猎人才能猜测到它们藏在哪儿。水獭在这儿生活得多么隐僻啊！它有4英尺长，已经长到一个小孩子那么大了，也许还从没有人瞧见过它呢。以前，在木屋后面的森林里，我还看到过浣熊，现在到了夜里，我或许还能听到它们的嚎叫声。我一般上午耕作，中

午在树荫下休息一两个小时，然后吃午餐，接下来就在泉水边读一读书。那泉水是附近一块沼泽地和一条小溪的源头，是从布里斯特山上流下来的，离我的土地约有半英里远。要去泉水边，我得穿过一片又一片长满了小油松的野草丛生的低洼地，到达沼泽地附近的一片较大的森林。那儿浓荫蔽日，非常幽静，在一棵巨大的白皮松下面，有一片干净坚实的草地可供人坐着歇息。我就在这儿挖出了泉水，并砌了一口井，清澈的银白色泉水汩汩地流淌着，我可以汲取满满的一桶水，而井水也不会浑浊。仲夏时节，湖水的温度太高了，所以我几乎每天都来这儿汲水。山鹬也带着一窝幼鸟过来了，它们在泥土中寻找虫子，母鸟飞到雏鸟头上约一英尺的高度，把它们引向泉水边，而小山鹬们在下面结成队奔跑着。后来，这只山鹬发现了我，便抛下它的幼仔们，围着我一圈一圈地转圈，圈子越缩越小，等到距我只有四五英尺了，它便伪装成翅膀或者双腿折断的样子，以吸引我的注意力，好让幼仔们逃脱。这时，幼鸟们已经开始逃跑了，它们发出尖细的微弱的叫声，按照母亲的指示，排成单行穿过了沼泽地。或者，我并没有看见母鸟，却听见了雏鸟们细小的叫声。斑鸠也来泉水边歇息，或者在我头顶的那棵白皮松上，在柔软的枝条间飞来飞去。还有红色的小松鼠从最近的树枝上窜下来，对我格外热情而又好奇。你只需在森林中某个吸引人的景点小坐一会儿，它的全体成员都会出来，轮流在你面前展示一番。

  我还是一些不那么和平的事件的见证者。有一天，我出去看我的木柴垛，或者说去看那一堆树桩，在那儿，我看见了两只大蚂蚁，一只红的，一只黑的，黑色的个头更大一些，几乎有半英寸长，它们正在搏斗。一交上手，就谁也不肯罢休，拼斗着，角力着，不停地在木片上翻滚着。向远一点的地方看去，更令我惊奇的是，木片上到处都是这样的格斗者，看来这不是个人的决斗，而是一场战争，两个蚁族间的战争。红蚂蚁和黑蚂蚁正在激烈地交战，往往还是两只红的对抗一只黑的。在我放木柴的场地上，满坑满谷都是这些迈密登①。红的、黑的死者和垂死者，布满了整个大地。这是仅有的一场我亲眼看见的战役，也是唯一的一个我身临其境时，战斗正酣的战场。这场自相

---

① 迈密登（Myremes）：希腊神话中跟随阿喀琉斯前往特洛伊作战的塞萨利人。在希腊文中，Myremes 的意思是蚂蚁。

残杀的战争啊，一边是红色的共和派，一边是黑色的帝国派。双方都要死战到底，虽然我没听到任何声音，但我认为，人类从没进行过这样坚决的战争。在灿烂的阳光下，我看见在木片之间的小山谷里，有一对战士正死死地抱在一起，现在是正午，它们准备战斗到日落，或者说直到生命终结的那一刻。个头稍小的那只红蚂蚁，像老虎钳一样死死地咬住敌人的面门，它在战场上不断地翻滚，却始终咬住敌人的一根触须的根部，至于另外一根触须，早就被它咬掉了；而体格更加健壮的黑蚂蚁，则不断地把红蚂蚁从一边甩向另外一边。我走进细看，它已经咬掉红蚂蚁的好几个部位了。它们厮打得比恶狗还凶狠，没有任何一方肯示弱。它们的战争口号显然是："不能取胜，宁可战死！"此刻，从这个小山谷的顶上出现了一只孤单的红蚂蚁，它看起来非常激动，可能是刚刚杀死了一个敌人，也可能是还没有加入战斗——很可能是后者，因为它躯体完好，还没有任何损伤。它的母亲叮嘱它，要么带着盾牌凯旋，要么躺在盾牌上被战友抬回去①。也许它是第二个阿喀琉斯那样的英雄，独自在一旁酝酿着怒火，现在赶来拯救它的普特洛克斯，或者为其复仇来了。它远远地看到了这场不公平的战斗——因为黑蚂蚁的个头几乎比红蚂蚁大一倍——它飞奔过来，直到离那对搏斗者半英寸远时才停下来，然后瞅准时机，扑向那黑色的敌人，从黑蚁的右前腿根部开始进攻，完全无视敌人对自己身体任何部位的攻击。这么一来，三个勇士紧紧地抱成一团，仿佛发现了一种新的吸引力，所有的铁链和水泥都无法与之相比。这时，如果我发现它们各方都有军乐队，聚合在比较显眼的木片上，演奏自己的国歌以激励那些落于下风的战士，或者鼓舞那些垂死的斗士，我也丝毫不会感到诧异。我自己也跟着激动起来，仿佛它们跟人类没什么区别。你越这么想，就越觉得它们跟人

---

① 引自荷马史诗《伊利亚特》，斯巴达人就是这样叮嘱出征的儿子的。

太相似了。暂且不说美国的历史,至少在康科德的历史上,的确还没有哪场战役能与这场战争相比,无论是从参战人数,还是从战斗中所表现出来的爱国精神和英雄气概上来说,都无法比拟。从人数和惨烈程度上讲,它称得上是一场奥斯特利茨之战①,或者德累斯顿之战②。康科德之战③算什么!只不过死了两个爱国者,路德·布朗夏尔负了重伤而已!这儿的每一只蚂蚁都是一个布特里克,高喊着:"射击!为了上帝,射击!"而成千上万个战士的命运,都跟戴维斯、霍斯默一样。这儿没有一个是雇佣兵。我确信,它们像我们的祖先一样,不是为了豁免3美分的茶叶税,而是为了原则而战。对作战双方而言,这场大战的结果都是举足轻重的,让人铭记的,至少像我们的邦克山战役④一样。

我上面专门描述的那三个战士,正在一张小木片上做生死之斗,于是,我将这张木片带回家,放在窗台上,上面罩上一个大玻璃杯,以便观看战斗的结局。

---

① 奥斯特利茨(Austerlitz)之战:1805年12月,拿破仑歼灭俄奥联军3万多人,从而瓦解了第三次反法联盟。
② 德累斯顿(Dresden)之战:1813年,拿破仑在此地战胜波俄奥联军的一场著名战役。
③ 康科德之战:是美国独立战争的第一场战役。1775年4月19日,少校约翰·布特里克率领500名民兵,在康科德桥上成功打败了英军及其雇佣军。美军士兵戴维斯和霍斯默阵亡,路德·布朗夏尔身负重伤,约翰·布特里克下令美军还击。
④ 邦克山(Bunker Hill)战役:美国独立战争中的一场著名战役。1775年6月17日,英军在波士顿附近的邦克山发起进攻。美国农民、工人、渔民和手工业者等约2万多人自发组成志愿民兵队,在自由之子社的领导下,英勇抗击英军,并取得胜利。

我用显微镜观察前面最先提到的那只红蚂蚁,发现尽管它拼命撕咬敌人的前腿附近,还咬断了敌人剩下的那根触须,可它自己的胸脯却被完全撕裂了,内脏都露出来了,而黑色战士的胸甲太厚实了,它根本刺不穿。这位受难者的黑色眼珠里迸发出的,是只有在战场上才会激发出的那种恶狠狠的凶光。它们在玻璃杯下面又拼斗了半个多小时,当我再去看时,两只红蚂蚁已经被黑蚂蚁撕得身首异处,但那两个头颅依然活着,就悬挂在黑色战士的两侧,像是挂在马鞍两旁的恐怖的战利品——仍旧死死地咬住敌人不放。而黑色的勇士已经没有触须了,仅剩半条残腿——我不知道它身体的其他地方还有多少伤口。它还在继续作微弱的抗争,想要甩掉那两个头颅;又经过半个小时的艰难努力,黑色战士终于成功了。我拿掉玻璃杯,看着它拖着残废的躯体,一瘸一拐地爬过了窗台。在这样一场惨烈的战斗之后,它是否能活下来,是否会在某个伤残军人院里度过余生,我就不知道了。不过我想,它以后是不能承担什么重任了。我不知道最后获胜的是哪一方,也不知道这场战争爆发的原因,但是在那天剩下的时间里,我的内心充满了痛苦,心情久久无法平静,感觉仿佛是在自家门口亲眼看见了一场血淋淋的、人类之间的恶战一样。

科尔比和司班斯告诉我们,蚂蚁的战争向来受人称赞,大

型战役的日期也曾载入史册;然而他们说,胡伯①是唯一一位亲眼见证过蚂蚁大战的现代作家。他们说:"埃尼斯·西尔维乌斯②曾详细描述了发生在一根梨树枝上的大蚂蚁和小蚂蚁之间的惨烈战役。"还补充说:"'这场战争发生于教皇尤金尼斯四世③时期,著名律师尼古拉斯·皮斯托里恩西斯是目击者,他忠实地记述了整个战争的全过程。'奥勒斯·玛格纳斯④也记录过一场类似的战役,其结局是小蚂蚁获胜了,据说战后它们将自己战死士兵的尸体全部掩埋了,却让庞大的敌人暴尸荒野,成为飞鸟的美餐。这一战役发生在克里斯蒂安二世⑤被驱逐出瑞典之前。"至于我目睹的这次战争,发生在波尔克总统⑥在位期间、国会通过韦勒斯特的逃亡奴隶法⑦之前5年。

村中有许多行动迟缓的老狗,本来只应该待在储藏食物的地窖里追赶乌龟,如今却避开主人,偷偷地拖着笨重的身躯跑到树林中去溜达了。它不时地嗅嗅老狐狸的巢穴和土拨鼠的地洞,不过一无所获。说不定有一条瘦小的饿狗为它带路,这种狗非常机灵,在森林中自由地穿梭,从而引起林中鸟兽的一阵恐慌——现在,老狗已经远远地落在向导身后了,它向着树上的小松鼠们狂吠。那些松鼠原本就躲在树上小心地观察它,随后它慢腾腾地跑开了,笨重的躯体几乎把灌木丛都压弯了,它还以为自己在追踪那些迷了路的跳鼠呢。有一次,我看见一只猫在湖的圆石岸边散步,这令我非常意外,因为一般情况下,猫不会跑到离家这么远的地方。我和猫都感到吃惊。但是,哪怕是整天躺在地毯上的那种最温顺的猫,进了森林也会像回到老家一样舒适自在,看它那机警诡秘的样子,就知道它比土生土长的森林禽兽更加本土化。

---

① 胡伯(Francois Huber,1750~1831年):瑞士自然科学家、博物学家。
② 埃尼斯·西尔维乌斯(Aeneas Sylvius):即教皇庇乌二世(Pope pius Ⅱ,1405~1464年)的笔名,他是一位诗人、历史学家。
③ 教皇尤金尼斯四世:1431~1447年任罗马天主教教皇。
④ 奥勒斯·玛格纳斯(Olaus Magnus,1490~1557年):瑞典教士和作家。
⑤ 克里斯蒂安二世(丹麦语:Christian Ⅱ,1481~1559年):丹麦和挪威国王(1513~1523年),瑞典国王(1520~1521年)。最后一位以卡尔马联盟的名义统治丹麦、挪威和瑞典三国的国王。曾联合农民和市民反对贵族的专权,后被贵族推翻而遭到囚禁。
⑥ 波尔克总统(詹姆士·诺克斯·波尔克James Knox Polk,1795~1849年):美国第十一任总统(1845~1849年)。
⑦ 该法案于1850年由国会通过,重申"奴隶逃亡法"的有效性,促使南北双方的敌视更加激烈,后于1864年被废除。

一次捡拾浆果时，我也碰见过一只猫，它领着一群小猫在森林里活动，那些小猫个个野性十足，像它们的母亲一样，弓起脊背，恶狠狠地冲着我怒吼。好几年前我还没有在森林中定居时，在离湖最近的林肯的吉利安·贝克田庄里，有一只被称之为"长翅膀的猫"。1842 年 6 月，我特地去探访她（我没法确定这只猫是雌的还是雄的，因此我用"她"这个惯常称呼猫的女性代名词），不料她已经去森林中猎食去了，这是她的日常习惯。她的女主人说，去年 4 月份，这只猫出现在这附近，后来被她们家收留了。她还介绍说，这只猫是深棕灰色的，脖子下面有一块白色的斑点，四个爪子是白色的，有一条毛茸茸的像狐狸一样的大尾巴。冬季来临时，她的毛变得又厚实又浓密，沿着身体两侧垂下，形成了两条长 10~12 英寸、宽 2 英寸的带子，她的下巴那儿仿佛长了个暖手筒，上面的毛比较松软，下面的毛则像毡子那样纠结着，等到春天，这些附着物就全都脱落了。他们将她的一对"翅膀"送给我，直到现在我还保留着。好像这对翅膀的外面并没有附着一层薄膜。有人说，这只猫具有飞鼠或者别的什么野兽的血统，这也很有可能。因为照博物学家的观点，貂与家猫交配，能产生许多这样的杂交品种。假如我想养猫的话，这恰好是我所喜欢的品种，因为既然一位诗人的马能够插翅飞奔，那为何他的猫不能生出翅膀呢？

　　入秋以后，潜水鸟照例飞来了，在湖上换毛和洗澡，我还没起床，森林中已经响起了它们狂放的大笑声。一听说有潜水鸟来了，磨坊水坝上所有的狩猎爱好者都出巢了，有的乘车，有的步行，三个一群，五个一伙，带着猎枪、子弹，还有望远镜。他们穿过森林，像秋天的树叶一样沙沙作响。每一只潜水鸟至少有 10 个狩猎者在打主意。湖的两岸都有人驻守，因为这可怜的鸟儿不可能同时出现在各处，如果它在这边潜水下去，那必定会在那边冒出来。不过，和煦如阳春的 10 月风吹起来了，吹得树叶发出沙沙的响声，水面上波光粼粼，这么一来，就再看不到潜水鸟，也听不见它们的笑声了，尽管它的敌人们用望远镜扫视湖面，枪声还在森林中回荡，但鸟儿已经销声匿迹了。波浪剧烈地起伏着，愤怒地拍打湖岸，与所有的水禽同仇敌忾，狩猎爱好者们只好空手而归，回到镇上、店铺里去，继续自己没做完的事情。不过，他们的事业通常是很成功的。清晨，我去湖边汲水，经常看见这种拥有王者气度的鸟儿从水湾中游出来，与我只有几杆的距离。要是我想坐船追上去，观察它是怎样活动的，那它就会一头扎进水里没了踪影，有时要等到这天的下午，我才能再次看见它。不过，在水面上我比它强。它往往会在下雨的时候逃走。

10月的一天，风平浪静，我正沿着湖的北岸划船，因为潜水鸟会在这种日子里出现，像马利筋草的绒毛一样在湖面上游动。我环顾四周，正在寻找它，突然间就看见了一只，它从湖岸出发，游向湖心，在距我仅有几杆远的地方，发出一阵狂笑，从而暴露了自己。我划船紧追过去，它便猛地潜入水中，但当它再次冒出来时，我已经靠得更近了。于是它再次扎入水中，这一次我估错了方向，等它再浮上来时，已经距我50杆开外了。它又狂笑了好一阵，显然这次笑的理由更加充分。它的行动如此灵活机敏，我根本无法到达距它五六杆远的地方。它每一次冒出水面，就将头转来转去，冷静地观察湖面和陆地，显然是在选择路线，以便再次浮上来的地方，水面最宽阔，离船也最远。它是一个行动派，一旦作出决定，就马上执行，这实在令人惊叹。才一转眼，我就被它引到最宽广的水域，我无法将它从那儿驱赶到湖的一角了。当它正在思考什么的时候，我也正努力揣度它的

思想。这的确是一个有趣的棋局,一个人与一只潜水鸟,正在平滑如镜的湖面上对弈。突然间,对手的棋子在棋盘下面消失了,问题是你怎么将棋子下在距离它下次冒头最近的地方。有时,它出其不意地在我对面浮出水面,显然是直接从我的船底下潜过去的。它能一口气憋很久,也不觉得累,等它游出很远很远了,会马上又扎入水里;这时,任你有三头六臂也猜测不到,在这片平静的水面下,它像一条鱼一样,急速地穿行在深水里的什么地方,因为它有去最深的湖底访问的能力和时间。据说在纽约湖中 80 英尺深的地方,捉鲑鱼的钩子曾钩住过潜水鸟——不过,瓦尔登湖的水还要深得多。我猜,这位来自另一个世界的不速之客在鱼群中自在地游来游去,一定会令鱼儿们惊讶不已吧!显然,潜水鸟深谙水性,在水下同在水上一样轻车熟路,在水下的速度甚至更迅捷一些。有一两次,我看见它冒出水面时激起的一圈水花,不过它的脑袋仅探出来张望了一下,就猛地又潜入水里不见踪影了。我觉得,与其努力猜测它下次会出现在哪儿,还不如放下桨,等待它冒出来,因为有好多次,当我向着一个方向凝望时,它却突然在我的背后发出一阵狂笑,吓我一大跳。但是,为什么它狡诈地戏弄了我之后,每次冒出水面都要用大笑来暴露自己呢?难道它那白色的胸脯还不足以吸引人的目光吗?我想,这只鸟可真够笨的。每次它露出水面,我总能听到它拍打水的声音,从而发现它的位置。然而,这样过了一个小时,它仍旧精力充沛,兴致颇高,丝毫不减当初,它游得甚至比刚开始还要更远些。它冒出湖面,随后又安详地游走了,胸前的羽毛一丝不乱,显然它在水下就用脚蹼将羽毛梳理整齐了。它平常的声音就是这种魔鬼般的笑声,跟水鸟的叫声有点类似,不过,它有时成功地甩掉我,潜游到很远的地方才钻出来,就会发出一声长长的怪叫。听起来完全不像鸟叫,更像是狼的嚎叫,仿佛一头野兽,将嘴巴和鼻子贴着地面,发出的咻咻的呼号声。这就是潜水鸟的叫声——似乎在这一带还从未听过如此狂野的声音,整个森林都为之颤抖。我想,它一定是在嘲笑我白费力气,并且对自己的机智谋略感到自豪。尽管此时天色阴沉,但水面非常平静,我虽没听到它的叫声,却能看见它是从哪儿冒出来的。它那洁白的胸脯、没有一丝风的天气、平静的湖面,所有这些都对它不利。最终,在距我 50 杆远的地方,它发出一

　　声长长的怪叫，似乎在祈求水鸟神来保护它，果然，一阵东风吹来，湖面泛起涟漪，漫天都是蒙蒙的细雨。我能感觉到，潜水鸟的祈祷应验了，水鸟神对我发怒了，于是，我不得不离开它，由着它远远地消失在波涛滚滚的湖面上。

　　到了秋日，我常常观察野鸭是如何机灵地游来游去，却始终待在湖心，远远地避开那些猎人。这样的花招，它们根本不必在路易斯安那州的湖泊中练习。当它们不得不飞起时，往往会在湖面上空很高的地方盘旋，就像天空中的一些小黑点。在这样的高度，它们一定很容易看到别处的湖泊与河流。我以为它们早就飞去那里了，不料它们却斜着向下飞了约四分之一英里，在远处一个不受打扰的地方降落了。但是，除了因为安全外，它们还有什么别的理由飞到瓦尔登湖来呢？我无法知道，或许它们是出于跟我同样的理由，也爱这片湖水吧。

室内取暖

10月,我去河边的草地上摘葡萄,满载而回。它的色泽和芳香,甚至比鲜美的味道更可贵。我也很喜欢那儿的越橘,它像小小的蜡宝石一般,垂挂在草叶上,红艳艳的,还泛着珍珠般的光泽。不过我从不采摘它,而农夫们用讨厌的钉耙将它们聚拢在一块儿,使平整的草地变得乱糟糟的——他们只是随随便便地用每蒲式耳多少美元去估算,把这些从草地上掠夺来的果实运到波士顿和纽约出售——它们注定要被制成果酱,以便那儿热爱大自然的人们能够一饱口福。屠夫们也在草地上四处转悠,把野牛舌草耙下来,至于那

些被扯断的和枯萎的植物，他们根本不在意。小檗的果实格外美丽，不过也仅仅是令我饱饱眼福；野苹果我倒是摘了一些，用来煮着吃了，它们还没有被这地方的地主和旅行者们注意过呢。栗子成熟后，我贮藏了半蒲式耳作为过冬之用。在这个秋高气爽的时节，徜徉在林肯一带一望无际的栗子林中，实在令人愉悦——可惜现在这些栗树已经躺在铁轨之下了。那时，我肩上挎着一个布袋，手里提着一根棍子用来敲开那些长刺的坚果。我总是在霜冻前就迫不及待地下手了，伴着枯叶的沙沙声和红松鼠与樫鸟的聒噪声在那儿闲逛，有时我还会窃取它们没啃完的坚果，因为它们所采集的刺果中肯定有一些很好的。偶尔我也会爬上树去摇晃挂着的果实。我的木屋后面也长着栗子树，有一棵大树几乎把整座房子都荫蔽了。花开时节，它变成了一个巨大的花束，芳香四溢，友邻右舍都能闻到。不过它的大部分果实都让松鼠和樫鸟吃掉了。栗子还没掉落时，每天一大早，樫鸟就成群结队地飞来，啄破果皮，将果肉吃了。我把这些树让给它们，自己却跑到更远的森林中，那儿有成片的栗子树。这种坚果，从它们本身的情况看，称得上是理想的面包的替代品。当然，可能还有许多别的代用品吧。有一天，我挖土找鱼饵时，发现了成串的野豆（拉丁文学名 Apios tuberosa），这是土著居民的土豆，是一种很奇特的果实。我不禁怀疑，到底我小时候有没有挖过并且吃过它们，就像我听说过的，却再也没有梦见过。以前我经常见到它那卷卷的，像红天鹅绒一样的花朵，却支撑在其他植物的梗子上，不知道原来就是野豆。不过，开荒垦地已经快使它们绝迹了。它吃起来甜甜的，跟霜冻后的土豆味道相似，我觉得煮着比烤着吃更美味。这些块茎似乎得到了大自然的默许，将来的某个时期它还要在这里养育自己的孩子，就用这些喂养他们。当今社会，人们喜欢肥牛，喜欢麦浪起伏的农田，这种不起眼的野豆，尽管它曾一度作为某个印第安部落的图腾，但现在早就被忘却了，最多也只能在它开花时还能在藤蔓上看到。但是，只要让野性十足的大自然重新统治这里，也许那些娇弱而奢侈的英国谷物就会在无数的仇敌面前销声匿迹，在无人照管的情况下，说不定最后一粒玉米种子也会被乌鸦衔走，送回到西南方印第安之神的大片玉米地里去——据说以前就是它将种子从那儿带来的——那时候，这种现在几近灭绝的野豆可能会再生，并且繁盛起来，不畏霜冻和蛮荒，证明自己是土生土长的，而且还

要恢复它作为古代游猎部落的一种主食时的重要地位和尊严。它一定是印第安的谷物女神和智慧女神发明并赐予人类的；只要诗歌在这里占据统治地位，就能让它的叶子和坚果在我们的艺术作品中得到表现。

9月1日，我发现湖对面的一个岬角上，也就是距湖不远的三棵岔开的白杨树下临水的地方，有两三株小枫树的叶子已经变红了。啊！它们的颜色讲述了多少故事。渐渐地，一个星期又一个星期过去，每一棵树的性格都凸显出来，它欣赏着自己在平滑如镜的湖面上的倒影。每个清晨，这个画廊的经理将墙上的旧画取走，挂上一幅颜色更鲜艳更和谐的新画。

到了10月，数以千计的黄蜂光临了我的木屋，似乎打算在这儿过冬，就住在我的窗口里边和我头顶上方的高墙上。有时，它们会令一些访客不敢进屋。每天清晨，它们都会冻得僵住了，我就把它们扫到屋外，反正我是不敢驱走它们。它们肯纡尊降贵来我的屋子里过冬，我甚至还感到蓬荜生辉呢。尽管它们同我睡在一起，却从没有严重侵害过我。慢慢地，它们不见了，大概为了躲避严冬和极度的寒冷，钻进某些我不知道的缝隙里头了吧。

进入11月后，我像那些黄蜂一样，在躲避寒冬之前，常去瓦尔登湖的东北岸边，因为在那儿，阳光从油松林和圆石岸上反射过来，形成了湖岸上的火炉。趁着还能做到，晒太阳比在家里生火取暖更令人愉快，也更有利于健康。夏天像猎人一样已经远去了，留下的余火仍在发光，我就烤着这些余烬抵御寒冷。

在修建烟囱的时候，我仔细研究了泥瓦匠的手艺。我用的全是旧砖，得先用瓦刀刮干净，这样一来，我对砖头和瓦刀的性质都有了深入的了解。旧砖上的灰泥都有 50 年的历史了，据说年代愈久愈坚固——这样的话，人们总喜欢反复唠叨，也不管它们是否正确。这些话本身也是年头越久越牢固的，必须用瓦刀连续猛刮多次，才能将这些自作聪明的老话清除掉。美索不达米亚的许多村子，都是用从巴比伦废墟捡拾来的质地较好的旧砖头建造的，这些砖上的灰泥更古老，也许更牢固吧。无论怎样，那把瓦刀太厉害了，猛击了这么多次，而它的钢刃却毫无损伤，这着实令我惊异。我砌壁炉的砖，全来自以前的一根烟囱，尽管上面并没有镌刻尼布甲尼撒二世①的名字，但我还是尽量多挑拣一些能用的，以便节省劳力，也避免浪费，我从湖岸上运来圆石，填塞在壁炉周围的砖缝里，又从湖里挖来白沙土，调制成灰泥。我在壁炉上花的时间最多，因为我将它作为房屋最重要的一部分。说实话，我的活计特别精细，所以尽管我一大早就开始在地上砌砖，但直到晚上，才垒起几英寸高，正好供我睡地板时当枕头用。不过，我记得自己并没有因此落枕，我那落枕的毛病是早前就有的。大约在这期间，有一位诗人应邀前来做客，在这儿住了半个月，这使我的小屋更加拥挤不堪。他自带了一把刀子，其实我这有两把，我们经常将刀子插进地里，用这种方式将刀子擦干净。他帮着我做饭。看着我的壁炉方方正正，结结实实的，正在逐渐增高，实在令我高兴，我想，尽管工程进度很慢，但据说这样更加坚固耐用。从某种程度上看，烟囱是独立的，它立足于地面，穿过屋顶，冲向天空；哪怕是房子都烧掉了，有时它还会矗立在那儿，它的独立性和重要性显然很不一般。当时还是夏末，而今却已是 11 月了。

湖水已经被北风吹冷了，但要结冰还需继续被风吹上好几个星期，毕竟水位太深了。当我第一个晚上升起火时，屋内的墙壁还没有抹上灰泥，墙上有许多缝隙，于是烟在烟囱里通行得特别顺畅。我在这个冷风四溢的屋子里度过了好几个夜晚，尽管四周的木板毛糙糙的，满是节疤，橡木还连着树皮，高高地横在头顶上，但我仍然觉得很愉快。后来涂上了灰泥，这所房子就更令我喜爱了，我不得不承认，住在这样的屋子里更加舒适。人们居住的每一

---

① 尼布甲尼撒二世（Nebuchadnezzar，约公元前 605~前 562 年）：著名的古巴比伦国王，曾修建了巴比伦城和被称为古代世界奇迹之一的空中花园。

所房子不是都应该有很高的顶，高得使人感到朦胧吗？夜幕降临后，火光投射的影子在屋顶的椽子间跳跃。同壁画或者更名贵的家具相比，这些影子的形态更适合人们的幻觉与想象。现在我是第一次住进自己的房子，可以这样说，我已经开始利用它遮风避雨和取暖了。我还弄到两个旧薪架，这样可以将柴火架高，使它不至于贴着炉壁。看着我亲手砌起的烟囱后面积下了烟垢，很有成就感，于是，我拨起火来更加有劲，也更加满足。尽管我的房子很小，不能引起回声；但作为一间独立的屋子，而且远离四邻，所以感觉会大一些。这个房间集中了一栋房屋应具有的所有魅力；厨房、卧室、客厅，还有储藏室，统统都是它；父母或孩子，主人或仆人，他们住在一所房子里能得到的所有满足，我都享受到了。卡托说：一个家庭的主人（patremfa-milias）在他的乡村别墅里，一定要有"cellam oleariam, vinariam, dolia multa, utilubeat caritatem expectare, et rei, et virtuti, et gloriae erit"①，也就是说："一个贮存油和酒的地窖，放进许多装得满满的木桶，为以后有可能遇到的艰难日子做好准备，这对他是有好处的，有价值的，值得自豪的。"我在自己的地窖里，放了一小桶土豆，大约两夸脱的豌豆连同里头的象鼻虫。在我的架子上还放着点大米、一罐糖浆，还有黑麦和印第安玉米粉各一配克②。

有时，我会梦想有一座宽敞的、可以容纳很多人的房子，它建于黄金时代，用的都是经久耐用的材料，屋顶上也没有华而不实的装饰，它只是一间房子，一个宽大、简陋、实用且具有原始气息的大厅，没有天花板，也没有抹灰泥，只有粗糙的椽子和桁条在头顶上撑起一片较低的空间——但躲避风雪已经足够了。在那儿，当你进门向俯卧着的古代农神行礼之后，屋顶的桁架中柱和桁架双柱似乎也在接受你的致意。这是一个空荡荡的房间，你必须将火把插在长竿上，并且举得高高的，才能看见房顶；在这儿，人们可以生活在壁炉边，生活在窗口的凹处，在高背长椅上，在房子的另一头，如果愿意的话，甚至可以和蜘蛛一起生活在橡木上。这所房子，你推开大门就进到了里边，完全不必拘礼；在这儿，疲惫的旅行者可以梳洗、吃饭、聊天、睡觉，不必继续漂泊。这一定是你在暴风雨之夜最渴望到达的栖身之所，里面具备所有的必

---

① 此处为拉丁文。
② 配克：谷物等的容量单位，在美国 1 配克约为 8.809 升。

需品，却又没有料理家务的烦恼；在这儿，你一眼就能望尽房子里的所有财物，每一件普通人所需的日用品都挂在木钉上，它兼顾厨房、饭厅、客厅、卧室、仓库和阁楼的所有功能；在这儿，你可以看见像木桶、梯子这一类必备的东西，还有像碗橱之类很方便的设备，还能听见壶里的水沸腾的声音，可以向煮熟你饭菜和烤热你面包的火炉致敬；在这儿，主要的装饰品就是必备的家具和器物；在这儿，洗净的衣物不必拿到外面去晾晒，炉火不会熄灭，女主人也不会发脾气。或许有时你会被要求打开地板活门，以便厨子可以下到地窖里，这么一来，你无须跺脚就能知道脚下的地面是虚的还是实的。这所房子就像内里敞开的鸟巢一样，一览无余。你可以从前门进来后门出去，不可能看不见住在里面的人；在这儿，即便是客人，也享受房屋中的一切自由，并没有八分之七的空间属于禁地，也没被关在一个特别的小屋里，叫你自个儿找乐子——其实就是把你拘禁起来。现代，主人通常都不会邀请你去他的壁炉边，他会叫来泥瓦匠，给你在走廊上另砌一个火炉，所谓的"热情款待"，就是最大限度地跟你保持距离的妙法。烹饪方面，也是非常机密的，仿佛他正谋划着要毒死你。我觉得我曾去过许多人的住所，很可能会被他们依据法律赶走，可我并不认为我真的去过许多人家里。要是我走进了我所描述的那种大房子里，我便能够穿着旧衣去拜访生活简朴的国王和王后；然而，要是我走进了一座现代的宫殿，我真希望自己能学会尽快溜走的本事。

  看来我们在客厅里使用的高雅语言已经彻底丧失力量，蜕变成一堆无聊的闲话了。我们的生活已经远离了它的言语符号，隐喻和借喻都用得十分牵强，就好比厨房或作坊离客厅太远，需要借助滑道和升降机来传送饭菜。甚至吃

饭，通常也不过是吃一顿饭的比喻，仿佛只有野蛮人才与大自然和真理为邻，可以向它们借用比喻。住在遥远的西北边疆或者马恩岛上的学者，哪里会知道厨房里的议会式语言是什么呢？

不过，有胆量跟我一块儿吃玉米糊的客人也有一两位，但他们一发现那种危机的苗头，就马上躲得远远的，仿佛它会把房子震塌一样。结果是我煮好了那么多玉米糊，房子仍旧好端端地矗立着。

我开始给墙壁抹灰泥的时候，天气已经真的很冷了。为了这项工作，我用船从湖对岸运来更洁白干净的细沙。正因为有了这个运输工具，必要时，我很乐意去更远的地方取沙子。在这段时间，我已经给房子的每一面墙都钉上了木板条，从墙根到房顶，钉得满满的。钉这些木板的时候，最令我高兴的就是，我一锤就能钉好一颗钉子。我满怀雄心壮志，想要迅速利落地把灰泥从木板上涂抹到墙壁上。我记起了一个自大的家伙的故事，他穿得人模人样，成天在村子里东游西荡，在工人们面前指手画脚。突然有一天，他心血来潮，想用行动来取代空发议论，于是，他捋起袖子，拿了一块泥瓦匠用的木板，用瓦刀装上满满的灰泥，总算没出什么错，接着，他得意地瞅了一眼头顶上的木板条，勇敢地一抬手将灰泥抹上去，这下可丢脸丢大了，整团灰泥马上掉落在他那骄傲的胸脯上。我再次欣赏灰泥，它是这么经济和便利，能有效地抵御严寒，而且抹上去后又是如此的光滑、美观。我也懂得了泥瓦匠很容易碰到的各种事故。我惊奇地发现，我还没来得及抹平灰泥，它里面的水分就被砖块吸干了，要砌好一个壁炉，我得用掉多少桶水啊。前一个冬季，我就做过实验——用从我们这里的河流中摸到的一种学名叫 Unio fluviatilis 的贝壳烧制成少量的石灰——因此，我知道自己可以去什么地方寻找材料。要是我乐意的话，说不定我会走一两英里去找优质的石灰石，自己动手烧制石灰。

这时，最不见阳光的和最浅的水湾已经结了一层薄冰，与整个湖面结冰相比，这里早了好几天，有些地方甚至早了几个星期。第一块冰特别有趣并且完美，它看起来坚硬、黝黑，而且透明，这是一个观察浅水处的水的好机会；因为你可以平躺在一英寸厚的冰面上，像掠水虫一样，优哉游哉地研究距你仅有两三英寸的水底，像是欣赏玻璃后面的一幅画。这时的水总是非常平静。

湖底的沙土上有许多沟槽，曾有一些生物爬过，又原路返回了；残骸随处可见，全是白石英细颗粒形成的石蚕壳。说不定那些沟槽就是石蚕爬行时留下的，因为你会在沟槽中看见它们的壳，尽管相对于它们的身形而言，那些沟槽显得过宽过深。不过，最有趣的还是冰本身，因此你必须抓住最早的机会去研究它。要是在冰冻后的那天早上你去仔细观察，就会发现，那些看起来像是在冰层中的气泡，其实都附在冰的底层，还有许多气泡正不断地从水底升上来。因为冰层比较坚固，而且黝黑，所以你能够透过它看到水。这些气泡的直径从 1/80 英寸到 18 英寸不等，既清晰又美丽，你可以透过冰层看见自己的脸出现在那些气泡上。每一平方英寸里就有可能出现三四十个气泡。冰层内部也有一些狭长的、椭圆形的、垂直的气泡，长约半英寸，像一个尖端朝上的圆锥体。如果是刚刚凝结的冰，往往会有一长串像小球一样的气泡，一个紧挨着一个，像亮晶晶的珠子。不过同冰层下面的气泡相比，冰层里面的气泡要少得多，也没那么明显。我经常扔一些石子来测试冰的强度，那些石子击破冰层带着空气落下去，于是，下面就出现了大大的、非常显眼的气泡。有一回，我隔了 48 小时后又回到那个地方，发现尽管冰洞上已经冻结了 1 英寸厚的冰，但我透过冰层的裂缝可以很清楚地看到，那些大气泡依然十分完美。不过，因为前两天暖和得如同小阳春一样，所以现在的冰已经不太透明了，呈现出

湖水的深绿色，能看见有点儿浑浊的、灰白色的湖底。冰层比以前厚了一倍，却没有之前结实，因为气泡受热后不断扩大，聚在一块儿，不再像以前那样一个挨着一个的排列了，而像是从一个口袋里倒出来的银币，堆成一堆，或者说有的变成了薄片，似乎仅占了一些细小的裂缝。冰的美丽已经消失，再想研究水底已经错失了最好的机会。出于好奇，为了探明那些大气泡在新冻结的冰层中占据什么样的位置，我就挖了一块含有中型气泡的冰块，将它翻过来放在地上。发现在气泡的下面和周围已经新结了一层冰，于是气泡就夹在两片冰之中；它完全处于冰的下层，却又贴近上层，扁平，形状与扁豆相似，有圆圆的边，深四分之一英寸，直径为 4 英寸。我意外地发现，气泡正下方的冰融化得很规则，就像一只倒扣的茶托，中间部分的厚度为 5/8 英寸，水与气泡之间，有一条薄薄的、还不到 1/8 英寸厚的分界线；在这条分界线里面，许多地方的小气泡向下爆裂，说不定在直径达一英尺的那些最大的气泡底下压根儿就没有冰。我由此知道，我最早发现的那些紧贴在冰层下的小气泡，现在也冻结在冰块里面，每一个气泡像一个小小的聚光镜一样，对冰层产生了不同程度的影响，促使冰块融化。冰块融化时不断发出的爆裂声，就是这些小气泡在发挥作用。

最后，寒冬真的到来了。我刚完成抹灰泥的工作，狂风就开始在房子周围吼叫，仿佛它是刚刚获准呼啸似的。一夜又一夜，飞鹅在黑暗中号叫着，缓缓地飞来，扑打翅膀的声音沉重而又笨拙，甚至到白雪覆盖了大地后还会飞过来，它们有的落在瓦尔登湖上，有的低低地掠过森林飞向美港，准备前往墨西哥。有好几次，晚上10点或11点的时候，我从村子里回来，便听到飞鹅或者野鸭活动的声音，它们在我屋后靠近湖边洼地的树林里，正踩着枯叶在那儿觅食呢，我还能听到它们的领队急速飞过时发出的低唤声。1845年，瓦尔登湖首次全部冻结的时间是12月22日的晚上，而弗灵特湖和其他一些较浅的湖泊早在10多天前就全部冰冻了；1846年的首次冰冻时间是12月16日；1849年大约是12月31日夜里；1850年大约是12月27日；1852年是1月5日；1853年是12月31日。从11月25日开始，地面就被白雪覆盖了，冬日的风光突然间就包围了我。我只好窝在自己的小屋里，希望在我的屋子里和我的心中都燃起明亮的火把。现在我在户外的活计就是去森林中捡拾枯木，拿在手上，或者扛在肩上将它们带回来，有时我还在两边的胳膊肘下各夹住一根枯死的松树，就这样拖回家。曾做过森林的篱笆的苍翠的松树，我拖起来非常吃力。我用它们祭了火神，因为过去它们已经祭过土神了。这是多么有趣的事情啊！一个人刚刚去森林里猎取——不，你会说是偷窃一些燃料，来煮熟饭菜！我的面包和肉食都格外香呢。在我们大多数乡镇的森林里，都有足够人们生火的柴火和废木料，然而现在它们却没有给任何人送去温暖，还有人觉得，它们妨碍了幼林的生长。湖上也漂浮着许多木材。在夏季，我曾发现一个用油松原木钉成的木筏，树皮还留在上面，是当初爱尔兰人修筑铁路的时候造的。我将木筏的一部分拖上了岸。它们在湖里浸泡了两年，现在又在高地上晾晒了6个月，尽管吸饱了水的原木还没有干透，但它们仍是质地优良的好木材。在一个冬日，我将这些木头一根根拖过湖来，差不多拖行了半英里远，聊以自娱。木头有15英尺长，我将一头扛在肩上，一头搁在冰面上，就像滑冰一样滑过来；要不我就将几根木头用白桦树的枝条捆起来，然后用一根头上带钩的、长一些的白桦木棍或者桠木棍钩住它，拖过湖来。虽然这些饱含着水的木材重得像铅一样，但它们不仅耐烧，而且能烧得非常旺；而且，我觉得它们这么好烧，就是因为浸泡过湖水，就像浸过水的松脂，在灯里烧得特别久一样。

吉尔平①在描述英格兰森林中的居民时这样写道："非法闯入者侵占了土地，于是在森林中筑起了篱墙，修建了房屋。""古代的森林法规认定，这是很严重的妨害行为，要以侵占公共土地的罪名予以严惩，因为这种行为破坏了森林，造成了飞禽的恐惧。"不过，我比猎人和伐木工更关心野兽和森林保护，仿佛我自己就是护林官一样。如果有一部分森林被烧掉了，哪怕是我不小心烧掉了，我也会非常痛心，比起任何一个森林的领主，我的悲痛都更加长久，而且难以得到安慰；即便是领主本人砍伐了森林，我也会感到痛心。但愿农场主们在砍伐一片林木的时候，会有那种恐惧之感，就像古罗马人砍掉神圣的森林（拉丁文学名为 Lucum conlucare）中的一部分，以便使树木稀疏些，或者使阳光能照射进来时所感受到的那种恐惧一样，因为他们相信这片森林已经献给了某些天神。古罗马人先赎罪，然后祈祷，无论你是什么神灵，这片森林都是专供给你的，请赐福给我和我的家人，以及我的子孙后代吧。

令人惊异的是，即使在现在这个时代，在这个新的国家里，森林也具有极高的价值，甚至比黄金的价值更永恒，也更普遍。尽管我们已经发明和发现了许多东西，但没有任何人能对着一堆木料毫不动心。正如对我们的撒克逊和诺尔曼祖先来说林木十分重要一样，对我们而言，它也实在太珍贵了。如果他们用它来制作弓箭，那么我们就用它制作枪托。30多年前，米萧②曾说，纽约和费城的燃料价格，"几乎与巴黎最好的木材的价格相同，甚至有时还要超过它，尽管巴黎这个大都市每年的燃料需求量达30万考德，而且周边300英里的土地都开垦过了"。在我们镇上，木材的价格也在不断上涨，唯一的问题就是今年同去年相比，上涨了多少。机械师和商人亲自来到森林，不会是为了别的事情，而必定是为了木材的拍卖；甚至在砍伐者离开之后，还有人愿意掏高价来换取捡拾零星木块的权利呢。多少年了，人们总是跑进森林去寻找燃料和工艺原料。新英格兰人、新荷兰人、巴黎人、凯尔特人、

---

① 吉尔平（William Gilpin，1724~1804 年）：英国作家。文中的句子引自《论森林景色》。
② 米萧（Andre Michaux，1746~1802 年）：法国植物学家，文中的句子引自《北美森林志》。

农场主、罗宾汉、古蒂·布莱克和哈里·吉尔①，以及来自世界各地的王子和农夫、学者和野蛮人，都需要从森林中取一些木材去生火做饭和取暖。就是我，也绝对离不了它们。

每个人欣赏着自己的柴火堆时，都会感到非常快乐。我喜欢把我的柴火堆放在窗户下面，劈的柴火越多，就越能令我回味起劳动时的愉快。我有一把没人瞧得上眼的旧斧头，冬天的时候，我经常坐在屋子向阳的一边，用它来砍从豆子地里挖出的树根。正如我耕地时所租用的那辆马车的主人预言过的，这些树根温暖了我两次，一次是我将它们劈成柴火的时候，另一次是烧它们的时候，这样说来，不会有任何燃料比它更能温暖人了。至于斧头，曾有人劝我拿到村子里的铁匠那儿锻一下，不过我自己锻了，还用一根山核桃木为它做了个柄，用起来很顺手。虽然它钝得很，但至少能用。

几片富含油脂的松木也是宝贝。不知如今在大地深处还藏着多少这样的燃料，这想起来就十分有趣。前几年，我常常爬上光秃秃的山坡去"勘查"，那儿曾生长过一大片油松林，我还挖出了一些富含油脂的松树根，它们几乎是无法毁掉的。这些老树桩至少有三四十年了，尽管表面的木质已经腐朽了，但中心部分依旧完好，包裹在树心外边四五英寸处的厚树皮，形成了一个与地面齐高的圆环。这种矿藏，你用斧头和铲子就可以勘探，顺着那像黄灿灿的牛油脂似的骨髓一样的储藏物探索，或者说你仿佛发现了黄金的矿脉一样，

---

① 二人分别为英国浪漫主义诗人华兹华斯（William Wordsworth，1770~1850 年）的名诗《古蒂·布莱克和哈里·吉尔》中的老妪和农夫，老妪责备农夫不给她柴火。

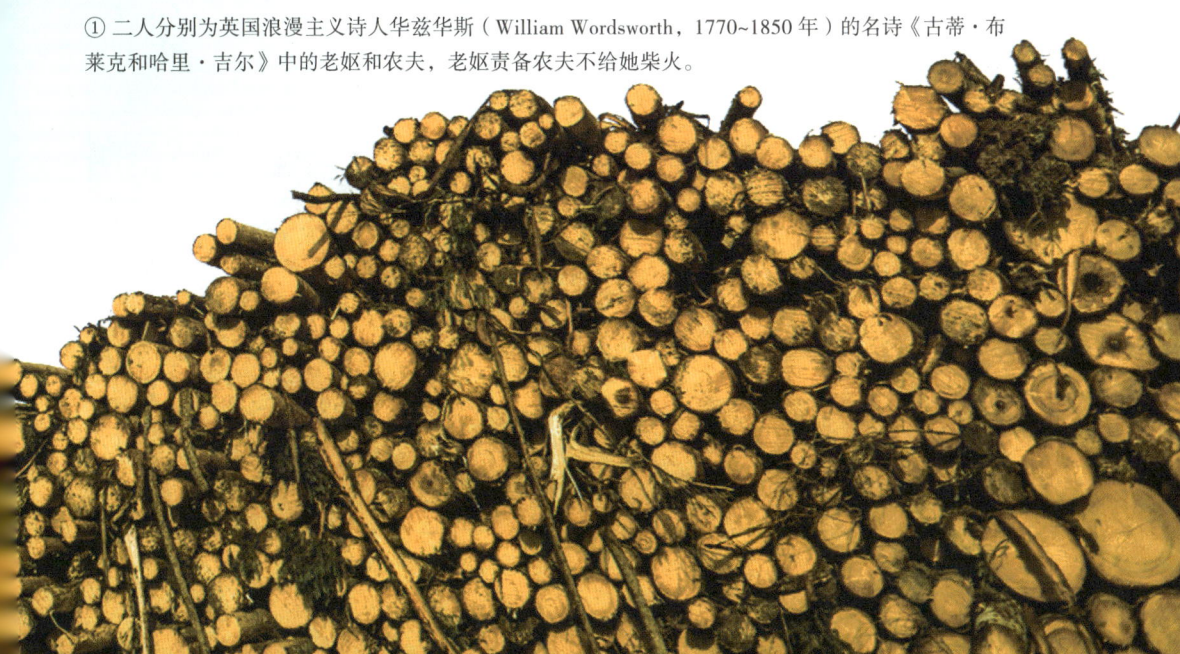

它一直延伸至大地的深处。通常情况下，我引火用的是森林中的枯叶，那是在下雪之前我就储存在棚屋里的。伐木工们在森林中宿营的时候，会将青翠的山核桃木劈成精细的木棍用来引火。每隔一段时间，我也会存点儿这种燃料。当村子里的炊烟袅袅升起时，我的烟囱上也会冒出一道浓烟，这么一来，住在瓦尔登峡谷中的许多山野居民都知道我正醒着——

展翅轻舞的烟啊，伊卡罗斯之鸟，
向上飞翔，你的羽毛就会熔掉，
沉默无言的云雀，黎明的信使啊，
在你的村屋上盘旋，那是你的巢；
要不然，你是逝去的梦，
午夜里迷蒙的身影，撩起你的衣裙；
夜幕为群星蒙上了面纱，
白天里，遮蔽了光亮和太阳；
去吧，我的熏香，从这火炉上升起，
求见诸神，请他们宽恕这明亮的火光。

尽管刚刚劈开的坚硬而翠绿的木材我很少使用，但它的确比其他任何的燃料都适合我。冬日的下午，我有时出去散散步，屋子里会留下一个燃得旺盛的火堆，等过三四个小时后我回来，火依然烧得旺旺的。我外出后，房子并没有空。仿佛我将一个快乐的女管家留在家里了。房子的居住者是我和火，

这位管家一般都非常可靠。但也有过例外，一天，我正在劈柴，突然觉得我应该去窗口瞧瞧房子是否着火了。这是我所记得的唯一一次令我特别焦急的事情，我发现火已经烧到我的床铺了，于是我冲进去扑灭它，不过床上已经被烧了我手掌那么大一块。好在我的房子位于阳光充足而且很避风的地方，加上屋顶又低，所以几乎冬天的每个中午我都可以熄掉火而不会冷。

鼹鼠把家安在我的地窖里，啃掉了我三分之一的土豆，我泥墙后剩下的一些毛发和牛皮纸也被它们充分利用，它们以此弄成了一个舒适的小窝——即便是最具野性的动物也像人一样，喜欢享受舒服和温暖；也正是因为它们如此小心地做窝，才得以安安稳稳地度过寒冬。从我一些朋友的话中我听出，他们似乎认为我是为了将自己冻成冰，才跑进森林里的。野兽只需在避风的地方弄个窝，就可以靠自己的体温取暖；而人呢，因为发现了火，就把空气关在一个宽敞的房间里，并把它弄暖和，反正不是用自身的体温取暖，而是把这暖和的屋子作为自己的床铺，他不用穿太厚重的衣服就可以四处活动，在寒冬里也保持着夏天的温度，还可以通过窗户让阳光照进来，再点上灯，使白天延长。这么着，他超越了自己的本能一步或者两步，用省出的时间去从事美术。尽管长时间地曝露于狂风中，令我全身丧失知觉，但只要回到温暖如春的屋子里，我的官能马上就恢复了，生命也因而延长了。在这个方面，即便是住在最豪华的房间里的人也没什么值得夸耀的，我们没必要花费精力去猜测人类最终是怎样灭绝的，只要有一股稍微狂野点的北风刮来，任何时候都可以轻而易举地夺去他们的生命。我们通常用"寒冷的星期五"和"大雪"这样的说法去计算时日；但是，只要星期五更冷一些，或者雪下得再大一些，就能使人类在地球上的生存宣告终结。

在下一个冬季，出于节俭的考虑，我换了一个小小的炉灶，毕竟森林并不归我所有。不过，这个小炉子没法像壁炉那样烧得很旺，于是，做饭就不再富有诗意了，而只能算是一种化学反应的过程。在使用炉灶的日子里，人们很快就忘记了自己曾像印第安人一样，在余烬中烤土豆。炉灶不但占地方，熏得满屋子都是烟味，而且看不见火苗，这使我感觉自己像失去了一位伴侣似的。在火光中，你总能看见一张面孔。晚上，劳动者凝视火焰的时候，那些白天积累下来的杂乱而又世俗的思想就会在火中得到净化。然而我再也不

能坐着凝望火焰了,我从一位诗人所写的贴切的诗句中获得了新的力量:

明亮的火焰啊,永远不要抛弃我,
你那可爱的生命的光彩,亲密的情谊。
莫非那飞升的光芒,是我的希望?
难道在夜色中如此低沉的,是我的命运?

你受到所有人的欢迎和热爱,
却为何从我们的大厅和炉边被驱走?
是不是因为你的存在太富有幻想,
不能为迟钝的众生送去一点儿光明?
你那神秘的光芒,不是在
跟我们的心灵交谈吗?秘不可宣?

的确,我们安全而健壮,因为现在
我们坐在火炉旁,炉中没有晃动的暗影,
也没有欢乐与哀伤,只有一炉火
温暖我们的手脚——也不渴望更多;
有了这一堆密集而实用的火,
在它旁边的人可以坐下,可以安然入睡,
不必害怕在黑暗中游荡的魂灵、恶鬼,
古树的火光一闪一闪地,和我们闲谈。①

---

① 源自美国田园诗人胡柏(Ellen Sturgis Hooper,1862~1848年)的诗《柴火》。

原住民；冬天的访客

我遭遇了好几场欢乐的暴风雪,在炉火旁度过了许多愉快的冬夜,那个时候,风雪在屋外疯狂地打着旋儿,甚至猫头鹰的尖叫声都被淹没了。一连好几个星期,我外出散步的时候都没碰见过一个人,除了偶尔到森林中来的伐木工,他们将木材装上雪橇拖回村里去了。然而,我却借助大自然的力量,在森林中积雪最深的地方开辟出一条小路,因为我走过一次后,踩下的脚印就被大风吹来的橡树叶子覆盖了;它们铺在地上,吸收了太阳光的热量,使积雪消融了。这么着,我不仅能在干燥的树叶上行走,而且夜色降临后,它

们形成的模糊的黑色线条，还能为我指路。说到与人的交往，我不禁想起了那些曾住在森林中的居民。据镇上许多居民回忆，林中原住民的闲聊和笑声曾在我木屋附近的那条路上回荡，而他们的小花园和住宅，曾点缀在道路两旁的森林中，尽管当时的森林同现在相比，要茂盛得多。我也清楚地记得，有些地方的松枝特别浓密，会蹭到轻便马车的两侧；那些只能独自步行前往林肯的女人和孩子，走过这儿时都非常害怕，甚至一大半路程都是一路小跑过去的。虽然总的说来，这只是一条通往邻村的简陋的小路，或者说只是伐木工人走的小道，但是在那个时候，它富于变化，带给旅行者的乐趣比现在更多，以致他们久久难以忘怀。如今在村子与森林之间，有一大片空旷的田野，当时乃是一片长满枫树的沼泽地，这条小路就从那儿穿过，路基全是原木。现在已经变成了一条满是尘土的公路，从斯特拉顿农场——也就是现在的福利院——经过田庄，一直通往布里斯特山的路，在它的下面，显然还能看见残留的原木。

卡托·英格拉哈姆曾住在我的豆子地东边，公路的那一边。我说的卡托不是尤蒂卡的那个卡托[①]，而是康科德的卡托。他是康科德的乡绅邓肯·英格拉哈姆老爷的奴隶——这位乡绅给自己的奴隶建了一所房子，允许他住在瓦尔登森林中。有人认为他是几内亚的黑人。还有寥寥的几个人记得，他在胡桃林中有一小块地，他将胡桃树培育成果林，打算等自己老了用；不过后来，这片胡桃林被一个年轻的白人投机家买下了。反正现在他也住在一所同样狭小的房子里。卡托那个半遮半露的地窖还在，不过早已鲜为人知，因为它被一排松树挡住了，旅行者根本发现不了它。如今那儿长满了光滑的漆树（拉丁文学名 Rhus glabra），最原始的一种黄花（拉丁文学名 Solidago stricta）也在那儿长得很茂盛。

有一个名叫齐尔法的黑人妇女，住在一座小小的房子里，就在我豆子地的拐角处——距离乡镇更近的地方。她在那里织亚麻布，卖给镇上的人。她

[①] 指的是马尔库斯·波尔基乌斯·卡托·乌地森西斯（Marcus Porcius Cato Uticensis，公元前95年~前46年），又被称为小加图，以区别于他的祖父——老加图。他是罗马共和国末期的政治家和演说家，是斯多葛派的忠实追随者。与恺撒不合，在恺撒称帝后，逃往北非的尤蒂卡，因而又被称为"尤蒂卡的卡托"。

的嗓音特别洪亮，整个瓦尔登森林里都回荡着她嘹亮的歌声。后来，1812年的战争期间，一群英国士兵——这是一些获释的战俘，烧掉了她的房子，连同她的小猫、小狗和老母鸡全都烧了，当时她恰好不在家。她的生活非常艰苦，几乎是常人难以想象的。一位经常到林子里散步的老人还记得，一天中午，他路过那座小屋，听见她正对着沸腾的水壶自言自语道："你们全是骨头，全是骨头啊！"在那儿的橡树林中，我还发现过残留的砖头呢。

顺着公路走下去，路右边的布里斯特山上曾住着布里斯特·弗里曼，他是"一个心灵手巧的黑人"，曾是乡绅卡明斯的奴隶。布里斯特亲手栽下的苹果树仍然长在那儿，现在成了很大很老的树，不过我觉得结出的果实还具有地道的野苹果味。前不久，我在老林肯公墓看到了他的墓志铭，就在几个无名墓的附近——那是一些从康科德撤退时战死的英国掷弹兵。他的墓碑上写着"西皮奥·布里斯特"——其实他有资格被称为斯基皮奥·阿非利加鲁斯①——"一个有色人种"，好像他已经褪色了似的。他去世的日期，写在墓碑上一个很醒目的地方，这倒是间接地告诉我，这个人曾活在世间。与他一起长眠的是他的妻子芬达，她会算命，不过很招人喜欢，她生得很健壮，圆圆的，黑黢黢的，比任何黑夜的孩子都要黑。这样一个黑乎乎的大圆球，在康科

---

① 斯基皮奥·阿非利加鲁斯（Scipio Africanus，公元前236~前183年）：罗马执政官，曾远征非洲。

德一带可以说是绝无仅有的。

　　沿着布里斯特山再往下走一点，左手边，林子里的古道上，还有斯特拉顿家的废墟。他们家的果树园曾占据了布里斯特山的所有斜坡，不过那些果树也早就被北美油松淹没了，只剩下一些残存的树根，现在老根上又长出了许多更加茂盛的野果树。

　　更挨近乡镇，在大路的另一边，正好在森林的边缘，便是布里德的地方，那儿因出了一个捣乱的妖魔而闻名。尽管这个妖魔没有被记录在古代神话中，但他却与新英格兰人的生活有着极其重要而且令人吃惊的关系，就像神话里的许多角色一样，总有一天值得人们为他写一部传记。起初，他伪装成一个朋友或者一个雇工来到这儿，接着就抢劫并且杀害主人一家老小——他是新英格兰的妖怪。不过历史没法将这里发生的所有惨剧都记录下来；那就让时间将它们弄模糊一点吧，给它们涂上一层蔚蓝的色彩。有一个朦胧的传说中提到，这儿曾有一家酒馆；还有一眼井，据说用这井水为旅客调制饮料，并使他们的马恢复力量。人们曾在这儿集聚，打个招呼，交换一下新闻，然后各自赶路。

　　布里德的茅屋早就无人居住了，不过直到 12 年前它才坍塌。它的大小跟我的房子相似。如果我没记错的话，它是在一个选举总统的夜里，被几个淘气的小孩放火烧掉的。那时候，我住在村子的边沿，正读着戴弗南特的《冈迪伯特》①入神，那个冬天，我患上了瞌睡的毛病——顺便说说，我也不清楚这毛病是不是家族遗传的，但我的一位叔叔，确实在刮胡子的时候都会睡着，每逢礼拜天，为了能让自己清醒地度过，他只得去地窖里摘土豆上的芽；还有可能是因为我无法顺利地读完查尔默斯②编的《英国诗选》，这本诗集简直征服了我的神经③。我读着读着，头就越垂越低，突然就听见了火警的钟声，救火车呼啸着奔向那里，一大群男人和小孩在前面乱跑，而我跑在最前面，因为我一下子就跃过了小溪。我们都以为是森林南边很远的地方着火了——

---

① 英国诗人、剧作家威廉·戴夫南特爵士（1606~1666 年）的一篇长诗。
② 查尔默斯（Alexander Chalmers，1759~1834 年），英国剧作家。
③ 神经一词，原文是 Nervii，原意是指一个北方欧洲部落，在公元前 57 年被恺撒打败。用在此处，意在形容查尔默斯的诗选征服了他的神经系统。梭罗使用了双关的手法。

我们以前都去那儿救过火——牲口圈、商店、住宅，或者是全都烧着了。"是贝克田庄。"有人喊道。另一个人肯定地说："是考德曼家着火了。"接着，又一大簇火花升上了森林的上空，似乎是房顶塌了。于是，我们都高喊起来："康科德人快来救火啊！"马车一路疾驰，上面挤满了人，里头说不定有保险公司的经纪人——无论距离火灾发生地多远，他都是必须到场的。而这时，救火车却行驶得不紧不慢起来，方才焦急的火警铃声也远远落在了后面。后来大家私下议论，说跑在最后，救火不积极的，就是纵火的人——这世上就是有那种自己放火又报火警的人。就这样，我们不辨方向地跟着人潮一味向前冲，对眼见耳闻的事实不加理会，直到拐过一个弯儿，听到噼噼啪啪的火焰爆裂声，真切地感受到隔墙袭来的热浪，我们才明白，呀！我们已经到达火灾现场啦。身临其境，大家的热情反而在渐渐消退。最初，我们甚至想取整个池塘的水来灭火；而现在却决定索性让它烧去，反正已经烧得差不多了，毫无救助的价值。于是，我们围在救火车旁，推来搡去，争着挤到扬声喇叭旁，发表自己的观点，或几个人压低声音，谈论着世界上曾经发生的大火灾，包括巴斯康店铺的那次，而我们中的另一些人则想当然地认为，要是我们手中有"桶[①]"，又有一个储满水的池塘，那么那场骇人的火灾就不会损失那么惨重了，或许还会因为救火泼水变成一次洪灾哩。最后我们什么坏事都没做，就各自回去了，有人回去睡觉，而我则回去看《冈迪伯特》。这本书的序言中有一段话，大意是说机智是点燃灵性的火药，作家的原话是这样的——"多

---

① 指行动较慢的手拉式救火车。

瓦尔登湖

数人类是不懂机智的,正如印第安人不懂火药一样",对这一观点,我颇不认同。

第二天晚上,我再次路过火灾废墟,与此同时,我听到废墟中有人在低语。我摸黑近前,想要看个究竟。原来是我认识的一个人,他是发生火灾那家唯一的后代。他身上有着那家人所有的缺点和优点。恐怕只有他才是真正关心这场火灾的,我看到他时,他正趴在地窖边上向里看,还习惯性地喃喃自语着,地窖深处未燃尽的灰烬还在冒烟。整个白天,他都在远处河边的草地上干活,一有时间,就立即来到承载着他欢乐童年的老宅。他趴在地上,从不同角度看着地窖,好像那些断砖残瓦中藏着什么宝藏似的,但实际上大火烧毁了一切,除了砖瓦和灰烬,什么也没留下。他只能满怀留恋地看看残余的部分。我的到来,让他深感欣慰,觉得自己的遭遇得到了同情,他指着一个地方,说那里是一口井,虽然现在井口已被废墟埋住,但在黑暗中还是能看出个大概。他沿着墙摸索着前行,找到他父亲亲手制造安装的汲水架,让我抚摸那悬挂重物的沉甸甸的铁钩——现在,他能触摸到的就只有这个东西了——他努力地向我解释,说这不是一个普通的井架。我摸了摸井架和铁钩,深有感触,后来我每次散步经过这里时,总要看看它,因为它承载着一个家族的历史。

废墟的左侧,曾经有水井和盛开在墙角的丁香花丛,纳丁和勒·格洛斯也曾在此居住,后来他们就回到林肯去了。现在,这里只是一片荒芜的空地。

在森林深处,比以上所说的任何地方都远,小路最靠近湖泊的地方,陶匠怀曼世代居住在那里,为乡亲们制造陶器,他的制陶手艺还传给了他的子孙后代。用世俗的眼光来看,他们是贫穷的,生前只能勉强拥有那块土地。镇长来收税,经常是白跑一趟,因为他家实在是没什么值钱的东西,镇长只能"搜罗走一些不值钱的东西",做做样子罢了。仲夏里的一天,我

在田里除草，有个骑着马的人带了很多陶器，要到市场去。他在我的田地边勒住缰绳，问我有关小怀曼的情况，说很久以前，小怀曼在他那买过一个制作陶器的陶轮①，现在他想打听打听小怀曼过得如何。我只在《圣经》中读到过制作陶器的陶土和陶轮，从来没有考虑过我们日常使用的陶器并不是由古人制作又毫无破损地流传至今的，也不是像葫芦那样从树上长出来的，而是制陶工人制作出来的。如今，听说在我们附近也有人从事这种精妙的工艺，我非常高兴。

我面前这片丛林中的最后一个居民是爱尔兰人休·夸尔（叫他的名字时，舌头要足够卷才能保证发音正确），他以前借住在怀曼家，大家都叫他夸尔上校。传说他当过兵，还参加过滑铁卢战役。如果他还活着，我一定要亲耳听他把那场战争再讲一遍。拿破仑去了圣赫勒拿岛②，而夸尔则来到了瓦尔登森林。据我所知，他的经历非常悲惨。他这人风度翩翩，确实是个见过世面的人，他说起话来比你所交谈过的任何人都要优雅。他患有震颤性谵妄症，即便是炎热的夏天，他也穿着一件大衣，脸色也时常泛着胭脂红。我来到森林后不久，他就死在勃立斯特山下的路上了，所以我对他印象并不深，甚至没有把他当作邻居看待。在他的房子被拆掉之前，他的朋友都觉得这是"一座不祥的堡垒"，纷纷绕道而行。我曾经进去看过，里面有他一些旧衣服，皱巴巴的，堆在高高的木板床上，就像他本人一样萎顿不堪。壁炉架上放着一个断裂的烟斗，而不是泉边打破的那只碗。泉水不能作为他死亡的象征，因为他曾经对我说过，虽然他早听说过勃立斯特泉水的大名，却从未亲眼见识过。此外，地板上撒满了满是污渍的纸牌，有方块、黑桃、红桃老K等。

---

① 陶轮：也叫拉坯轮，是手工制陶时，用脚踩动踏板就能带动陶胚旋转的机器。
② 圣赫勒拿岛：拿破仑在滑铁卢战役中失败后的流放地，1821年病死在那里。

还有一只黑鸡，没被行政官长捉走，它依然栖息在隔壁房间里。它浑身像黑夜一样黑，安静得连咕咕声都不曾发出过，像是在不安地等待列那狐①前来捉它。屋后一块地方，看上去仿佛一个种植园，也不知道种了些什么，因为他的手抖得厉害，从未锄过地，现在已经到收获的季节了。罗马苦艾和叫化草在园中疯长，从中穿过，叫化草的果实粘得我衣服上到处都是。房屋后墙上，有一张不久前才绷上的土拨鼠皮，这是他最后一次遭遇滑铁卢收获的战利品，可是现在他已经用不着温暖的帽子或手套了。

  现在地面上只有一个凹坑，让人看出这里曾是住宅遗址，地窖中的石头深深埋在土中，而草莓、木莓、覆盆子、榛树和黄栌树却在向阳的草地上茁壮成长；原来烟囱所在的角落被苍松和多节的橡树占据了，而门槛所在处，则可能长着一棵黑杨树，散发着馥郁的气味。有时还能清楚地看到井口的凹痕，从前井中是清澈的泉水，现在只有干枯的杂草；也许泉水并没有干涸，只是被长草盖住了——日后可能会有人发现——长草下是一块扁平的石头，那是最后一个离开此地的人搬过来的。石头把井口盖住了——这是一件多么悲哀的事啊！封住井口的同时，人们的泪泉开始流淌。这些年代久远的地窖凹痕，像被遗弃的狐狸洞，是人类曾经在此生活的遗迹，那时的人们或许也曾以不同的方式，不同的方言讨论过关于"命运、自由

---

① 列那狐：中世纪法国叙事诗《列那狐的故事》中的著名形象。列那狐去农庄偷鸡，公鸡上当被抓住后，又设法逃脱了。

意志、绝对预知"①等话题。但是从他们的讨论结果中，我只能领会一点，那就是"卡托和勃立斯特拉过羊毛"；这跟著名哲学流派的发展史同样具有启发性。

在门框、门楣、门槛都消失了二三十年之后，丁香花仍然生机勃勃，每年春天绽开芳香扑鼻的花朵，吸引沉思的旅行者采摘。这些丁香是孩子们亲手种在屋前院子里的——现在它们都生长在人迹罕至的牧场围墙脚下，并逐渐让位给新生的森林——它们是这个家族的唯一幸存者。那些皮肤黑黑的小孩儿们绝对想不到，他们在屋前阴凉处插下的只有两个小芽的细枝，经过一番浇水施肥后，居然扎下根来，活得比他们还长久，比向他们投下阴影的房屋还长久，甚至比大人打理的花园果园还长久。在他们长大、衰老、死去之后，又过了半个世纪，丁香花还在把他们的故事讲述给一个个孤独的旅行者听——它们的花朵如此美丽，气味如此甜美，就像在它们生命中第一个春天绽放的那样美好。我看到了丁香花那依然柔和、优雅、令人愉悦的色彩。

这个小村落，应该像一个幼芽一样富有生命力，可它没有发展壮大，反而消失了，康科德却在老地方扎下根来，这是为什么呢？难道缺少自然优势——譬如说，没能享受水源的福泽？啊，瓦尔登湖之深邃，勃立斯特泉水之清凉——这丰富的水源，如果饮用必定有益于健康，可是除了用来稀释酒水之外，村民们根本没有对水源善加利用。他们都只是用水解渴的庸人。像编篮子、做马棚扫帚、编席、晾晒玉米、织细麻布、制陶这些营生，为什么在这儿发展不起来，不能像美丽的玫瑰花开满荒原呢？为什么没有子孙后代来继承他们祖先的土地呢？土地即便贫瘠，至少也能抵挡低地的退化。真是可悲啊！对此处居民的回忆，并不会为风景增光添色！也许，大自然又要拿我做

---

① 引自弥尔顿《失乐园》。

实验，让我做第一位定居此处的移民，而我去年春天造的房子将成为村里的最古老的建筑。

我不知道我所占用的土地，以前是否有人建过房屋。我可不愿住在一个建筑在古城遗址之上的城市中，古城废墟成了新城的建筑材料，而古城的墓地或许被开发成为园林。这样的土地已经受到诅咒，令人不安，而在这些成为事实之前，大地恐怕也要灭亡了。在这样的回忆之下，我让这些人住进森林，借以帮助自己入眠。

在这个季节，很少有客人光顾我的房屋。在积雪最深的时候，往往整整一周，甚至长达半个月都没人走近我的小屋。可是这并不妨碍我舒适地生活，我就像生活在草原上的老鼠、牛或鸡一样，据说它们即使长期埋在雪层下，无处觅食，也能活下去呢；或者，像本州萨顿城中最早的一家移民，据说，在1717年那场大雪中，他出门在外，大雪掩埋了他的草屋，家人被困在屋中，多亏一个印第安人认出雪层上的一个窟窿是烟囱中喷出的热气造成的，从而断定积雪下有人受困，他的家人这才得到解救。现在没有友好的印第安朋友关心我，其实也没有必要，因为屋子的主人就在家里。大雪！听来就令人愉快！农夫们不能赶着驴马到森林或沼泽中来，他们不得不砍伐门口那些遮蔽日光的树木，当积雪冻硬后，他们会进入沼泽地区砍伐一些树木，到第二年春天去看时，会发现他们在离地面十英尺高的地方砍下了那些树。

积雪最深的时候，从公路到我家那条半英里长的路，就像一条蜿蜒的虚线，两点间的空间很大。如果连着一周天气都比较平稳，我出行时总是跨出相同的步数，以同样大小的步幅，小心翼翼地行走，像一把两脚规落脚准确，总是踏在自己以前留下的深深脚印之上——在寒冷的冬天，连我们行走的路线都受到了局限——这些脚印中的冰面往往能反射出天空的蔚蓝色。其实不管什么天气，都不会彻底阻止我步行出门，因为我常常踏着最深的积雪，步行 8~10 英里，只为了赴约——我和林中的一株山毛榉，或一株黄杨，或松林中某位老相识，都是有约会的。大雪过后，冰雪压得它们枝桠低垂，树顶显得更尖，松树变得像铁杉木一样。有时，我在深达两英尺的积雪中跋涉，向最高的山顶攀登，每跨出一步，就得摇落头顶的大团积雪。有几次我索性手脚并用，在地上爬行起来，我知道猎户们都躲在家里过冬，不会有什么危险。某天下午，我兴致盎然地观察一只身上有条状斑纹的猫头鹰（学名 Strix nebulosa），它蹲踞在一株白松较低的枯枝上，紧靠着树干，大白天里，我站在离它不足一杆远的地方，我抬脚迈步，踩踏积雪的声音，它可以听到，但它看不清我。如果我发出的响声较大，它受到惊动，就会伸伸脖子，竖起颈部的羽毛，睁大眼睛；但是，过不多久它就又把眼皮阖上，点着头打起瞌睡来。观察了半小时后，我也昏昏欲睡起来，它双眼半睁，就像一只猫，它是猫生有翅膀的兄弟。上下眼皮间只留一条小缝，和我保持着一种半岛关系；它在自己梦境王国的土地上看着我，想辨明我是谁。是个朦胧不清的物体呢，还是灰尘迷了眼睛，以致视线模糊不清了呢？最后，或许是更响的动静，或许是我的靠近惊扰了它，它稍显艰难地在枯枝上转过身来，好像对有人扰它清梦非常不满。它拍拍翅膀飞离了树枝，在松林中逡巡，它展开的双翅非常宽大，而拍打翅膀的声音却根本听不到。就这样，它几乎不用视觉，而是凭感觉，在松林间绕来绕去地飞行，仿佛它浑身的羽毛都是敏感的探路器一般，在昏暗的光线下，它又找了个枝桠，收起翅膀停落在上面，准备在那里安静地等待黎明的到来。

我路过横穿草原的铁路路基时，阵阵刺骨的寒风呼啸而过，在这里，寒风比在其他任何地方都肆虐。当寒风卷着霜雪狠抽在我左脸上时，纵然我不是个基督徒，我也会把右脸伸出去任它抽打。①勃立斯特山通往外界的那条马车道路况也不怎么样。有时，广袤原野上的雪都积在了瓦尔登路两侧的墙垣间，如果有人经过，要不了半个小时，那人的足迹就又被寒风吹来的雪掩埋了，即便如此，我还是要去镇上，就像一个友好的印第安人一样。从镇上回来时，一场新的风雪正在肆虐，我被卷在其中拼命挣扎，脚步匆匆的西北风将银粉似的雪花堆积在道路的拐弯处，雪面上看不到兔子的脚印，田鼠那纤细的爪印就更看不到了。即便在寒冷的隆冬，在温暖、肥沃的沼泽地上，青草和臭菘依然青绿喜人，而一些耐寒的鸟儿也坚持着，等待冬去春来的那一天。

有时尽管下着雪，我散步归来，也能发现有门口有深深的脚印，这是樵夫到访的痕迹。果然，在火炉上我发现了他无聊削尖的木片，屋中还有他抽烟斗留下的味道。或者某个周日的下午，如果我恰好在家，可能会听见有人咯吱咯吱地踏着积雪，来到我家门前，那是一个长脸庞的农夫。他不顾路途

---

① 《圣经·新约全书》中说，基督徒在别人打完左脸后，不仅不能发火，还要把右脸送上去，以平息对方的怒火，化解矛盾。

遥远，特意穿过森林来和我聊天；他是当时被称为"农庄人物①"的少数人中的一员；他没穿教授们常穿的长袍，而是穿了一件工人服；他引用起教会或国家的道德言论来，可谓是驾轻就熟，就像从自家牲畜圈中拉出一车粪肥一样。我们谈到了纯朴的原始年代，那时，气候寒冷，人们升起一堆篝火，团团围坐在一起，头脑高度清楚。如果没有什么水果做点心，我们就去捡拾被松鼠遗弃的坚果，试着用牙齿啃咬，那些外壳又厚又硬的坚果里面有可能是空的。

　　离我家最远，需要冒着可怕的暴风雪、穿过最深的积雪才能到达我家的是一位诗人②。农夫、猎户、士兵、记者，甚至哲学家都可能被坏天气吓得不敢出门，但是什么都阻止不了诗人，他是以纯粹的爱为名行动的。他来去自由，谁也无法预言。他的职业决定了即使是医生都要休息的时候，只要有需要，他也会不顾一切地出门。我们会面后，小小的木屋里时而传出大笑声，时而响起低低的交谈声，可以听出大家的思路都很清晰，这些

---

① farmer, 意为农夫，man on the farm, 意为农庄人物，此处用的是后者，爱默生（Ralph Waldo Emerson, 1803~1882 年）在"美国学者"中对这两个概念做了区分。
② 仍指前文中提到的小钱宁。

声音打破了瓦尔登山谷长久以来的静寂。与此处热烈的气氛相比，连百老汇也显得寂静而荒凉了。每隔不久，屋内就传出笑声，可能是刚才的某句话引人发笑，也可能是讲话者对还未出口的笑话忍俊不禁。我们一边喝粥，一边谈论"全新的"人生哲学，这稀粥既可待客，又适于让大家头脑清醒地讨论哲学问题。

我永远也忘不了，我在瓦尔登湖居住的最后一个冬天，有一位访客①非常受欢迎，他曾经穿过村庄，克服雨雪和黑暗，隔着树丛看见我家的灯火，他和我共同渡过了好几个漫长的冬夜。最后一批哲学家之一——他是康涅狄格州献给整个世界的——他最初推销康涅狄格州的商品，后来他开始要推销自己的智慧。他现在依然在推销自己的智慧，在颂扬上帝，针砭世人，只有头脑是他的果实，就像果肉饱满的坚果一样。我想，在有信心存活于世的人中，他必然是信心最强的那一个。他所说的话语和他做事的态度，都表现出他总是把一切事情都往好处看，随着时代的发展，他也许是最后一个感到失望的人，目前他还没有什么大的举动。虽然现在还没人注意到他的存在，但当属于他的时机到来，人们意想不到的法规开始执行，家长和执政者就要向

---

① 此处所说的"访客"，指的是美国超验论哲学家、教育家阿尔科特（Amos Bronson Alcott，1799~1888 年）。

他求教了。

无视澄清世界者是何等盲目！①

人类忠实的朋友，抑或称之为推动人类进步的唯一朋友。一个普通的老者，不如说他是不朽的存在，怀着孜孜不倦的耐心和坚定如磐的信念，要把人类身体上铭刻的形象解说明白，人类现下尊奉的神明，不过是神破败的纪念碑，已经倾斜欲坠了。他用充满慈爱的智慧，拥抱孩子、乞丐、疯子、学者，对各种思想都持包容的态度，同时又使它们变得博大精深。我觉得他应该在世界之路上开一家旅馆，招待来自世界各地的哲学家，旅馆的招牌上写着："招待人，但不招待他的兽性。欢迎有闲情雅兴的人，欢迎一心寻找正道的人。"他大概是头脑最清醒的人，也是我认识的人中最坦荡、最不会钩心斗角的人；不管是昨天还是今天，他都始终如一。以往我们散步、聊天，沉浸其中，把整个世界都甩在一旁，因为他不受这世界的任何制度的约束，他天性自由，充满智慧。不论我们朝哪个方向转弯，天地仿佛连成了一体，是他让风景变得更加美丽了。一个身穿蓝衣的人，最合适他的屋顶只能是苍穹，那里能映射出他澄澈的心灵。我不相信他会逝去，大自然是舍不得让他离开的。

我们提取各自的思想，就像晒干木片时那样，我们坐下来，把木片削尖，试验刀子是否锋利，欣赏着松木那美妙的纹理。我们温柔地、满怀敬意地涉溪而过，或者气氛融洽地牵手前行，这样，思想的小鱼就不会被吓得在溪中四处逃窜，也不怕岸上垂钓的人，从容地游来游去，就像西边天空中飘过的白云，那珍珠色的云朵时而有形，时而四处飘散。我们在那儿工作，考

---

① 引自托马斯·斯托勒（Thomas Storer）的《托马斯·华斯莱传》。

证神话、修订寓言，建造空中楼阁，因为地面上根本没有为这一伟大建筑提供有价值的基础。伟大的观察家！伟大的预言家！和他聊天是新英格兰之夜的绝美享受。啊，我们曾进行过这样的谈话，隐士、哲学家，还有我曾经提到的那个老移民——我们三人——谈得热火朝天，那热烈的气氛把屋子都撑胀了，震动了：我不敢估计，在这种氛围下，直径约为一英寸的圆点上要承受多少磅的压力；它受压裂开的缝隙，要塞进多少驽钝的东西才能堵上——幸亏我已经拣了不少此类的麻根和填絮了。

另外还有一个人[①]，就住在村子里，在他家，我和他曾共度过一段"美好时光"，令我永生难忘，他也时常来看我；然而除了我，他就没再结交别的朋友了。

和在别处一样，有时我非常希望能见到那些不可能到来的客人。《毗湿奴往世书》[②]说，"房主黄昏时，应该在大门口徘徊，大约给一头牛挤奶那么长的时间，如果有必要还可延长时间，等候客人的到来。"我常常郑重其事地守在门口等待，所花费的时间足以挤完一大群牛的奶汁，可是我从来没见过我等待的人从镇上过来。

---

① 这个人指的是美国著名作家爱默生，他是梭罗的邻居、朋友、导师，对梭罗的一生影响极大。
② 《毗湿奴往世书》：印度古代著作。

冬季鸟兽

等湖面结了厚厚的冰层后,前往很多地方都有了新的捷径,而且还可以站在冰面上观赏景色,那些原本熟悉的景色,现在看来也有了别样的意味。当我经过积雪覆盖的弗灵特湖时,想到我曾在这里泛舟溜冰,现在看起来,它变大了,大得令人惊讶,而且奇怪的是,我看到它,老是想起巴芬湾。环顾四周,林肯的群山矗立在白雪覆盖的广阔原野之上,以前我好像并没有来过这里。远处冰面上的景物有些模糊,渔夫带着猎狗缓慢地移动,就像猎海豹的人或爱斯基摩人那样,如果是在雾气浓重的天气里,他们看上去影影绰

绰，就像传说中的神奇生物，分辨不出他们是巨人还是侏儒。晚上，我去林肯听演讲，从我的小屋到演讲室之间也有其他道路，但我总是走一条路，途中不会经过任何一栋屋子。途中会经过鹅湖，那里是麝鼠的栖息地，它们窝巢矗立在冰面之上，但我多次路过，也没见过一只出来活动的麝鼠。瓦尔登湖，和其他几个湖一样，通常不会积雪，顶多薄薄积一层，很快就会被风吹散，这里就是我的庭院，我可以在那里自由散步，其他地方此时的积雪总有将近两英尺深，村里的居民都被困在自家附近的街道上。远离村庄的街道，人迹罕至，很难听到雪车的铃声，我时常一步一滑地走着，或滑雪，或溜冰，好像在一个踏平的鹿园中，悬垂着橡树和庄严的松树，或被积雪压得弯了腰，或浑身倒挂着不计其数的冰柱。

在冬夜里，我时常听到远处传来猫头鹰凄凉而动听的鸣叫，仿佛是用合适的拨子弹拨冰冻大地时发出的声音——白天有时也可以听到这种声音，这正是瓦尔登森林的方言土语。后来，我熟悉了这种声音，虽然没见过那只猫头鹰鸣叫时的样子。冬夜，我打开房门，几乎每次都能听到它在"胡，胡，胡雷，胡"地叫，声音响亮极了。如果你仔细听，会发现头三个音像是在说"你好"；有时它的叫声比较简单，只发出"胡，胡"的声音。初冬的一个晚上，湖水还没有完全上冻，大约9点左右，我听到一只鸿雁在大叫，吓了一跳，我走到门口，听到成群的鸿雁拍打着翅膀，像一股林中风暴一样，低低地飞过我的屋子。它们飞过湖泊，飞向美港，雁群好像对我家的灯光比较恐惧，它们的领队发出了有节奏的鸣叫声。突然间，我没有看错，有一只猫头鹰，跟我离得很近，发出我在森林中听到过的最沙哑、最颤抖的叫声。每隔一段时间，它就这样叫着回应鸿雁群，好像要炫耀自己音量更大、音域更宽的方言土语，借以侮辱那些来自赫德森湾的外来客——它"胡，胡"叫着，想要把它们赶出康科德的领空。在这只属于我的夜晚，你却来惊动整个堡垒，为什么呢？你是不是认为这个时候，我已经睡着了？你以为我的肺和喉音不如你吗？"波—胡，波—胡，波—胡！"我从来没有听过这种令人颤栗的噪音。然而，如果你擅长辨音，你就能听出其中不乏和谐的因素，在这一带的原野上可谓是未曾听闻。

我还听到湖中冰块的叹息声，瓦尔登湖在康科德这里，是和我同床的寝伴

儿，他躺在床上，似乎有些不耐烦，想翻一个身，肠胃也有点胀气，还做了噩梦。有时我能听到地面被严寒冻裂的声音，就像有人赶着一群驴马直接撞上了我的房门，早晨起床后，我果然发现地面有一条裂痕，宽 1/3 英寸，长 1/4 英里。

有时我听到狐狸在积雪上爬行的声音。在有月的夜晚，它们寻觅鹧鸪或其他飞禽，就像森林中的恶犬一样，发出刺耳的叫声。它好像有点焦虑，又好像在极力表达些什么，要拼命寻求光明，想要变成狗，在街上自由奔跑。如果我们考虑到存在的历史，难道禽兽不该跟人类一样，也存在某种文明吗？我觉得它们像原始人、穴居人，时刻保持警惕，等待进化变形的到来。有时候，会有一只狐狸被我的灯光吸引，靠近我的窗子，诅咒一般地朝我叫上一声，就赶紧逃走了。

黎明到来时，通常总是赤松鼠（学名 Sciurus Hudsonius）把我叫醒，它在屋脊上上蹿下跳，又在房屋四壁爬上爬下，好像它们从森林里跑出来，就是为了要干这些。一冬天，我在门口的积雪上，抛撒了大约半蒲式耳的半熟玉米穗，然后观察被吸引来的各种动物，我对这件事充满了极大的兴趣。傍晚和黑夜，经常有兔子跑来美餐一番。赤松鼠则一整天都跑来跑去的，它们的机敏灵活让我心情愉悦。有一只赤松鼠开始时非常谨慎，它穿过低矮的橡树丛，在雪地上跑跑停停，像一片树叶被风吹了过来；一忽儿它朝这边跑几步，速度很快,当然体力消耗也比较大,它用"跑步"的姿势狂奔,快得无法想象,一副豁出去了的模样;一忽儿它又朝那边跑几步,但每次跑出的距离都不超过半杆之遥。突然间,它摆出一副滑稽的嘴脸,停下脚步,莫名其妙地翻了个跟斗,仿佛整个宇宙的眼睛都在凝神关注它——因为即使是在森林最深处,最人迹罕至的地方,松鼠的行动也像舞女当着众多看客的面卖弄风情一样。它的迂回,兜圈子,只会浪费更多时间,如果它直线前行,早就跑到目的地了——但实际上,我从没有见过一只松鼠正经八百地走路——然后,突然间,它就已经窜到了一棵小苍松的树尖儿上,开足马力,责骂着假想中的看客,像是在喃喃自语,又像是在对全宇宙发号施令。我根本就猜不出这是怎么一回事,我想,它自己也未必能说出原因来。最后,它终于来到了玉米旁,选定一个玉米穗后,依旧沿着不规则的三角形路线跑来跳去,跳到我堆在窗前那堆木料的最高处。在那里,它面对着我,一坐就是几个小时,期间时不时地去捡拾新的玉米穗。起先它狼吞虎咽地啃食着,把啃得只剩半截儿的玉米芯到处乱丢;后来它变得挑剔,玩弄起食物来,只吃玉米粒。它用一只前掌举着一个玉米穗,一不小心玉米掉到了地上,它做出一副踌躇的滑稽表情,低头看着玉米,好像怀疑那玉米是个活物,犹豫着要不要捡起来,或者再去拿一个,或者干脆离开这里。它一会儿看看玉米穗,一会儿又警惕

地听风里是否夹杂着什么声音，就这样，这个胡作非为的小家伙一上午就糟蹋了不少玉米穗。最后，它玩腻了，选了一根最长最大的玉米穗——比它的身体还要大得多——灵活地扛在背上，回森林里去了，看上去就像一只老虎背着一头大水牛，它虽负重，却仍然迂回着前进，走走停停。那穗玉米好像太重了，老是从它背上掉下来，它斜扛着玉米穗，使玉米与地平线及其垂线形成一个直角三角形。虽然不简单，它仍决定要把它拖到目的地——这个罕见轻浮而又不专一的家伙——就这样，它扛着玉米回到了它的住处，那或许是据此四五十杆远的一棵松树的顶端。事后我去森林里，发现被啃净的玉米芯被扔得到处都是。

最后樫鸟也来觅食了，它们的刺耳的叫声我早有耳闻，它们在距我 1/8 英里之外的地方就提高了警惕，谨慎地、悄无声息地在树木之间穿行，慢慢靠近，一路上，它们还时常捡拾松鼠掉落的玉米粒儿。然后，它们蹲踞在一棵苍松的枝头，想赶紧吞下玉米粒儿，怎奈玉米粒太大，噎在喉管里，连呼吸都不畅了；最终，它费了九牛二虎之力，又把玉米粒儿吐了出来，用尖嘴儿不停地啄，企图把它啄碎。很显然，它们是一伙偷偷摸摸的小贼，我打心眼儿里瞧不起它们；相比之下，那些松鼠开始时虽然有些不好意思，后来就彻底放开了，像拿自己的东西一样把玉米拖回自己家去了。

同时飞来的还有一群群山雀，它们拣起松鼠掉落玉米残渣，飞到附近的树枝上，用爪子按着残渣，用小小的尖嘴啄食，好像是在从树皮中啄出小虫一样。它们一直啄，直到玉米碎屑小到可以轻松通过它们纤细的喉管，这才放心地吃起来。有一小群山雀每天都会到我的木料堆中美食一餐，或者来吃洒落在我门前的那些食物残渣。它们发出轻快而迅疾的低鸣声，就像草丛间的冰柱在泠泠作响，或者发出生机盎然的"代，代，代"的声音，难得一闻的是，在春天般的日子里，它们会在林子边儿上发出充满夏意的"菲—比"声，就像拨动琴弦的声音。它们和我混得很熟，有一次，我用胳膊夹着一些柴火准备进屋，一只大胆的山雀竟然飞到我夹着的柴火上，从从容容地啄起细枝来。还有一次，我在村里的园子中锄地，一只麻雀飞过来，落在我的肩膀上，站着待了一会儿，当时我内心非常自豪，不管让我戴上什么荣誉肩章，都不能超越那次我所感受到的自豪。后来松鼠也跟我混熟了，有时为了走捷径，还会从我的脚背上踩过去。

在大地还没有完全被白雪覆盖时,以及冬天将尽,山坡南面和我门前柴堆上的积雪开始融化时,鹧鸪每天早晚都要飞出林子觅食。无论在林中何处散步,总能见到鹧鸪,它们拍着翅膀在林间疾飞,震落了枝叶上的积雪——雪花在阳光下飘落,就像闪闪发光的金粉——这种勇敢的鸟儿从不惧怕寒冬。它们常常躲藏在积雪之下,据说,"有时它们飞着扎入蓬松的雪堆,能在那里藏上一两天那么久"。傍晚时分,它们飞出林子,寻找野苹果树上幼嫩的花蕾食用,我行至旷野时,经常惊扰它们。每天黄昏,它们总是会飞落到它们惯常停落的那几棵树上,狡猾的猎人正埋伏在那里等着下手呢,这时林子旁边的果园就会爆发不小的骚动。无论如何,我对鹧鸪总能找到食物果腹深感欣慰。它们以花蕾和泉水为食,它们是深受大自然眷顾的鸟儿。

在冬天光线昏暗的早晨,或短暂的下午,有时我会听到,整个森林里都回荡着猎狗群的狂吠声,它们无法抑制追逐猎物的本能。与此同时,我还时不时地听到打猎的号角声,这说明狗群的后面跟着猎人。森林里又响起了猎狗们的叫声,可是我并没有看到有狐狸窜到湖边的开阔地上来,也没见猎狗追赶他们的亚克托安①。也许到黄昏时分,我会见到收工的猎人前来寻找旅馆

---

① 亚克托安:古希腊神话中的一个猎手,因偷窥狩猎女神狄安娜沐浴,被变成了一头牝鹿,最后被他自己的猎狗撕成了碎片。

过夜,他们的雪车后面拖着一根毛茸茸的狐狸尾巴,那就是他们此行的战利品。他们告诉我,如果狐狸躲在冻土之下,是非常安全的;如果它被发现后沿直线逃跑,猎狗是追不上它的;可是,每当把穷追不舍的猎狗们远远抛到身后,它就会停下来休息,竖起耳朵倾听,直到它们赶上来,它再次跑起来后,会兜个圈子,回到自己的老巢,而猎人却正埋伏在那里等它呢。有时,它在墙头上跑了几杆远后,就跳落到墙的另一面去了,它似乎知道水不会沾染它身上特有的狐臊气。一个猎人跟我讲过,有一次他看到猎狗把一只狐狸逼得逃到了结冰的瓦尔登湖上,那时冰层不厚,有些地方还有一层浅水,狐狸在冰面上跑了一阵后,又回到了原来所呆的岸上。不一会儿,猎狗追了上来,可是到了岸边,它们嗅来嗅去,都没有嗅到狐臊气。有时,一大群猎狗相互追逐着,从我的门口经过,它们绕着屋子转圈儿,根本无视我的存在,只顾扯着嗓子嚎,好像染了疯病一样,无论发生什么都制止不了它们的追逐。它们就这样兜兜转转地追逐着、寻觅着,直到它们又嗅到了一股最近沾染的狐臊气,一条头脑清醒的猎狗总是会不惜一切代价地追捕狐狸。有一天,一个来自列克星敦的猎人来到我的木屋,问我是否曾经见过他的猎狗,这条猎狗离开他独自追捕猎物,一周过去了,它还没有回来。可是,我认为,就算我把自己所知道的一切都告诉他,他也未必会从中受益,因为每次我想回答他的问题时,他都会插嘴打断我,转而问道:"你在这儿干些什么?"他丢了一条狗,却找到了一个人。

有个老猎人,言谈枯燥乏味,每年一到湖水温暖宜人的时候,他就到瓦尔登湖洗澡,顺便来看看我。他曾经告诉过我,几年前的一个下午,他背着一杆猎枪,在瓦尔登森林中四处巡视;走到韦兰路的时候,听到一只猎狗从身后追了上来,不一会儿,又看见一只狐狸跃过墙头,纵身来到大路上,快得像转瞬即逝的思绪一般,接着它又跳过一堵墙,离开大路,向别处跑去。他飞快地端起枪射击,怎奈它溜得太快,没有射中。不一会,又赶来了一条老猎狗和三只小狗崽,他们紧随其后追逐着,很快就一起消失在森林深处。这天下午晚些时候,他在瓦尔登南面的林子里休息,忽然听到美港方向传来了狗叫声,猎狗们还在追逐狐狸。接着,它们的叫声越来越近,在整个森林里回荡,越来越近,越来越近,一会儿到了威尔草地,一会儿又到了贝克农庄。

他屏息站在远处，静静地听着猎狗们的"演奏"，这声音在猎人听来是多么美妙啊，这时狐狸突然间跳了出来，它迅疾地穿过林间小道，慌不择路的逃窜声被树叶沙沙作响的声音掩盖了，多么富有同情心的树叶啊。它的脚步又快又稳，充分抓住地形优势，把猎狗们远远地抛在身后；它跳上林间的一块大岩石，挺直身子端坐着，警惕地听着周围的动静，这时它是背朝猎人的。曾经有那么一瞬间，怜悯之心制止了猎人端枪瞄准的动作，但这种怜悯转瞬即逝，他很快端起枪来，屏气凝神地瞄准，砰——狐狸滚下岩石，倒在地上死了。猎人还站在原地，听着猎狗们的吠叫。猎狗们还在追赶猎物，附近的林中小径上到处都是它们恶狠狠的吠叫。最后，那只老猎狗进入了猎人的视野，它用鼻子在地面上嗅来嗅去，疯狂地叫着，以致空气都仿佛发起抖来，它径直向岩石奔去。一看到地上死去的狐狸，它突然安静下来，仿佛被吓得噤声了一般，它静静地在狐狸的尸体周围绕着圈。小狗崽们也一个个赶到了，和母亲一样，它们也瞬间清醒了，在这诡异的氛围中安静下来。猎人走到它们中间，打破了这诡异的气氛。他剥下狐狸的皮，猎狗们安静地看着，后来，猎人带着狐皮走了，它们跟着狐皮上拖曳的尾巴走了一段路，就自顾自地拐入了林中。这天晚上，一个来自维斯顿的绅士来到这个康科德猎人的小屋，打听自己猎狗的消息，说，自己的猎狗独自出来追捕猎物，离开维斯顿森林已经一周了。康科德猎人就把自己知道的所有信息都告诉了他，并拿出那张狐皮要送给他，但是他婉言谢绝后就离开了。这天晚上，他到处都没有找到他的猎狗，可是第二天他就得到消息，说猎狗们已经过了河，在一个农民家里过了一夜，饱餐一顿后，大清早就出发回家了。

给我讲这件事的猎人还跟我提过一个名叫山姆·纳丁的人，说他经常在美港的山崖上猎熊，然后剥下熊皮，到康科德村换朗姆酒。纳丁有一条声名远播的猎狐犬，叫作布尔戈因——纳丁经常叫它"布经"——告诉我此事的猎人也曾借用过这条狗。在这个镇子中，有一个年长的商人，他既是老板，又是镇上的会计兼代表，在他的"每日流水账"中，我曾见过这样的记录：1742~1743年1月18日，"约翰·梅尔文，贷款方，一只灰毛狐狸，0元2角3分"。现在镇子里已经没有这种事了，在他的账本中，1743年2月7日，赫齐吉阿·斯特拉登用"半张猫皮，贷款0元1角4分半"，这里指的当然

是山猫皮，因为斯特拉登在法兰西战争中，曾做过中士，当然不会用比山猫皮还劣质的东西来借贷。当时也有拿鹿皮贷款的，每天都会卖出大量鹿皮。有个人甚至还保存着在这一带杀死的最后一只鹿的鹿角，有个人还向我讲述了他伯父曾经参与的一场狩猎。从前这里的猎人很多，大家生活得都很愉快。我还记得，曾有一个身材瘦削的猎人，他随便在路边摘一个叶片，含在嘴里，就能吹出优美的旋律来。如果我没记错，那旋律简直比任何号角声都粗犷动人。

在有月光照耀的子夜时分，我有时候会在路上碰上许多猎狗，它们在林间穿行，好像很怕我，远远地躲着，悄无声息地站在灌木丛中，直到我走过去，它们才会出来。

松鼠和野鼠为我所储存的坚果争吵不休。我屋子周围有二三十棵油松，直径1~4英寸不等，去年冬天被老鼠啃了——对这些鼠类来说，去年冬天简直是典型的挪威式冬天，深深的积雪长久不化，它们无处觅食，不得不啃食松树皮来充饥。虽然这些树的树皮被老鼠们啃掉了一圈，可它们依然活了下来，到了夏天长势还很茂盛，有些树还长高了一英尺；可是又过了一个冬天，这些树竟然全死了。真令人不敢相信，小小的老鼠竟然能毁掉一整棵树，它们不是上下啃食树皮，而是围绕着树干猛啃；虽然对树木来说是致命的，但是对过密的森林来说，这也许是使树木稀疏的一个有效方法。

野兔（学名Lepus Americanus）比较常见，整个冬天，有只兔子就经常在我的屋子下面活动，和我只有一层地板的间隔，每天早晨，我在房间里活动时，它就会惊惶地逃走，吓我一跳——砰，砰，砰，它忙中出错，一头撞到地板上了。黄昏时，它们经常在我的门口徘徊，吃我扔的土豆皮，它们的皮毛和土地的颜色非常相似，如果它一动不动地趴着，就仿佛和土地融为一体，让你几乎辨别不出。有时，在朦胧的傍晚时分，一只野兔一动不动地蹲坐在我的窗下，

我一会儿能看见,一会儿又看不见了。这时,如果我推开门,它们就会吱吱叫着,跳着逃走。近距离观察它们,真让我心生怜爱。一天晚上,一只兔子趴在我门前,离我只有两步之遥;开始时它害怕得直发抖,可是却不肯逃走,这可怜的小家伙,瘦得皮包骨头,豁耳朵,尖鼻头,秃尾巴,细脚爪。看起来,就像是大自然已经找不到比它再好的物种了,只好让它留存了下来。它的眼睛很大,看起来很年轻,可是没有健康的光芒,像得了水肿似的。我上前一步,看呀,它有力的后腿一蹬,弹起来落到雪地上,优雅地舒展着身子和四肢,瞬间就跑到了森林的那一端——这身充满野性与自由的肌肉,恰恰象征着大自然的活力和尊严。它那么瘦是有理由的。这就是它的天性(有人认为,它的学名 Lepus 取自 Levipes,意为脚力强健。)

试想,田野里要是没有兔子和鹧鸪,那田野还能叫田野吗?它们是野生动物中最普通的物种;在非常古老的年代,它们就已经存在了;它们与大自然的颜色和性质都相同,和树叶、土地的颜色相近——它们彼此之间也是团结亲密的盟友;要么是长翅膀的飞禽,要么是有四肢的走兽。看到兔子和鹧鸪逃走,你不会把它们看作是禽兽,它们是大自然不可分割的一部分,就像那些沙沙作响的树叶一样。不管世界如何变迁,兔子和鹧鸪一定不会灭绝,它们才真正是这片土地上的"土著"。如果森林被砍伐殆尽,灌木的矮枝和嫩叶还可以让它们藏身,从而继续繁衍生息。如果一片田野连一只兔子都养活不了,那这片田野必然是贫瘠荒芜的。瓦尔登森林非常适宜兔子和鹧鸪生活,每处沼泽的周围都可以看到它们在悠闲地散步,牧童们在周围布下细枝篱笆以及马鬃陷阱。

冬日瓦尔登

一个安静的冬夜过后,我醒来时,感觉睡梦中好像有人问过我什么问题,梦中的我有心回答,却又回答不出——什么——如何——何时——何地?外面已是黎明,大自然中生活着世间万物,她面色安详而满足,从我的大窗户向里张望,看她的嘴唇,似乎并不曾发问。醒来后,我看到大自然和黎明的天光,意识到这就是问题的答案。厚厚的积雪覆盖在大地之上,小松树点缀其上,而我的木屋所在的山坡似乎在说:"向前进!"大自然不会发问,只有我们人类会发问,但它却从不回答。其实它早就有了答案。"啊,王子,我们的双眼在审视,满是羡慕之情,将宇宙间所有奇妙而变幻万端的景象传到了我们的灵魂中。无须怀疑,夜色掩盖了这光荣创造的一部分;然而,白

昼的到来又把这伟大的杰作展示给我们，这杰作在大地上伸展，延伸至深邃的苍穹。"①

接着，我就开始做我清晨要做的工作。首先，我带着一把斧子和水桶外出找水，这可不是在说梦话。一个寒冷的雪夜过后，要找到水几乎要靠魔杖的神奇力量才行。原来水波荡漾的湖面，对一丝微风都异常敏感，还能反射每一道光影，泛出粼粼波光，可是一到冬天，湖面就会上冻，有时冰层厚达一英尺，甚至一英尺半，就算最笨重的牲畜从上面走过，它也能经得起。也许冰面上还有一英尺厚的积雪，让你看不出它下面是湖还是陆地。瓦尔登湖和山林中的土拨鼠一样，要闭着双眼睡上3个月，甚至更长的时间。我站在雪原上，放眼望去，雪原就好像群山环抱的牧场，我先要扒开一英尺深的积雪，再凿破一英尺厚的冰层，在脚下开一个洞，然后就可以跪下捧水喝了，透过冰面，我看到了鱼儿的厅堂，阳光透过冰面照下去，就像是透过磨砂玻璃照过去一样。水里的光线非常柔和，满是细沙的湖底跟夏天时毫无二致，那里常年宁静安详，波涛不惊，就像黄昏时分琥珀色的天空一样——这一点与水中生物温顺和缓的性格非常搭调。这样看来，天空既是在我们的头上，又是在我们脚下。

每天一大早，世间万物都被冬日的严寒冻得发脆，人们带着鱼竿和简单的午餐，穿过雪地来到湖边，钓狗鱼和梭鱼。这些浑身野性的人，与城里人有着天壤之别，他们本能地采取另类的生活方式，相信其他的势力，而不相信同乡的人，他们来往穿梭，为许多城市建立了联系，如果没有他们，城市之间就将是分裂的。他们穿着结实的呢子大衣，坐在岸边干枯的橡树落叶上

用晚餐，他们在自然物上经验丰富，就如同城里人在人造产品方面无所不知一样。他们从来不从书本中获取答案，他们不屑于炫耀自己见多识广，也从不夸夸其谈，他们更看重实干。据说，他们做过尚不为人知的事情。这里有个人，他用大鲈鱼为鱼饵钓取梭鱼。你看他的桶，就像夏天的池塘，满是肥大欢实的鱼儿，多么令人惊讶，好像他把夏天关在了自己家，或者是他知道夏天的藏身之地。大家说说，在这隆冬季节，他怎么能抓到这么多鱼呢？啊，虽然大地已经结冻，但他从腐朽的枯木中找到了能做鱼饵的虫子，所以他能捕到这许多的鱼。他的生活植根于大自然深处，他所掌握的经验的广度和深度，远远超过了自然科学家——他本身就能作为自然科学家的一个研究专题，这种说法丝毫不过分。科学家用刀子轻轻掀开苔藓和树皮，小心翼翼地寻找虫子；而他凭借经验，一斧子就能劈到树心，让苔藓和树皮四处飞散。剥树皮就是他谋生的绝技。这样的人才有权利捕鱼，我很高兴从他身上看到了大自然的影子。鲈鱼以蜻蜓为食，梭鱼以鲈鱼为食，而捕鱼的人又以梭鱼为食，这就是生物链从低到高排列的顺序。

每逢大雾天气，我在岸边绕湖漫步时，有时会看到一些捕鱼人原始的作业方式，我对此非常感兴趣。他可能会在冰面上凿一些与湖岸等距离的洞，每两个洞之间相距四五杆，然后把一节白杨枝横架在洞口上，钓线的一头拴在一根树枝上，防止它被拉到水下去，再在冰面上一英尺多远的地方把松散的钓线挂在白杨枝上，系上一片枯橡树叶。这样，只要钓线被坠下水去，就说明有鱼上钩了。这些白杨枝在浓雾中若隐若现，间距相同，你在绕湖散步时，转到一半就可以看见了。

啊，瓦尔登湖的梭鱼啊！每当我看到它们躺在冰面上，或在渔夫们在冰面上钻出的井中游弋，它们那绝美的身影，常让我惊叹不已，好像它们是存在于神话和语言中的神秘生物，集市上和森林中都是看不到的，就像在康科德生活的人从未见过阿拉伯一样。它们美得超凡脱俗，令人眩目，与灰白色的鳕鱼和黑线鳕相比，一个是天上，一个是地下，然而后两种鱼却是家家户户都知道的。它们不像松树那么绿，也不像岩石那么灰，更不像天空那么蓝；我觉得它们的色彩可能是独一无二的，像花儿，像珠宝，不如说更像珍珠吧，它们是瓦尔登湖水中生物的佼佼者。它们自然是最地道的瓦尔登；在动物王国中，它们自己就是一个个小小的瓦尔登，如此多的瓦尔登派①啊！让人惊讶的是，它们居然在瓦尔登湖被捕捉了——这种翠金色的大鱼原本在这深邃的湖水中畅游，远离瓦尔登大道上路过的驴马等牲畜，远离轻便马车和叮铃作响的雪车。我从来没在集市上见过这种鱼，如果它们在那里出现，必然会成为众人瞩目的焦点。被捉到后，它们只要抽搐似的扭动几下身子，就能把湿漉漉的狼狈相甩掉，就像一个凡夫俗子大限未到，就进了天堂。

相传瓦尔登湖的湖底消失了，现在是一个无底湖。我一直希望能修复这湖底，早在1846年初，我就在冰层融化之前细致地勘察了一番，用了罗盘、铰链和测水深的铅锤等工具。关于瓦尔登湖的湖底，或者说，这个无底湖，传说纷纭，这肯定是在信口胡说。人们根本没有去测量与考察，就相信它是无底湖的说法，真是不可思议。我某次在这一带散步时，曾跑到两个所谓的"无底湖"边看过。很多人都坚信不疑，认为瓦尔登湖能一直通到地球的另一面。有人在冰上趴了很长时间，通过那仿佛能产生幻影的冰面向下望，满眼看到的都是荡漾的水波，由于害怕趴久了胸部受凉，所以他们武断地得出结论，说他们看到了很多巨大的洞穴，如果真有人想用干草填堵这些洞穴，"不知道要多少干草才能填满"。毫无疑问，那里就是冥河的源头，从那里可以进入地狱。村里有人带着一个"五十六号"重物，又拉了一车绳索，但还是没有探到湖底；因为，他们把"五十六号"重物放在路边，只把一根轻飘飘的绳子垂到了湖里，这样测量湖水的深度自然是徒劳无功，因而瓦尔登湖深不可测就更具神奇色彩了。但是，我可以明确地告诉大家，瓦尔登湖虽然深得让人难以想象，但在某个合理的深度绝对存在湖底。我用一根钓鳕鱼专用的钓线测量了湖深。做法很简单，将一块一磅半重的石头绑在钓线一头，我抓着钓线的另一头，将石头扔到湖里，石头什么时候沉到湖底很容易就能得知，因为石头没沉到底时，湖水对它有浮力，沉到底后，浮力就变小了，将它提起来就比较费力。经我测量，湖水最深处恰为102英尺，如果再加上湖水上涨时的5英尺，一共是107英尺。水域如此之小，深度却这样可观，真是令人惊讶。事实确实如此，再丰富的想象力也无法减少它一英寸的深度。如果

---

① 在这里，梭罗用了一语双关的手法。瓦尔登既指湖，又暗指1170年前后出现于法国南部的一个基督教派别。

这世上所有的湖都很浅,那又会怎样呢?会不会影响人类心灵的深度?瓦尔登湖如此深邃,如此纯净,我不由得心存感激,它完全可以被看作一个象征。只要有人相信这世上有"无限",就肯定会认为某些湖泊是没有底的。

有一个工厂主,他听说我测量的湖深数据后,表示不相信,因为凭他对堤坝的了解,他认为细沙不可能堆成这样陡峭的斜坡。可是,就算是最深的湖,从它的水域面积来看,也显得没有那么深了,如果把湖里的水抽干,露出的洼地也并非深得惊人。它们不像群山间的峡谷,呈现深杯状,这个湖,就算以面积衡量已经深得惊人了,但从其纵切面来看,却仍不过像一只浅盘那样深。大部分湖被抽干后,看上去就像一片草地,和我们平日里常见的草地一样,甚至并不显得低洼。威廉·吉尔平擅长描写风景,用词总是非常准确,站在苏格兰费因湖湾①的岬角上,他这样写道,"这处咸水湾,深六七十英寻②,宽四英里",长约五十英里,四面高山环抱,他还赞叹道:"如果我们能在洪水泛滥,或大自然痉挛着爆发灾难促使它形成,水流灌进来之前,看到它,那一定是非常可怕的缺口啊!"

---

① 位于苏格兰高地南部,是著名的游览胜地。
② 英寻:长度单位,1英寻等于1.8288米。

山峰升得如此之高，
湖底沉得如此之低，
形成了这广阔的好河床——①

可是，我们已知，深邃的瓦尔登湖，其纵切面也不过像一只浅盘，如果我们把费因湖湾最短的直径与瓦尔登湖作比，那么瓦尔登湖要比费因湖湾深4倍还多。要是把费因湖湾的水全部倒出来，你就会发现那缺口并不那么可怕，只不过是被夸张了罢了。毫无疑问，许多谷底种着大片玉米的明媚山谷，就是急流退去留下的"可怕的缺口"——不过必须得有地质学家的观察力和远见卓识，才能说服那些居民相信这个事实。在耸立在地平线上的低矮小山间，具有洞察力的眼睛可以发现一个原始湖泊，就算以后平原升起来了，此地存在过湖泊的历史也无法掩盖。那些修过公路的人都知道，大雨过后，路面哪里有积水，就说明那里的地势比较低洼。这是说，想象力并没有既定的程式，可以稍微放纵一下，比实际情况潜下得更深，升起得更高。据此我们发现，海洋的深度和它的面积相比，简直不值一提。

我在冰面上测量了瓦尔登湖的深度，现在可以开始确定湖底的形状了。

---

① 引自弥尔顿《失乐园》。

海港结冰时测量要比没结冰时测量准确得多。测量结果显示，湖底的形状非常规则，这一结论让我非常惊讶。在湖水最深的地方，有好几英亩的湖底是平坦的，和那些沐浴在阳光下、和风中的农田一样平坦。我在某处任意划定一条线，测量30杆内湖水的深度，发现深浅变化不过一英尺；从湖心附近向周围任何方向移动，每一百英尺的深浅，我都能推算出来，变化也不过是三四英寸上下。有人常耸人听闻，声称就算在这种平静的沙底湖中，也存在危险的深穴，但实际上，这种情况是不存在的，即便真有，水流的力量也早把这些不平冲刷为平地了。规则的湖底，及其与湖岸、周围山脉的和谐一致，是如此的完美，远处的湖湾，从湖对岸就可以测量出来，观察它对岸岬角的走向，就可以得知它的走向。岬角变成了沙洲和浅滩，溪谷和山缝则变成了深水与水中峡谷。

我用十杆比一英寸为比例尺，画出了瓦尔登湖的平面图，标记了一百多处的具体深度，从平面图上看，这惊人的一致性更加明显了。从图上我发现，湖水最深的地方恰恰就在湖心。我用一根直尺沿着平面图上最长的地方画了一条线，又在最宽的地方也画了一条线，结果令人大吃一惊，湖水最深处恰好位于两线的交点，虽然湖底中心几乎是平的，但湖的轮廓却不太规则，而且最长和最宽的线都是从凹进去的海湾处测量出来的。我自问道，这是否暗示，海洋最深处的情形与湖泊或泥潭最深处的情形是一样的呢？这一规律是否也适用于高山？也就是说，能否把高山与低谷看成是相对应的？我们知道，一座山的最狭窄的地方，并不一定是最高点。

五个湖湾中有三个，我都去实地测量过，这些湖湾的出口处，都有一片沙洲，里面是很深的湖水。这些沙洲不仅在水平方向上还在纵深方向上扩张水域，形成了一个独立的湖或盆地，而两个岬角的方向，也正好说明了沙洲扩张的方向。沿岸每个海港的入口处也都有一个沙洲。湾口的宽度大于长度，沙洲上的水也比盆地里的水要深一些。所以了解湾口的长度和宽度，周围湖岸的具体情况之后，你就掌握了充分的资料，能够列出适用于此类情况的计算公式来。

根据这些经验，我想仅靠观察白湖的平面轮廓和湖岸特性，测量湖水最深处的深度。为了衡量我的测量结果是否准确，我画了一张白湖的平面图，白湖占地约 41 英亩，和瓦尔登湖一样，湖中没有岛屿，也没有和其他水域连接的出口或入口；湖面最宽部位的连线和最窄部位的连线靠得很近，就在那附近，两个隔岸相望的岬角逐渐靠近，而两个相对的沙洲却逐渐远离，我在最窄部位的连线上选了一个点，这个点也落在了最宽部位的连线上，我把这一点标记为湖水的最深处。果然，通过实际测量，湖水的最深处离这一点不足 100 英尺，在这个点稍过去一些的地方，实际深度比我预测的要深 1 英尺，也就是 60 英尺深。当然，如果湖泊有其他水源注入，或者湖中有岛，问题就比较复杂了。

如果我们熟知一切自然规律，我们就觉可以根据一个事实，或只要一个对实际情况的真实描述，就可以举一反三，得出各种具体的、适应于各种特殊情况的结论来。现在我们只知道很少的几条规律，因而得出的结论往往派不上用场，这当然不是自然现象过于复杂混乱造成的，而是我们在计算、分析时，对某些基本原理知之甚少造成的。我们对规律与和谐的认识，往往来自于我们已然了解的少数事实；但是还存在更多的看似矛盾，实则相互呼应的规律，只是我们还没有发现罢了——这些规律所产生的和谐气氛简直令人称奇。各种具体的规律都来自我们自身的观点，就像游人观赏景色时，每迈一步，看到的山峰轮廓都与刚才不同，尽管山峰的形状是固定的，但观察的角度不同，形态也是千变万化。即使把山劈开钻透，也不能洞悉其全貌。

湖泊如此，人类伦理也是如此。这就是平均律。这是一种用两条直径测量出来的普遍规律，不但可以用于观察太阳系，还可用于审视人心。我们可以把人类的特殊日常行为和生活潮流抽象为一个湖，在最长和最宽处上画上两条线，通到此人的海湾和湾口，这两条线的交点，就是他性格的最高点或最深处。也许我们只要知道此人"河岸"的走向和他周围的环境，就可以推知他思想的深度和心灵的隐秘。如果他周围群山环绕，湖岸陡峭，山崖突兀，并在他的心灵深处有所反映，那他一定是个思想深邃的人。如果湖岸低浅平缓，就说明这人思想肤浅。如果某人有个特别突出的脑门儿，就表明他的思想有深度。我们身上每一个凹进去的"湾口"，也仿佛有一个"沙洲"，或者说有一种特殊倾向。每一个凹口在一定时期内都是我们停留的港湾，我们在那里滞留，有时时间还比较长，甚至近乎永久地待在那里。这些倾向并不稀奇古怪，它们的形态、大小以及伸展方向，都由湖岸上的岬角决定，也就是由远古时期地势升高的轴线决定。当这个沙洲在暴风雨、潮汐或洪水的作用下渐渐变高，或者在水位回落后冒出了水面——一开始，这仅仅是湖岸的一个岬角，其中蕴含着深邃的思想，现在从海洋中独立出来，成了一个单独的湖泊——思想获得独立的地位后，也许会由咸水变成淡水，也许会变成一片淡水海、死海，或一片沼泽。我们能否这样说，每个人降临世间，就是一个这样的沙洲升到了水面之上？当然，我们都只是一些渺小的航海家，大体看来，我们的思想和一个没有港口的海岸线若即若离，充其量能和稍有诗意的小港湾有些交往，否则就只能开进公共港口，停靠在科学的枯燥码头，在那里被大卸八块，重新组合，适应这世俗的大环境——任何一种自然潮流，都无法使其保持独立性。

在瓦尔登湖的出入口，我所能看到的就只是降雨、降雪以及湖水的蒸发，除此之外我什么都没有发现，出入口的位置，也许用一个温度计再加一根绳子就能找到，因为水流注入湖泊的地方，往往冬暖夏凉。1846~1847年，一些采冰工人在这一带工作，有一天，他们把所采的部分冰块送到岸上去，但是那些专门囤冰的商人却不愿收购，他们说这些冰块比其他地方采集的冰块薄了许多，无法整齐地码放在一起。采冰工人这才发现这片水域的冰层确实比其他地方的冰层薄了两三英寸，他们认为，这里一定有水流注入，是一个入水口。他们还让我看了另外一个地方，他们觉得那里是瓦尔登湖的一个出口，像个"漏洞"一样，湖水从那里流出，经过一座小山脚下，流到附近的一片

草地上,他们让我站在一块冰上,然后把我推到"漏洞"附近,让我仔细查看。我看到,在水下10英尺的地方,有一个小洞穴。我敢保证,这么一个小洞,根本用不着修补,等发现更大的洞时再修补也不迟。有人认为,如果确实存在这么大一个"漏洞",那么要想证明漏出的水是否流到了草地上并不困难,只要在漏洞处放一些带颜色的粉末或木屑,再在流经草地的泉水边上放一个过滤器,如果湖水确实"漏"到了草地上,滤网上就一定会发现一些顺流而下的彩色屑粒。

我在勘察的时候发现,在微风之下,16英寸厚的冰面也仿佛水波一般荡漾不止。谁都知道,在冰面上,酒精水准仪是不能使用的。于是,我在冰上放了一根有刻度的木杆,然后把酒精水准仪架在岸上,对准木杆进行观察,尽管冰层和湖岸看似紧密相连,但离岸一杆远的地方,冰层的最大的波动就达到了3/4英寸。湖心处冰层的波动会更大也未可知。如果我们有足够精密的仪器,还可以测出地球表面的波动。我将水准仪架稳,两条腿支在岸上,一条腿支在冰面上,沿着第三条腿所指的方向观察时,冰面上的细微波动,在湖对岸的树上会产生数英尺的差别。为了测量水深,我开始挖洞,厚厚的积雪把冰层压得沉了下去,因此冰面上有三四英寸的水;这些水很快从我凿的洞中流下去,冲刷出深深的小沟。流了两天,水才算排净,水流把洞口四周的冰碴都磨光了,这下湖面冰层上不再有积水了,仿佛干爽了起来。凿洞排水虽然不是这一结果的主要原因,却也发挥了很重要的作用,因为,当积水

流回湖里，水位提高了，冰层就浮起来了。这就好比在船底上挖个洞，让船里的积水排出去，然后这个洞被冻上了，接着下起了雨，再次冰冻使整个湖面结了一层光亮的冰，冰层内部有美丽的网状纹络，就像黑色的蜘蛛网一样，你不妨称之为冰冻玫瑰花球，那是由从四面八方流向湖心的水流形成的。有时，冰面上会有浅浅的水潭，俯身看时，我会看到自己的相互重叠的两个倒影，一个在冰面上，一个在树木或山坡的倒影上。

1月份，天气还很冷，冰雪也又厚又结实，这时，村里一些精明的地主就来凿冰了，他们把冰块储备起来，以备夏天用来冰镇冷饮。现在才1月份，人们还穿着厚厚的皮衣，带着皮手套呢，他就能想到7月盛夏的炎热和口渴，这份儿深谋远虑真是令人刮目相看，甚至感到可悲——还有很多事都没着落呢，他却只惦记着夏季的冷饮。也许他今生没有攒下什么钱财，好让他将来在另外一个世界里继续享用冰镇冷饮。他在冰面上又砍又凿，取下大块的坚冰，把鱼儿家的房顶都拆掉了，他们用铁链把冒着寒气的冰块捆起来，就像捆木料一样，然后趁天气晴冷的日子，用车运走，储藏在地窖中，冰块们在那里静静地等待酷暑的到来。当运冰车载着冰块从村里经过时，远远望去，那些巨大的冰块都仿佛蓝天的晶体一般。这些采冰工人日子过得很快活，爱开玩笑，把工作看作有趣的游戏，每次我来到他们中间，他们就会邀请我站在下面，跟他们一块儿拉锯破冰。

1846~1847年冬季，来了100多个来自"北极乐土[①]"的人，那天一大早，他们蜂拥而至，聚在湖边，和他们一起的还有好几车笨重的农具，比如雪车、犁耙、播种机、铡轧机、铲子、锯子、耙子等，每人还随身带着一柄双股叉，这种叉子，连《新英格兰农业杂志》或《农事杂志》上都没有收录。我也不清楚，他们是来播种冬天的黑麦的，还是来播种从冰岛新引进的什么种子的。我发现他们没有带肥料，于是我判断他们大概和我一样，认为这里土层很肥沃，休耕时间也足够久，就不准备深耕了。他们说，他们此行的幕后操作者是一个乡绅，他想使他的财产翻番——据我所知，那个人拥有的家产已经不下五十万了。如今为了在他所有的每块美元上再加一块美元，他就不惜在这

---

① 古希腊神话中，有一个阳光普照、北风吹不到、树木四季常春的地方，被称为"北极乐土"。

寒冷刺骨的冬天，剥下瓦尔登湖唯一的外衣！这些人立即投入了工作，耕地、耙地、犁地、开沟，一切都进行得有条不紊，好像他们要把这里打造成一个示范农场一样。我瞪大双眼，准备看看他们在这片土地上播撒些什么种子，谁能料到，我身边的这群人突然用钩子勾住这块处女地，用力很猛，能一下勾到沃土下的沙层或储水层上，因为表层的沃土非常松软——瓦尔登的土地都是这样。这些被勾出来的土块，立刻被装上一辆雪车拉走了，我想，他们肯定是在挖沼泽地里的泥炭吧。就这样，他们每天在火车的尖叫声中来来去去的，从北极来，又回到北极去，我觉得他们就像是北冰洋中的一群雪鸦。不过有时，瓦尔登这位这印第安女子也会发起报复，一次，一个雇工走在队伍最后，他一不小心滑到地上的一条裂缝里去了，那裂缝可是通到阴曹地府的。被救上来后，这个片刻之前还英勇无畏的人转眼就气若游丝，他浑身冰凉，几乎没有一丝热气了。能在我的小屋里修养，算他运气好，这种情况下，我那散发着热气的火炉成了他的救命稻草，令他感恩戴德。有时候，那比铁还硬的冻土会把犁头上的钢齿掰断；还有时，铁犁会陷在沟中，人们不得不挖开冻土，才能把它刨出来。

每天有100多个爱尔兰人在北方佬监工的带领下，从剑桥到这里来采冰。他们把整冰切割成一个个的正方体，方法大家都知道，就不用我说了，这些冰块被码放在雪车上拖至岸边，然后被拉到一个储冰站，在那里再用马拖的抓钩、滑轮、吊索搬运到一个平台上，接着再像码放桶装面粉一样，把冰块一块块、一层层地码好，就像要为一座高耸入云的方塔奠定坚实的塔基一样。他们告诉我，如果好好干，一天可以采一千吨左右，那大概是一英亩地的产量吧。冰面上到处都是深深的车辙印和固定支架的摇篮洞，这些原本应该出现在陆地上，现在冰面上也屡见不鲜了，这是雪车在冰面上多次来回造成的，拉雪车的马匹就在被挖成桶形的冰槽里吃麦子。就这样，他们露天堆砌了一个冰垛，高35英尺，约六七杆见方，冰垛的外面包裹了一层干草，用以隔绝空气——即便是不那么强劲刺骨的风，也能钻进冰块间的缝隙，使冰垛出现大的裂缝，以致缺乏支撑而倒塌。最初，冰垛看上去很像一个蓝色的巨型城堡，一座瓦尔哈拉殿堂。当工人们把粗糙的草皮塞进冰垛缝隙，草皮上又凝结了白霜和冰柱，这冰垛看上就更像一个沧桑的、遍布苔藓的灰白色废墟，原本由蓝色大理石建筑而成，是那冬神的住宅，这位神明的尊容我们常能在年历上看到——他简陋的房屋，好像他计划和我们一起消夏一样。据采冰工人估计，25%的冰块到不了目的地，2%~3%的冰块会在车内损耗。不论如何，这个冰垛中大部分冰块的命运，和当初开凿它们时的预想不符，因为这些冰块不像预想中那么容易保存，冰垛中进入了比平常要多得多的空气，或者是由于其他原因，这部分冰块是到不了市场上的。这个冰垛，是1846~1847年间堆砌的，估计重达一万吨，后来就用干草和木板封存了起来，第二年7月份开了封，一部分冰块被取用了，剩下的冰块就暴晒在太阳之下，整个夏天过去了，冬天也过去了，直到1848年9月，这冰垛还没有化完。最后，大部分冰块还是回到了瓦尔登湖的怀抱。

瓦尔登湖的冰和湖水一样，近看是绿的，远看却是美丽的蓝色，你一眼就能看出来，到底是河上的白冰，还是1/4英里外湖上浅绿色的冰——瓦尔登的冰是独一无二的。有时候，运冰车上的冰会掉下一大块来，在村中的街道上躺一周左右，看上去就像一大块翡翠一样，引起所有过往路人的注意。我注意到，瓦尔登湖有片水域的水是绿色的，但上冻后，从同样的观察角度看，却又变成了蓝色。湖边有许多洼地，里面积存着和湖水一样的绿水，一个寒冷的冬夜过后，绿水就冻成了蓝色的冰。湖水和冰层之所以呈现蓝色，是由

光线和其中所含的空气造成的，越是透明，颜色就越蓝。冰是一种耐人寻味的事物。他们告诉我，他们采集的一些冰块，在富莱喜湖的冰窖里已经存放了五年，依然完好无损。大家都知道，一桶水放久了就会发臭，为什么结成冰以后，却会永远保持甜美呢？人们常用水和冰的差异，来比喻情感和理智的不同。

就这样，一连16天，我都能从自家窗口看到100多人在忙活，就像辛勤的农夫一样，他们前呼后拥，赶着牲口，带着全套的农具。这样热火朝天的画面，常常能在年历扉页上看到。每次从窗口向外张望，我都会想起云雀和收割庄稼的人的寓言，或者是播种者的隐喻。现在，他们都离开了此地，大概又过了30天之后，我透过窗口，又能看到那绿得纯粹的瓦尔登湖水了，湖中倒映着云朵和树木，它蒸发产生的水汽悄无声息地飘上天空，根本看不出曾经有人在湖面上驻足过。也许我会听到一只孤单的水鸟潜入湖底的声音，听到它梳理羽毛，兴奋地大叫；或许我还可以看到一个渔夫孑然一身，驾着一叶扁舟，他的身影倒映在湖面上。谁能想到，不久前，还有100多个人在这里稳稳当当地干着活呢。

看来，查尔斯顿、新奥尔良、马德拉斯、孟买和加尔各答那些挥汗如雨的居民，会痛饮我井中的甘泉。黎明时分，我灵感涌现，沉浸在《福者之歌》那令人赞叹的宇宙哲学中，自从这一典籍问世，圣贤们的年代早已过去，相比之下，我们的近代世界和文学是多么的微不足道啊；我还怀疑，这种哲学是否仅仅适用于以往的生存状态，它难以企及的高度，离我们所秉持的观点是那么遥远！我放下书本，到我的井边饮水。天哪！我居然在那里遇到了婆罗门教的仆从，梵天、毗瑟奴和因陀罗的僧侣，他在恒河边的神庙中打坐，诵读着《吠陀经》，或带着一些面包屑和水钵，在一棵树下静坐。我遇到他的仆人来为他汲水，我们的水桶仿佛在同一口井中碰撞。瓦尔登湖纯粹的水已经和恒河的圣水混融为一体了。借着柔和的风力，这股水波流过了阿特兰蒂斯和海斯贝里底斯这些传说中的岛屿，流过汉诺探险时经过的地方，漂过特尔纳特岛、蒂达尔岛和波斯湾的入口，在印度洋的热带风中会合，最后到达连亚历山大也只是耳闻过的一些港口。

春日

　　采冰人大量采冰，通常会使湖水提前解冻；即使在寒冷的冬天，被风吹动的水波，也能缓慢地溶蚀它所触及的坚冰。可是这一年，瓦尔登湖是个例外，原有的冰层还没化完，就立即又新结了一层厚厚的冰。瓦尔登湖跟附近的其他湖泊不一样，它从来不提前解冻，因为它比其他湖泊要深得多，而且冰面下没有动水冲刷或溶蚀冰层。我从没见过瓦尔登湖在冬天解冻，除了1852~1853年冬。那个冬天，对许多湖泊来说都不啻是一场严峻的考验。瓦尔登湖通常在每年的4月1号解冻，比弗灵特湖和美港晚一周或十天左右，湖水解冻时，先从北岸和一些浅水区开始，那里也是最早结冰的地方。和附近其他水域相比，瓦尔登湖的变化更切合时令，能明确表现季节的推进，不受温度反常变化的影响。3月份通常会有几天持续低温，其他湖泊很可能会因此推迟解冻，但瓦尔登湖的水温却在持续不断地增高。1847年3月6日，用温度计测量瓦尔登湖湖心的水温，显示为华氏 32 度，也就是冰点，而湖岸边的水温为 33 度；同一天，测量弗灵特湖湖心的水温，为 32.5 度；距岸 12 杆远的浅水区，一英尺厚的冰层下，水温为 36 度。弗灵特湖的深水区和浅水区的水温相差 3.5 度，实际上，这个湖大部分水域都比较浅，因而水温偏高，这就是它比瓦尔登湖解冻早的原因。这时候，最浅水域的冰要比湖心处的冰薄好几英寸。隆冬季节，湖心的水温最高，那儿的冰层最薄。同样，夏季蹚过水的人都知道，湖边的水是多么温暖，尤其是水深只有三四英寸的地方，如果距离湖岸稍远，到了深水区，那里水面的水温也比深处的水温高许多。春天时，太阳的威力不仅使空气和大地的温度上升，它的热量还能穿透一英尺甚至更厚的坚冰。在浅水区，射入的光线从湖底反射上来，使水温升高，溶化了冰面底层，同时阳光更直接地照射在冰面上，使冰层融化，变得凸凹不平，冰层中的气泡渐渐散开，后来冰层就变成了蜂窝状，最后，一场春雨，所有残余的冰都消失了。冰和树木一样，也有自己的纹理，不管冰块是刚开始融化，还是已经变成了蜂窝状，也不管冰块在什么地方，气泡和水面总是成直角。如果水中靠近水面处有一块突起的岩石或木料，那此处所结的冰就要薄一些，往往会被反射的热量融化。据说，有人在剑桥做过一个试验，在一个很浅的木制容器中盛上水，以此模拟湖泊的环境，让冷空气在容器底部循环，使容器上下都受到影响。实验证明，从水底反射上来的阳光的热量，还是大大抵消了冷空气产生的影响。隆冬时节，下了一场暖雨，瓦尔登湖上的冰雪都被融化了，只有湖心处还有一块深色的透明坚冰，这种情况下，距离湖岸一杆或更远的地方，就会出现一片片虽然比较厚，但极易碎裂的白冰，这也是由反射的热量形成的。此外，我先前说过，冰层中的气泡本身就像凸透镜一样，有聚光作用，能从下面作用融化冰层。

　　季节的变化，每天在湖上都有所反应，但通常比较细微。

一般说来,早晨浅水区要比深水区水温上升得快,只是再升也升不到哪儿去;每天晚上,浅水区的水也凉得快,直到次日早晨才会再次回暖。一天正好是一年的缩影。夜晚相当于冬季,早晨和傍晚相当于春秋,正午则相当于夏季。冰面开裂的声音昭示着温度的变化。1850年2月24日,度过了一个寒冷的夜晚,迎来了令人愉悦的黎明,我来到弗灵特湖消磨整日的时光。我用斧子敲了敲冰面,令我吃惊的是,那声音就像锣声一样响亮,能传到好几杆远的地方,或者说,像敲响了一只鼓面紧绷的鼓一样令人震撼。太阳升起后大约一小时,湖泊感受到了从山头斜射下来的阳光的威力,开始发出轰轰的声音;它就像一个刚刚睡醒的人一样,伸着懒腰打呵欠,响声越来越大,持续了三四个小时。正午是湖泊的午觉时间,黄昏时,太阳收了神威,这时轰轰的声音又响起来了。如果天气正常,每天湖泊都会准时鸣放黄昏礼炮。但是,在正午时分,冰面的裂痕太多,空气弹性又比较差,所以湖泊完全无法产生共鸣,这时敲击冰面发出的声音,恐怕连鱼和麝鼠都不会吓到。渔夫们说,"湖的轰鸣"吓得鱼都不敢咬钩了。其实,湖并不是每晚都发出轰鸣声,我也说不准它到底哪天会轰隆作响——虽然我感受不到这细微的天气变化,但湖是相当敏感的,它根据自己的感觉发出响声来。谁会想得到这样一个庞然大物,浑身冰冷、皮糙肉厚的家伙,竟会如此敏感呢?当然,湖也有它自身的规律,该发出响声时便适时地发出响声,就像花蕾会在春天绽放一样。大地生机蓬勃,到处都孕育着生机。对于天气的变化,即便是最大的湖也像小小温度计中的水银柱一样敏感。

我到森林里住的主要原因就是我想过闲适的生活,并有机会感受冬去春来的变迁。终于,湖面的冰层渐渐消融,开始呈现蜂窝状,我一踩上去,脚

后跟都陷进去了。雾、雨和逐渐升温的阳光,慢慢融化了积雪;白昼也明显变长了,现在已经用不着生旺火取暖了,看来已经不必为柴堆增加干柴,就能度过残冬了。我密切关注着预示春天到来的最早信号,倾听偶尔响起的飞鸟的鸣叫声,有时还能听到长满斑纹的松鼠吱吱叫,可能是因为它储备的食物要耗尽了吧,我还想看看土拨鼠是如何从蛰伏的洞穴里钻出来的。3月13日,我已经听到青鸟、篱雀和红翼鸫的鸣叫了,那时,湖面的冰层还有一英尺厚。气温越来越高,冰层不再受湖水溶蚀,也不像河里的浮冰随水漂流,虽然距离湖岸半杆远的地方冰层都已经融化了,但湖心的冰仍然像吸饱了水的蜂窝一样,六英寸厚的冰层,还可以踩着从上面走过;可到了第二天晚上,在一阵暖雨之后,又起了一场大雾,冰层就完全消失了,像是被雾气神秘地带走了。有一年的某一天,湖心的冰层还能容人在其上散步,但5天后冰层就消失不见了。1845年,瓦尔登湖4月1日全面解冻;1846年是3月25日;1847年是4月8日;1851年是3月28日;1852年是4月18日;1853年是3月23日;1854年大约是4月7日。

  对我们这些生活在极端气候中的人来说,那些与河湖解冻、气候温和有关的每一件事,都让我们新奇不已。气温转暖后,住在河边的人,晚上常能听到冰层开裂的声音,那吓人的轰鸣声像大炮在发射炮弹,就像连接冰层的锁链全部崩断了一样,接下来几天,冰层迅速融化。就像鳄鱼从泥泞中钻出,大地也为之颤抖。有位老人对大自然的观察极其细致,大自然的一切变化他都了如指掌,就好像大自然是一艘船舶,他在孩提时就曾为她装过龙骨一般——他现在已经长大了,经验与知识已经定型,即使活到玛土撒拉[①]那么大年纪,他对大自然的了解也不会增加多少了。他告诉我,某年春季的一天,他带着枪,划着小船,想去打几只野鸭——听他说自己对大自然的变化还存有好奇心,我不由得惊讶万分,因为在我看来,大自然在他面前已经毫无秘密可言了。那时,草原上有些地方还结着冰,但河里的冰已经化完了,因而船在河道中航行。毫不受阻,他划着船从住地萨德伯里一路向下游而去,到了美港湖,他发现那里的湖面还结着厚厚的坚冰。那天风和日丽,天气和暖,

---

[①] 玛土撒拉:《圣经》中以诺之子,传说他活了969岁。

那里还有很多残冰是他始料未及的。在那里，他并没有看到野鸭的踪影，于是他把船藏在湖的北岸，或者说是一个湖中小岛的背面，而他则躲进南岸的灌木丛中，等待野鸭到来。在离湖岸三四杆远的地方，冰都已经融化了，湖水温暖宜人，湖底却都是淤泥，这正是野鸭喜欢的环境，他心想，过不多久，就一定会有野鸭飞过来。他静静地躺在那里，大概已经一个小时了，忽然，他听到一个低沉的，似乎来自远方的声音那庄重严肃的声音令人震撼，他以前从未听到过，声音越来越响，仿佛会拖出一个震撼宇宙的。令人难忘尾声，一阵沉闷的冲撞和吼叫，在他听来，就像是一大群飞禽要在附近降落，于是他抓起枪，兴奋地一跃而起。他立刻被自己的亲眼所见惊呆了，在他躺着的时候，整整一大块冰就已经行动起来了，缓缓向岸边漂去，而他听到的巨响，就是冰块边缘摩擦湖岸的声音——一开始，还比较

温和，蹭到湖岸的冰块边缘一点点碎裂，可是后来力度就大多了，冰块撞上湖岸，碎片飞溅又落下，才又渐渐恢复平静。

终于，阳光直射大地，和煦的暖风吹散了雨雾，融化了岸上的积雪，雾气在阳光下渐渐消散，太阳含笑照着一个褐白相间的矩形风景，这时消散的雾气还像熏香的烟雾一样缭绕呢。游人从一个小岛寻路到另一个小岛，被成千条溪流奏响的乐曲深深迷住，在这些溪涧的血管中，冬天的血液在畅快地奔流，并渐渐消逝。

我到村里去，必定要经过铁路，观察解冻的泥沙顺着铁路两侧的深沟流下来，是令我最开心的一件事，除此之外，我甚

至找不到其他感兴趣的事了，但是，大股的泥沙流并不常见，虽然说自从铁路开始到处兴建以来，许多裸露的铁路路基都是以泥沙为材料建成的，包括粗细不同、颜色不同的沙子，还要掺些泥土。在春天发生霜冻时，甚至在冬天冰雪融化的时候，泥沙就开始流下陡坡了，就像火山爆发后的熔岩一样，有时还突破积雪流下来，在以前没有沙子的地方泛滥成灾。数不清的泥沙流纵横交错，相互融合，一半和流水特点相同，另一半又和植物特点相近。因为泥沙流奔流的过程很像种子萌芽生叶，或藤蔓伸长，向外喷射的泥浆有时竟深达一英尺，甚至更深。你低头看时，会发现它们有些像苔藓的叶片，有的成锯齿状，有的带裂口，有的则呈鳞片状；你或者还会想到珊瑚、豹掌、或鸟爪、人脑、肺叶，甚至是奇形怪状的排泄物。这真是一种奇怪的事物，我们见过，它们的形状和颜色被仿造到青铜器上，这种建筑学上常见的叶状痕迹比古代的莨苕叶、菊苣、常春藤，或其他植物的叶片更古老、更典型；也许，在某种情况下，会形成将来地质学家难解的谜题呢。我对这条深沟印象深刻，它就像一个被打开的山洞，其中的钟乳石都展现在阳光之下。沙子的颜色丰富多样，令人眼花缭乱，呈现为不同的铁色、棕色、灰色、黄色、红色。一大股泥沙流入路基下的排水沟，就平铺着形成一个浅滩，失去它们流下来时呈现的半圆柱形态，变得又平又宽，如果泥沙流中含的水更多一些，各股泥沙流还会混在一起，最终形成一块平坦的沙地，但形状依然千变万化、颜色也美丽多样，从中你还能看出原来的植物形态。直到最后，这些泥沙沉入水底，淤积在河岸附近，就像河口处常见的沙洲一样，这时才会失去植物形态，静静地躺在粼粼波纹之下。

铁路路基高 20~40 英尺，某段路基的一侧或两侧，有时会被这些叶状痕迹或者说春季常有的细沙上的裂纹覆盖，往往长达 1/4 英里。这些沙子上的叶状痕迹之所以吸引人，就在于它们是突然间形成的。我站在路基这一侧，只看到一个平淡无奇的斜面，因为太阳总是先照射另一面，而站在另一侧看时，却能看到华丽的枝叶，不过一个小时，这种美丽就形成了，我深受感动，产生了一种奇特的感觉，仿佛置身于创造世界和我的艺术家的工作室中——来到了他正在创作的现场，他精力充沛，才思泉涌，在路基上创造了各种构思新颖的作品。我觉得我和地球的脏腑更加靠近了，因为这些流沙的痕迹呈叶状，就像动物的内脏一样。在泥沙流淤积成的沙地上，你能看到叶形的痕迹。难怪大地常以叶形为外在表现形式，因为它就是在这种意念的推动下思考的呀。原子早就掌握了这一规律，并据此孕育万物。悬挂在枝头的树叶，在沙地上看到了自己的原形。无论是地球，还是动物，其体内都有湿润的、厚实的"叶"，这个字特别适用于肝、肺和脂肪叶（它的希腊文原型是"λείβω"，后来演化为 labor, lapsus，意为漂流，向下流，或逝去；另一原型为"λoβos"，拉丁文为 globus，后来演化为 lobe, globe，意为叶，球；还可以演化为 lap, flap，表示重叠、下垂物的意思，此外还有其他引申词汇）。在形体上看，一片薄而干燥的叶子，英文为 leaf，字母 f 或 v 的发音，其实是将声带收缩至非常紧窄的状态，滞涩粗糙地发出字母 b 的音。叶子的英文 lobe，其中的辅音是 l 和 b，b 发音柔和（b 是单叶片的，B 是双叶片的），在流音 l 的衬托下，从嗓子眼儿里挤了出来。在地球一词的英文 globe 中，有 g、l、b 三个字母，g 这个喉音丰富了词的字面意义。鸟类的羽毛和翅膀也是叶形的，只是更加干爽，更加纤薄罢了，所以，你可以从泥土里笨拙的蛴螬预见它变成翩跹飞舞的蝴蝶。地球不断地变化，不断地超越自我，它也在自己的运行轨道上扑扇着翅膀。甚至结冰也是叶片先结成晶体一般的冰晶，就像叶状模具翻印出来的一样，而那模具便是印在镜子似的湖面上的水草叶。整棵树不过是一片叶子，而河流则是更大些的叶子，它的叶肉是河流间的陆地，村镇和都市则是叶脉上粘附的虫卵。

夕阳西下时，泥沙流停止流动，清晨到来时，它又开始流淌了，一股股岔开，形成不计其数的支流，也许你从中可以明白血管是怎么形成的。如果你仔细观察就会发现，从最先融化的物体中，流出一条被软化的泥沙流，它的最前端形似水滴，像圆鼓鼓的手指肚，缓慢而又盲目地向下流。后来，太阳越升越高，泥沙流得到了更多的热力，也渗出了更多的水分，那流动最快的部分为了遵循流动最慢部分也要遵循的规律，最终和后者脱离，自己流成一条蜿蜒的渠道（血管）。泥沙流群中，银色的溪流格外醒目，如闪电般闪闪发光，从一个个泥沙淤积成的叶形痕迹上流过，并不断被细沙吞没。神奇的是，那些泥沙流的流速如此之快，又丝毫不乱、井然有序，利用自身所有的最好材料形成渠道的边缘。河流从源头流泻就是这么一回事。大约人体骨架就是水和硅组成的，而更精细的泥土和有机化合物，形成了人体的肌肉组织或细胞。人是什么？不就是一团和好的泥土吗？人的手指尖儿和脚趾尖儿就像凝结的水滴。如果身体是液态的，手指和脚趾就是人体内所流出支流的末端。如果环境更适于生长发育，谁知道人体会扩张到何种程度呢？手掌难道不像一张展开的棕榈叶①，也有叶片和叶脉吗？不妨把耳朵想象成一种粘附在脑袋两侧的苔藓，学名叫作 Umbilicaria，也有叶片或肉质的垂珠。双唇——字源是 labium，大约是从 labor（劳动）分化出来的——是山洞似的嘴巴上下的悬垂物。鼻子，显然是一个凝结的水滴，或钟乳石。下巴则是更大的水滴，整张脸上的水都在这里汇合。面颊像从眉毛处降下来的斜坡，紧贴在颧骨之上。植物叶片也是这样，都是一滴浓稠的缓缓流淌的水滴，大小各异。叶片是树叶的手指，有多少片叶子，就说明会有又少个"水滴"向不同的方向流动，

---

① 手掌的英文 palm，另外一个意思是棕榈叶。梭罗在这里用了双关的手法。

如果能获得更多热量或受到某种助长因素的影响,它就会流得更远。

现在看来,这样一个小小的斜坡,就已经阐明了大自然各种活动的规律。大地的创造者所凭借的只是一个叶片的专利。哪一个商博良①能为我们破译这种象形文字,使我们最终能翻开新的一页呢?这一现象给我带来的惊喜,远远超过一个丰饶多产的葡萄园。确实,其性质有点类似于分泌排泄,肝肺肠子,难以计数,好像把大地里外翻了个个儿;可这至少能说明大自然是有肠子的,又是人类的母亲。这是地表深处冒出的冷霜;这是春天。就像神话的叹声早于正规的诗歌,它早于满目青翠的春天,早于百花争艳的春天。我知道,这世间再也没有什么东西,能扫除冬天的阴霾和郁积了。它让我相信,大地还被裹在襁褓中,伸着它稚嫩的手指四处触摸。它那光秃秃的脑袋上长出了新的卷发。这世上没有什么东西是无机的。路基上的叶状痕迹,就像是锅炉中的炉渣,说明大自然内心的火焰"烧得正旺"。大地不只是毫无生机的历史片段,土壤层层叠加,就像书页一样,这些让地质学家和考古学家去研究吧。大地还是活生生的诗篇,像树上的叶片,早于花朵和果实出现——地球不是一个无生命的化石,而是一个充满活力的生命体;和它相比,任何生物都不

---

① 商博良(Jean Francois Champollion,1790~1832年),法国历史学家、古埃及学家,根据刻有希腊文字、埃及象形文字及通俗文字的罗塞塔石碑铭文破译象形文字。

过是寄生在地球这个的生命体上。剧烈的地壳运动会把我们的骨殖从坟墓中震出来。你可以把金属熔化，灌入你所能打造的最美丽的模具中，进而浇铸出最美丽的形体，但是，这一切都无法让我像看到大地溶液所形成的叶状花纹那样兴奋。不仅是它，任何制度都像陶匠手中的粘土，可以任意塑形。

没过多久，不仅湖岸上，包括每座小山，每个平原和每个洞穴，都从地表深处冒出了冷霜，像一个冬眠的四足动物醒了过来，在万物的合鸣中寻找海洋，或者，迁徙到云中别的地方。言语温柔的溶化之神，比手握大锤的雷神还要有力——前者是悄无声息地溶解，后者则是用蛮力乱砸一气。

地面多处积雪都已经融化了，接连好几天，天气都比较暖和，地面已经变得相当干爽了，这时，拿当年新生的幼嫩植物的活力之美，与那些历经严冬考验的沧桑植物的庄重之美相比，绝对是一件令人赏心悦目的事。长生草、黄色紫苑、针刺草和其他雅致的野草，这时的颜色和气味往往比夏天时更加突出，就好像它们非得经过严冬的磨砺，才能真正展现这种成熟美一样；羊胡子草、猫尾草、毛蕊花、狗尾草、绒毛绣线草、绣线草，以及其他茎干硬挺的植物，都挂满了累累的籽实穗，为早春时节的飞鸟提供无尽的食物。对大自然来说，它们至少应该算是比较体面的冬衣。羊毛草像稻穗一样的拱顶特别吸引我，它把夏天融入了我们关于冬天的印象中，它的形状与姿态，深受艺术家的青睐，他们把它搬到各种各样的艺术品上，而且在植物界，它在人们心目中的地位，就如同星象学在人们心目中的地位一样。这是一种比古希腊或古埃及更古老的古典风格。冬天的许多景象，往往能让人联想起那些无法用言语形容的细嫩的、柔弱的美感。我们常会听到，有人把冬天比喻成一个野蛮粗暴的君主，但实际上，他正像对待情人那样，轻手轻脚地为夏天梳理装饰秀发呢。

春天的脚步越来越近，我坐下来阅读或写作时，一群红松鼠钻到我屋子底下，成双成对地在我脚下发出奇怪的叫声，不时地唧唧咕咕，或扯着喉咙长声嘶叫，或发出短促的急鸣。我狠狠跺了几下脚，谁知它们叫得更响了，好像它们一心想着搞恶作剧，已经疯狂到了无所畏惧的地步，对人类发出的禁止令也熟视无睹。你别再叽喀里—叽喀里地叫了。我的训斥，它们充耳不闻，或者说它们没有感觉到我言语中的愤怒，于是我就陷入了一场没完没了的抗议中，真是拿它们没办法。

报春的第一只麻雀！这一年在从未有过的、充满青春活力的希冀中开始了！从某些地方还光秃、潮湿的田野上，隐约传来了银铃般的鸟鸣声，这是这年春天我听到的第一声鸟鸣。那是青鸟、篱雀和红翼鸫在鸣叫，那声音就像冬天最后的雪花铃铃响着飘落下来！在这种时候，历史、编年史、传说，还有那些文字记载的启示录又算什么！小溪对春天唱着赞美诗和四部曲。鹰低低掠过沼泽地，寻找草地上第一批复苏的纤弱生命。山谷中各处都能听到积雪融化，雪水滴滴答答的声音，湖里的冰也在快速融化。小草像燎原之火一般，在山腰蔓延开来——"et primitus oritur herba imbribus primoribus evo- cata"①——好像大地正怀揣着满腔热情，迎接太阳的回归；那火苗的颜色不是黄的，而是绿的——是青春永驻的象征。那草叶，就像一条长长的绿色缎带，从草

---

① 拉丁文，意为"在早春雨水的滋润下，青草正在拔节生长"。

地上流淌出来，奔流着进入夏季。不错，这"绿色的溪流"被霜雪阻拦过，但不久它就克服阻力，继续向前奔流了，竖起去年干黄的草茎，为新生命让路，让新的草芽钻出地面。它不紧不慢地生长，就像小溪从地下缓缓渗出一样。它和小溪几乎融为一体了，因为在适宜万物生长的6月里，小溪中的水已经干了，草叶铺满了它流经的渠道。年复一年地，牛羊都在这条长青的小溪中饮水，割草的人也会及时前来收割、晒干青草，以备牲畜过冬之用。因此，我们人类的生命可能会断绝，但只要根不灭，就仍能生出绿色的叶片，生生不息，直到永远。

瓦尔登湖的冰层正在迅速消融。湖的西北两侧有一条两杆宽的运河，流到东西方向时会变得更宽一些。一大块冰从整个冰面上裂了下来。我听到一只篱雀在湖边的灌木丛中唱着——欧利，欧利，欧利，——吉泼，吉泼，吉泼，诧，却尔，——诧，维斯，维斯，维斯。它也为冰层开裂使劲儿呢。冰块边缘的弧度非常大，看上去是那么洒脱，跟湖岸的曲线相互呼应，但显得更整齐一些！最近有一段时间，天气异常寒冷，冰面冻得奇硬无比，连水纹的痕迹都被冻进去了，看上去就像皇宫里的地板一样。可是风向东吹去，掠过不透明的冰面，冰面纹丝不动，风一直掠到远处裸露的水面上，才吹起了鲜活的水波。看这缎带似的湖水在阳光下闪闪发光，真是晃人眼目，明净的湖面上洋溢着快乐和青春，似乎我们可以通过它看出湖中鱼儿和岸上细沙的欢乐。瓦尔登湖仿佛化身为一条活蹦乱跳的鱼，银色的鱼鳞上闪着耀眼的光芒。冬天和春天的差别就是这么鲜明。瓦尔登湖复苏了。我前面提到过，这年春天，瓦尔登湖比往年都沉得住气，湖水的解冻从容不迫。

从严冬风雪转换到晴暖和煦的天气，从昏暗懒散的季节转换到明媚而富有生机的季节，这是万物标榜、值得纪念的重大转变。最后，春天的到来显得很突兀。突然，一丝春光照进了我的屋子，虽然那时已是傍晚时分，灰沉沉的冬云布满了天空，雨水和雪水还正从房檐上滴落。我向窗外望去，看呐！昨天还覆盖着灰色寒冰的瓦尔登湖，已经变成一泓澄澈的湖水了，就像夏日黄昏一样平静安详，充满希望。湖心映出夏季霞光万丈的天空，虽然头顶的天空还看不到这样的景象，但它仿佛已经和遥远的天际心意相通了。我听到远处有一只知更鸟在鸣叫，我感觉自己像是有几千年没听到过这种声音了。

它的叫声，就算再过几千年我也不会忘记——和过去一样，还是那么甜蜜，那么有力。啊，黄昏鸣叫的知更鸟，在新英格兰那片夏季天空之下！但愿我能找到它栖息的树枝！我指的是它；我指的是那根树枝。至少不是 Turdus migrato- rius①。我房屋周围的苍松和矮橡树，已经垂头丧气很久了，春天一到，它们突然就恢复了，看上去更鲜亮、更青翠、更挺拔、更有活力了，好像被有神力的雨水洗过，奇迹般地复苏了。我知道不会再下雨了。只要随便看看森林中的某根树枝，甚至看看你门口的柴堆，你就可以知道冬天是否已经离开。天色渐晚，夜幕笼罩下，飞鹅的鸣叫吓了我一跳，它们低低地飞行，穿过森林，像风尘仆仆的旅行者一样，从遥远南方的湖上飞过来——已经迟到了，它们没完没了地相互抱怨，相互安慰，声音嘈杂不堪。站在房门口，我就能听到它们拍打翅膀的声音。它们飞近我的小屋时，突然发现了灯光，喧闹的飞鹅群突然安静了下来，它们盘旋了几圈，落在湖面上。于是我转身回屋，关上了门，在森林中度过我的第一个春夜。

借着黎明的晨光，我透过薄雾打量着湖中的飞鹅，它们在 50 杆远处的湖心来回游着，那么一大群，乱糟糟的，瓦尔登湖仿佛成了一个供它们戏水的人工泳池。可是，我刚站到岸边，它们的头领就发出一声信号，整个飞鹅群的成员全都拍着翅膀，飞了起来。它们队形俨然，在我头顶盘旋了一圈，我数了数，总共 29 只，接着它们便朝着加拿大的方向飞去了。它们的头领不时

---

① 拉丁文，意为候鸟。

发出叫声，像是在通知手下的队员到那些湖水混浊的湖中去用早餐。这时，一大群野鸭也飞了起来，跟着闹哄哄的飞鹅群向北飞去。

有一周，我常听到一只离群的孤雁在晨雾中盘旋哀鸣，寻找伙伴们，它的叫声响彻云霄，连森林都无法忍受了。4月份，可以看一群群的鸽子从空中掠过；到一定的时候，我还能听到小燕在林中空地上空鸣叫。虽然小燕在镇上并不常见，更加不可能出现在我的林子里，但是我想，这种小燕也许是古老禽类的后代，在白人还没来的时候，它们就早已住在树洞中了。任何地区的这个季节，乌龟和青蛙都是最早出现的，仿佛先驱和信使一般，鸟儿边飞边唱，油亮的羽毛在空中闪闪发光，各种植物都憋足了劲儿拔节生长，花儿绽放，和风拂面，仿佛在微调两极间摆动的吊锤，使大自然保持平衡。

每个季节对我们来说，都有着奇妙之处；因此春回大地，很像混沌初开、宇宙初现，黄金时代到来了——

  Eurus ad Auroram Nabathaeaque regna recessit,
  Persldaque，et radiis juga subdita matutinis.①

  东风渐退渐远，直至奥罗拉和拿巴泰王国，
  波斯，和晨光笼罩下的山冈。

人类诞生了。究竟是创造主为了创造

---

① 拉丁文，即其下两行诗句所表达的意思。

更美好的世界，用神的种子创造人；

还是，大地和天空刚刚分离不久，

留存了一些与天上同族的种子。

  一场细雨过后，草叶变得更加青翠。我们的前景也是这样，只要注入美好的理想，前景便会一片光明。如果我们时常生活在"当下"，对任何机遇都能善加利用，就像青草坦然接受一小滴露水的恩泽一样；不错失良机后再扼腕叹息，不把时间浪费在埋怨上，也不把前两者认为是自己应尽的职责，那我们就是幸福的人了。春天已经来临，我们还在冬天停滞不前。在一个欢快的春日清晨，人类的所有罪恶都得到了宽恕。这是罪恶消弭之日。阳光温暖地照耀着世间万物，就算是坏人也会回转。我们自己的心灵已经恢复纯洁，一定也能发现邻人的心灵变得纯洁。也许，昨天你还把某位邻居视为盗贼、酒鬼，或者是色魔，不是怜悯他，就是瞧不起他，对整个世界，你也持悲观的态度；可是，阳光普照，整个世界变得明亮温暖，在这个春天的第一个黎明，它使世界焕然一新，你可能会发现他正在安静地工作，看到他衰弱而多欲的血管中，洋溢着安静的快乐，祝福新的一天到来，像纯洁的婴儿一样感受春天的影响，你会忘记他曾犯下的一切过错。他置身于善意的氛围中，甚至还有神圣的气味在身边萦绕，他也许正在盲目而徒劳地寻找表现的机会，又好像有了一种新的本能。不一会儿，向阳的南坡上回荡着的庸俗笑声消失了。你会看到他满是节瘤的树皮上，孕育着一些纯洁的幼芽，正在努力伸展，想品尝这一年的新生活，这样柔嫩、鲜灵，就像幼嫩的树苗。他甚至还进入了上帝的乐土。为什么狱卒不把牢门打开？为什么判官不撤销这个案件？为什么布道者还不让会众离去？这是因为这些人不听从上帝传达的暗示，也不接受上帝无条件赐给所有人类的赦免。

牛山之木尝美矣，以其郊于大国也。斧斤伐之可以为美乎？是其日夜之所息，雨露之所润，非无萌蘖之生焉。牛羊又从而牧之，是以若彼之濯濯也。人见其濯濯也，以为未尝有材焉，此岂山之性也哉。

虽存乎人者，岂无仁义之心哉。其所以放其良心者，亦犹斧斤之于木也。旦旦而伐之，可为美乎？其日夜之所息，平旦之气，其好恶与人相近也者几希？则其旦昼之所为，有梏亡之矣。梏之反复，则其夜气不足以存，夜气不足以存，则其违禽兽不远矣。人见其禽兽也，而以为未尝有才焉者，是岂人之情也哉。①

黄金时代建立之初，本无胸怀仇恨者，
没有法律，人们却自动以忠诚和正直为本。

没有刑罚，没有恐惧，
恐吓的文字也没被铭刻在铜器上，高高挂起，
乞援者也不必为判官的判词而焦虑，
一切都平安祥和，没有胸怀仇恨者。
高山上的松树，还没有遭到砍伐，
也没有被抛入水中，随水波去到异国他乡，
人类除了自己停靠的港湾，不知他物。

春光永恒，和风轻拂，
吹拂着那无须播撒，自然绽放的花朵。②

4月29日，我在九亩角桥附近的河岸上钓鱼，站在随风摇曳的草叶和柳树根边，那里有不少麝鼠出没。我听到一些奇特的声响，有点儿像孩子们用手指拨弄木棒的声音，这时，我抬头一看，发现了一只个头不大、但非常漂亮的鹰。它长得很像夜莺，一会儿像四溅的水花一样在空中打旋儿，一会儿又翻着跟斗下落一两杆，这么着上上下下，露出翅膀的内侧，在阳光像一条

---

① 引自《孟子·告子》。
② 引自奥维德《变形记》。

缎带一样闪着光,或者说像贝壳内的珍珠一样光芒灼灼。这景象让我想起训练猎鹰捕猎的技术,这项运动伴随着高尚的情操和诗意。我看,可以把它叫作"灰背隼",其实我根本不在乎它叫什么名字。它飞翔时那灵活优雅的身姿我以前从未见过。它不像蝴蝶那样轻飘飘地起舞,也不像大型猛禽那样气势凌厉,它在空中自信地翻飞嬉戏,发出古怪的咯咯声,它越飞越高,一次次潇洒地俯冲下来,划出优美的弧线,像风筝一样在空中翻转,然后又在高空翻转成正常飞行的姿势,好像它从来不愿在大地上落脚,看来它并没有结交到空中同伴——它独自在高空嬉戏,除了空气和晨光,它似乎也不需要什么同伴。但它并不显得孤独,相比之下,下面的大地才是真正的孤独。生它养它的母亲在哪里?它的同类,它的父亲又在哪里?它属于天空,和大地唯一的联系就是它曾经是一枚卵,在岩缝中孵化出来;难道它的故乡建在云端,以彩虹饰边和布满红霞的天空编制而成,以从地面浮起的仲夏薄雾为内衬吗?它的猛禽窝巢现在还悬挂在累累岩壁似的云层中呢。

此外,我居然抓到了许多难得一见的小鱼,它们的鳞片闪现着金色、银色、古铜色的光芒,看来就像一串宝石一样。啊!我曾在早春的黎明,多次踏入这些草地深处,从一个草丘跳到另一个草丘,从一个柳树根蹦到另一个柳树根,这时,野性的河谷和森林,都沐浴在纯洁、明媚的阳光下,如果真像多数人所想象的那样,死者不过是在墓穴中沉睡,那他们看到这种情景,也会立刻醒来的。根本不需要什么更有力的证据来证明不朽!世间万物都必须生活在阳光下。啊,死亡,你的毒针藏在哪里?啊,坟墓,你的胜利又在哪里?①

如果村子周围没有那些尚无人涉足的森林和草原,我们的乡村生活该多

---

① 最后两句话引自《圣经·新约全书·哥林多前书》。

么乏味啊。我们需要来自未知领域的刺激——有时在潜藏着山鸡和鹭鸶的沼泽跋涉，听听丘鹬的叫声，有时低头轻嗅沙沙作响的莎草，草丛里只有一些独居的、不合群的鸟类筑巢，这里还有貂鼠，肚皮紧贴着地面，爬来爬去。就在我们充满热情地探索和发现新事物的时候，我们又要求万物都是神秘的、从未被探索过的，要求大地和海洋都处于蛮荒状态、未经勘探，因为它们是深不可测的。我们对大自然的探索永远不会厌倦。我们必须看到取用不尽的活力，看到巨神提坦①般的形象，看到海岸上船只的残骸，看到旷野上生意盎然的和已然腐朽的树木，看到电闪雷鸣，看到连下三周以致水灾的淫雨，才能真正的精神焕发。我们必须看到自己突破自身极限，在那些从未涉足过的地方自由生活。我们看到腐肉时，可能会感到恶心和晦气，但看到鸶鹰吃掉腐肉时，我们又高兴起来了，因为正是这些腐肉赋予了鸶鹰健康和精力。通

---

① 提坦：巨神之一，天神乌拉诺斯与大地女神盖娅之子，力大无穷。

往我木屋的路上，有一个洞穴，里面有一具马尸，很多时候我不得不绕着走，特别是在阴森森的晚上，但是我相信大自然正在慢慢消化它，想到这具马尸代表着大自然的强健胃口与不可侵犯的健康，我就欣慰不少。我爱看大自然物种繁多的样子，能忍受各物种间的相互残杀，纤弱的生物会像果肉一样，毫无声息地就被吞噬碾压成汁水——苍鹭一口吞掉蝌蚪，乌龟和蟾蜍被车辆碾死在路上，有时候，那惨状简直只能用血雨腥风来形容！天有不测风云，我们不能对不幸过于介怀。在真正的智者看来，世间万物都是无知的。毒药不一定能毒死人，受伤也不一定会送命。同情心是靠不住的，它稍纵即逝，绝对不能不加分辨地滥施一气。

5月初，橡树、山核桃树、枫树，还有其他一些树种，才开始在湖边的松树林中抽芽长叶，像阳光一般使景物增亮不少，如果是多云天气，就像是太阳穿透云雾，光线微弱地照在小山上一样。5月3日或4日，我在湖中看到一只水鸟。在这个月第一周，我听到了夜莺、棕鸫鸟、画眉、小鹩、雀子和其他飞禽的鸣叫。林中画眉的叫声，我早就听到了。鹩鸟频繁飞到我的门窗上，四处张望，想看看我的屋子能不能让它筑巢。它一边飞快地扇翅膀，让自己的身子悬在半空中，爪子紧握着，好像要抓住空气固定身子一样，一边仔细观察我屋里的情况。不久后，苍松那硫磺似的花粉就洒落在湖面和岸边的乱石堆及朽木上，你毫不费力就可以收集满满一桶。这就是有人说的所谓的"硫磺雨"。在迦梨陀娑①的剧本《沙恭达罗》中，就有这样的描述，"莲花的金粉染黄了溪水"。就这样，四季流转，转眼间就到了夏天，这时你可以在越长越高的蒿草丛中徜徉了。

我在林中生活第一年的状况，基本就是这样了，第二年和第一年差不多。1847年9月6日，我离开了瓦尔登湖。

---

① 迦梨陀娑：古印度剧作家，《沙恭达罗》是其代表作品。

结语

  有时生了病,医生会建议你换个环境进行疗养。谢天谢地,这世界大得很,我们可去的地方并不局限于此。新英格兰是看不到七叶树的,也很难听到嘲鸫的叫声。野鹅比起人类来,倒显得更国际化一些,它们在加拿大吃早餐,飞到俄亥俄州吃午餐,晚上又到南方的河湾梳理羽毛,渡过漫漫长夜。其至野牛也能按照季节四处"旅行",它起初在科罗拉多牧场吃草,等黄石公园长出更甜美、更青翠的草料时,它就会转移到那里去。然而,作为人类的我们却认为,如果把栏杆或篱笆拆掉,在农场周围垒砌围墙,就为自己的生活设定了界限,只有这样我们的命运才算确定了。如果你被选为镇上的办事员,那你今年夏天就别想去火地岛旅行了,不过你可能有机会到地狱的烈火中走一遭。宇宙比我们所看到的要大得多。

  然而,我们应该像一个称职的游客,对一切事物都充满好奇,经常站在船尾看看那新奇的景色,不要像愚蠢的水手一样,在旅行路上只顾埋头撕麻絮。其实,地球的另一面并无奇特之处,那里居住着我们的同类。我们的旅行不过是绕了一大圈,而医生所开的方子,也只能治愈你的皮肤病。有人跑到南非去猎杀长颈鹿,但其实,他并不应该猎杀这种动物。你说,一个人能有多少时间用来猎杀长颈鹿呢!捕捉鹬鸟和土拨鼠,也是非常有意思的游戏,但我认为勇于抨击自我,那才是一项更高尚的运动——

如果将目光转向自己的内心，
你将会发现那里有一千处未曾涉足之地，
那就去那里旅行吧，
成为家庭宇宙志的地理专家。①

  非洲代表什么，西方又代表什么呢？在我们内心的版图上，不是也有一块空白的未知领域吗？但等它被发现时，它是否仍像海岸线一样黑漆漆的？我们要去发现的，难道是尼罗河的源头？难道是尼日尔河或密西西比河的源头？难道是我们所在大陆的西北走廊吗？难道这些就是跟人类息息相关的问题吗？难道说弗兰克林爵士②是这世界上失踪的唯一一位北极探险家，因此他的太太要心急如焚地四处寻找他？格林奈尔③先生是否知道自己身在何处？不如让自己成为芒戈·帕克④、路易斯、克拉克⑤和弗罗比歇⑥这样的航海家，

---

① 引自哈宾顿（William Habbington，1605~1664年）《致尊敬的奈特爵士》。
② 弗兰克林爵士（Sir John Franklin，1786~1847年）：英国探险家、海军少将，探索西北航道途中遇难。
③ 格林奈尔（Henry Grinnell，1799~1874年）：纽约富商，曾出资寻找遇难的弗兰克林。
④ 芒戈·帕克（Mungo Park，1771~1806年）：苏格兰探险家，两度勘察非洲尼日尔河河道，著有《非洲内地旅行》一书。
⑤ 路易斯（Meriwether Lewis，1774~1857年）、克拉克（William Clark，1770~1838年）：两人均为美国探险家，一起进行了第一次直达太平洋西北岸横贯大陆的考察。
⑥ 弗罗比歇（Sir Martin Frobisher，1535？~1594年）：英国航海家。

探寻自身的江河湖海，探索自身的高纬度地区——如果有必要，可以在船上装上足够的罐头肉，借以维持生命，你还可以把吃净的空罐头盒堆得高及云霄，用作标记。发明罐头难道就是为了延长肉类的保质期吗？不，你得成为另一个哥伦布，去寻找自己内心深处的新大陆和新世界，开辟新渠道，不是为了通商，而是为了交流思想。在自己的思想领域，每个人都是国王，相比之下，沙皇的帝国也不过是不值一提的微末小国，是冰天雪地中的一小块陆地。然而，有的人对自己尚且不尊重，却在高谈爱国，为了谋求少数人的利益，而牺牲大多数人的利益。他们深爱着将来要葬身其中的墓穴，却对赋予自己的躯体以活力的精神无动于衷。爱国只是他们脑中的空想罢了。南海探险①声势如此浩大，耗资如此惊人，到底有什么意义呢？其实，那只是间接承认了这样一个事实：在精神世界中，也有海洋和大陆，但每个人只是其中的一个半岛或岛屿，对外部世界一无所知，但他却不去探索；而是坐在政府造就的大船中，航行几千里，经过寒冷、风暴，经过人吃人的蛮荒之地，随船有500名水手和仆役侍候着；他觉得这比让他独自探索自己内心深处的海洋——比如内心的大西洋和太平洋——要容易得多。

Erret, et extremos alter scrutetur lberos.
Plus habet hic vitae, plus habet ille viae.

让他们去漂泊，去考察异域的澳大利亚人，
我得到更多上帝的启示，而他们懂得更多的路。②

周游世界，到桑给巴尔③去查证猫科动物的数量，这种做法很不值得。但如果你碰巧无事可做，这件事还算有意义，也许你能找到"西姆斯④洞"，并

---

① 指 1838~1848 年，美国海军对南太平洋和大西洋的探险远征。
② 引自古罗马诗人克劳迪恩（Claudian，公元 370~404 年）的《维罗纳的老人》。澳大利亚人应为西班牙人，误译。
③ 桑给巴尔：位于坦桑尼亚东北部，是其一部分。
④ 西姆斯（John Symmes）：英国人，曾提出地球是空心的论证。

最终从那里进入内心世界。英国、法国、西班牙、葡萄牙、黄金海岸①、奴隶海岸②，都正对着内心世界中的海洋；从那里出发，可以直抵印度，却没有一条船敢在一望无际、极目远眺也看不到大陆的内心海洋上航行。尽管你会说各种方言，也能适应各地的风俗，尽管你会比其他旅行家走得更远，对各种气候和水土也没有不良反应，你的表现，连斯芬克斯③也要被气得撞死在岩石上了，你还是得听取古代哲学家的箴言，"勇敢地去探索内心世界吧"。这才用得到眼睛和头脑。只有败将和逃兵才能上战场，只有临阵逃脱的懦夫才能应征入伍。现在就开始你的探险之旅吧，远征西方，这个旅程不会在密西西比或太平洋逗留，也不会到古老的中国或日本去，而是勇往直前，就好像顺着地球的一条切线前进，无论寒暑昼夜，日月运转，永不停歇，一直到地球灭亡时为止。

据说，米拉波④曾做过拦路抢劫的事，为的是"弄清正式违背社会上最神圣的法律，到底需要多大的决心"。后来，他认定"士兵们上战场的勇气，只有拦路抢劫者的一半"，还说，"不管是荣誉，还是宗教信仰，都无法拦

---

① 黄金海岸：西非国家加纳的旧称。
② 奴隶海岸：今西非贝宁湾沿岸一带，16~19世纪末，西方殖民者曾经由此处将大量非洲黑人贩卖为奴隶。
③ 斯芬克斯：古希腊神话中狮身人面的女妖，长有翅膀，传说天后赫拉派其守在忒拜城附近的悬崖上，让来往路人猜谜，谜面为"什么动物早晨四条腿走路，中午两条腿走路，晚上三条腿走路？腿最多的时候，也正是他走路最慢，体力最弱的时候"。猜不出者就会被她吃掉。后来，俄狄浦斯猜出谜底是"人"。斯芬克斯羞愧地跳崖而死。
④ 米拉波（Comte Mirabeau，1749~1791年）：法国大革命时期君主立宪派的领袖之一，著名演说家、政治家。

阻一颗考虑周到、坚忍不拔的心"。看起来，米拉波当之无愧是个男子汉；可是他做的这些事虽然算不上无赖，但确实很无聊。一个头脑清醒的人会发现，自己经常会"正式违背"所谓"社会上最神圣的法律"，次数多得数不胜数，因为他要遵从一些更为神圣的法律，他不必这么做就能验证自己的决心。其实，他根本用不着对社会采取这样的态度，只要保持原有的态度，遵从自己认同的法律，就不会和一个公正的政府产生冲突，当然，前提是他能遇到一个公正的政府。

我离开森林，就跟我当初住进森林一样，都有着充分的理由。我觉得我的一生有好几种活法，没有必要在一种活法上浪费太多时间。令人惊讶的是，我们很轻易就习惯了某种活法，久而久之，就踩出了一条属于自己的既定轨迹。我在森林里住了不到一周，就踩出了一条林中小径，从我家门口一直通往湖边；到如今，不知不觉已经过了五六年，这条小径仍然清晰可见。我估计其他人也经常走这条小径，所以它没有淹没在野草中，依然通行。地面是柔软的，人走过就会留下痕迹；同样，人们的心灵之路也会留下痕迹。试想，人世间的公路被踩踏得多么不堪，坑坑洼洼，尘土飞扬，传统和习俗在心灵之路上也会形成深深的车辙！我不愿坐在船舱中，我宁愿站在世界的桅杆前或甲板上，因为从那里，我能更清楚地看到群峰间的明月。我再也不愿意回到船舱中去了。

通过实验，我至少明白了一点：一个人若能充满信心地向自己的梦想前进，努力经营自己想要的生活，就会获得意想不到的成功。他将会把一切事情都抛在脑后，并跨过一条无形的界限；他内心深处会确立一些新的、更具有普遍性的、更自由的规则；或者对旧法规加以修正补充，在更自由的基础上给出更有利于自己的新解释，他将被允许跻身于更高级的生活秩序中。他的生活越简单，宇宙运行的规则也越简单，寂寞将不再是寂寞，贫穷将不再是贫穷，懦弱也不再是懦弱。如果你造了空中楼阁，你的劳苦不会白费，楼阁就应该造在空中，现在就在下面打下坚实的基础吧。

英国和美国提出了荒唐可笑的要求，说你说的话必须得让他们听懂。不管是有自我意识的人，还是毫无意识的菌菇，都不会这样唯命是从。好像他们还认为自己的要求很重要，仿佛没有他们便没人理解你了似的。好像大自然只支持这么一种理解方式，它养得活四条腿的走兽，就养不活鸟雀了，养得活走兽，就养不活飞禽了，连勃莱特[①]都能听懂的嘘声和表示禁止的断喝，竟成了最棒的英文。好像只有愚蠢才能永保平安！我最担心的是，我表达的不够过火，无法超出自己狭隘的日常经验，将我所信奉的真理讲明白。过火不过火，要看你所处的场合。水牛在迁徙途中，跑到另一个纬度去寻找新的草场，与奶牛在挤奶时踢翻铅桶，跃过围栏，跑回小牛身边相比，显然后者比较过火。我想到不受任何限制的地方说话；想在彼此都清醒的状态下对话。我认为，从为真实的表达奠定基础的角度看，我还不够过火。有谁在听到一段音乐后，就担心自己以后说话会一直过火下去呢？为了未来或可能会发生的事，我们不该生活得过于拘束，表面上内敛，但原则上不妨宽松模糊一些，就像自己的影子在太阳下也会不由自主地流汗似的。我们所讲的真话容易蒸发，留下来的只言片语往往说服力不足。真话转瞬即逝，只有以文字记录下来的才能得以保存。表达信仰和虔诚的话语往往是不确定的，它们只对德操高尚的人才有意义，才会散发出芬芳的乳香气。

---

① 勃莱特：牛的俗称。

为什么我们时常会变得智力低下，甚至愚笨，却又赞美它为常识？所谓常识，是人们睡觉时也会有的、通过鼾声表达的意识。有时，我们会把偶尔聪明一回的人和真正愚笨的人归为一类，因为我们只对他们那 1/3 的聪明表示欣赏。有人偶尔早起了一次，就开始挑剔金红色的朝霞。英国正在大力研究防治土豆腐烂的方法，难道不该在医治大脑腐烂上花点心思吗？说到底，后者才是更普遍、更危险的现象啊。

我并不是说我的作品已经变得晦涩难懂了，但我并无自豪之感，因为我作品中的致命缺点，简直比瓦尔登湖冰块的缺点还要多。你看，南方的商人看不中它的蓝色，认为那是肮脏的泥浆，其实这正是湖水纯洁的表现，他们比较满意的是剑桥的冰，雪白雪白的，有一股草腥味儿。人们所爱的纯洁，是笼罩大地的雾气，而不是雾气之上的蓝色天空。

有人窃窃私语，说我们美国人和一般的现代人，和古人，甚至伊丽莎白时代的人相比，都不过是智力上的小矮人。这话应该如何理解？一条活着的狗总好过一头死去的狮子。难道矮子就没有活路，就活该去上吊？难道他不能成为矮人中的佼佼者吗？人人都应该做好自己分内的事，忠实于自己的职责。

为什么我们这样急于求成，不顾一切地去冒险？如果一个人总是落后于同伴，可能是因为他听到的鼓声与大家不同，因而前进的节奏也与大家不同。就让他按照自己听到的鼓点前进吧，不要管那鼓点如何，也不要管鼓声是从何处传来的。他是否会像一棵苹果树或橡树那样快速成熟，这一点并不重要。他该不该把自己的春天变成夏天呢？如果我们所需要的条件还不完备，我们又能用什么现实条件来取代这不完备的条件呢？我们不能在一个虚幻的现实中翻船。我们是否要费力在头顶用蓝色玻璃建起一片天空呢——虽然建成后，我们还要眺望那遥远的真正的天空，把那玻璃天空视若

不存在。

库洛城中有个伟大的艺术家,他事事都追求完美。某天,他想制作一根手杖。他认为,受到时间因素的影响,艺术品是不可能完美的,而但凡完美的作品,时间对其都不起作用,于是,他喃喃自语,哪怕后半辈子什么事儿也不干了,也要把这根手杖做得完美至极。他马上就到森林里去选材料了,那些不合适的木材坚决弃之不用。他就这样苛刻地寻找着,一根又一根地挑选,一根又一根地丢弃,结果一根也没有选中,而在这期间,他的朋友们渐渐离他而去,因为他们一直工作到年老力衰,然后就死了,可是他呢,却一点儿都没见老。他怀着一颗坚定而虔诚的心,让他在不知不觉中青春永驻。因为他不向时间妥协,时间拿他没办法,就只好在旁边空叹息。他还没有找到最完美的材料,库洛城就变成一片废墟了,于是他就坐在废墟上剥树皮。他还没有设计出手杖的形状来,坎大哈王朝就已经灭亡了。他用手杖的尖端,在沙土地上写下那个民族最后一个人的名字,然后接着干活儿。当他把手杖打磨光滑,卡尔帕[①]已经不再是北极星了;他还没有给手杖装上金箍,还没有给杖头镶上宝石,梵天[②]就已经梦醒过好几次了。我为什么要说这些话呢?因为,手杖完工后,突然变得耀眼无比,最终成为梵天所创造的世界中最完美的艺术品。他在制作手杖时,创造了一种新的制度,创造了一个美妙而协调的新世界,虽然古代的城市和王朝都已覆灭,但新的、更加辉煌的时代和城市却正在兴起。现在,他看到制

---

① 卡尔帕(Kalpa):意思是"劫"。古印度传说,世界每经历若干万年就会毁灭,然后重生,一个周期就叫一劫。

② 梵天:印度神话中主神之一,为创造之神。

作手杖时削下的刨花堆在脚下,还散发着新鲜的气息,觉得就他和他的工作而言,所谓的时间流逝不过是幻象,其实时间并没有逝去,就像梵天的思维火花一闪就点燃了凡人脑中的导火索。材料是完美的,他的技术也是完美的,结果怎么可能不神奇呢?

我们可以按照自己的需求改变事物的外貌,但最后都不会像真理那样让我们受益无穷。只有真理放之四海而皆准,永远不会被打破。大体上说,我们并不存于某个真实的地方,而是在一个虚假的位置上。因为我们天性脆弱,于是就假设了一些情况,让自己置身其中,这样一来,我们实际上就同时处在了两种情况中,要想摆脱就难上加难了。头脑清醒的时候,我们只注重事实,即实际情况。说自己想说的话,而不是该说的话。只要是真理,就比虚伪强上百倍。补锅匠汤姆·海德被执行死刑前,站在绞架前,人们问他是否有话要说。他说:"告诉裁缝们,穿针引线开始缝制前,不要忘了将线尾打个结。"他的同伴的祈祷却早就被忘记了。

不论你的生命多么卑微,你都要勇敢地面对它,好好生活,不要躲避,更别满腹牢骚。它不像你所想象的那么不堪。在你最富裕的时候,生活看起来倒是最穷的。最爱吹毛求疵的人,就算到了天堂,也能挑出毛病。哪怕生活窘迫,也务必请对生活充满热忱。即便在福利院中接受救济,你也会有片刻的欢愉。不管是福利院,还是朱门富户,夕阳斜射在窗子上都同样耀人眼目,

门前的积雪也同时在早春时融化。我认为，一个人只要内心安详，就算身处福利院，也会像在皇宫中生活一样心满意足、心情愉悦。依我看，城里的穷人往往过着世间最自由不羁的生活。也许正是因为他们足够了不起，所以接受救济时才能做到面无愧色。大多数人认为他们超然世外，不屑于接受城里人的支援，可事实是，他们往往会通过不光彩的手段过活，不仅谈不上超然世外，还非常上不得台面。把贫穷当作花园中的花草，像圣人那样辛勤培育吧！不要自找麻烦，去寻求什么新鲜事物，比如新朋友或新衣服。还是回过头来，寻找旧有的事物。万物都是永恒的，只有我们在变。你可以卖掉自己的衣服，但要留住自己的思想。上帝会明白，没有社会的帮助，你也会活得好好的。如果我生活得像蜘蛛一样，终日躲在阁楼的角落里，那也无妨，只要我还有思想，在我看来，世界就和以前一样广阔无边。哲学家说："三军可夺帅也，匹夫不可夺志也。"[①]不要急于谋求发展，不要屡屡受到影响，被玩弄于股掌之间，这都是在浪费时间。卑微就像黑暗，正因其黑暗，反而衬托出更美丽的天光。贫穷与卑微像一团阴影，紧紧围在我们周围，"可是看吧！我们的视野反而扩大了"。经常有人提醒我们，即便把克洛索斯[②]的财富赐予我们，我们的原则也不能变更，方法也依然如故。况且，如果你因为贫穷受到种种限制，比如连书报都买不起，其实你不过是被限制在重要的经验中；你不得不和盛产糖和淀粉的物质领域频繁交涉。最本真的生活是最甜蜜的。知道了这些，你就不会再去做无聊的事了。上层社会的人大方一些，不会使下层社会的人遭受什么损失。多余的财富只能买到多余的物质，而人类灵魂的必需品，是多少钱都买不到的。

我住在一堵铅铸墙壁的角落里，铸墙材料中掺和了一些造钟表的铜合金。午休时，时常有一种叮叮当当的杂乱声响穿墙而过，传到我的耳中。这是和我同时代的人发出的声音。我的邻居曾和我说过他们和那些绅士名媛的奇遇，还有他们在晚宴中遇到的那些贵族，但是这些消息就如同《每日时报》的新闻一样，丝毫不能引起我的兴趣。人们感兴趣的谈资，一般

[①] 引自《论语·子罕》。
[②] 克洛索斯（Croesus）：吕底亚（小亚细亚中西部的古国）末代国王，公元前560~前546年或公元前560~前547年在位，敛财成巨富。

是关于穿着打扮和风度举止的，可是如果是一只呆头鹅，那不管你怎么打扮它，它们还是一副呆头呆脑的样子。他们和我谈到加利福尼亚和德克萨斯，谈到英国和印度，谈到佐治亚州或马萨诸塞州的某些大人物，这些对我来说都像过眼烟云，转眼就忘，我如坐针毡，差点儿从院中逃走。我很高兴能按照自己的意愿生活，素面朝天，我不愿招摇过市，即使以允许我跟造物主同行为条件，我也不愿意——我甚至不愿意生活在这个浮躁的、荒诞的、杂乱的、琐碎的19世纪，我不愿有所作为，宁肯静静地站着或坐着思考，等待19世纪过去。人们为了什么庆祝？他们加入了筹备委员会，随时准备听取演说。上帝只在今天担当主持人，韦伯斯特①是这场演讲的发言者。

那些合理的事物强烈地吸引着我，我就是喜欢权衡、研究这些事物，并向它们逐渐靠近——我不会拉住秤杆，通过弄虚作假减轻重量——我不会假设某种情况，而是会按照实际情况行事，在我唯一能够通行的小路上行走，在这里没有什么力量能够阻止我前进。如果让我在没有夯实的基础上建造拱门，我是不会满意的。我们不要故意冒险。干什么事都要有个牢固的基础。有个故事我们都听说过，一个旅行家问一个小孩，面前的沼泽有没有实底儿。小孩说，有。可是，旅行家的马刚进去就陷进没过肚带的淤泥里了，旅行家不解地对孩子说："刚才你告诉我，这沼泽是有实底的。""是，是有底的，"小孩回答，"可是你还没有到沼泽深度的一半呢。"社会也像这陷人的沼泽和流沙一样。能明白这一点的，必定是个经验丰富的成熟人士。只有机缘巧合，把心中所想之事说出来或做出来，那才算好的。我不愿做一个只会往木板和灰浆砌成的墙中钉钉子的人，我要是这样做了，那我准会夜不能寐。给我一把锤子，让我亲手摸摸木板上的纹路。避免涂抹的灰浆不牢靠。揳入一根钉子，把木板牢牢钉住，我就算半夜梦醒也会对自己的所作所为感到满意——工作做得有板有眼，即使在缪斯女神面前，也无须赧颜。只有这样做，上帝才会相助，也只有这样做，上帝才能帮得上你。每根揳入木板的钉子，都应该成为宇宙这台巨型机器的一枚铆钉。这样，你才能够继续工作下去。

---

① 韦伯斯特（Daniel Webster, 1782~1852年）：美国政治家和演说家。

不要给我爱情、金钱和名誉,请给我真理吧。我坐在一张堆满美食的餐桌旁,接受殷勤的款待,可是唯独缺少真理和诚意;在这冷漠的场合,我的胃口受到很大影响,直到宴会结束,依然饥肠辘辘。这种招待冷若冰霜。恐怕用不着再用冰块冰镇食物了吧,他们告诉我酒的名称和年代;可是我想起一种更古老,却又更时髦、更纯粹的美酒,一种更有名的饮料,但是他们那儿根本没有,想买也买不到。住房、花圃和所谓的"娱乐",在我看来都是可有可无的。我曾访问过一个国王,他让我在客厅等他,看上去,他好像不太懂得待客之道。我有个邻居住在树洞里,但从他的行为举止来看,倒是颇有王者之风。我如果去拜访他,受到的款待一定会好得多。

我们还要在门廊中枯坐多久,来执行这些无聊的规矩,让其他工作都变得荒唐可笑呢?好像一个人,每天一大早就要开始像苦行僧一样的修行,雇了一个人替他种土豆;下午,带着事先准备好的愿望,出去奉献基督徒的温情与爱心!想一想中国的自大和使人类发展停滞不前的自满吧。这一代人为自己有幸成为望族的后裔而庆幸不已;想想波士顿、伦敦、巴黎、罗马,它们的历史是多么悠久,它们还为自己在文学、艺术和科学领域取得的进步而沾沾自喜。哲学学会的记录到处都是,都是公开赞美伟人事迹的颂歌!亚当已经在炫耀自己的美德了。"确实,我们做出了伟大的事业,唱起了神圣之歌,它们是不朽的"——只要能记住,当然就是不朽的啦。可是古代亚述的学者团,还有他们崇拜的伟人,现在都在何处?我们作为哲学

家和实验家是如此的年轻！我还没有一个读者已走完自己的一生呢。对人类历史来说，这也许只能算作早春。虽然有人得了疥癣，花了7年之久才治好，但也不一定轮得着亲见祸害康科德长达16年的蝗灾。对我们赖以生存的地球，我们所熟知的，仅仅是地球表面那薄薄一层。大多数人既没有到过地面下六英尺的地方，也没有到地面上六英尺以上的地方。我们不知道自己身在何处。况且，在这短暂的一生中，有差不多一半的时间我们都在酣睡。可是我们却自作聪明地在地球上建立了一种秩序。我们确实是深刻的思想家，也是有雄心壮志的人！我站在森林中，看着遍布地面的松针，其中有一只虫子正在努力地蠕动，试图躲开我的目光。于是，我自问，为什么它会有这种谦卑的念头，要藏起来避开我，也许，我可以帮它，告诉它一些有关它的同类的喜讯，这时我禁不住会想起那个属于全人类的施恩者、智者，他正俯视着人间，在他眼中，我们人类也正如这些虫豸啊。

现如今，世界上的新鲜事物正在不断涌现，而我们却还在忍受这不堪的愚蠢。我只要说出在这最最开明的国土上，人们至今还在听什么样的说教，大家就能明白了。虽然这些说教中，有快乐和悲哀的字眼，但它们都是用在赞美诗中的叠句，是要用鼻音哼唱的，其实，我们的信仰还是流于平庸和卑下。但我们并不自知，总以为只要换换衣服就行了。据说大不列颠帝国非常庞大，深受民众敬仰，而且美利坚合众国是一流的强国。每个人都像一片大海，背后都有潮起潮落，这些浪潮汇聚起来，就可以让大英帝国像碎木片一样漂浮起来——如果说每个人决定记住这个的话。谁知道下次再爆发十七年蝗灾会是什么样子呢？我所依存的世界的政府，与英国政府大不相同，它不是办个晚宴，在吃喝谈笑中建立起来的。

我们的生命就像河中的水。也许今年，河水会涨到前所未有的高度，把干涸的高地都淹没了——这种年景说不定还会发生其他灾难，会把麝鼠统统淹死。人类生活的地方并不一定都是干燥的陆地。我看到，远处深入内陆的河岸，在古时候，还没有文献记录河水曾经泛滥成灾之前，就受过河水的冲刷。大家都听过新英格兰盛行的那个传说，有一只身强力壮又漂亮的虫子，从一张古老的、干燥的苹果木餐桌的活动桌面上钻了出来。这张桌子在一个农夫的厨房里已经放了60年了，起初是在康涅狄格州，后来由于搬家又来到了马

萨诸塞州——可是早在 60 年前，甚至更早，当苹果树还活着的时候，虫卵就被产在果木中了，这从树木的年轮上可以看出来。一连几周，都听到它在里面啃木头，大约是一把热水壶的温度把虫卵孵化出来的吧。听了这个故事，任何人的复活和不朽之心都会更加强烈。虫卵深藏在一层层木头深处，已经好几十年了，生活是如此枯燥难耐，开始时还是青绿的有生命的树木，后来就变成一个被风干的完美坟墓了——也许它在其中已经啃了好几年，那啃噬声使围坐在桌前、快快乐乐地进餐的一家人惊慌失措——谁能料到，如此美丽的、舒展着翅膀的生命，会突然从社会中最不值钱的、别人馈赠的家具中脱颖而出，最终尽情享受属于它的完美夏日呢！

　　我并不是说，约翰或约纳森这类普通人能够领会我所说的话。可是，仅靠阳光的流逝是断然等不到黎明的，这就是那个早晨的特性。让我们双目失明的强光，对我们而言无异于黑暗。只有我们清醒地睁开双眼，天才算真正亮了。天亮的时候无穷无尽。太阳，不过是一颗晨星。